Um Veneno Sombrio e Sufocante

Obras da autora publicadas pela Galera Record:

Série Reino em chamas

Uma sombra ardente e brilhante, vol. 1
Um veneno sombrio e sufocante, vol. 2

Um Veneno Sombrio e Sufocante

Jessica Cluess

Vol. 2

Tradução
Carla Bitelli

1ª edição

Galera
RIO DE JANEIRO
2018

CIP-BRASIL. CATALOGAÇÃO NA PUBLICAÇÃO
SINDICATO NACIONAL DOS EDITORES DE LIVROS, RJ

C579v

Cluess, Jessica
Um veneno sombrio e sufocante / Jessica Cluess; tradução de Carla Bitelli. – 1ª ed. – Rio de Janeiro: Galera Record, 2018.
(Reino em chamas; 2)

Tradução de: A poison dark and drowning
Sequência de: Uma sombra ardente e brilhante
ISBN 978-85-01-11498-3

1. Ficção juvenil americana. I. Bitelli, Carla. II. Título. III. Série.

18-49992

CDD: 028.5
CDU: 087.5

Leandra Felix da Cruz – Bibliotecária – CRB-7/6135

Título original:
A poison dark and drowning

Publicado mediante acordo com a Lennart Sane Agency AB.

Texto revisado segundo o novo Acordo Ortográfico da Língua Portuguesa.

Direitos exclusivos de publicação em língua portuguesa somente para o Brasil adquiridos pela
EDITORA RECORD LTDA.
Rua Argentina, 171 – Rio de Janeiro, RJ – 20921-380 – Tel.: (21) 2585-2000,
que se reserva a propriedade literária desta tradução.

Impresso no Brasil

ISBN 978-85-01-11498-3

Para mamãe, papai e Meredith,
por uma vida inteira de magia e amor

Uma menina de origem feiticeira se levanta das cinzas de uma vida.
Vós devereis vislumbrá-la quando a Sombra queimar
na Névoa acima de uma cidade reluzente.
Vós devereis conhecê-la quando o Veneno se afogar
nas Águas profundas dos penhascos.
Vós devereis obedecê-la quando Sorrow começar a lutar
contra o exército impiedoso do Homem Sangrento.
Ela vai queimar no coração da floresta sombria;
seu fogo vai iluminar o caminho.
Ela é duas, a menina e a mulher,
e uma precisa destruir a outra.
Porque somente então três poderão se tornar uma,
e o triunfo reinará na Inglaterra.

— Profecia do Orador

1

LONDRES AGUARDAVA, E EU TAMBÉM.

Nesta noite haveria uma reunião oficial dos feiticeiros de sua majestade, minha primeira desde que recebi a comenda da Ordem real. Quando os sinos da igreja da cidade anunciaram sete horas, meu estômago revirou-se de nervoso. Nós ainda éramos um país em guerra contra os monstros, porém atacar as feras infernais era, naquele momento, a coisa mais distante que passava pela minha mente. A ideia de entrar no palácio me deixava absurdamente inquieta.

De fora da janela da carruagem de Blackwood, observei os feiticeiros que cavalgavam para o palácio de Buckingham ou flutuavam pelo céu noturno, pousando com facilidade. Eles ajeitavam as túnicas e passavam as mãos pelos cabelos enquanto se apressavam para entrar no palácio, tentando parecer apresentáveis. Fiquei escondida na carruagem, minhas mãos enluvadas dobradas firmemente em meu colo.

Dois meses antes, quando cheguei ali, o palácio brilhava com luzes, pronto para um grande baile. Neste momento estava mais escuro, mais sombrio. Era um lugar de negócios. *Meus* negócios agora.

— Sua primeira reunião da Ordem — disse Blackwood, sentando-se na minha frente. — Você deve estar animada, Howel.

— Animada ou paralisada de tanto medo? — Foi uma piada. Em grande parte. — O que devo esperar?

Ainda me sentia estranha usando meu manto de feiticeira, feito de seda preta. Ele não tinha sido projetado para uma mulher. Eu era a primeira mulher a ser introduzida na Ordem real por um monarca, pelo menos na história recente. Mas aquela roupa me incomodava e eu ficava puxando o colarinho.

— Nunca estive do lado de dentro. — Ele alisou o cabo de seu bastão. — Apenas feiticeiros que receberam a comenda podem entrar.

Mas ouvi dizer — continuou, tentando soar formal e esperto — que é bem impressionante.

— Algo que possa impressionar o grande conde de Sorrow-Fell? — perguntei. Agitei meus dedos enluvados, lançando algumas brasas na direção dele. O frio ar noturno rapidamente engoliu meu fogo. Blackwood riu, o que me trouxe mais coragem. Blackwood não tinha muita prática com risadas, embora eu gostasse de pensar que ele havia se acostumado um pouco depois de meses convivendo comigo.

— Tenho que me preocupar com você explodindo em chamas toda vez que for zombar de mim? — perguntou, limpando-se com as mangas da camisa enquanto o lacaio abria a porta da carruagem. Blackwood saiu e estendeu a mão para me ajudar a descer. Estremeci. A noite estava fria, uma lembrança de que o verão chegava ao fim.

— Que absurdo. Eu zombo de você com uma frequência grande demais para me incendiar todas as vezes em que faço isso. — Aceitei seu braço e nos dirigimos para a entrada do palácio. À nossa volta, feiticeiros se cumprimentavam. Procurei meus amigos, Dee, Wolff ou Lambe, mas não vi nenhum deles.

Blackwood atravessou graciosamente a multidão, e homens com o dobro da sua idade lhe abriam passagem e assentiam. Eu nunca teria imaginado que aquela era a sua primeira reunião da Ordem. Ele se movia em suas vestes com desenvoltura, como se as tivesse usado durante toda sua vida. Será que tinha praticado? Ou talvez ele fosse simplesmente bom em tudo o que tinha a ver com ser um feiticeiro.

Fiquei surpresa com a quantidade de feiticeiros jovens, da minha idade ou apenas alguns anos mais velhos. Eu sabia que deveria ter esperado isso — não se podia esperar ganhar uma guerra com um grupo de velhos cansados —, mas ver outros circulando de forma desconfortável com suas vestes, rindo alto e então baixando a cabeça envergonhados, fez com que eu me sentisse menos sozinha. Entramos no palácio por uma porta grande e arqueada e seguimos por um corredor acarpetado antes de sairmos num largo pátio. No centro do recinto, uma grande cúpula preta nos aguardava. Atravessamos a porta, e engasguei quando entramos numa sala de pura noite.

Já tinha entrado em salas de obsidiana antes, mas esta era uma *catedral* de obsidiana. O teto subia pelo menos uns quinze metros acima de nós. Nenhuma janela interrompia a extensão lisa e escura de pedra de cada lado. A única fonte de luz natural vinha do grande teto de vidro redondo. Permitia à lua lançar um olhar sinistro sobre os procedimentos. Candeeiros se alinhavam nas paredes, e o fogo cintilante iluminava o caminho para nossos assentos.

Quem quer que tivesse projetado aquela sala tinha se inspirado no Senado da Roma antiga: assentos enfileirados num semicírculo subiam vários níveis, tal como um anfiteatro. A maioria dos feiticeiros mais novos estava agrupada nas fileiras traseiras.

Parecia muito com o dia em que cheguei na casa do mestre Agrippa, só que bem pior. Quando cheguei em Londres, pelo menos todos pensavam que eu era a grande garota profetizada, destinada a pôr um fim nos Ancestrais. Agora, quando eles se viraram para me olhar, todos nós sabíamos que isso não era verdade. Eu tinha desempenhado um papel fundamental na destruição de um dos sete monstros — Korozoth, a Sombra e Neblina —, mas à custa de desmantelar o domo de resguardo protetor ao redor da cidade, deixando-nos vulneráveis a ataques.

Sim. Sentir todos os olhos dos feiticeiros sobre mim *definitivamente* era pior.

— Relaxe, Howel. Eu gostaria de não ter meu braço arrancado. — A voz de Blackwood estava tensa pela dor.

— Desculpe. — Relaxei minha pegada e comecei os exercícios tranquilizadores que Agrippa havia me ensinado meses antes. *Imagine um fluxo de água fria correndo pelas suas mãos.* Os exercícios me impediam de deixar as chamas me consumirem em momentos ruins.

A sala estava quase sem decorações, considerando tudo. A única outra coisa digna de nota era um púlpito elevado, sobre o qual havia uma cadeira obsidiana sem encosto — para o comandante, provavelmente — e um grande poço quadrado com quatro compartimentos. Um compartimento tinha carvões em chamas; outro tinha uma piscina de água; outro, terra enriquecida; e o último estava vazio exceto por uma pena branca que flutuava perpetuamente a centímetros do chão. Eu tinha lido a respeito disso: era um quadrado elemental, como um altar numa igreja. Sagrado para os feiticeiros.

Todo mundo que entrou caminhou até o quadrado, ajoelhou-se e baixou a testa até tocar na beirada. Era errado achar um pouco bobo?

Nós nos movemos em direção ao quadrado. Blackwood dobrou os joelhos, então eu fiz o mesmo.

Prostrada diante dos elementos, meu corpo foi tomado por uma profunda quietude. Eu podia sentir o sussurro silencioso da terra que ressoava através de mim, podia sentir o fogo que pulsava abaixo da superfície da minha pele. Era como se uma mão fresca e invisível tivesse tocado meu ombro, me confirmando que eu pertencia àquele lugar. Gentilmente, toquei a obsidiana com a minha cabeça. Quando me levantei, estava um pouco tonta e me segurei na beirada. Um feiticeiro com cerca de trinta anos me ajudou a levantar.

— A primeira vez que se experimenta é um pouco arrebatadora. Você vai recobrar o equilíbrio — disse ele sem maldade. Eu o agradeci e depois fui me juntar a Blackwood, que estava sentado no segundo patamar, olhando cheio de expectativa para a multidão.

— Não acredito que *todo mundo* virá — ponderou ele enquanto eu me sentava. — Mas quem estiver em Londres vai vir.

Então, talvez eu acabasse vendo alguns dos garotos. Meses tinham se passado desde que Lambe estivera na cidade, e mal falei com Wolff desde a comenda. Pelos deuses, queria que eles estivessem aqui esta noite. Eles, ou Dee... ou Magnus.

Mas, de novo, talvez eu não precisasse ver *todo mundo*.

— O comandante deve começar empossando formalmente todos os feiticeiros recém-comendados — disse Blackwood. — Mas talvez não seja assim. Li que comandantes anteriores, Hollybrook por exemplo, que teve o título entre 1763 e 1801, às vezes exigiam um pequeno juramento de sangue. Aparentemente, faziam uma bagunça terrível. — Os olhos de Blackwood pareciam brilhar quando ele fitou o trono ainda vazio do comandante. — Não tenha medo de falar se desejar. Não existe uma estrutura formal para esse tipo de coisa. Whitechurch é nosso líder, e ele pode pedir conselhos específicos dos mestres, mas todo mundo na Ordem tem direito de questionar ou opinar.

— Você sabe bastante sobre o cargo de comandante — falei.

Blackwood parecia um pouco envergonhado.

— Confesso que esse trabalho sempre me interessou. Embora haja uma lei não oficial que proíbe os Blackwood de serem comandantes.... Nós já somos influentes demais.

— Eles seriam loucos se não o considerassem — comentei.

Blackwood seria uma das melhores escolhas para o cargo de liderança. Mesmo que ele tivesse acabado de completar 17 anos, tinha uma cabeça mais fria do que a maioria dos homens com o dobro de sua idade. Ele se sentou ainda mais ereto, com os olhos verdes brilhando.

— Howel! — Dee disparou pelas escadas em nossa direção, tão animado quanto um bezerro correndo num campo. Não me importei. *Algum* Iniciante estava aqui, além de Blackwood. Dee mergulhou em nossa fileira, empurrando dois feiticeiros, e se sentou na minha saia. Foi preciso umas boas puxadas para tirá-la debaixo dele.

— Dee! Não pensei que estaria de volta de Lincolnshire. Você enfrentou Zem? — perguntei, sufocando uma risada enquanto ele tentava ajeitar sua túnica. O cabelo vermelho de Dee era uma bagunça espetada. Ele devia ter vindo voando.

— Não cheguei perto, mas o Grande Lagarto estava queimando áreas de campos. Suponho que os Ancestrais queiram destruir plantações, com o inverno se aproximando. Tenho trabalhado na unidade de chuva, sabe? Até conseguimos alguns relâmpagos. — Seu rosto redondo corou de satisfação. Bem, ele merecia estar orgulhoso. Evocar um relâmpago era um desafio e tanto.

— Você deve ter tido uma grande vitória. — Sorri para ele.

— Apagamos o fogo, pelo menos. Como está todo mundo lá em casa? — perguntou ele, dolorosamente tentando parecer casual.

Era evidente que ele queria saber de Lilly, minha camareira. Dee gostava dela desde quando morávamos todos juntos na casa de Agrippa, embora ele nunca tivesse deixado claro seus sentimentos. Normalmente eu teria ficado preocupada com um jovem cavalheiro perseguindo uma camareira — esse tipo de coisa geralmente não acabava bem para a garota. Mas eu sabia que Dee cortaria a própria mão antes de prejudicar Lilly. E, se não o fizesse, eu faria por ele.

— Todo mundo está muito bem. Todo mundo mesmo — falei e dei uma piscadela. Dee corou ainda mais, se é que aquilo era possível. Sua pele praticamente brilhou.

— O que foi isso? — sussurrou Blackwood.

— Não preciso contar *todos* os meus segredos — respondi de forma afetada, esfregando minha saia.

— Que pena. Eu gostaria de saber todos.

Não dava pára saber se ele estava brincando, e o encarei por um momento. O perfil de Blackwood parecia forte e distinto sob um raio de luar, e o seu olhar estava totalmente distante. Não importa quanto tempo passássemos juntos, ele poderia ser tão inescrutável quanto o lado sombrio da lua.

— Todos de pé — gritou um feiticeiro da porta.

No mesmo instante fiquei de pé, ao lado de Blackwood e do restante da sala. O silêncio permaneceu quando um homem de túnica preta entrou, subiu os degraus do púlpito e se sentou no trono. Horace Whitechurch, comandante da Ordem de sua majestade.

Quando eu o conheci, pensei que era um homem muito fino e modesto, com cabelo branco e olhos pretos e úmidos. Agora eu podia sentir como sua força irradiava. Na sala, com o poder do quadrado elemental, imaginei-o como o coração pulsante de um grande corpo, sua força vital alimentando cada um de nós, um de cada vez. Aquele homem *era* força.

— Podem se sentar — disse ele, e todos obedecemos num sussurro de seda. — Aos negócios. Devo ser rápido. — Ele parou, como se estivesse organizando as palavras. E então: — Houve um ataque à rainha.

Ele disse isso de forma prosaica. Gritos afiados ressoaram em toda a sala, ecoando nas paredes altas. Blackwood, Dee e eu olhamos horrorizados uns para os outros. Whitechurch pigarreou, restaurando o silêncio.

— Sua majestade está bem. Ela não foi ferida, mas uma mensagem foi encontrada em seus aposentos — continuou Whitechurch. Ele tirou algo de suas vestes e segurou para todos vermos. Parecia uma carta comum. — É de R'hlem.

Maldição. O Homem Esfolado, o mais temível, o mais inteligente e o mais implacável dos Sete Ancestrais, deixou uma mensagem *nos aposentos da rainha*? Desta vez não houve protesto. A sala, como um todo, prendeu a respiração.

Finalmente, um jovem na nossa frente se levantou.

— Como podemos ter certeza de que é dele, senhor?

— A mensagem foi encontrada — disse Whitechurch, desdobrando o papel — espetada no corpo de um dos lacaios de sua majestade. — Meu estômago se contorceu só de imaginar. — Um Familiar de sombra foi encontrado pintando as paredes com o sangue do pobre homem.

Desembainhei Mingau e o deixei no meu colo. Podia jurar que o bastão aqueceu na minha mão, como se me confortasse.

Familiar de sombra, ele havia dito. Poderia ser Gwen? Lembrei dela na noite da nossa comenda, rindo loucamente enquanto puxava Agrippa pelo ar. Meu coração se retorceu. Mesmo agora, era doloroso pensar em Agrippa. Ele me acolheu em sua casa e me treinou. Ele tinha sido o primeiro a acreditar em mim. Era verdade que também tinha me traído, mas essa parte parecia não importar mais.

— O que aconteceu com o Familiar? — perguntou outra pessoa. Blackwood tinha razão: reuniões da Ordem eram bem informais.

— Nós queimamos a coisa. Não retornou ao seu mestre. — Whitechurch voltou os olhos para o papel em sua mão.

Uma gota de suor brotou na minha nuca. Era como se eu estivesse de volta àquela noite meses antes, quando fiquei cara a cara com o Homem Esfolado. Tinha sido uma ilusão, uma ilusão muito real. O monstro me pegou pela garganta e quase me esganou até a morte. Pensar naquele olho amarelo queimando no centro de sua testa, a extensão ensanguentada de seus músculos, o... quase vomitei.

A pior parte de tudo isso era que, se um dos agentes de R'hlem tinha conseguido acessar o palácio e o quarto da rainha, não estávamos tão seguros quanto pensávamos. Depois que o domo de resguardo caiu, nós erguemos barreiras nos limites da cidade, barreiras que eram patrulhadas dia e noite. Claramente, não foram o suficiente.

Pelo menos a rainha estava a salvo. Pelo menos ele não tinha conseguido atacá-la. A menos que espalhar medo fosse o plano de R'hlem.

Eu sabia por experiência que o medo poderia levar as pessoas a fazerem coisas terríveis.

Whitechurch começou a ler:

— "Meu estimado comandante, rezo para que você desculpe a entrega caótica desta saudação. Devemos sempre deixar uma boa impressão." — Apesar de ser Whitechurch quem estivesse falando, eu podia ouvir a voz de R'hlem pronunciando as palavras, com seu tom profundo, suave e sinistro. — "Tem sido um verão bem maçante, não concorda? Admito que a destruição do meu querido Korozoth foi um pouco confusa para mim. Mas, se existe algo que aprecio nesta vida, é um desafio.

"Decidi dar a você um aviso justo: estou preparando uma investida devastadora para fazer sua Ordem cair de joelhos. Vou mostrar-lhe o que é horror, meu estimado comandante. Eu lhe darei o gosto do medo. E você sabe que sou um homem de palavra."

Engasguei diante isso; R'hlem *nem sequer* era um homem.

Whitechurch continuou:

— "Há uma medida que você pode tomar para poupar a si mesmo, sua rainha e seus leais feiticeiros deste vindouro apocalipse. Entregue o que peço e talvez eu não o esmague sob minha bota. Tenha certeza de que, se recusar, nada poderá impedir sua destruição."

Sem pensar, pousei minha mão em cima da de Blackwood. Ele enlaçou os dedos nos meus por um instante.

Whitechurch olhou de relance para o recinto.

— "Pedi ao meu servo que deixasse minha exigência."

Com isso, Whitechurch girou seu bastão e varreu a água do poço elemental numa bola. Ele a achatou num quadrado fino e cintilante e o tocou com seu bastão. A superfície ondulou e ali apareceu uma imagem. Agrippa tinha me mostrado isso uma vez: era uma maneira de olhar outros locais, como um espelho.

Mais uma vez, desejei que Agrippa estivesse ali.

A imagem se fixou no quarto da rainha. Pude ver o pé da cama de dossel. Um grande derramamento de sangue cobria o chão e espirrava sobre as paredes pálidas, ainda fresco o bastante para estar pingando. Imaginei um demônio sombrio rasgando a garganta do pobre lacaio, a vida do serviçal se esvaindo. *Monstro.*

Whitechurch expandiu a imagem. Sobre a bagunça, o Familiar tinha usado o sangue para escrever toscamente poucas palavras:

Entreguem Henrietta Howel

2

QUANDO EU ERA UMA MENININHA, minha tia Agnes me levou para ver o mar. Corri pelas ondas, e minha cabeça se encheu com o ritmo da arrebentação. Era assim agora, enquanto eu encarava as horríveis palavras. As pessoas estavam falando? Argumentando? Gritando? Eu não fazia ideia. Tudo o que ouvia era a pulsação do sangue nos meus ouvidos.

Por quê? Por que ele queria a mim?

Vários meses atrás, R'hlem quisera me pegar para ser um dos seus Familiares pessoais, dizendo que iria "me treinar para um grande poder". Mas ele não poderia querer isso agora, não quando eu tinha destruído Korozoth. Suas intenções tinham que ser horríveis. Só podia ser uma punição.

Eu voltei a mim. Enquanto me levantava, o burburinho ao redor cessou.

— Ele disse por quê? — Minha voz parecia surpreendentemente clara, considerando que eu estava prestes a explodir em chamas. Faíscas saíram da ponta dos meus dedos; brasas brilhavam na beirada das minhas mangas. Pude sentir Dee e Blackwood se afastarem um pouco.

O comandante negou com a cabeça.

— Não disse.

— Nós não faremos isso! — berrou Dee, levantando-se ao meu lado. Para minha surpresa, muitos feiticeiros se levantaram para concordar, aplaudindo meu amigo.

— Nós não negociamos com demônios! — exclamou alguém.

— Talvez R'hlem saiba disso — gritou uma voz isolada. A comoção sossegou enquanto o feiticeiro se levantava. Era um jovem baixo de olhos azuis, com capuz e um ar imperioso.

— Ótimo, é Valens — murmurei.

Claro que seria ele. Valens era o capitão do meu esquadrão. Todos os feiticeiros que tinham sido recentemente comendados eram alocados em esquadrões para serem supervisionados e treinados para a batalha, a menos que fossem para a Marinha ou para o mosteiro dos Oradores. Valens nunca escondeu que não gostava de mim. Não só eu era uma mentirosa, uma maga, e *não* era a escolhida, como também me envolvi na morte do mestre Palehook. Embora Valens tivesse se juntado à Ordem para denunciar as coisas horríveis que Palehook fizera para manter nosso resguardo — matar pessoas inocentes e drenar suas almas não caía bem com feiticeiros —, ele ainda era um dos antigos Iniciantes de Palehook. Provavelmente sentia uma lealdade profunda ao seu mestre, do mesmo modo que eu sentia por Agrippa. Embora eu entendesse isso, Valens achou que o comandante estava demonstrando um favoritismo ao não me punir.

Então ele decidiu que me puniria *pelo* comandante. Sempre que fazíamos treinamentos no pátio do quartel, ele procurava por qualquer falha minha. Se eu estivesse ligeiramente fora de sintonia ao formar um bico de água, tinha de refazer mais quinze vezes. Ele forçava todos a repetirem um conjunto de exercícios se eu cometesse um erro sequer, o que me tornou *bem* impopular.

Não me surpreendia em nada que ele estivesse falando agora.

Valens me encarou do outro lado da sala.

— Talvez ele saiba que Howel não é uma de nós de verdade.

— Eu fui comendada, Valens, assim como você — retruquei. Talvez aquele não fosse o modo de uma dama agir, mas me recusava a deixá-lo passar por cima de mim. — Posso usar um bastão igual a você. E, *diferente* de você, ajudei a destruir Korozoth.

— Sim, isso de novo. — Valens suspirou. *Isso de novo,* como se eu tivesse insistido em mostrar a todos os meus bordados pela oitava vez. — Nós nunca deixamos de ouvir essa proeza em particular. Mas já se passaram meses desde a sua comenda, Howel. O que você fez desde então?

Eu me detive de lançar uma bola de fogo na sua cara.

— Sentem-se — ressoou Whitechurch. Eu me sentei, e Blackwood me cutucou com o cotovelo. Se pretendia me apoiar ou me advertir, não pude dizer. — Fico chocado que *qualquer um* dos nossos integrantes possa tentar semear discórdia num momento como este. — Ele olhou para Valens e para mim, respectivamente.

Nós dois ficamos em silêncio, embora Valens me lançasse olhares irritados pelo recinto. Olhares que devolvi com alegria. Sem me preocupar em ser recatada.

— Onde estavam os guardas da rainha? — perguntou Blackwood, franzindo o cenho. — Nossos soldados sabem que não podem deixar um quarto sem vigilância, e o cortejo de Mab deveria ajudar a proteger os aposentos de sua majestade.

Verdade. As Fadas sombrias concordaram em enviar mais armas e soldados agora que o domo havia caído. Também criaram um anel encantado em torno da cidade, que se somava à barreira dos feiticeiros. Os cavaleiros feéricos e nossa elite de feiticeiros *deveriam* estar na porta dos aposentos.

Whitechurch suspirou.

— Parece ter havido um erro com a troca da guarda. — Se as fadas, que eram naturalmente desorganizadas, estavam ajudando a executar as coisas, não me surpreendia. — Gostaria de compartilhar esta notícia antes de prosseguir com a reunião. Devemos discutir o fortalecimento das barreiras. Agora, nossos resguardos...

Era minha primeira reunião, e eu deveria estar prestando atenção. Eu deveria me ater a cada palavra do comandante, e decorá-las. Porém, tudo em que conseguia pensar era sobre R'hlem ordenando que sua criatura escrevesse aquelas palavras com o sangue de algum pobre serviçal. Aquela pessoa havia morrido para que uma mensagem estúpida fosse direcionada a mim. Minhas têmporas latejavam; minha culpa. Era minha culpa.

O que R'hlem faria se me pegasse? Ele me destroçaria? Essa era uma das coisas mais gentis que poderia fazer.

Quando a reunião acabou, eu me levantei junto com Blackwood e Dee. Começamos a descer os degraus, mas Whitechurch chamou:

— Howel. Blackwood. Encontrem-me em meus aposentos. — Então ele se virou e entrou por uma portinha logo atrás de seu trono.

— Boa sorte — murmurou Dee. Rangendo os dentes, desci as escadas com Blackwood atrás de mim.

Eu esperava que os aposentos do comandante parecessem tão grandiosos e austeros quanto o palácio de obsidiana do lado de fora. Tinha imaginado uma câmara de pedra com colunas gregas e bustos carrancudos de Homero. Em vez disso, o escritório particular de Whitechurch era bastante caseiro. O tapete turco estava desgastado e esfarrapado, com tons brilhantes de vermelho e amarelo que esmaeceram ao longo do tempo. Duas cadeiras verdes listradas e estofadas repousavam diante do fogo, suas almofadas desgastadas nas bordas. Um buldogue de porcelana cheio de manchinhas marrons estava sobre uma mesa, e Whitechurch distraidamente tocou a cabeça dele enquanto tomava seu assento.

— Então — ele falou para mim, como se estivesse começando uma conversa normal —, como você se sente?

Eu não esperava que o senhor de toda a magia na Inglaterra se preocupasse com meus sentimentos.

— Culpada. — Lancei os olhos para o tapete, notando algumas migalhas polvilhadas perto da cadeira do comandante. — Não entendo o que ele deseja.

— Você feriu o orgulho de R'hlem, além das tropas dele, quando matou Korozoth — afirmou Whitechurch. — Ele quer punir você e nos machucar.

— Devo ir até ele? — Tudo o que eu podia ver era aquele pobre homem morto no chão. — Talvez ele não me machuque. Talvez possamos planejar algum tipo de operação em que eu possa espiá-lo, ou ele... — Minha voz morreu. Minha respiração não estava chegando corretamente; talvez meu espartilho estivesse apertado demais. Pressionei meu estômago e quando minhas mãos tremeram com a força que fiz, obriguei-as a parar.

— Agrippa me contou sobre esta sua qualidade — falou Whitechurch. Sua voz grave suavizou um pouco. — Ele disse que você não suportava se sentir inútil. Vi o orgulho que ele sentia... mesmo antes que você dominasse suas habilidades.

Whitechurch sabia que eu tinha mentido quanto ao meu nascimento mágico. Quando a rainha me dera a comenda, não era segredo que ele não gostava de mim. A princípio, ele tinha sido frio sempre que nos encontrávamos e conversávamos. Mas isso havia mudado nas últimas semanas, enquanto eu acompanhava o ritmo do meu esquadrão, apesar dos muitos esforços contrários de Valens, e patrulhava a barreira com os outros.

— Não quero que ninguém mais sofra em meu nome — murmurei. Eu *não* iria chorar.

— É por isso que você não deve pensar em se render. — Whitechurch estalou os dedos. — Ele acredita que você é o nosso melhor recurso. Provavelmente quer mostrar ao público que somos tão fracos que não podemos proteger a pessoa que elevamos como nossa salvação.

Era uma jogada inteligente. Até onde o povo da Inglaterra sabia, os feiticeiros *tinham* encontrado a pessoa profetizada. Quando caminhávamos pelas ruas cheias de entulho da cidade ou nos cortiços perto da barreira, dava para ver como o rosto das pessoas brilhava quando eu passava. Às vezes, as menininhas corriam com uma flor de presente ou um laço de fita. Embora eu ficasse feliz de ver que *eles* estavam felizes, a culpa irritante retornava imediatamente. Eu *não* era a salvadora deles, mas fingia ser. E, agora que eu tinha a atenção de R'hlem, colocava cada pessoa à minha volta num perigo maior, um perigo do qual eu não poderia protegê-los.

Tive que fechar os olhos e me esforçar para me controlar.

— O que devemos fazer? — perguntou Blackwood.

— Devemos manter nossa escolhida sob proteção — respondeu Whitechurch. Não havia zombaria em sua voz. — Blackwood, como você é o guardião de Howel, precisamos discutir.

Eu me irritei com isso. Blackwood tinha minha idade, e não era muito mais habilidoso com magia do que eu. Mas ele tinha de assumir "responsabilidade" por mim, já que eu era uma garota solteira correndo solta por aí.

— Céus, imagine que cordeirinha perdida eu seria sem um rapaz forte para me guiar — sussurrei.

— Sempre imaginei você mais como uma cabrita — caçoou Blackwood. — Sempre enfrentando tudo com cabeçadas.

Apesar de tudo o que estava acontecendo, não pude deixar de sorrir.

— Chega. — Whitechurch pegou um copo âmbar de uísque ao lado de seu buldogue e tomou um gole. — Além da segurança de Howel, fortificar nossas defesas é nossa prioridade, agora que R'hlem penetrou a barreira.

Defesas de novo. Nós saímos de um domo depois de mais de uma década se escondendo, e agora Whitechurch queria voltar correndo para debaixo de outro. Enquanto isso, a guerra explodia fora de Londres. R'hlem destruiu a terra e seu exército de Familiares cresceu. Pensei em Brimthorn, minha antiga escola, exposta ao ataque. Imaginei pequenos corpos com um simples vestido cinza caídos na grama, imóveis em posições anormais enquanto a escola queimava ao fundo.

Não. Precisava afastar essas imagens, ou ficaria paralisada.

— Não devemos falar sobre defesa, senhor — falei. — Não podemos nos dar ao luxo de esperar R'hlem cumprir sua promessa e nos destruir.

— O que exatamente está propondo, Howel? — perguntou Whitechurch.

Sequer tinha considerado as palavras antes que elas estivessem voando da minha boca. Contudo, tão logo as falei, soube que estavam certas.

— Temos de destruir R'hlem antes que ele possa vir até nós — afirmei.

A sala ficou silenciosa. Deslizei para a cadeira em frente a Whitechurch com a maior elegância possível. Suas sobrancelhas brancas haviam se erguido até a linha do cabelo.

— Claro que devemos destruir R'hlem — disse Blackwood lentamente, como se estivesse saboreando as palavras. — De que outra forma venceríamos esta guerra?

— Perdoe-me. Quero dizer que *eu* devo fazer isso — expliquei. Desta vez, os dois ficaram boquiabertos como se uma segunda cabeça tivesse brotado em meu pescoço. — Talvez haja algo, hum, além da nossa magia feiticeira que poderia ajudar. — Pousei minhas mãos, uma sobre a outra, no meu colo. Em caso de dúvida, pareça muito formal.

— Que recursos *você* tem? — perguntou Whitechurch. Sua expressão ficou inflexível. — Os magos.

Ele não parecia satisfeito.

— Pode haver livros — emendei, tentando falar com leveza. — Livros nunca feriram ninguém.

— Você não é mais uma maga, Howel. — Essa calma era um sinal seguro de que o perigo espreitava. — Você jurou na comenda de sua majestade.

Eu precisava ter cuidado agora.

— Sua majestade disse que eu poderia usar o que precisasse do meu passado para ajudar. — Analisei como cada palavra foi recebida. Whitechurch não me lançou pelo aposento, o que tomei como um bom sinal. — Magos têm uma habilidade estranha, não é? Talvez haja alguma coisa nos ensinamentos deles... — Eu dizia *deles*. Esperava que, distanciando-me, faria com que Whitechurch ficasse do meu lado.

— Não sabemos muito sobre R'hlem — admitiu Blackwood, vindo ficar atrás da minha cadeira.

— Você concorda com Howel? — O olhar de desgosto de Whitechurch me fez sentir como se fôssemos crianças sendo repreendidas.

— Estamos ficando sem tempo — disse Blackwood. — Howel tem razão.

Eu não adorava a ideia de ter Blackwood como meu guardião, mas como meu aliado ele estava indo muito bem.

— Sei que você quer ajudar — disse finalmente Whitechurch para mim. Ele estava usando aquele tom suave de novo, o que significava que a resposta era não. — Mas você deve fazer sua parte e nada mais. Treine com Valens e lute quando precisarmos de você.

— Devemos nos certificar de que Valens não me entregue — resmunguei.

— Ele sabe o que deve fazer — falou Whitechurch, levantando-se. — Assim como você, Howel.

Não discuti. Ele era o comandante, afinal. Eu iria treinar e iria lutar. Mas ninguém poderia me impedir de ler no meu tempo livre. E se encontrasse algo útil? Bem, melhor implorar perdão do que pedir permissão.

Pelo jeito criar problemas estava se tornando um hábito.

3

Enquanto um criado pegava minhas luvas, não pude evitar de apreciar como eu me sentia no comando na casa de Blackwood. Na casa de Agrippa, eu era sua protegida e sua Iniciante e, embora ele fosse um anfitrião generoso, eu sempre soube quem era o mestre. Mas aqui, Blackwood, Eliza e eu tínhamos autoridade suprema.

Lady Blackwood, a mãe deles, era uma mulher reclusa que vivia no andar de cima, em sua suíte; eu nunca a tinha encontrado, na verdade. A porta para seus aposentos estava permanentemente fechada, o cheiro de cânfora e pétalas de rosa secas emanava de lá quando eu passava. Embora, em teoria, eu estivesse naquela casa como protegida dela — teria sido indecente de outra forma —, vivíamos como se ela não existisse. Se eu quisesse acender fogo em algum aposento em particular, bastava dar a ordem, sem necessidade de confirmar com Blackwood. Se eu quisesse sair, podia. Blackwood poderia não aprovar, mas eu não precisava da sua permissão. Liberdade era tão inebriante quanto um bom drinque, e às vezes eu sentia que os irmãos Blackwood e eu estávamos imersos numa elaborada brincadeira de casinha.

Logo que entramos, Blackwood foi procurar a irmã. Entreguei minhas luvas, meu gorro e minhas vestes para o lacaio e depois lhe ofereci um sorriso. Ele aceitou os três primeiros e fez uma mesura rápida diante do último antes de sair. A casa funcionava como um relógio: organizada, porém impessoal.

— Você teve uma noite bastante agitada, ao que parece. — Rook saiu de trás de uma porta sombria e entrou na luz, com seu reluzente cabelo amarelo brilhando como o sol na residência escura de Blackwood.

— Agitada demais, de fato. — Suspirei.

Rook veio até mim, e seus olhos brilhavam tranquilos. Senti meu corpo relaxar. Apesar de tudo o que acontecera naquela noite, no momento em que o vi, senti como se eu realmente tivesse voltado para casa. Ele significava calor e segurança para mim.

E estava com uma mão atrás das costas e a boca curvada num sorriso.

— O que acha que tenho aqui?

— Vinte dobrões de ouro? O elixir da vida? — Suspirei de novo. — Falando sério, já não tenho o suficiente?

Rook me jogou uma maçã vermelha brilhante. Minha nossa, isso podia ser ainda *mais* valioso. Fiquei maravilhada com o brilho reluzente da fruta. As maçãs eram mais preciosas do que o ouro ultimamente.

— Trabalhar num estábulo lhe proporcionará as riquezas mais fantásticas. — Ele assentiu, cruzando os braços. — Prossiga, então. Dê uma mordida.

— Não, ainda não. Quero saborear um pouco. — Levei a fruta aos lábios e inalei, curtindo o aroma celestial. — Poucas coisas são melhores do que expectativa.

Assim que falei, senti minhas bochechas se aquecerem. Nos últimos meses, desde que Rook havia sobrevivido ao ataque de Korozoth, eu continuava esperando que nós... bem, que ficássemos mais próximos do que antes. Pensei que ele queria — sabia que *eu* queria —, mas o momento não havia chegado. Agora, eu estava com medo de que um de nós ou os dois tivéssemos perdido completamente a coragem.

Rook diminuiu a distância entre nós. Minha respiração se alojou na minha garganta.

— Quando éramos pequenos e conseguimos aquela tigela de pudim no Natal, eu devorei toda a minha parte e você fez cada pedaço da sua durar. — O sorriso dele era fácil. — Você não muda, Net... Henrietta.

Adorei ouvi-lo dizer meu nome completo. Rolando a maçã entre minhas palmas, murmurei:

— Talvez eu a divida com Lilly. Sei que ela também gosta de maçãs. — Então me senti enrubescer ainda mais. Rook apenas riu.

— É uma boa ideia. — Ele pegou uma das minhas mãos. — Você está preocupada com o Homem Esfolado? — Ele ficou sério num instante.

— Como sabe? — perguntei sobressaltada.

— Lady Eliza recebeu uma carta de um de seus amigos. Ela me contou o que o monstro fez. — Sua voz mantinha uma baixa corrente de raiva. Parecia que ele poderia simplesmente ir até lá e desafiar R'hlem em pessoa.

Olhei para as nossas mãos juntas. Suas mangas estavam abotoadas, escondendo as cicatrizes circulares que ainda salpicavam o braço esquerdo.

— Bem, tenho algum trabalho a fazer em relação ao nosso amigo esfolado.

— Então vou deixá-la trabalhar. — Ele pressionou os lábios de forma polida na minha mão. Nossa, eu queria que ele não fosse *tão* polido. — Coma sua maçã. — Com uma piscadela, ele desapareceu pelo corredor. Meu corpo gritou para segui-lo enquanto meu cérebro me lembrou de que era uma perspectiva assustadora e incerta e que, de qualquer maneira, eu precisava começar meu trabalho.

Droga. Ao trabalho, então.

Subi as escadas para o meu quarto e puxei o baú de Mickelmas debaixo da cama. Para olhos destreinados, parecia uma caixa de madeira perfeitamente útil com uma tampa arredondada. Um pouco lascada e batida, talvez, mas boa para armazenar roupa de cama. Contudo, como todas as coisas, as aparências podiam enganar.

Após minha batida, a tampa se abriu e tirei dali de dentro os papéis que tinha passado os últimos meses organizando. Uma emoção percorria meu corpo sempre que manipulava os feitiços de Mickelmas. Os pergaminhos e os livros rachados amarrados em couro vermelho e verde, letras douradas ainda visíveis em suas lombadas desbotadas. Houve uma sensação familiar quando os segurei nas mãos. Não era simplesmente porque nasci uma maga, mas porque livros me ofereciam um senso de segurança. Peguei meus papéis, deslizei o baú de volta para baixo da cama e desci as escadas. A cadeira perto do fogo da biblioteca era confortável, e eu sabia que passaria algum tempo lendo.

Conforme me dirigi para os saguões, desejei que a grande casa não fosse tão silenciosa quanto um mausoléu. A mansão dos Blackwood em Londres tinha piso de cerâmica, tetos altos abobadados, pilares de mármore verde com veios dourados e vitrais que tinham um parentesco distante com os de uma igreja. Este não era um lugar projetado para causar animação. Veludo preto e cortinas de damasco verde para abafar sussurros e bloquear a luz. Retratos de ancestrais rígidos e com cara de desaprovação, de diferentes eras da história inglesa, alinhados nas paredes. Cada nicho exibia algum busto esculpido ou relíquia de feiticeiro. Um bastão que pertencia ao pai de Blackwood descansava numa vitrine perto de uma das janelas. Os entalhes de hera por toda a sua extensão eram coisas típicas de feiticeiros Blackwood.

E minhas, aparentemente. Meu bastão carregava um desenho similar.

Ao entrar na biblioteca, encontrei Blackwood sentado no sofá e Eliza de pé diante dele, com sua testa branca enrugada.

— Mas por que você deveria conversar com Aubrey Foxglove? — Ela mexia sem parar em uma renda de sua saia, num gesto de nervosismo. Com seu vestido cor de creme, a pele pálida, os lábios rosados e os cabelos pretos num bonito penteado, parecia uma Branca de Neve moderna.

— Não precisa ficar assim — disse Blackwood, sorrindo enquanto pegava a mão da irmã. — A família dele está na Irlanda. Você vai estar a salvo lá. — Parecia que ele havia ensaiado este discurso. Tossi para anunciar minha presença, e Eliza acenou para que eu entrasse na sala.

— Só estou conversando com George. — Seu tom tinha uma alegria forçada. Fiquei de pé, um pouco desconfortável, olhando meus papéis. Sim, os papéis eram muito fascinantes.

— Você não pode estar falando sério sobre Foxglove — continuou Eliza. — Ele é um idoso!

— Quarenta e dois anos — replicou Blackwood —, e em boa forma.

— Você me disse que tenho direito a opinião. — A voz de Eliza trazia um aviso.

— Você vai completar 16 em menos de uma semana. — Blackwood fingia estar tranquilo e despreocupado com a coisa toda, e seu jeito era tão dolorosamente pomposo que estremeci. — É tradição anunciar o seu noivado na sua festa de debutante.

Nossa, sim. O baile de Eliza seria grande. A guerra podia estar rolando lá fora, mas os feiticeiros tinham de manter suas tradições, em particular os Blackwood.

— Sei disso — retrucou Eliza com a voz comprimida. — Este não é o problema. Você *disse* que eu poderia ter opinião nesse assunto. Minha escolha é: Foxglove não. — Eliza soou decidida. — Você pode trazer outros pretendentes de que goste. — Blackwood não respondeu nada, o que a relaxou um pouco. — Agora, diga-me, ainda posso ir à reunião amanhã? É na casa de Cornelia Berry.

— Eu não vou poder levá-la, e você sabe que as ruas são perigosas. — Mas ele já estava se dobrando. Por mais que tentasse ser severo, Blackwood sempre cedia à vontade da irmã. Pelo menos, cedia um pouquinho. Eliza foi para trás dele e envolveu o pescoço do irmão com os braços.

— Faz três dias que não saio de casa. Estou *entediada*, George. Por favor? Por favor. — Ela pressionou a bochecha contra a dele. Blackwood, já sorrindo, deu uma batidinha no braço dela.

— Tudo bem. Vou arrumar alguém para acompanhá-la.

— Eu adoro você. — Ela beijou o topo da cabeça dele. — Vou lá para cima. Boa noite. — Ela se aproximou e beijou minha bochecha. Blackwood levantou-se e a viu sair da sala.

— Esta não será a última vez que vamos ouvir falar de Foxglove, não é mesmo? — perguntei enquanto fui me sentar perto do fogo. Pobre Eliza. Todo o seu privilégio veio com um preço: fazer tudo o que seu pai ou, neste caso, seu irmão a mandasse fazer. Só de imaginar aquilo me senti enjoada.

— Não quero preocupá-la com isso. Ainda não. — Ele suspirou. Abri meus papéis para uma interessante discussão sobre magos do século XVIII na França pré-revolucionária. Blackwood pegou uma das páginas. Ele leu, releu, e seu rosto foi ficando pálido. — Isto é do seu baú de mago, não é?

Limpei minha garganta.

— São interessantes. Você deveria ler alguns.

— Whitechurch *falou* para você ficar longe disso. Alguma vez dá atenção ao que seus superiores dizem?

— Sim. Quando acho que eles estão certos.

Ele só resmungou.

— Por que você não pode ler romances em vez disso?

— Eu categorizei tudo por data. Venha ver. — Criar sistemas para as coisas me deixava feliz. Quando eu era uma garotinha, amava organizar as prateleiras da biblioteca de Brimthorn em ordem alfabética. Às vezes, por diversão, eu classificava por cor. Tentei mostrar a Rook como era divertido, mas ele sempre caía no chão e fingia estar morto.

Blackwood apertou a ponta do nariz. Mas então se sentou no sofá, e seu peso ao meu lado foi um conforto.

— Acha que haverá algo para nos ajudar?

— Qualquer detalhe sobre R'hlem, não importa o quão insignificante, pode servir pra algo. — Virei a página. Gostaria imensamente de ficar nas Guerras Napoleônicas, mas precisava trabalhar rápido.

— E que tipo de detalhes insignificantes você está procurando?

— Todos os livros que li sobre os Ancestrais e suas táticas vieram de estudiosos feiticeiros. Ninguém avaliou as teorias dos magos a respeito disso tudo.

— Magos não ligam muito para a guerra. — Blackwood não falou com desdém. — A Ordem se certificou disso.

O uso público de trabalhos mágicos estava banido na Inglaterra havia mais de uma década. Coisas terríveis eram feitas com aqueles que os praticavam. Foi por isso que senti tanto medo quando Mickelmas me revelou minha herança mágica.

— Então pense. Se eu encontrar algo útil, poderia mudar a mente do comandante sobre magos.

Não era algo pelo qual eu ansiava, mas por que não ter esperanças?

A porta se abriu, e um dos lacaios entrou trazendo uma bandeja com um requintado jogo de porcelana. Ele depositou tudo numa mesa diante de nós e derramou chocolate fumegante em duas xícaras delicadas. O cheiro me esquentou prontamente e — oba! — ele tinha até incluído um prato com pão de gengibre fresco. Meu favorito. Blackwood me entregou uma xícara, parecendo satisfeito consigo mesmo.

— Como você sabia que eu estaria lendo aqui? — Imediatamente peguei um pouco do pão de gengibre.

— Você sempre lê à noite. Eu a conheço muito bem.

— É mesmo? Devo ser bem entediante.

Blackwood considerou a questão por um momento.

— Não. Acho que gosto de antecipá-la.

— Sou assim tão fácil de prever? — Soprei no chocolate e dei um golinho.

— Gosto de uma boa rotina. — Ele estava lendo outro dos papéis atentamente e pousou a mão no sofá, tocando de leve a borda do meu vestido. Me afastei um pouco. Não havia qualquer significado oculto naquele gesto dele, é claro, mas sempre é possível ficar mais confortável.

— Quer me ajudar? — Eu tinha uma grande pilha de papéis para dar cabo, afinal. Mas Blackwood rapidamente colocou de lado o que estava lendo.

— Eu realmente não deveria me envolver. — Ele me entregou o papel com delicadeza, como se a folha pudesse mordê-lo. — Mas me avise se encontrar algo.

Ele se ajoelhou no chão e recolheu alguns papéis espalhados. Deteve-se em alguns — *eram* interessantes, afinal — e sentou-se ali com tranquilidade e sem cerimônia. Quando o conheci, a ideia de Blackwood sentando-se no chão teria sido ridícula. Que diferença alguns meses faziam.

— Se eu encontrar qualquer coisa importante, você será o primeiro a saber — falei.

— Que bom — respondeu ele e então olhou de volta para o fogo com uma expressão distante no rosto.

— O que foi? — perguntei. Ele balançou a cabeça.

— Nada. Leia pelo tempo que quiser. — Ele se levantou com uma velocidade e graça que beiravam as de um felino e foi embora.

O único som na sala era lenha estalando na lareira enquanto as horas passavam. Comi o pão de gengibre, tomando cuidado para não espalhar migalhas por toda parte, e li até que meus olhos ficassem embaçados.

Pelos dois dias seguintes, essa foi a minha rotina. Acordar, treinar com Valens, patrulhar a barreira no meu turno, e durante a noite ler na biblioteca. Passei minuciosamente por todos os pedaços de papel, mas, apesar de serem fascinantes, eles também eram fundamentalmente inúteis.

O baú mágico regurgitava as coisas mais estranhas. Encontrei um soldadinho de chumbo que se transformava numa lagarta viva quando era tocado. Havia um pó que fazia minha pele coçar e ficar verde, vinte caixas de tabaco vazias e um espelhinho de mão que parecia ter uma impressão digital cristalizada no centro. Quando toquei a impressão, durante dois segundos tive um lampejo muito intenso de uma imagem: uma jovem, aproximadamente da minha idade, com a pele escura e belos olhos brilhantes. Ela sorria num vestido de seda rosa. A imagem desapareceu quando larguei o espelho, surpresa.

De fato, Mickelmas tinha milhões de segredos.

Histórias de magos famosos e irascíveis preenchiam as páginas de seus livros; histórias da grande Guerra da Lavanderia de 1745, no qual dois magos, Esther Holloway e Tobias Small, se engalfinharam num duelo para ver quem poderia esfregar todo o linho de Londres com nada além de magia. Havia menções a Ralph Strangewayes, o fundador da magia inglesa, e suas habilidades selvagens para convocar bestas do ar e fazer emergir ouro da terra.

No que dizia respeito à guerra dos Ancestrais, contudo, apenas a ordem padrão de eventos poderia ser encontrada: Mickelmas e Willoughby (e o pai de Blackwood, Charles, mas nenhum livro tinha *essa* informação) abriram um rasgo na realidade, doze anos atrás. R'hlem e suas criaturas vieram através desse rasgo. Mesmo depois de todo esse tempo, pouco se sabia sobre o próprio R'hlem. Seus poderes incluíam a habilidade de soltar toda a carne dos ossos de alguém com um simples pensamento, e ele claramente tinha outras habilidades psíquicas — eu o tinha encontrado no plano astral dos magos, afinal. Mas será que ele tinha *outros* poderes que ainda não havia revelado para nós? Nosso conhecimento a respeito dele era muito superficial, mesmo em comparação com o pouco que sabíamos dos outros Ancestrais.

Na terceira noite de leitura até bem depois da hora em que deveria estar dormindo, estava ficando mais e mais frustrada comigo mesma. O fogo estava baixo e minha cabeça latejava. Esfreguei os olhos antes de me levantar para esticar o corpo, o espartilho beliscando minhas costelas.

Seria melhor subir logo para encontrar Lilly e me preparar para dormir. Não dava para mantê-la esperando por muito tempo.

Porém, eu não conseguia evitar ficar olhando para uma imagem de uma das vítimas de R'hlem. Tropecei numa descrição bem terrível de *como* ele gostava de esfolar as pessoas. Ele começava com as mãos, arrancando a carne enquanto o pobre coitado observava a si mesmo ser esfolado vivo. Eu me imaginei gritando enquanto ele me descascava como uma laranja.

A porta se abriu com um ruído. Meus dedos pegaram fogo por instinto.

— Henrietta? — Rook veio até mim, de chapéu na mão. — Eu não queria assustá-la.

Gemendo, apaguei meu fogo e joguei os braços em volta dele, meu coração martelando.

— Eu estava me assustando sozinha. Sou muito boa nisso — murmurei. Rook me abraçou de volta. Por um doce momento, não pensei em monstros. Rook me soltou, dando um educado passo para trás.

Mais uma vez, sempre a imagem de polidez. Suspirando, peguei o livro que estava lendo do chão.

— Tinha medo de sentir saudade de ver você — disse ele, dando um passo na minha direção de novo. Agora essa era nossa dança: ele se aproximava e, em seguida, fugia como um potro. Senti a frustração se agitar dentro de mim.

E se ele só precisasse de um pouco de encorajamento? Mas eu nem sabia por onde começar. Agitar meus cílios? Fingir tropeçar e fazê-lo me pegar? De alguma forma, isso não parecia... algo nosso.

— Como foi seu dia? — perguntei, sentindo-me rígida e desajeitada. — Os cavalos ficaram felizes em encontrá-lo? — Nossa, que tipo de estábulo estaria aberto até tarde da noite?

— Muito felizes. — Ele riu, passando uma mão pelo cabelo dourado. — Todos insistiram num punhado extra de aveia.

— Você os mima demais. — Eu me aproximei um pouco, e ele deixou. Sim, assim era muito melhor.

— Estou feliz por ter o trabalho. — Sua boca se apertou. Ele odiava viver da caridade de Blackwood. Nos primeiros dias depois de quase morrer, ele continuava tentando sair da cama para que pudesse começar a procurar emprego. — E você? — perguntou, a expressão suavizando.

— Tem sido um dia bem desagradável — murmurei.

— Ainda lendo, então. — Ele tirou o livro de mim e folheou as páginas. — Você acha que há um jeito de deter o Homem Esfolado nisso aqui? Sério?

— Não diga uma palavra sobre isso — falei, enrubescendo. — Não quero que se espalhe.

— Ninguém vai saber. — Ele pegou minha mão. Havia uma luz dura em seus olhos que não existia ontem. — *Ainda* não entendo por que R'hlem quer você.

Gentilmente, eu me soltei e me sentei no sofá.

— É um jeito de mostrar às pessoas que os feiticeiros não conseguem sequer proteger sua grande "escolhida". — Meus olhos rolavam inadvertidamente sempre que eu dizia essa idiotice. — Quem sabe? Talvez pense que eu possa fazer algo por ele.

— Ele nunca a terá. — Rook se sentou ao meu lado, seu chapéu apertado em suas mãos.

— Claro que não vai. Eu sou notoriamente difícil de pegar — comentei com leveza. Isso o fez sorrir.

— Você se lembra de quando tínhamos 13 anos e seus poderes haviam acabado de se revelar? As coisas que tivemos de fazer para esconder de Colegrind?

Meu Deus, a época em que eu fazia quase tudo pegar fogo.

— Quando incendiei as cortinas do gabinete dele?

Rook sorriu.

— Quando você incendiou aquela azaleia no jardim. — Ele parecia bem orgulhoso. — Eu convenci Colegrind de que foi um pássaro que explodiu. "Um ato divino", ele disse.

Imaginei a expressão pomposa no rosto do velho diretor e irrompi numa risada. Rook e eu nos aproximamos. Se eu estendesse a mão, poderia tocá-lo. Virei a cabeça e encarei seus olhos. Olhos pretos. A visão deles me fez estremecer. Eles já haviam sido de um azul pálido, mas a cor tinha mudado. Parte do que recebera de Korozoth. Parte da sua transformação. Fenswick e eu atrasamos o processo, com nossos estudos e poções, mas só pudemos conter até certo ponto.

— Eu a ajudei antes — disse Rook —, e posso ajudá-la agora. Poderia usar meus poderes para protegê-la.

Sua mão cobriu a minha. Meu coração pulou enquanto eu observava o brilho do fogo tocar seu rosto, a linha forte de seu maxilar.

Eu queria fazer um comentário provocativo, mas a luz do fogo começou a morrer. As sombras vieram do canto para brincar sobre nossos pés. Num instante, afastei-me de Rook e a escuridão desapareceu. Ele ficou de pé, xingando baixinho.

— Não podemos mexer com seus poderes até descobrirmos como serão recebidos — afirmei. No entanto, eu sabia como os feiticeiros os receberiam; nós dois sabíamos.

— Claro — disse ele, distante.

— Um dia a guerra vai acabar. Seremos livres. — Eu me levantei e fui até o seu lado.

— Um dia — repetiu. Ele me tocou, apenas uma mão na minha cintura. — Henrietta — sussurrou, enviando uma emoção pelas minhas costas. Então, seus olhos pretos procuraram os meus e ele se aproximou. Chegou mais perto ainda.

Ele não iria parar.

Tentando não tremer, deslizei minha mão por cima do ombro dele, inclinei minha cabeça para trás...

Até que ele se afastou com uma tosse pesada e com sangue. Meu coração veio à boca, e assisti enquanto as sombras deslizavam para os pés de Rook.

— Socorro — sussurrou ele, voltando-se para mim. Seus olhos haviam ficado totalmente pretos, brilhantes e sem profundidade.

4

— Beba isto — disse Fenswick, entregando a Rook um copo de madeira cheio de um líquido fumegante. O doutor duende agarrou o pulso de Rook e o sentiu, usando uma de suas garras para marcar a pulsação.

Eu tinha levado Rook ao boticário do doutor duende, bem no topo da casa. O cômodo ficava debaixo de um beiral de madeira inclinado, e nas vigas penduravam-se laçadas de alho e ramos de flores secas. Sobre um fogãozinho no canto, empilhavam-se potes de cobre não lavados. Bacias de latão e pilões de madeira, cobertos de pólen e pasta de rosa, estavam espalhados por uma longa mesa de madeira. O lugar era caseiro e confortável, não era nem um pouco o ambiente onde se esperaria encontrar um pequeno duende, com orelhas de coelho e nariz de morcego, em calças elegantes.

Rook baixou a manga. Seu rosto ainda parecia um pouco verde.

— Eu deveria estar preocupado? Consegui controlar mais — disse ele.

Estremeci. Fenswick e eu sabíamos que ganhar mais controle era um mau sinal. O corpo de Rook estava aceitando as habilidades. Ele estava mudando.

Quando o ajudei a andar pela casa escura lá embaixo, com seus braços pendurados no meu ombro, eu rezei para que ninguém nos visse enquanto as sombras se espalharam e farfalharam ao redor. Elas haviam se agarrado à minha saia com mãos sombrias enquanto eu ajudava Rook a dar um passo doloroso após o outro. A cada dia elas ficavam mais fortes.

— Não precisa se preocupar agora — mentiu Fenswick suavemente. Meu estômago deu um nó. — Descanse um pouco.

— Desculpe — disse Rook para mim. — Odeio o fato de você ter sido obrigada a ver essas coisas.

— Não me importo. — Era verdade; eu não dava a mínima para os seus poderes. Só ligava para ele. Eu queria o *meu* Rook de volta. Pousei minha mão gentilmente no rosto dele. Sua pele estava quente. Rook apertou meu pulso, beijando rápido meus dedos. Eu estremeci por um breve instante, então ele ficou de pé.

— Boa noite, doutor. Obrigado — disse ele e saiu.

Fenswick se aproximou de mim. Eu podia adivinhar sobre o que ele queria conversar. Evitando seu olhar, peguei um dos pilões de moer ervas. Ainda estava coberto com pó amarelo: ele estivera misturando raiz de dente-de-leão. Supostamente para ajudar a suprimir a infecção.

— Temo que ele esteja piorando — observou Fenswick. Piorando. Como se fosse um resfriado ou um mal-estar levemente perigoso. *Piorando* não parecia a palavra certa para um garoto que tinha sombras ao seu dispor. Senti um zumbido fraco em meus ouvidos e deixei cair o pilão, que atingiu a mesa com um baque forte.

Rook estava sendo engolido pelas trevas, e não fiz porcaria de coisa alguma para ajudá-lo.

— E quanto ao extrato de artemísia? Se for purificado e melado, supostamente é muito eficaz. — Finalmente tinha encontrado aquela maldita receita depois de fuçar em todos os livros de botânica dos Blackwood em que pude botar as mãos, e ainda assim tinha sido num que estava em latim. Tive de checar duas vezes minha tradução.

— Passamos por cada tomo de herbalismo que conheço — resmungou Fenswick. — Até usamos práticas proibidas das fadas. Você sabe o quão difícil é conseguir olhos de morcego em pó?

— Estamos deixando passar algo. — *Eu* estava deixando passar algo, mas se trabalhasse um pouco mais...

— Ele está tossindo sangue preto. — Fenswick coçou suas orelhas de coelho. — De quais outras provas você precisa?

Não. *Não.* Afundei o rosto nas minhas mãos.

— Temos que continuar tentando. Por favor.

Eu me lembrei de estar no pátio com Rook naquele dia em que tudo mudou. Talvez se não tivéssemos saído da escola, se Gwen não tivesse nos encontrado, se Agrippa não tivesse nos salvado, se, se, se. Memórias dançaram pela minha mente. A vez em que fomos nadar no lago do moleiro, nos desafiando a mergulhar primeiro na água fria. O dia em que eu havia revelado meus poderes em nosso local de encontro no pátio, e o deslumbramento em seu rosto ao encarar a terra arrasada na minha frente. Gritando enquanto eu irrompia em chamas quando os Familiares de sombras tentaram levá-lo. A batalha dele com Korozoth para me salvar. A maçã que ele tinha me dado há apenas alguns dias. Quando quase nos beijamos na cozinha de Agrippa... Todos esses momentos não levaram a nada?

Não. Eu não iria permitir.

— Por favor — repeti com mais energia.

— Duvido que algo mude. — Fenswick começou a guardar algumas tigelas de latão.

— Então acho que devemos contar a ele o que está acontecendo. — Eu já tinha mentido vezes demais para aqueles que amo.

— Não faça isso — alertou Fenswick. — Essa honestidade pode ser fatal. Medo e raiva aceleram o veneno.

Lancei um olhar cansado para o boticário. As mesmas ervas e fungos, as mesmas tigelas e bandagens de sempre. Havíamos tentado novos remédios quase todas as noites durante meses, e nada tinha mudado.

— Deixe-o em paz um pouco — disse Fenswick com um suspiro. — Ele merece.

— Certo — murmurei, esfregando meus olhos, que ardiam. — Você se importaria se eu ficasse lendo aqui por algum tempo?

As orelhas de Fenswick se viraram em surpresa. Estremecendo, expliquei:

— Não quero ficar sozinha.

— Certo — respondeu ele com gentileza.

Desci as escadas, reuni meus papéis da biblioteca, então deixei Lilly me ajudar a me preparar para dormir. Seria cruel mantê-la acordada ainda mais tarde. Depois, peguei meu robe, coloquei o baú de Mickelmas sobre uma almofada de ar e subi com ele as escadas para o boticário de Fenswick. Eu iria até o maldito fim daquilo se conseguisse. Qualquer coisa para manter meus pensamentos ocupados.

Li até os sinos lá fora badalarem meia-noite. Cansada, apoiei meu queixo na mão e fiquei ouvindo.

Sinos eram uma parte necessária da minha vida agora. Depois que o domo caiu, a Ordem concordou que precisava de algo que alcançasse cada feiticeiro da cidade simultaneamente. O resultado foi um sistema de sinos, que tocaria em padrões simples para nos instruir e nos reunir.

Dois toques longos e solenes, três rápidos e leves, e um estrondo mais alto significaria que R'hlem estava nos limites da cidade. Ainda não tínhamos ouvido esse padrão, graças a Deus.

Esta noite, depois da décima segunda badalada, esperei. E sim: quatro longas pancadas se seguiram. Uma simples troca da guarda pelas barreiras. Eu teria que fazer um turno amanhã à tarde.

Fenswick limpou suas colheres e copos de medição e alinhou frascos de vidro contendo fungos e partes de animais com aparência desagradável. Ele sentia muita alegria com todas as suas pequenas estranhezas, mas ver um prato cheio de intestino frio e gelatinoso me deixou um pouco enjoada.

— O que exatamente está tentando encontrar? — perguntou Fenswick uma hora depois, enquanto me serviu de um líquido preto e quente que cheirava a alcaçuz. Tomei um gole, engasguei e engoli tudo. Funcionou: o cansaço fugiu do meu corpo. Senti como se pudesse escalar muitas montanhas de uma só vez, e remexi no baú de novo.

— Uma pista — respondi baixinho.

Acabei cortando meu dedo num papel, e uma gota de sangue brotou na ponta. Frustrada, deixei minha cabeça tombar e me esforcei para não começar a bater com ela violentamente na mesa.

— Por que seu baú mágico deveria ajudá-la nisso? — Fenswick também tomou um gole do líquido. — Certamente, o que quer que você queira, não vai simplesmente saltar para a sua mão.

Suas palavras me atingiram. *O que quer que você queira.* Peguei meus papéis e pesquei a nota que Mickelmas tinha deixado para mim. Sua última mensagem, dois meses antes, em que se lia: *Nunca o que desejar, sempre o que precisar. Até a próxima.*

Talvez não fosse uma simples nota. Podia confiar que aquele velho diabo tinha escondido um feitiço onde eu menos esperava. Sangue brotou na ponta do meu dedo de novo, e me lembrei de um dos velhos panfletos de Zachariah Hatch, o mago favorito da rainha Anne: *Os óleos de sangue são a articulação da realidade, abrindo a porta entre o que é desejo e o que é verdade.*

Sangrei em cima da nota de Mickelmas, depois peguei Mingau — eu o tinha deixado na mesa ao meu lado, pois jamais vou a lugar algum sem ele — e coloquei a nota manchada de sangue no forro de veludo vermelho do baú. Fechei o tampo e comecei a girar Mingau em pequenos círculos.

Era um movimento padrão de feiticeiro, um que achei útil quando tentei um novo feitiço. Quanto mais básico o movimento do bastão, maior clareza eu tinha ao trabalhar a magia.

Eu andava praticando em segredo nos últimos dois meses. Buscando pequenos feitiços no baú de Mickelmas. Eu continuava meu aprendizado incomum ao misturar magia de feiticeiro e de mago. Palavras não funcionavam para mim, ao contrário da maioria dos magos. Talvez tivesse a ver com o meu bastão. Mas encontrar o movimento adequado e concentrar minha vontade tendia a ajudar.

Agora, instintivamente, deslizei Mingau num desenho lento de um oito sobre o tampo. Esta era uma manobra projetada para trazer algo para fora das profundezas da água. Foquei nos Ancestrais. Imagens do horrível Molochoron, um grande pedaço mofado de geleia; da feroz On--Tez, com suas asas pretas e dentes afiados; de Callax, com seus grandes braços musculosos; de Zem, com seu sopro de fogo; de Nemneris, a aranha brilhante gigante — visões de todos os monstros percorreram meu cérebro. O formigamento começou nos meus cotovelos e disparou para as minhas mãos. Meu sangue e minha magia estavam respondendo.

Como eu poderia derrotar os Ancestrais?

Meu foco se estreitou em R'hlem. Eu podia sentir de novo a frieza escorregadia e sangrenta de sua mão na minha garganta. Meus pés escorregando em busca de apoio, e a forma como ele apertou e apertou, tirando a vida de mim. A feiura ardente de seu olho amarelo, assimilando meu rosto enquanto ele me estrangulava.

O florescer do ódio aqueceu meu sangue. Cinzas chiaram contra as linhas das minhas mãos. Me imaginei afundando uma faca em seu maldito peito.

Como? *Como?* Por onde começo?

Mingau pulsou, e o tampo balançou e abriu sozinho. Tinha funcionado. Com um grito animado, olhei lá dentro para encontrar uma tela de pintura enrolada.

Não um livro. Não uma faca. Se eu estava destinada a enfrentar as forças das trevas com uma pintura a óleo de alguma paisagem vívida do interior, não poderia responder pelos meus atos agora.

— O que temos aqui? — grunhi, desenrolando a coisa. — Um retrato de cães vestidos em roupas engraçadas?

— Eu amo essas coisas — comentou Fenswick, de repente muito animado.

Olhei para a pintura... e meu corpo ficou entorpecido. Com pressa, afastei algumas tigelas para abrir espaço e estiquei a pintura na mesa.

Deus do céu.

— O que nas Veredas? — murmurou Fenswick, torcendo a cabeça para a frente e para trás para poder ver melhor.

— O comandante precisa ver isto. — Minha voz tremeu com entusiasmo enquanto enrolei a pintura e a enfiei debaixo do braço.

INFELIZMENTE, WHITECHURCH ESTAVA EM DEVON a negócios, então tive de esperar. Dois dias depois, o comandante estava sentado em seu aposento na catedral obsidiana com a pintura aberta na mesa diante dele. Suas mãos magras e cheias de veias alisavam a tela. Primeiro, ele virou para trás, como eu, para ter certeza de que tinha lido certo. *Retrato de Ralph Strangewayes, em sua casa na Cornualha. Domando o pássaro. Por volta de 1526 a 1540.*

Ele virou a pintura para cima. Mostrava um homem de barba farta, vestido com roupas padrão da era Tudor. Era um tipo de rosto longo com um chapéu com contas de ouro e um gibão verde-floresta.

Era Ralph Strangewayes, o fundador das artes místicas da Inglaterra.

Strangewayes estava em primeiro plano. Atrás dele, havia uma casinha, o lar de um mago. Mas não foi a casa que chamou minha atenção.

Era On-Tez, a Lady Abutre. Eu a notei imediatamente: um grande corpo de abutre preto com a cabeça de uma mulher idosa de nariz adunco. Ela voava alto no céu, acima de Strangewayes. Seus horríveis dentes afiados arreganhados numa careta terrível, as asas pretas totalmente estendidas.

Strangewayes não parecia nem um pouco desconcertado. Na verdade, segurava com alegria uma corrente: uma que esticava até lá em cima para se conectar ao tornozelo de On-Tez. Ali estava uma pintura de um dos Ancestrais trezentos anos antes de a guerra começar. E Ralph Strangewayes, pai de toda a magia da Inglaterra, aparentemente não só tinha lidado com os Ancestrais antes como também tinha sido capaz de controlá-los. De mantê-los como animais de estimação.

De fato, domando o pássaro.

Esperei pela resposta de Whitechurch, tentando não dar pulinhos de empolgação. Afinal, ele poderia estar bravo comigo por desobedecer suas ordens. Bem, não eram exatamente ordens, certo? Eram mais como sugestões. Foi o que falei para Blackwood no caminho até ali; ele insistira em vir comigo, no caso de ter de falar em meu favor, e estava esperando na entrada, como uma sombra desaprovadora.

— Onde você disse que encontrou isto? — Whitechurch finalmente olhou para mim.

— Na coleção do meu pai, senhor. — Blackwood mentiu com facilidade. Eu odiava que ele tivesse de fazer isso, mas era impossível mencionar o baú de Mickelmas.

— Mmm. — Whitechurch virou a pintura. Prendi a respiração. — Tem certeza da data? — perguntou em voz baixa, alternando o olhar entre nós dois.

— Não sou especialista, senhor, mas parece real. Pesquisei a casa de Ralph Strangewayes na Cornualha — falei. Não havia necessidade de lhe contar que minha informação tinha vindo de um dos livros de Mickelmas, *A Ascensão da Magia*. — Fica em Tintagel.

— Você quer ir até lá. — Whitechurch recostou-se na cadeira, acariciando distraidamente o queixo.

— Sim — respondi. Ele ficou em silêncio. Era um momento tenso. — Strangewayes deve ter sido capaz de controlar essas criaturas, se esta pintura for digna de alguma coisa. Se houver algo que possamos aprender...

— É melhor fazer isso. — Whitechurch assentiu. — Blackwood, você é responsável por esta tarefa específica. Vá com Howel.

Eu me calei imediatamente, atordoada. Foi muito mais fácil do que eu esperava. Muito embora eu tivesse achado a maldita pintura em primeiro lugar, e não Blackwood, descobri que não conseguia ficar muito frustrada por ele ter recebido a liderança. Pelo menos, estaríamos juntos nessa.

— Quando devemos partir, senhor? — perguntou Blackwood, parecendo bastante estupefato. Mas se o comandante lhe atribuía alguma tarefa, ele a faria.

— O *Rainha Charlotte* está ancorado nas docas de St. Katharine. Parte hoje para patrulhar a Cornualha contra Aranha, acredito. Vou escrever para Caius para que espere por vocês.

Hoje. Eu não conseguiria dizer adeus a Rook antes de partir — tinha sentido falta dele no café da manhã. O medo de retornar de uma missão e não encontrá-lo mais cresceu dentro de mim. Mas, se houvesse algo na Cornualha que ajudasse a acabar com esta loucura, então valeria a pena.

— Se não se importar de eu dizer, senhor, não consigo acreditar que esteja permitindo isso! — exclamei.

— Eu poderia não ter permitido, se não fosse pelas cartas que recebi. — Ele parecia bastante desconfortável. — A história se espalhou pelo governo da rainha. Estão pedindo que sua majestade ceda às demandas de R'hlem.

O Parlamento me entregaria numa bandeja de prata se pudesse, sem dúvida. Malditos covardes. O governo e o primeiro-ministro, lorde Melbourne, não gostavam de mim. Eles me culpavam por abrir a cidade para o abate e a rainha para o perigo. Mais uma vez, imaginei água fresca escorrendo pelas minhas mãos, me acalmando.

Talvez sair de Londres fosse uma boa ideia.

— Você deveria estar em casa — falou Blackwood para Eliza. Parecia exasperado enquanto nossa carruagem seguia para as docas.

Eliza sacou o grande laço de seda cor de esmeralda de seu chapéu. Num vestido de veludo verde-floresta que destacava seus lindos olhos, tinha se arrumado especialmente para nos ver partir.

— Honestamente, George, você faz eu me sentir como se não devesse me preocupar nem um pouco com sua partida para a guerra — comentou ela.

— Ela tem razão. Você deveria ser mais caridoso — afirmei.

Eliza sorriu para mim, e Blackwood resmungou quando saiu da carruagem e nos ajudou a descer. No chão, esperei o cocheiro colocar minha bolsa nas docas antes de a jogar sobre meu ombro — apesar de Blackwood tentar pegá-la — e saí andando. Ela batia contra minhas costas a cada passo. Eu havia tentado viajar com pouco peso, mas não tinha certeza do que precisaria. A viagem até a Cornualha levaria pelo menos cinco dias de barco se o tempo ficasse bom. Mesmo que tivéssemos uma sorte extraordinária de encontrar a casa de Strangewayes, toda essa expedição duraria praticamente duas semanas.

Duas semanas longe de Rook. Meu estômago se embrulhou de pensar. Eu tinha deixado um bilhete para ele antes de partir, rabiscando apressadamente enquanto Blackwood esperava.

Tenho que atender assuntos da Ordem. Voltarei assim que puder.

Levei dois minutos inteiros considerando se devia escrever ou não a palavra *amor*, e, se sim, em que contexto. Blackwood teve que me lembrar de que a maré não esperava ninguém.

A brisa fresca levantou minhas saias enquanto eu caminhava. Navios estavam ancorados, aguardando na água, com as velas amarradas. Homens subiam e desciam dos cordames enquanto barris e outras cargas eram estocados. Marinheiros lotavam os conveses, suas mangas arregaçadas mostravam braços queimados de sol decorados com tatuagens de sereias travessas ou papagaios malcriados. Um deles me pegou olhando e me deu uma piscadela.

Era minha imaginação ou o estaleiro estava se movendo sob meus pés? Meu estômago se embrulhou. Eu nunca tinha navegado antes. Meu pai supostamente se afogou no mar, o que não tinha me deixado especialmente interessada por isso. Mas então Mickelmas negou essa história logo antes de desaparecer naquela noite terrível na Catedral de São Paulo, quando o mundo caiu ao nosso redor.

Maldito Mickelmas.

Tentei lhe escrever cartas, colocando-as em seu baú e torcendo para que chegassem até ele. Eu continuava perguntando o que ele queria dizer sobre o meu pai, mas nunca houve resposta. Eu não sabia ao certo se ele tinha recebido meus bilhetes ou se apenas não se importava.

Por falar no baú, toquei a alça da bolsinha em meu pulso. Eu havia trazido alguns feitiços de magos. Não todos, é claro, mas nunca dava para saber quando viriam a calhar.

— Lá — disse Blackwood no meu ouvido, apontando para uma embarcação bem grande. Era preta envernizada e avivada em ouro nas laterais, e tinha mastros suficientes para parecer uma verdadeira floresta. — *Rainha Charlotte.*

— Estamos procurando pelo capitão Ambrose, certo? — perguntei enquanto nos esquivávamos de dois homens que empurravam um carrinho de mão. Um deles olhou para Eliza e murmurou algo que eu *esperava* ter entendido errado.

— Whitechurch disse que mandariam alguém para nos ajudar.

— Para nos levar até os penhascos ou até a casa de Strangewayes? — perguntei quando chegamos à... como era mesmo? Prancha de desembarque? Sinceramente, meu conhecimento de coisas náuticas poderia encher um dedal.

— Por todo o caminho. Supostamente é um grande soldado.

— Ora viva! — gritou uma voz familiar.

A cabeça de Blackwood virou com tudo quando Magnus atravessou a calçada em nossa direção.

— É uma reunião? Deveríamos ter convidado todos os antigos Iniciantes do mestre Agrippa. Embora eu acredite que Dee vomite no mar.

Magnus desceu para o estaleiro, sorrindo com facilidade. Ele não havia mudado nem um pouco nos meses em que fiquei sem o ver. Seu cabelo ainda era uma massa brilhante de cachos castanhos, e seus olhos cinzentos ainda brilhavam com irreverência. Sim, ele tinha o mesmo maxilar quadrado, ombros largos e uma expressão irritantemente informal. Meu ânimo despencou. Blackwood parecia como se tivesse engolido um nabo cru. Eliza foi a única que pareceu estar encantada.

— *Você* está aqui? — Blackwood já soava exasperado.

— *Estou,* Blacky, embora aprecie a filosofia da questão. Afinal de contas, qualquer um de nós está aqui? A existência pode ser verdadeiramente comprovada? Você me deu muito o que pensar. — Magnus me ofereceu uma leve mesura. — Howel, que prazer.

— Sim — falei com rigidez. Magnus usava um casaco naval azul bem ajustado com calças curtidas. Olhando mais de perto, notei que seu cabelo tinha faixas douradas. Seu rosto bronzeado estava um pouco avermelhado na ponta do nariz e nas linhas afiadas de suas bochechas; seu corpo tinha ficado mais esguio. Talvez ele *tivesse* mudado nos últimos meses. O menino que conheci na casa de Agrippa tinha experimentado apenas os mais breves momentos de combate. Ele havia se ocupado muito mais com me ajudar a treinar, me mostrar a cidade e se aproximar do que eu devia ter permitido. Ele havia me beijado certa noite, lembrando-me rapidamente de que provavelmente me via como um brinquedo... afinal, ele já estava noivo.

Era verdade que Magnus tinha vindo me ajudar na batalha final contra Korozoth, e eu queria que recomeçássemos como amigos. Mas na última vez que o vi ele segurou minha mão e sussurrou que não conseguiria me deixar. Eu tinha ido embora e não o vira desde então.

E havia ficado perfeitamente confortável com isso.

— Ah, Sr. Magnus — murmurou Eliza, estendendo a mão. — Não fazia ideia de que você estaria aqui. — A maneira exagerada como ela disse indicou que talvez tivesse uma ideia. A insistência em vir nos ver partir fez muito mais sentido. O rosto inteiro de Blackwood pareceu se contrair quando Magnus beijou a mão de Eliza.

— Minha dama, você está mais encantadora do que nunca. É possível que ainda não tenha 16 anos? — Ele estalou os lábios. — Inconcebível.

Eliza deu uma risadinha.

— Estamos planejando uma festa esplêndida para o meu aniversário. Espero que seja um dos convidados.

Blackwood e eu nos entreolhamos. Como se essa expedição não fosse estressante o suficiente.

— Como poderia recusar tal convite? — Ele era só piscadelas para Eliza. Certo. Magnus não tinha mudado nada.

— Vamos — murmurou Blackwood, pegando o braço de Eliza e praticamente a arrastando de volta ao coche.

— Adeus, Eliza. — Acenei para ela.

— Adeus! — Ela sorriu para mim, e depois: — Tchau! — gritou para Magnus. Quase esperei que ela jogasse seu lenço como uma lembrança. Magnus continuou sorrindo maliciosamente. Tolo maldito.

— Não se preocupe, Howel — disse ele, virando-se para mim. — Você vai me ter só para você no barco.

Eu queria estrangulá-lo.

— Como está a Srta. Winslow? — perguntei. À menção de sua noiva, o rosto de Magnus nublou, mas apenas um pouco.

— Ela está bem. E Rook? — O humor desapareceu da voz dele. Magnus sabia sobre a "condição" de Rook. Era verdade que não sabia tudo. Parte de mim queria contar para ele o que estava acontecendo, contar para *alguma pessoa*. Mas só respondi:

— Está ótimo.

Ele ficaria ótimo. Eu iria me certificar disso. Caminhei apressadamente pela prancha, balançando um pouco, e agarrei a grade do navio. Cornualha. Só tínhamos de ir para a Cornualha. Menos de quinhentos quilômetros; com certeza passariam voando. A mão de Magnus roçou minhas costas para me firmar, e eu praticamente dei um pulo.

— Qual é o problema? — Magnus parecia bem surpreso. — Pensei que fôssemos amigos.

Não posso deixá-la. Essas foram suas últimas palavras para mim, e ele se perguntava por que eu estava nervosa? Será que eu não entendia nada dos homens?

Blackwood tropeçou na passarela, xingando em voz baixa. Magnus não conseguiu resistir.

— Você ainda vai aprender a andar no mar, Blacky.

— Diga que não é você quem vai nos levar a Strangewayes. — Blackwood não se preocupou em ocultar sua hostilidade. Infelizmente, esse era o tipo de coisa que Magnus apreciava.

— Eu até diria, mas odeio mentir para você. — Magnus deu um apertãozinho no ombro de Blackwood. — Imagine só. Ficaremos mais próximos um do outro do que jamais estivemos.

Blackwood parecia bravo a ponto de estar inclinado a cometer um assassinato. Com certeza *era* o mais próximo que eles já haviam estado um do outro.

— Howel. Blackwood. — Um homem vestido com o casaco azul de um oficial naval se aproximou. Seu longo cabelo castanho estava preso atrás do pescoço. A única coisa que o identificava como feiticeiro era o bastão na cintura. — Capitão Ambrose, da marinha de sua majestade. Vamos velejar para a Cornualha a pedido da Ordem, é isso? Então não há tempo a perder.

5

A BRISA MARINHA GELOU MEU CORPO enquanto eu me segurava na grade e olhava para as ondas que batiam contra a lateral do navio. O mundo se inclinava a cada guinada. Tudo o que eu tinha lido em histórias sugeria que navegar deveria ser relaxante, com muita limonada e pessoas em roupas atraentes dando risada. Francamente, pensei que vomitaria tudo o que tinha comido naquela manhã e talvez tudo o que comeria depois disso.

Atrás de mim, homens escalavam pelos cordames, ajustavam as velas e mantinham vigília lá em cima. Havia sete feiticeiros a bordo, excluindo Blackwood e eu. Vários deles pairavam perto de... o que era aquilo, o cesto da gávea? Monitoravam o litoral e o mar aberto, caso Nemneris, a Aranha-da-Água, atacasse.

— Eu não me importo que haja uma comitiva de Ancestrais nos esperando quando chegarmos em terra — murmurou Blackwood vindo para o meu lado. — Vou ficar muito feliz de sair deste maldito navio. — Seu rosto bonito estava tingido de verde e representava bem o que eu sentia.

— Somos criaturas da terra, eu diria. Como Magnus está indo tão bem? — Suspirei e, enquanto falava do diabo, Magnus bateu as mãos e chamou a atenção para si. Todos nós vimos ele voar para o alto, até o, ah, diabos, algum *outro* mastro e arrumar uma linha de corda, depois dar um salto mortal de volta para pousar no convés. Ele aceitou os aplausos dos homens do jeito que um gato lambe seu pote de leite.

— Algumas pessoas são boas em tudo — disse Blackwood de forma sombria. — Pelo menos esta guerra é agradável para um de nós. — Ele se lançou pelo convés para falar com Ambrose, que estava discutindo com o timoneiro.

Voltei a olhar para a água; minha determinação afundava. Eu me sentia bem inútil ali. Embora soubesse que era de se esperar, visto que não era nem nunca tinha sido marinheira, isso ainda fazia eu me sentir ridícula.

Claro, estar a bordo deste navio não era o único motivo de meus pensamentos infelizes. Quando tentei tão desesperadamente receber a comenda, não tinha considerado o que significaria para o país. Agora que havia tomado o lugar de sua profetizada, eu tinha aumentado o perigo e não oferecia aos homens e às mulheres da Inglaterra nenhuma proteção verdadeira em troca. Examinando o litoral, pensei em todas as pessoas a quem eu tinha dado esperança... e o quão cruelmente essas esperanças seriam desfeitas.

Chega. Eu estava indo para a Cornualha para encontrar a resposta aos nossos problemas; não voltaria para casa sem isso. Peguei Mingau e lancei um feitiço para me distrair dos meus pensamentos.

A magia esticou sobre minha pele, irradiando do meu peito para o meu braço e por toda a extensão do meu bastão. Com algumas torções, a água quebrando na lateral do navio transformou-se em golfinhos brancos. Um deles deu um giro brincalhão pelo ar antes de mergulhar de volta para o mar.

— Impressionante — disse Magnus, aparecendo ao meu lado. Ele se inclinou contra a grade, mais casual do que nunca.

— Algum sinal de Nemneris? — Pensar na Aranha-da-Água afastava da minha mente o nervosismo de estar perto de Magnus. Na maioria das vezes.

O sorriso arrogante dele morreu.

— Ela não costuma vir tão longe da costa. — Ele apontou para a costa, uma linha manchada de verde e cinza a distância. — Lá é onde ela coloca suas armadilhas. Tece uma teia subaquática, sabe, que captura navios desavisados. Depois disso, só lhe resta esmagar o navio infeliz e... comer seus prêmios.

A mão dele desceu para um item sobre o cinto, um amuleto de madeira esculpida em formato de estrela. Talvez fosse um presente da Srta. Winslow.

— Você já a viu de perto? — perguntei.

— Ainda não — respondeu ele. — Mas ela sempre deixa alguns sobreviventes. Talvez para fazer as histórias circularem.

— Pode ser que ela nos deixe tirar na sorte — sugeri.

Magnus deu risada, soando como vários meses atrás, quando éramos amigos de verdade. Antes de o domo colapsar e a guerra cair sobre nós. Antes daquela noite no meu quarto, quando ele sussurrou no meu ouvido, me segurou contra seu corpo, pressionou seus lábios nos meus. Aparentemente, algumas coisas eram mais fáceis de esquecer que outras.

Enrubescendo, busquei uma rota de fuga.

— Falei algo errado? — perguntou Magnus.

— Não é nada.

— Howel.

Mas a conversa parou por aí. Blackwood caminhou com cuidado até nós, ainda parecendo pálido e doente.

— Estamos navegando mais perto da costa. Ambrose diz que devemos mudar para o barco a remo em dez minutos.

— Você vai estar em terra firme em breve, Blacky. Aqui. — Magnus pegou um balde vazio e entregou nas mãos de Blackwood. — Por precaução. — Então foi embora, assobiando.

— Não sei o que fizemos para merecer isso — resmungou Blackwood.

Logo nós três estávamos a bordo de um barco sendo baixado no mar. O vento uivou, atropelando as ondas num frenesi branco. Os feiticeiros e os marinheiros nos observaram de cima conforme o barco encontrou a água, sacudindo com violência. Mordi o lábio e agarrei as beiradas, me estabilizando.

— Daremos cobertura se algo acontecer — gritou Ambrose.

Maravilhosamente reconfortante. Sentei-me na frente do barco enquanto Magnus e Blackwood ficaram na retaguarda. Magnus não estava de casaco, e as mangas de sua camisa foram enroladas até os cotovelos. Blackwood manteve o casaco. Ele sequer tirou o chapéu.

Magnus deslizou seu bastão ao longo da superfície da água, e uma única onda nos pegou e começou a nos levar na direção da costa. O navio ficou menor ao longe. Eles patrulhariam a costa e, dentro de dois dias, voltariam a este ponto. Teríamos que retornar para o encontro, não importava o que acontecesse. A última coisa que queríamos era ter que atravessar o país para voltar para Londres. Mais do que nunca as estradas eram extremamente perigosas.

Chegamos rapidamente na costa, onde Magnus e Blackwood pularam e puxaram o barco até a praia. As ondas quebraram à nossa volta, espuma perolada cobrindo a areia escura. Adiante, os penhascos nos aguardavam envoltos em névoa. Saí do barco e estudei as formações rochosas escarpadas. Tínhamos chegado perto de uma gruta na maré baixa: Caverna de Merlin, se me lembro corretamente. Tintagel era repleta de coisas do ciclo arturiano. Eu havia desejado ver esse lugar desde que minha tia me contou as histórias quando eu era pequena. Era supostamente a caverna onde Merlin encontrou o bebê Arthur. Espiei lá dentro. O lugar estava coberto de craca e algas, o perfume de mar e sal era tão forte que quase engasguei. As pontas das minhas botas ficaram úmidas de imediato, e a barra da minha saia escorregou para a água enquanto eu olhava para o topo do penhasco.

— Como imaginam que as pessoas normais possam subir e descer dessas coisas? — Magnus refletiu enquanto golpeava seu bastão em vários pontos em torno de seus pés. — Escalam?

— Que chatice — falei com um sorriso. Ao mesmo tempo, nos levantamos em colunas de ar, e tive que me forçar para não fitar a costa e o barco ficarem cada vez menores. Mantive meus tornozelos em linha reta, balançando apenas um pouco quando alcançamos o topo.

A área ao nosso redor estava coberta de névoa densa. À esquerda, escombros de pedras pontilhavam um campo gramado. O contorno de uma grande construção era visível entre os destroços tomados por ervas daninhas.

— O que é aquilo? — Magnus seguiu meu olhar.

— As ruínas do Castelo Tintagel — respondi com melancolia. Supostamente era onde ficava a casa de Arthur. E pensar que Ralph Strangewayes tinha feito sua morada num lugar tão histórico. Magnus deixou a mala escorregar dos ombros para o chão, abrindo-a e pegando um mapa com uma aparência surrada de algo que já tinha sido bastante manuseado.

— Estamos aqui — disse ele, apontando para a ponta da linha costeira. — A casa de Strangewayes fica a cerca de oito quilômetros a leste para o interior.

Não era a pior caminhada de todas, mas provavelmente teríamos que acampar; o sol já estava descendo para o mar, e ninguém queria andar por ali no escuro.

— Você tem certeza de que a casa ainda está lá, Howel? — perguntou Magnus.

— Acho que sim — admiti. Whitechurch tinha feito um espelho d'água para encontrar a localização e ter certeza de que havia *algo* lá antes de Blackwood e eu sairmos. Ainda bem que Strangewayes tinha sido famoso o suficiente para que sua casa fosse um popular destino turístico. Como tal, a localização estava listada em mapas. No espelho de vidência, encontramos uma área envolta completamente em brumas, tão espessa que era difícil de ver através dela. Mas havia o contorno de um edifício, o suficiente para nos enviar para lá.

Nós seguimos pelo caminho rochoso, com o mar às nossas costas. À medida que entramos mais fundo pelo campo, a névoa baixou sobre minhas roupas, esfriando tudo em mim. Parecia que as brumas nos *tocavam*, como se fossem sencientes. Como se quisessem nos segurar.

— Só estou feliz que a Aranha não apareceu — murmurou Magnus.

— Ela não aparece nas falésias, não é? — perguntei.

— Não dá para saber. — A expressão dele endureceu.

— Está tudo bem?

— Você sempre fala tanto assim quando está numa missão, Howel? — Nunca o tinha ouvido agir de forma grosseira antes. Ele pigarreou. — Desculpe. Eu só...

— Quietos. — Blackwood parou e lentamente pegou seu bastão. Por instinto, desembainhei Mingau também. — Ouviram isso? — Seus olhos verdes se estreitaram quando ele examinou o terreno.

— Não — respondi, então calei a boca. O mundo ao nosso redor parecia respirar. Sem pássaros, sem brisa. Nada além de um silêncio morto.

Eu podia senti-lo, o movimento de algo na névoa. Algo incrivelmente errado. Blackwood criou uma espada de resguardo em seu bastão; vi seu fraco perfil amarelo.

— Abaixem-se! — gritou ele quando um Familiar com oito pernas horríveis e presas rangendo atacou.

6

EXPLODI EM CHAMAS AZUIS, lançando bolas de fogo contra o monstro, que se esquivou muito agilmente e pulou no ar com as pernas esticadas para os lados. Magnus e eu rolamos para fora de seu caminho quando pousou com as mandíbulas clicando.

Era um dos vermes de Nemneris. Eu já os tinha visto antes, mas apenas na segurança de um espelho d'água na biblioteca de Agrippa. O abdome inchado e as oito pernas eram similares aos de uma aranha, e seus troncos pálidos e grotescos, sua cabeça calva e seus braços eram quase humanos. Este monstro tinha pinças rangentes onde deveria haver uma boca. Um longo e viscoso fluxo de veneno pingava de suas presas.

O verme gritou quando saltou para Blackwood, que brandiu sua espada e desferiu um golpe certeiro. Uma nuvem de sangue preto jorrou da perna da criatura, que recuou alguns passos, clicando de dor.

Magnus bateu o bastão no piso e mandou uma onda de choque pela terra, tirando o equilíbrio do animal enquanto eu lançava fogo novamente. Desta vez, minha magia encontrou seu destino, e o Familiar murchou quando as chamas o consumiram, as oito patas se enrolando em seu corpo. Ouviu-se um ruído grotesco quando seus olhos pretos explodiram, jorrando meleca viscosa. O cheiro acre da morte queimou minha garganta.

— Howel, cuidado! — Magnus pulou sobre mim, me empurrando bruscamente para o chão. Outro verme saltou da névoa, caindo em cima de Magnus. Meus movimentos eram lentos demais, morosos demais.

— Aguente firme! — Blackwood disparou força de resguardo no peito da coisa. Ela saiu de cima de Magnus, que se levantou, agarrando um braço ensanguentado. Mas ele estava vivo. Graças a Deus.

Girei um feitiço que tinha projetado antes, uma mistura de meus poderes de feiticeira e de maga. A terra formou uma grande mão para puxar o monstro para baixo, mas o Familiar afastou-se do aperto muito rápido. Maldição.

Magnus levantou seu bastão... e desabou para trás. Sua cabeça caiu para um lado, seu corpo manco. O Familiar avançou, pinças clicando com satisfação. Soltei um grito, tentando desesperadamente pensar em outro feitiço.

Algo cortou o nevoeiro e bateu direto na cabeça do Familiar. O verme pulou para trás enquanto o líquido preto se pulverizava sobre o chão. A fera se contraiu uma vez e ficou imóvel, seu rosto hediondo partido ordenadamente em dois por um machado. Corri para Magnus e me ajoelhei ao lado dele.

— Quem está aí? — chamou Blackwood, girando. Um menino pequeno, com não mais que 12 ou 13 anos, se aproximou saindo da névoa. Ele vestia calças desgastadas e um colete puído, e tinha um boné na cabeça. O menino olhou para Magnus, que gemia de dor.

Magnus. Seu braço ostentava duas perfurações inchadas, quentes e já pulsando com a infecção. O Familiar o tinha envenenado.

— Não — sussurrei, pensando rápido. Será que eu havia trazido algum feitiço ou medicamento curativo? O que tinha aprendido com Fenswick sobre reduzir a velocidade de um envenenamento? Não havia tempo nenhum a perder.

— Se não o tratarmos logo, ele vai morrer. — O menino ecoou meus pensamentos agitados. Ele arrancou o machado da caveira do monstro. A lâmina se soltou com um som molhado, como o barulho de puxar uma faca de uma abóbora. — Melhor irmos embora. Eles caçam em bandos. — O menino limpou a lâmina do machado na grama. — Venham comigo. — Ele fez sinal para o seguirmos, e Blackwood e eu tomamos os braços de Magnus. Nós o colocamos de pé e o seguramos entre nossos corpos.

O menino nos levou de volta às ruínas do castelo, esquivando-se das pilhas de escombros e pedras cobertas de musgo. Ao entrar pelo que tinha sido a muralha externa do castelo, ele revelou uma porta de porão subterrâneo. O garoto abriu a porta, que soltou um rangido alto e nos indicou para irmos adiante.

Estávamos seguindo um estranho com um machado pelo subsolo, onde o ar era parado e úmido, mas tudo o que me interessava era o pulso acelerado de Magnus enquanto eu ajudava a descê-lo para entrar, minha bochecha pressionada contra seu pescoço. Com cuidado, Blackwood e eu o deitamos no chão lamacento.

Velas acesas estavam presas nas paredes rochosas. Quando o menino fechou a porta, a única luz natural veio de uma fenda no teto da rocha. Blackwood teve de se esquivar para evitar bater a cabeça enquanto eu me ajoelhava ao lado de Magnus para ver o menino em ação.

O menino tirou o casaco de Magnus e arrancou a camisa, expondo o peito. Eu quase me afastei da falta de pudor da cena, mas me controlei. Magnus estava morrendo, pelos deuses. Fiquei focada em seu rosto.

— Quem é você? Como sabe o que fazer? — A voz de Blackwood ecoou na caverna.

O menino não respondeu. Em vez disso, pegou uma faca e cortou as feridas no braço de Magnus. Líquido claro saiu das mordidas. O garoto deu uma inspirada profunda e depois chupou as marcas, cuspindo o veneno na parede.

— Você pode fazer isso? — perguntei, assustada de horror.

O garoto tirou o chapéu. Selvagens cachos vermelhos e brilhantes caíram. Com a adição do cabelo, a aparência do menino mudou. Seus lábios pareciam mais cheios, a inclinação de seus olhos era mais feminina. Era uma jovem, não um garotinho. Ela olhou para mim; havia um conhecimento firme em seu olhar.

— Posso sim. Se puder, me passe essa mala. — Ela indicou com a cabeça uma bolsa de couro ao meu lado. — Depois vá lá para cima e vigie. Não há mais nada de útil que você possa fazer.

A cadência de sua voz soava do norte, talvez escocesa. Entreguei a mala enquanto Magnus começou a resmungar e agarrar o ar.

— Não, vá embora. Ele ainda pode estar vivo! — Ele falou para fantasmas invisíveis. Espuma salpicava os cantos de sua boca. Seu corpo inteiro ficou rígido, e ele começou a convulsionar violentamente.

— Magnus! — Tentei tocá-lo, mas a garota bateu na minha mão.

— Vá agora! — gritou ela.

Blackwood escancarou a porta, puxando-me depois dele. Eu só podia ouvir os gritos e soluços delirantes de Magnus.

Blackwood e eu nos sentamos na beira da caverna com nossos bastões em mãos. Meus joelhos não paravam de tremer, e olhei para o céu. A luz tinha ficado púrpura, e o sol havia atingido a linha do horizonte.

Meus dentes começaram a bater, o que não tinha nada a ver com o frio arrepiante da noite.

— Ele vai ficar bem. — Blackwood se agachou, pronto para a ação. — Magnus tem um estoque absurdo de sorte que não vai se esgotar agora. — Mas ele parecia inseguro. Blackwood levantou-se e caminhou para a frente, examinando cautelosamente a área aberta à nossa volta. Contudo, eu podia sentir que os Familiares tinham partido. O ar não parecia tão imóvel e horrível agora.

Lentamente, os gritos de Magnus começaram a rarear. *Por favor, Deus. Faça com que seja um bom sinal.*

— O Familiar deveria ter me mordido, não a ele. — Rolei Mingau em minhas mãos, traçando meus dedos ao longo das folhas de hera esculpidas que decoravam a extensão do bastão. Um vestígio muito fraco de luz azul brilhava em um dos ramos.

— Não comece a pensar assim. — Blackwood sentou-se ao meu lado de novo.

Ouvimos o rugido das ondas bem abaixo de nós. Enfiei a ponta da minha bota na terra macia, desenhando setas e círculos. Não havia nada tão infernal quanto esperar.

— Sei que você gostaria que não tivéssemos vindo aqui — falei por fim, incapaz de manter o silêncio.

Blackwood deu de ombros, um movimento estranhamente casual para ele.

— Não teríamos nenhuma serventia em Londres. Ao menos aqui pode ser que encontremos algo.

Meus pensamentos se voltaram para o que Whitechurch havia dito, sobre como eu não conseguia me sentir inútil. Blackwood definitivamente tinha uma motivação similar. O que mais o obrigaria a subir e treinar todas as manhãs em sua sala de obsidiana antes que o céu estivesse iluminado? Olhei os entalhes do meu bastão, depois olhei para os do dele. Idênticos em todos os sentidos.

— Às vezes acho que somos bem parecidos.

— Sim. — A menor sugestão de um sorriso agraciou seus lábios. Ele pegou Mingau por um momento e traçou seus dedos em alguns dos entalhes. Os cabelos do meu pescoço ficaram de pé. Parecia estranhamente íntimo.

— Certo. Venham — chamou enfim a garota.

Rastejamos para dentro para encontrar Magnus deitado com um casaco enrolado sob sua cabeça como um travesseiro improvisado. Seu braço estava enfaixado, e ele parecia descansar. Seu peito, agora coberto, subia e descia uniformemente com sua respiração. Ele sorriu fracamente quando Blackwood e eu entramos.

— A médica mais estranha que já vi — murmurou ele, olhando para a menina de cabelos vermelhos. Ela derramou água sobre alguns utensílios de aparência grosseira para limpá-los e olhou para Magnus de um jeito mordaz. — E de longe a mais competente — acrescentou ele.

— É bom não se esquecer disso. — Mas ela sorriu, enfiou os instrumentos numa mochila e a jogou sobre o ombro. — Está um pouco abafado aqui. Preciso de um pouco de ar. — Sem falar mais nada, ela passou por nós e saiu porta afora.

— Vou agradecê-la. — Blackwood saiu. Senti que ele também queria ter uma noção melhor de nossa misteriosa salvadora.

Mesmo com as velas acesas, a luz estava ficando horrivelmente fraca na caverna. A noite caía rápido; o vislumbre do céu na rachadura acima tinha escurecido e se tornado um violeta profundo. Moldei uma chama num orbe queimando e suspendi acima.

— Howel? — murmurou Magnus.

Eu o forcei a não se mexer.

— Você precisa descansar.

— Então fique comigo. Ria das minhas piadas e diga que sou maravilhoso. — Ele estremeceu de dor.

— Não sei ao certo se posso ajudar com isso — falei, sentindo uma onda de alívio me inundar. Não soava como se ele estivesse à beira da morte.

— Preciso lhe dizer. — Magnus engoliu em seco, depois continuou: — Desculpe meu comportamento no navio.

Eu não sabia o que responder. Para me ocupar, peguei um dos nossos cantis e servi um copo.

— Só queria que as coisas voltassem ao normal entre a gente. — Ele se moveu, estremecendo, e desta vez o ajudei a sentar-se lentamente. Seu corpo estava quente contra o meu. — A última vez que nos vimos, eu... disse coisas que não deveria. Sinto sua falta, Howel. — Ele deu um sorriso cansado. — É um inferno não poder fazer piadas com você.

Eu também sentia falta de fazer graça com ele.

— Amigos? — perguntou ele.

Não falei nada enquanto lhe dei a água e ele bebeu. Finalmente, eu disse:

— Quero que sejamos amigos. Mas... — Mordi meu lábio e segui em frente: — Não quero nada mais do que amizade. De verdade. — Eu estava sendo sincera. Havia Rook, afinal, e, mesmo sem ele, qualquer desejo que sentira por Magnus ainda estava contaminado pelo que tinha acontecido. Ele assentiu solenemente.

— Tem minha palavra, nunca mais falo com você sobre nada. Teremos um novo começo neste momento.

Ele parecia estar sendo franco e sincero, e, droga, eu tinha sentido falta disso.

Suspirei aliviada.

— Bem, suponho que seria errado dizer não à pessoa que me tirou do caminho do perigo.

Seu rosto se iluminou.

— De fato. Bem heroico da minha parte, você não diria? E recebi uma ferida tão lisonjeira. — Ele gemeu ao mover o braço enfaixado. — Parece que tirei minha camisa em algum momento. Aquela pobre garota deve ter ficado à beira de desmaiar.

Falando nisso, a voz de Blackwood e a da menina se destacaram acima de nós. Fiz Magnus tomar outro gole de água.

— Bem, eu não deveria ter sido tão fria com você na doca. Fiquei chocada ao vê-lo — confessei baixinho. — Então você era o mesmo Magnus de antes.

— O mesmo — repetiu ele. Sua boca levantou-se numa fraca tentativa de sorriso e ele estremeceu. — Sei que você me vê como um bufão risonho. Mas sou mais do que um cara que flerta com toda garota bonita que vê, sabe?

Eu nunca o tinha visto tão sério.

Quem poderia dizer o que ele havia testemunhado nos dois meses desde que nos separamos?

— Eu sei — admiti. Magnus esticou-se no chão, colocando uma mão delicadamente atrás da cabeça.

— Pedras dão um travesseiro excelente — disse ele. Ri mais forte do que pretendia.

Blackwood entrou na caverna e, sem cerimônias, soltou uma mochila ao lado de Magnus.

— Jantar — disse, oferecendo uma expressão que poderia caridosamente ser chamada de careta.

Magnus abriu um olho e bateu na terra ao nosso lado.

— Venha aqui cuidar de mim, Blacky. Preciso do seu toque de curandeiro.

Blackwood travou o maxilar. Aparentemente, ele não estava tão sentimental em relação à luta de Magnus com a morte quanto eu.

— Não podemos acender uma fogueira, mas temos um pouco de carne-seca. — Ele me entregou uma tira. — Está tudo bem?

Ele parecia sombrio, como se alguma coisa desesperadora e escandalosa pudesse estar acontecendo. Honestamente.

— Acho que preciso tomar um pouco de ar. Sua vez de bancar o enfermeiro — falei. Com isso, fui até a entrada enquanto ele se agachou ao lado de Magnus.

— Você vai me alimentar amorosamente com suas próprias mãos? — Magnus suspirou.

Blackwood murmurou algo enquanto rastejei para fora da caverna, xingando ao bater minha cabeça no teto. Meus olhos se encheram de lágrimas com a dor. Cheguei do lado de fora e me examinei com desânimo. A frente do meu vestido estava imunda, e minhas mãos estavam rachadas com sangue seco. Eu devia ter trazido o cantil. Espanando minha saia da melhor forma possível, espiei a garota de calças e me aproximei. Ela estava sentada sobre uma das pedras, olhando para o horizonte. A névoa tinha quase se dissipado, e o laranja e o violeta brilhantes do pôr-do-sol eram gloriosos. Parei, sem saber o que poderia dizer a essa garota. Obrigada, obviamente, mas o que mais? Ela tinha um olhar de concentração intensa.

— Venha para cá. — Ela gesticulou para eu chegar mais perto. Alisei minha saia e me sentei numa pedra ao lado dela, me ajeitando para ficar confortável. Ela notou, e sorriu com divertimento. — É melhor comer isso aí. — Ela indicou com a cabeça a comida na minha mão. — Nunca dá para saber quando vai precisar de sua força.

Meu estômago resmungou em concordância. Rasguei a carne-seca, estremecendo com o gosto salgado. Alguns dias atrás, eu estava comendo pão de gengibre num salão. Minha nossa, como as coisas mudam. Eu não queria me tornar uma idiota mimada, por isso fiz um barulho aprovador.

— É gostoso — comentei.

A garota riu, pegou seu machado e começou a limpá-lo com um paninho. Ela encarou sua arma com uma expressão amorosa. Seus olhos eram de um castanho suave — cor incomum para alguém com um cabelo ruivo tão brilhante. Havia algo em seu olhar que parecia familiar, embora eu não conseguisse dizer o quê.

— Sou Henrietta Howel — apresentei-me, batendo no meu peito para fazer a comida descer. — Nós somos...

— Feiticeiros. Têm essas varetas mágicas. — Ela segurou seu machado e o estudou. — Maria Templeton.

Ela ofereceu a mão para eu apertar e aceitei. Sua pegada era firme e a pele, áspera.

— Srta. Templeton — falei, o que a fez rir com vontade. Ela balançou a cabeça, fazendo seus belos cachos saltarem.

— Não parece certo ser chamada assim. Importante demais. Maria está bom. Agora — disse ela —, o mal-humorado falou que vocês estão procurando uma casa.

— Sim. — Eu não queria revelar muito do nosso plano. — Algo assim.

Maria resfolegou.

— Ninguém mais vive nesta região. Há algumas aldeias, mas estão vazias. Casas para os mortos.

Dei de ombros.

— Você viaja sozinha?

— Companhia para quê? Eu me basto. — Ela soprou um cacho vermelho dos olhos. — Os feiticeiros esquecem que a magia não pode resolver tudo.

Ela bateu na alça de seu machado.

— Uma boa lâmina faz maravilhas. — completou.

Ali estava uma garota da minha idade, morando nas ruínas de um castelo, vestindo calças e matando monstros. Senti como se a capacidade de pegar fogo fosse pouco em comparação.

— Obrigada por nos ajudar. Magnus estaria morto sem você; muito provavelmente todos nós estaríamos.

Maria assentiu. Ela olhou para o mar de novo; o vento frio soprava seu cabelo para trás. O machado que estava no seu joelho brilhava à luz baixa. Ela era habilidosa com aquilo, sem dúvida. O seu olhar era confiante e eficiente.

— Você gostaria de vir conosco? — convidei. Maria ergueu as sobrancelhas, surpresa. — Só pensei que poderíamos ajudar uns aos outros.

— Você acha uma lâmina útil, então? — perguntou ela.

— Certamente. E uma curandeira. Se nos depararmos com um Ancestral, você poderia *nos* usar. Não acho que um machado seria tão útil nessa situação.

Maria considerou a questão.

— Você está numa missão, não é? O lorde mal-humorado ali não parece do tipo que acampa por esporte. — Ela me lançou um olhar agudo. — O que estão procurando?

— Algo mágico — respondi. Era verdade. Maria deu um sorrisinho.

— Não confia em mim ainda. Não, eu não a culpo — disse ela, levantando uma mão para interromper minha resposta. — Mostra que tem algum senso. Certo. — Ela se levantou, espanando as calças. — Parece uma barganha.

O sorriso dela morreu quando ela estremeceu e agarrou a barriga. Ah, não.

— Você está bem? É o veneno? — Eu me levantei rapidamente.

— Vou ficar bem. — Ela se esticou e olhou para a lua pálida que tinha acabado de aparecer no céu. — Vamos nos revezar para vigiar a chegada de Familiares. — Ela apoiou o machado no ombro. — Fico com o primeiro turno.

ACORDEI DE NOITE, COM O SOM de alguém falando baixinho lá fora. Com o coração acelerado, dei um salto e olhei em volta. Magnus e Blackwood estavam aconchegados em lados opostos da caverna, dormindo profundamente. Mesmo com sua lesão, Magnus esticou-se, reivindicando espaço. Os braços de Blackwood estavam grudados no seu corpo de um jeito protetor. Inconscientes, eles ainda se revelavam perfeitamente.

A voz lá fora continuou a falar. Maria. Pelo som, ela estava se afastando da caverna. Me levantei devagar e me arrastei para a porta, abrindo-a suavemente para não fazer barulho.

O luar era forte, lançando uma luz áspera e prateada no mundo ao nosso redor e delineando lindamente as ruínas do castelo. As nuvens tinham sumido, e o céu era uma tapeçaria densa de estrelas. Tremendo, parei na entrada. Adiante, vislumbrei a figura branca de Maria.

Os braços dela estavam acima da cabeça, e sua boca se abriu como se gritasse silenciosamente. Mesmo de onde eu estava, podia ver o quanto ela parecia pálida. Ela baixou os braços para se abraçar. Ajoelhando-se, acenou as mãos sobre um arbusto florido ao lado do castelo.

— Bendita seja a terra embaixo, mãe de misericórdia, mãe da vida. — Ela beijou o chão. Algo no meu sangue respondeu ao seu chamado. Maria se esticou de volta para o céu.

Ela estava mal. Devia ter tomado muito do veneno. Eu queria ir até ela, mas algo dentro de mim sussurrou para ficar fora da vista e assistir.

Ela botou as mãos no arbusto de novo e voltou a falar. Algumas de suas palavras se perderam, mas escutei:

— Que este sacrifício a honre e cure minhas feridas. — Ela inclinou a cabeça de novo, pousando as mãos na terra.

O arbusto secou e morreu diante dos meus olhos, as folhas se arrepiaram e se tornaram castanhas, e as pequenas flores se decompuseram e caíram no chão. Maria arqueou as costas, cabelo balançando ao vento. Sua pele brilhava translúcida sob a lua. Eu podia *sentir* o veneno queimando no corpo dela. O poder que ela tinha acordado da terra ainda pulsava em mim, tão certo quanto as batidas do meu coração.

Era diferente da magia de feiticeiro, que eu sentia como chuva fria na minha pele, ou magia de mago, que cantarolava no meu sangue e no meu cérebro. Era magia fundamental da terra ecoando nos meus ossos. Eu me arrastei de volta para dentro, fechei a porta o mais silenciosamente possível e deitei de novo. Não pude impedir o pensamento que explodia na minha mente. O que eu tinha visto... Não havia como negar.

Maria era uma bruxa.

7

CONFORME MARCHÁVAMOS ATRAVÉS DA NÉVOA na manhã seguinte, eu ficava olhando de soslaio para Maria. Quão comum ela parecia à luz do dia — quer dizer, tirando o seu hábito de usar calças e carregar armas. Difícil de acreditar que ela tinha ficado sob a lua poucas horas antes e se curado por meio de magia proibida. Mais difícil ainda de acreditar em quão calma, até mesmo animada, ela era. Enquanto olhava ao redor, alerta para outro ataque de Familiares, cantarolava uma melodia despreocupada.

E se ela soubesse que eu sabia? O que diria? Eu nunca tinha visto uma bruxa. Quando a guerra começou, as bruxas foram caçadas e queimadas em número recorde. Punição para Mary Willoughby, a bruxa que tinha ajudado a abrir o portal e deixado os Ancestrais passarem. Eu era muito jovem para ver as fogueiras, mas viver em Yorkshire me colocou perto de muitas delas. Eu me lembrava de acordar para o ar da manhã cheirando a *cozido*.

Maria teria sido uma menina pequena quando aconteceu. Será que ela perdeu alguém? Amigos? Família? Só de pensar fiquei nauseada.

Subimos uma colina e descemos outra, e minhas botas afundaram na lama. Conjurei um feitiço do ar para secá-las, bem como a barra da minha saia. Enquanto eu cuidava das minhas roupas, Maria me fez um gesto de perplexidade.

— Quem vai para a batalha com roupas de damas? — indagou ela.

— Não há nada errado em ser uma dama — respondi, enrubescendo. Claro que ela tinha razão, mas os feiticeiros da Ordem teriam palpitações cardíacas coletivas se me vissem vestida como um menino.

Ou associada com uma bruxa, mas eles não precisavam saber de tudo.

— Por que *você* usa calças? — perguntou Blackwood.

Maria deu de ombros.

— Já tentaram subir numa árvore de vestido? — devolveu ela.

— Não. — Blackwood revirou os olhos.

— Uma vez. — Magnus sorriu. — Foi para uma aposta. Eu ganhei.

Nossa, que imagem. Maria riu e desacelerou para caminhar ao lado de Magnus. Eles pareciam se dar bem, e não na maneira habitual e paqueradora que Magnus usava com jovens damas. Ao caminhar, ela lhe mostrou como lidar com seu machado. Não demorou muito tempo até que ele o arremessasse num arco hábil pelo ar direto até uma árvore, mesmo com apenas um braço bom. Blackwood caminhava ao meu lado, sempre passando sua mochila de um ombro para o outro.

— Como você pode ter certeza de que ela *não* é uma espiã? — murmurou ele, continuando uma discussão que tínhamos começado naquela manhã. Quando Maria se voluntariou oficialmente como nossa nova companheira, Magnus tinha ficado satisfeito e Blackwood, arredio.

— Precisamos ser cautelosos com quem aceitamos — dissera ele quando ela tinha notado sua reação menos do que entusiasmada.

— Qual seria uma apresentação melhor? A parte de salvar sua vida — disse Maria de forma mordaz —, ou a parte de salvar a vida *dele*. — Ela indicou Magnus com a cabeça.

— Minha vida. Sem dúvida. — Magnus apertou a mão dela. — Bem-vinda ao time.

Blackwood não falou mais nada, mas, agora que estávamos aqui, ainda discutíamos baixinho o assunto. Ele era o homem mais teimoso do mundo.

— Podemos nos beneficiar de uma curandeira. Além disso, você ficaria confortável ao deixar uma garota sozinha aqui? — sussurrei, erguendo minha saia e pulando um trecho lamacento.

Blackwood fechou a boca numa linha fina, e enfim silenciou. Caminhamos em alerta quanto a mais Familiares ao passarmos por uma aldeia abandonada e depois por outra. A visão delas nos deixou desconfortáveis. Não havia sinais de incêndio, nenhuma destruição para explicar por que as pessoas tinham desaparecido. Era como se elas simplesmente tivessem se levantado e sumido.

Ao meio-dia, paramos para um breve descanso e para que Blackwood formasse um espelho de vidência. Ele convocou água do chão lamacento e projetou a localização da casa de Strangewayes. Precisou de algumas tentativas, mas com a ajuda do mapa logo a vimos: uma autêntica camada de névoa em torno do que parecia ser uma pequena casa.

— Estamos chegando — disse ele, deixando a água cair de volta no solo. Ele apontou adiante. — Essa cobertura de árvores parece familiar.

De fato, estávamos na fronteira de um bosque que aparentava ser bastante antigo.

No instante em que entramos em meio às árvores, a névoa nos envolveu. Era tão espessa que comecei a tossir. Magnus xingou, e acendi minha mão em chamas para nos fornecer alguma luz. Isso nos ajudou bem pouco, pois só forneceu visibilidade suficiente para mover um ou dois passos de cada vez. Parecia que as brumas queriam nos expulsar dali.

Então vimos a casa.

Uma velha cerca de madeira circundava um terreno com ervas daninhas crescendo de forma desordenada. A cerca já estava lascada e soltando dos postes, o celeiro mais além estava em ruínas. A madeira estava cheia de umidade e branca por conta do tempo ao ar livre. À direita, uma cabana de pedra cinzenta coberta de musgo tinha afundado no chão. Em resumo, parecia qualquer outra fazenda abandonada encontrada na Cornualha.

Mas a *magia*.

Ela começou a ferver no ar, cobrindo o interior da minha garganta como mel. Blackwood fechou os olhos com força. Ele também sentiu.

— Há mágica aqui. — Ele estendeu a mão e tocou apenas névoa e ar. — O encantamento é poderoso.

— Encantamento de mago? — Magnus seguiu adiante e saltou a cerca. Ele se virou e depois voltou com uma expressão intrigada. — Parece estranho, não? Não é muito humano.

Agrippa havia me ensinado apenas as formas mais rudimentares de encantamentos, mas os rapazes aprenderam mais. Um encantamento ia mais fundo do que um mero ilusionismo: permeava a realidade de uma área, mergulhando-a em ilusão. Se eu entrasse naquela casa de pedra agora, pareceria qualquer outra casa comum, abandonada. O que quer que Strangewayes estivesse escondendo iria permanecer oculto a olho nu.

Encantamentos, para dizer o mínimo, eram complicados.

— Pode ser feérico em sua natureza. — Blackwood parecia confuso. — Mas as Fadas geralmente não se importam com áreas próximas ao mar.

De fato, as Fadas eram um povo das florestas. Grandes quantidades de água salgada as repeliam.

— Corte o ar — disse Magnus, preparando seu bastão. Uma simples espada de resguardo poderia romper encantamentos mais fracos.

Cortei o ar com Mingau duas vezes sem resultado algum. Maldição. Magnus fez sua própria tentativa, embora ele estivesse um tanto desajeitado com o braço enfaixado. Enchendo minhas bochechas de ar, passei na frente da cerca. Maria riu.

— Desculpe, mas vocês três parecem tão irritados. — Ela tirou a bolsa dos ombros e a colocou no chão. Seus pequenos dedos tocaram o topo de seu machado; ela parecia confiar nele para apoio, da maneira como eu dependia de Mingau. — Vocês não têm nenhum outro poder para usar?

E você?, eu queria perguntar. Quem sabia que talentos as bruxas tinham para romper encantamentos? Mas talvez elas nunca tivessem tido muita experiência com isso. Magos, afinal, eram a raça conhecida por lidar com esses tipos de ilusões. Agora, Mickelmas provavelmente teria sido de grande ajuda.

Isso me deu uma ideia. Agarrando minha bolsa, vasculhei em busca de... Sim! Abri um dos feitiços do baú de Mickelmas. Maria o fitou com uma expressão intrigada.

— É trabalho para um mago, não é? — Blackwood parecia consternado.

Magnus só deu uma olhada por sobre o meu ombro para ler:

COMO TRAZER VERDADE DE UMA MENTIRA
Uma lâmina, obviamente
Um fio, se você tiver (se não tiver, não sei como ajudar.
Você não está de roupa?)
Mergulhe o fio no sangue — PRECISA SER SANGUE DE MAGO.
Enfie direto.
O que é falso se torna verdadeiro; o que está escondido pode ser revelado.
A língua do p funciona muito bem. Ou sumério antigo.
O que vier mais naturalmente.

Procurei na minha manga por um fio perdido, encontrei um e puxei. Cortando com meus dentes, eu o entreguei para Maria, que olhou para o fio como se ele fosse mordê-la. Então, inspirando fundo para me preparar, cortei de leve meu polegar com minha lâmina. Fui tão delicada quanto possível, mas a picada ainda fez meus olhos lacrimejarem. O sangue jorrou e correu pela minha mão. Maria engasgou chocada quando peguei o fio, ensanguentei-o e o devolvi. Ela olhou para mim como se eu tivesse enlouquecido.

— Segure o fio bem na minha frente.

— Quê? — Mas ela obedeceu, franzindo a sobrancelha ao manusear a coisa sangrenta.

Meu polegar latejava, mas afastei a dor da minha mente. Fechando os olhos, pensei: *O que é falso se torna verdadeiro. O que é falso se torna verdadeiro.* Imaginei uma cortina invisível erguendo a casa e meu sangue começou a zumbir suavemente. Usando Mingau, cortei o fio e abri os olhos.

Um rasgo cortou a névoa ao meio, limpo como se tivesse sido feito por uma lâmina. A luz do sol, meio que amanteigada, jorrava da ferida no ar. Magnus aplaudiu enquanto Maria testava a mão pela fenda. Os olhos de Blackwood se arregalaram, mas ele não emitiu nenhum som.

— Feiticeiros não podem fazer... isto. — Maria ofegou.

Aguardamos um momento para Maria derramar água no meu corte e enfaixá-lo. Então, um por um, passamos pela fenda e entramos num estranho e surreal país das maravilhas.

A grama, que antes tinha sido daninha e escassa, agora crescia cor de esmeralda, luxuriante, e subia até o joelho. Plantas que eu nunca poderia identificar floresciam em abundância. Um arbusto exibia flores com pétalas pontudas de uma cor azulada, acinzentada e arroxeada; essa visão me desanimou. Outra sebe continha folhas que eram de um rosa vibrante, com botões floridos que se abriam e se fechavam quando passávamos. Olhando de perto, dava para ver olhos minúsculos adornados, encarando-nos de dentro das profundezas da flor. Extraordinário.

— Vejam a casa — indicou Blackwood, sua voz suave por causa do espanto.

O chalé atarracado e musgoso tinha sumido. No lugar, estava uma casa elegante no estilo Tudor, com um telhado de duas águas, janelas de vidro chumbadas e uma entrada arqueada de tijolos. Um lado da casa estava coberto por um crescimento exuberante de hera. Cata-ventos decoravam o telhado, e sobre suas setas metálicas havia esculturas elaboradas que apresentavam as formas de baleias gigantes e lulas lutando, além de um homem decapitado fazendo malabarismo com a própria cabeça. A casa estava tão encharcada de magia que podia deixar alguém tonto; as ondas de energia que irradiavam do edifício eram uma força quase física.

Eu podia *sentir* a pressão no interior do meu crânio, a sensação de algo deslizando pela minha pele. Magia crua. Não elementar, mas de algum outro mundo.

Como os Ancestrais.

Segui na frente. Entrar foi difícil; a porta era de um metal pesado, de uma cor estranhamente alaranjada. Tinha sido fechada há muito tempo, porque rangeu quando os meninos tentaram forçá-la para abrir. Eventualmente, começou a ceder. Com cuidado, observei em busca de um sinal... de qualquer coisa.

— Todos juntos agora — falei enquanto Magnus se preparava. — Não temos certeza do que existe aqui.

— Se tivermos sorte, só vai ser algum tipo de bolor — falou Maria, balançando nas pontas dos pés. Ela parecia um gato em alerta pelo perigo.

— Isto é *sorte*? — Magnus grunhiu, escancarando a porta. Uma explosão de ar azedo nos encontrou, como se a casa tivesse expirado. Estremecendo, esperei. Nada veio gritando para nos atacar, então entramos, um de cada vez. Fui primeiro, recuando quando uma teia de aranha roçou em meu rosto.

Parei com tudo na entrada, e Magnus acidentalmente trombou comigo. Nos agrupamos, olhando maravilhados. A sala era enorme, com a altura de pelo menos quatro andares. A casa que vimos por fora não era grande o suficiente para comportar isso.

Magos.

Uma coleção de velas de sebo derretidas estava sobre uma mesa ao lado da porta, presas em castiçais de ferro que tinham o formato de punhos. Eu as acendi, e cada um de nós pegou uma. As tábuas do assoalho rangeram alto quando nós quatro passamos pela quietude da sala. Longas mesas cobertas de objetos de aparência estranha estendiam-se por todos os lados. Meus olhos lacrimejaram; o lugar cheirava a mofo, mas também a uma doçura enjoativa, como um bolo queimado.

A sala estava repleta das criaturas mais extraordinárias. Estojos de vidro cobertos com uma fina camada de poeira tomavam paredes e mesas.

Limpando a sujeira de uma redoma, descobri uma criatura minúscula, suspensa para sempre em silêncio. Seu rosto lembrava os olhos bulbosos de uma libélula muito grande, olhando cegamente para o mundo. Uma presa solitária pendia de sua boca aberta. Asas como as de um morcego tinham sido dispostas para que parecessem voar. O bicho poderia caber na palma da minha mão, embora eu não quisesse pegá-lo.

Parecia um Ancestral, só que bem pequeno.

— Olhem para esta coisa feia — sussurrou Magnus. Pendurado na parede acima de nossas cabeças havia um crânio grande, do tamanho de um cachorro enorme. Três presas curvas se projetavam da boca. Este não era um monstro que alguém iria querer irritar. Blackwood assobiou baixinho e apontou para o teto. Uma criatura empalhada com três metros de comprimento e parecida com uma serpente estava suspensa ali. Escamas prateadas e azuis decoravam a extensão do monstro, que parecia uma enguia — só que com uma cara meio felina.

Frascos de líquido amarelo mantinham em conserva monstruosidades, corações, olhos, órgãos. Cabeças empalhadas de animais com chifres, espinhos ou presas estavam penduradas em placas. Havia um pote de escamas de serpentes; adiante, uma bandeja cheia de garras e unhas cortadas.

Então Ralph Strangewayes não tinha apenas invocado os Ancestrais; ele os tinha *caçado*.

— Vamos ser inteligentes. — Blackwood passou a sua vela de uma mão para a outra. A chama estava afinando. — Registrem tudo o que virem. Quando passarmos pela sala, continuaremos explorando o resto da casa.

Sim, o resto da casa. Na parede mais distante, duas portas de madeira fechadas nos aguardavam, cada uma decorada com entalhes elaborados. A da esquerda mostrava unicórnios e sátiros pulando entre flores e árvores num campo verdejante. Maria abriu-a para revelar o que parecia ser uma sala de jantar do dia a dia, com piso de pedra de ardósia, mesa de madeira e cadeiras esculpidas. Perfeitamente comum.

A porta da direita, no entanto, era mais ameaçadora, suas esculturas menos salutares. As árvores estavam sem folhas e estéreis, grandes nuvens pendentes formando-se no alto. Demônios de chifres afiados dançavam em volta de mulheres jovens e seminuas, que gritavam de pavor.

Encantador.

Maria foi direto para a outra porta, a escancarou e desapareceu por um corredor escuro. O que diabos ela estava fazendo? Os rapazes estavam concentrados demais com os Ancestrais para prestar atenção, mas eu fui atrás dela.

— Maria, aonde você está indo? — chamei, embora tenha parado no limiar da entrada. A escuridão além parecia, bem, muito *peluda*. Recuei da escuridão como se ela pudesse me tocar.

— Deve haver mais dessas coisas — gritou ela de volta. Sua luz pulsante desapareceu numa esquina. — Quero ver aonde vai dar.

— Espere por nós!

Mas ela foi em frente, me ignorando. Eu estava prestes a segui-la quando Blackwood chamou meu nome.

— Venha ver isto. — Ele soou impressionado. Bem, que seja. Maria era uma bruxa que brandia um machado. Se ela precisasse de ajuda, eu tinha a impressão de que pediria.

Magnus e Blackwood estavam de pé diante de uma pintura de Ralph Strangewayes. Ele usava a mesma barba espessa que tinha na pintura do baú de Mickelmas, os mesmos olhos pequenos e escuros, o mesmo rosto comprido. Outra criatura havia sido pintada ao lado dele. Esta era parecida com um inseto, assim como o que havia debaixo do vidro, mas grande o suficiente para se sentar aos pés de Strangewayes e subir até a cintura. As asas de libélula irrompiam pelas costas. A coisa era de um tom vibrante de azul.

— Parece que Holbein pintou isto aqui — comentou Blackwood, enfim conseguindo falar.

— O pintor do rei Henrique VIII pintou *isto*? — questionou Magnus espantado. Ele começou a cortar o retrato de sua moldura. A tela se enrolou quando ele a pegou.

— O que você está fazendo? — Blackwood soou horrorizado.

— Whitechurch pode querer ver. — Magnus enrolou a pintura e enfiou na mochila. Ele levantou uma sobrancelha. — Não sabia que você era um amante das artes, Blacky.

— Não briguem — falei antes que eles começassem a cutucar um ao outro. — Precisamos ir atrás de Maria. Ela...

Um grito quebrou o silêncio, ecoando da porta aberta.

Sem parar para pensar, corri pela sala até o corredor. A chama da minha vela apagou rapidamente. Era como se eu tivesse entrado em algum mundo escuro e de outra dimensão. Me coloquei em chamas enquanto seguia pelo corredor. Torcendo e virando, procurei por portas, janelas, por qualquer coisa. Mas não havia nada, nenhuma decoração ou luz natural. Às vezes, parecia que a escuridão gorgolejava. Era como viajar num grande intestino, como se a casa tivesse me digerido após desfrutar de sua refeição.

Pare com isso. Foi o suficiente para fazer o cabelo ficar em pé. Onde diabos estava Maria?

Dobrando uma esquina, quase tropecei nela. Maria estava encolhida contra a parede com as mãos sobre as orelhas, o rosto tenso de medo e dor. A vela dela tinha acabado. Nossa, por quanto tempo tinha ficado sozinha ali no escuro?

— Você está sentindo isso, não está? — berrou ela. Com os joelhos apertados contra o peito, os olhos castanhos arregalados e amedrontados, ela não se parecia em nada com a guerreira que encontrei no penhasco.

— Sentindo o quê? — Então minha visão ficou embaçada. Quase coloquei uma mão na parede para me equilibrar, porém, como eu ainda estava em chamas, não parecia sábio. Através do meu véu de fogo, olhei para onde Maria apontava. O corredor tinha chegado a um beco sem saída, e lá na parede havia uma porta.

Do lado de fora, parecia perfeitamente normal. Mas a magia pulsava atrás daquela porta, me chamando. Ainda mais do que a sala de monstruosidades que eu havia deixado para trás, eu sabia no fundo da minha alma: era *isto* o que devíamos encontrar.

Abri a porta e entrei antes que pudesse perder a coragem.

O aposento gritava com magia. Runas tinham sido entalhadas no chão de madeira, nas paredes, no teto. Círculos, redemoinhos e linhas de runas se desenrolavam ao meu redor. Meu estômago queimou. Embora não pudesse ler nada ali, eu sabia, de algum modo, que era obsceno. Que ia contra a razão.

Olhando mais de perto, vi que algumas das runas tinham sido raspadas e queimadas. Eu estava com medo de imaginar como este lugar era antes de serem eliminadas.

Palavras rabiscadas também haviam sido esculpidas nessas paredes com uma escrita infantil e desigual. A maioria das palavras não estava no meu idioma, mas duas frases eram claras, ainda que assustadoras.

Todos saúdem o Imperador Bondoso, lia-se numa delas. Embaixo, em letras garrafais, *TESTEMUNHEM SEU SORRISO*.

Meu cérebro latejava no crânio, a pressão era muito intensa. Apertei as mãos sobre os meus ouvidos, o que fez a dor aliviar um pouco. Além dos redemoinhos de runas e da escrita irregular, havia apenas outras duas coisas nesta sala.

A primeira era uma jaula, tão grande quanto uma pessoa. As barras estavam dobradas e mutiladas, apodrecidas com ferrugem. A porta parecia ter sido aberta por dentro. Meus olhos seguiram para a segunda coisa: um corpo estirado no chão.

Ou pelo menos *tinha* sido um corpo. Os restos eram esqueléticos. A boca do crânio escancarado sorria com dentes tortos e amarelados. Meus olhos percorreram a roupa, tomada por mofo e carcomida por traças. As mangas bufantes e o gibão pareciam familiares, como aqueles na pintura que Magnus acabara de roubar.

— Olá, Ralph Strangewayes — sussurrei.

O corpo do pai da magia inglesa jazia aos meus pés, e eu duvidava que sua morte tivesse sido natural. A parte de trás de seu gibão sugeria que algo havia rasgado o corpo dele. Provavelmente o que quer que estivesse preso naquela jaula. Tapei a boca com um lenço e continuei vasculhando a sala. Os outros chegaram, mas não entraram. Magnus estava na porta, boquiaberto. Na luz pulsante do fogo, ele parecia espectral, sua sombra se deformando no chão.

— Não entre — avisei com a voz rouca e áspera.

— Não vou — disse ele. — Howel, saia daí. Parece... demoníaco.

Parei de queimar, mergulhando o quarto de volta naquela escuridão espessa, quebrada apenas pela vela de Magnus, que ele de alguma forma tinha mantido acesa. Cruzando até ele, peguei a vela e levantei-a sobre minha cabeça, examinando a sala com mais minúcia.

Havia *algo* ali; eu podia sentir. Vi um punhal pendurado no cinto de Strangewayes. Era de um metal de aparência estranha, um dourado alaranjado, mas nem um pouco enferrujado. O mais rápido possível, tirei o cinto do esqueleto. Eu nunca havia roubado de um homem morto, e esperava jamais repetir o processo.

Ali estava. Certamente era o que eu tinha ido encontrar, não era? Eu queria sair daquela sala, mas, quando comecei a me mover, algo entalado ao lado da gaiola chamou minha atenção.

Era um livro. Tão comum como qualquer outra coisa, sim, mas ainda um livro. Incapaz de resistir, eu o arranquei e saí correndo do quarto, fechando a porta atrás de mim. As batidas na minha cabeça diminuíram no minuto em que saí daquele maldito lugar e devolvi a vela a Magnus. Blackwood ajudou Maria a ficar de pé, embora ela ainda tivesse as mãos sobre as orelhas.

— Que lugar é esse? — perguntou ele.

— Strangewayes mantinha algo cativo ali, e a coisa se vingou — respondi, entregando o livro a Blackwood. Voltamos juntos correndo pelo mesmo caminho, seguindo as viradas impossíveis do salão. E se nos perdêssemos ali? E se vagássemos para sempre, até que nos transformássemos em parte do escuro, e a escuridão se transformasse em nós?

De onde aquele pensamento tinha vindo? Corremos até a luz perfurar a escuridão adiante e ressurgimos na sala dos Ancestrais. Magnus chutou a porta para ela se fechar. Ofegante, jurei para mim mesma nunca mais voltar ali. Suor frio escorreu da minha testa, e minhas mãos estavam úmidas. Eu me sentia de novo como uma criancinha, agarrando os cobertores e esperando que os monstros das histórias saíssem dos cantos escuros da sala para me pegar.

Blackwood se afastou de nós e virou as páginas do livro com um semblante inexpressivo. Oferecendo um braço a Maria, a ajudei a andar pela sala. A cor começou a retornar às suas bochechas.

Este lugar horrível era um monumento às perversões de Strangewayes, nada mais. O que tínhamos ganhado ao vir aqui?

— Meu Deus — murmurou Blackwood. Ele virou o livro para mim. — Veja.

Rascunhos das monstruosidades que Strangewayes havia deixado penduradas em sua sala de mostruário enfeitavam as páginas. Mas eu vi o que tinha captado o olhar de Blackwood: uma forma parecida com uma bolha disforme, com pelos pretos eriçados por ela toda. Parecia... não... era *exatamente* como Molochoron, o grande gelatinoso Destruidor Descorado. Arranquei o livro da mão dele e li, ficando boquiaberta.

Para dispersar, use cariz, dizia o livro, a caligrafia de algum modo legível. O que era "cariz" eu não tinha ideia. Havia setas indicando pontos de ataque no corpo de Molochoron, áreas porosas que eu não notara antes.

Dispersar. Virando outra página, encontrei uma ilustração de uma corrente, uma que combinava certinho com a perna de uma criatura com forma de lagarto.

Ralph Strangewayes não havia somente escrito um livro sobre os Ancestrais; ele havia nos mostrado como derrotá-los.

8

— O QUE DIABOS ELE QUIS DIZER COM CAR-QUÊ-SIT? — Magnus olhou por cima do meu ombro e apontou para a página. Minhas mãos tremiam conforme eu folheava o livro. Eu tinha de ser delicada; o papel parecia frágil sob meus dedos.

— Isto, creio eu. — Mostrei a Magnus e Blackwood, que agora estava de pé ao meu lado. Havia um esboço de um instrumento similar a uma flauta com um bico de formato estranho.

Blackwood tomou o livro de mim e virou as folhas.

— Aqui diz alguma coisa sobre R'hlem? — Ele buscou nas páginas, mas não havia nada ali. Por alguma razão, o Homem Esfolado era o único dos Sete Ancestrais que não aparecia no livro de Strangewayes. O que isso significava?

— Olhe de novo as armas — falei, apontando para mais esboços. Uma arma lembrava um tipo perverso de foice, com múltiplos dentes metálicos no fio da lâmina. Parecia estranhamente familiar. — Espere um pouco. — Me virei para olhar as paredes.

Sim. Logo que entramos, eu tinha ficado chocada demais para notar. Mas penduradas à nossa volta estavam as armas de aspecto mais cruel que se podia imaginar.

Ali estava a foice, pendendo ao lado de uma caixa de vidro que guardava uma caveira com chifre. Espadas encurvadas, suas lâminas forjadas como espirais, também estavam dispostas nas paredes. Punhais de três pontas repousavam sobre uma mesa. Achamos três daquelas "flautas", um lampião do tamanho de uma mão que forneceu um brilho suave e estranhamente persistente, e, sobre uma almofada de veludo embaixo de uma caixa de vidro, um apito entalhado a partir de algum tipo de osso retorcido.

Magnus pegou uma das espadas espiraladas da parede. Tentou manejá--la, porém o formato retorcido da lâmina, somado ao seu machucado, não o deixou fazer muita coisa.

As espadas eram todas daquele mesmo material dourado alaranjado escuro, exatamente como o punhal de Strangewayes.

Blackwood tinha começado a coletar todas as armas em que conseguia botar as mãos, a foice, as lanças, os punhais. Maria tomou o lampião, mas não tentou abri-lo. Usei Mingau para quebrar a caixa de vidro e peguei o apito.

— Melhor irmos embora. — Maria franziu o cenho. — Existe certa *vida* nesta casa. — Ela se virou para olhar a porta com os demônios entalhados.

Andei até a porta da frente e espiei o jardim. O sol ainda brilhava lá fora, e a brisa estava fresca pelo sal do oceano. Apesar das maravilhas desta casa, eu já estava desesperada para ir embora. Maria tinha razão. Havia algo de errado no lugar.

— Henrietta — chamou Maria. — Venha ver isto aqui.

Fui até ela diante de uma extensão da parede.

— O que acha que significam? — Ela apontou.

Centenas de nomes tinham sido entalhados na parede. Alguns estavam gravados em letras grandes e elaboradas, outros estavam espremidos. Um nome conhecido captou meu olhar: *Darius LaGrande*. Ele tinha sido um mago do século XVIII, um francês que havia escapado da Revolução e vindo para a Inglaterra para pesquisar alquimia.

— São todos magos — falei. Delicadamente, tracei o nome de LaGrande com os dedos.

— Esta casa é um lugar de peregrinação, então? — perguntou Maria.

— Parece que sim. Talvez fosse um jeito de prestar homenagem ao pai da habilidade. — Olhei todos os nomes até que outro captou meu olhar. Faíscas dispararam da minha mão involuntariamente.

— Cuidado! — Maria espanou as calças.

— Desculpe — murmurei, juntando os dedos. Cheguei mais perto para ter certeza absoluta.

William Howel. A caligrafia era uniforme e clara, entalhada ali para o mundo inteiro ver. Um arrepio se espalhou pelo meu corpo. Meu pai havia estado aqui. Tocando as letras, eu o imaginei parado exatamente neste mesmo lugar. Visualizei a imagem dele pegando a faca e riscando o próprio nome nesta parede. Quando ele tinha vindo?

— Howel? Dê meia-volta — disse Blackwood. Ele soava calmo, mas a dureza de sua voz não podia ser negada.

Uma figura de sombra aguardava diante da porta aberta. Por um momento de fazer parar o coração, temi que fosse um Familiar ou, Deus nos livrasse, o próprio R'hlem.

Então notei os galhos folhosos que se projetavam da cabeça da coisa. Não era absurdamente alto — chegava ao peito de Blackwood apenas —, mas os olhos pretos, ferozes e reluzentes, me fizeram não subestimar sua força. Sua pele tinha um matiz esverdeado, a mesma cor de água de pântano. Placas de tronco de árvore estavam amarradas no peito e nas pernas dele, como uma armadura. O cheiro de terra úmida e de musgo de turfa permeava o ar, forte o suficiente para me fazer engasgar. A criatura ergueu sua arma, um bastão afiado, acima da cabeça.

Não era uma criatura qualquer... era uma Fada. Claramente, tratava-se de uma vinda das ordenações mais baixas da corte das Fadas sombrias. Quanto mais inferior o sangue da Fada, menos humana ela parecia.

— Súditos de Caim. Vocês invadem — declarou ela com uma voz gorgolejante. *Caim?* Claro: a figura bíblica que matou o irmão, Abel. Fadas não tinham uma opinião muito boa sobre os humanos.

— Saudação, amigo. Prazer encontrar. — Blackwood tentou uma grande mesura, seu corpo tão gracioso quanto o de um dançarino. — Goodfellow, sua justa rainha se senta sob a colina?

— Saudação, amigo. Prazer encontrar. — A Fada retribuiu a mesura, embora seus movimentos fossem rígidos. Suas juntas estalaram como madeira inchada de água. — Minha rainha permanece. Vocês estão invadindo a terra dela.

— Invadindo? — Não consegui evitar. — Isto não é das Fadas.

— Howel. — A voz de Blackwood endureceu com alerta. A Fada rosnou. Água salobra pingava dela, formando uma poça no chão.

— Minha rainha toma terras entregues à floresta. Terras entregues à podridão — disse ela, com a voz gorgolejante ficando mais cortante. — Não notaram a mágica que cobre este lugar? Vocês devem pagar a pena, súditos de Caim. — Os olhos cor de besouro brilharam. — Morte.

Ah, que bela porcaria.

— Goodfellow. — Blackwood fez uma grande reverência de novo. — Solicito uma conferência com a rainha Mab.

— Minha rainha janta sob a colina esta noite — disse Goodfellow. — Cuidado, pois o apetite dela é grande.

Blackwood inspirou bruscamente; tive a sensação de que não era bom. Se ao menos uma vez, só uma vez, pudéssemos encontrar alguma criatura gentil e alegre que quisesse nos abraçar...

— Solicitamos vê-la à mesa — respondeu Blackwood.

— Vocês vão me seguir — disse Goodfellow, saindo pela porta da frente. Magnus, Maria e eu trocamos olhares, alternando entre perplexidade e um tipo de terror mudo.

— Temos alguma opção nesse assunto? — quis saber Maria.

— Você já foi caçada em florestas feéricas por uma matilha uivante de cães de caça e goblins? — murmurou Blackwood. — As opções são conferência ou execução.

Blackwood atravessou a soleira da casa com a mala numa mão e diversas das armas amarradas nas costas ou na cintura. Chequei minha própria coleção — o apito de osso, o punhal de Strangewayes, o lampião brilhante — e o segui.

— Ouçam — disse Blackwood quando estávamos todos do lado de fora. — Se lhes oferecerem algo para comer ou beber, digam não. Se oferecerem uma dança, digam não. Se oferecerem *qualquer coisa*, sejam educados ao recusar, mas não digam obrigado. Eles entendem isso como um sinal de que aceitaram.

— Gostaria que tivéssemos deparado com a corte iluminada, e não com a sombria — murmurei.

Blackwood andou ao meu lado enquanto Goodfellow seguia na frente.

— Equívoco comum. As pessoas com frequência consideram a iluminada boa e a sombria má. São diferentes, sim, mas não totalmente sem semelhanças. Mab é mais caótica que Titania, a rainha da corte iluminada. Porém, Titania é mais fria. Ela sequer finge se importar com humanos.

De verdade, todo dia eu aprendia algo novo e perturbador.

Seguimos a Fada que sumia atrás de um grande salgueiro no limite da propriedade. O que Agrippa havia me dito certa vez? Entradas para o Reino das Fadas existiam no limiar de uma sombra, ou fora do alcance do canto do olho.

— Cuidado onde pisa — sussurrou Blackwood para mim.

Puxamos de lado uma cortina de folhas e saltamos as raízes. Meus pés cederam sob mim, e caí na terra.

Pontas retorcidas de raízes pendiam sobre nossas cabeças, e as paredes eram de terra rica e úmida. Minhas mãos e meus joelhos já estavam ensopados. Ficando de pé, só conseguia vislumbrar os outros enquanto eles se orientavam na quase escuridão. Magnus e Maria permaneceram atrás de Blackwood, que mantinha uma mão na parede terrosa, firmando-se. Goodfellow nos aguardava na entrada cavernosa de um túnel enorme e pouco convidativo.

— Vocês não vão desviar do caminho — declarou Goodfellow.

Cogumelos levemente luminescentes alinhavam-se de cada lado da passagem estreita e cheia de voltas. Blackwood fez sinal para que eu me aproximasse. Assim que nos reunimos como um grupo, ele liderou o caminho. Fiquei bem feliz de deixá-lo fazer isso.

Goodfellow se movia devagar, suas pernas rígidas demais para que conseguisse dobrar os joelhos. Ele nos guiou pelas curvas e círculos e viradas, até eu temer que estivéssemos perdidos. Nunca ouviu histórias assim quando menininha? As Fadas conduziriam crianças por um labirinto infinito com a promessa de botões de prata e doces, libertando-as depois de duzentos anos.

Goodfellow enfim nos levou para um grande recinto abobadado. O teto alto estava enfeitado com luzes feéricas cintilantes, produzindo uma iluminação fraca para o salão de jantar abaixo. A mesa ridiculamente comprida esticava-se de uma ponta a outra da caverna. A toalha que a cobria era de uma seda verde mofada e com manchas de água. Iguarias tinham sido amontadas por toda a extensão da mesa. Num primeiro olhar, os alimentos pareciam bem normais: havia faisão assado, javali selvagem e pilhas de pequenos bolos com cobertura brilhante. Quando olhei de novo, notei que a comida era distintamente mais estranha do que eu tinha imaginado. O faisão assado era na verdade um morcego grande; o javali selvagem, um tipo de criatura com aspecto de lagarto, parecido com um porco; e as pilhas de bolos bonitos estavam polvilhadas de globos oculares brilhantes, que lançavam olhares pelo salão de um jeito insano.

O alerta de Blackwood para não comer nada parecia de uma sabedoria extrema.

Pelo menos os convidados estavam aproveitando. Risadas estridentes enchiam o espaço enorme. As Fadas estavam todas vestidas de um jeito esplêndido e bizarro. Os trajes das damas eram confecções especialmente frágeis. Um vestido parecia ter sido feito de milhares de asas esvoaçantes de mariposas cinza; o de outra consistia de meros sopros de fumaça que deslizavam pela sua tez pálida. Os cavalheiros usavam antiquadas perucas brancas que cintilavam com teias de aranha, e ternos de veludo vermelho e verde comidos por traças. A música, silvada de criaturas que flutuavam pelo ar, era desafinada e sem ritmo.

Conforme cruzávamos o salão, Blackwood me puxou contra ele, um braço apertado em volta da minha cintura. Precipitadamente, quase dei um tapa para afastá-lo.

— Precisamos estar em pares, senão eles tentarão nos fazer sentar — sussurrou ele.

Magnus o imitou e agarrou Maria. Seguimos Goodfellow, contudo mãos pegaram meu cotovelo. Duas mulheres de uma beleza feroz e olhos pretos sorriam benevolentes para mim.

— Participem do banquete — arrulhou uma delas.

— Tortinhas divinas — disse a outra, mordendo uma torta. Uma geleia vermelho-sangue escorreu do doce. Rezei para que *fosse* geleia.

— Isto foi um erro — disse Magnus entre dentes, encolhendo-se quando uma mulher com garras longas e afiadas o apalpou. A aparência das Fadas fugia e mudava quanto mais eu as encarava, como se o belo semblante humano delas fosse uma máscara com risco de cair. Narizes perfeitos ficavam maiores, dentes perolados ficavam pontudos. Olhos tornavam-se vermelhos ou cor de ouro fundido.

Goodfellow felizmente virou e gritou:

— Eles são distintos convidados da rainha. Deixem-os passar.

As Fadas fizeram cara feia e voltaram a atenção a seus pratos. Com o coração batendo forte, agarrei-me a Blackwood enquanto caminhávamos na direção de um trono posicionado na ponta da mesa.

— Este é meu senhorzinho? — gorjeou uma voz feminina. — Venha, Georgy. Faz eras, absolutamente.

O trono estava situado acima do chão, acessível por seis degraus de terra. Uma mulher estava sentada com uma perna pendurada sobre o braço da cadeira. Mesmo desleixada, ela parecia da realeza. Só podia ser Mab. A rainha era uma garota pequena, de uma beleza requintada, que não parecia ter mais de 19 anos, com pés descalços e um cabelo branco nebulento que flutuava para todos os lados de sua cabeça. Uma coroa de pérola e selenita caía delicadamente na testa dela, brilhando até mesmo na luz baixa.

— Onde está meu senhorzinho? — Ela riu conforme Blackwood foi até o pé dos degraus e se ajoelhou. — Tão bonito quanto sempre. Beleza não dura em vocês, humanos, mas acho que é isso o que a torna tão mais preciosa. — Mab fungou. — Estamos tendo uma grande festa, meus pequenos mortais. Com música tão agradável. — Ela cutucou o dente e pegou um dos bolos pálidos de um prato ao seu lado. — Gosto destes — disse num tom informal, passando geleia com uma faca que parecia feita de osso. Na verdade, todos os pratos e utensílios ali tinham sido produzidos a partir de ossos. — Embora eu tenha saudade de algumas iguarias. Vocês costumavam me deixar o coração de um legionário romano cozido em conhaque. Era esplêndido e perfeito para uma noite de outono.

— Minha rainha, humildemente solicitamos o uso de suas estradas para voltarmos ao reino dos mortais. Não pretendíamos invadir suas terras na Cornualha — disse Blackwood.

Mab suspirou, levantou-se do trono e desceu até nós. Ela não usava espartilho, pelo que eu podia ver, somente um vestido branco ondulante que parecia feito de seda de aranha. Uma manga curta escorregava de seu ombro pálido, dando-me a visão de mais partes da rainha do que eu gostaria. Mab se aproximou de Blackwood e agitou a faquinha lambuzada de geleia na frente do rosto dele.

— Você sabe que precisa haver um pedágio, meu bichinho. Não posso deixar pessoas correrem de um lado para outro nas minhas terras. O que aconteceria nesse caso? — Ela estreitou os olhos e fez beicinho. — Eu teria que comer todas elas, é isso o que aconteceria.

— Se sua majestade desejar, qual seria o pedágio? — perguntou Maria. A garota não tinha medo nenhum. Mab deu um sorrisinho para ela.

— Esta aqui fala comigo. Talvez ela possa ser meu bichinho. — Ela estendeu o braço na direção de Maria, mas eu entrei na frente dela.

Mab fez uma carranca. — Não. Você não. É alta demais para ajudar a puxar minha carruagem de nogueira.

Eu odiava Fadas.

Aproveitando uma deixa de Blackwood, tentei ser o mais educada possível.

— Majestade, sou Henrietta Howel, a rosa ardente da Inglaterra, a profetizada dos feiticeiros destinada a trazer a destruição dos Ancestrais. — Fadas gostavam de títulos longos e exibidos. — Somos seus aliados nesta guerra. Ceder-nos uma passagem segura pelas suas terras ilustraria a nobreza de seu caráter... o que destacaria e complementaria inteiramente sua beleza incomparável.

A rainha Mab sorriu, com geleia de mirtilo espalhada pelos seus dentes.

— Gosto dessa alta — disse Mab, dando um cutucão no meu estômago.

— Sua majestade é perfeição, tão generosa quanto é linda — disse Blackwood com voz sedosa. Ele assentiu para mim. Ao que parecia, eu tinha me saído bem.

Mab fitou Maria de novo — acho que ela falou sério sobre ficar com a garota —, mas Maria deu umas batidinhas no machado, e a rainha se virou. Claro. Fadas detestavam ferro.

— Você não é como aquele seu comandante malvado, Georgy. É por isso que gosto de você. Sabia que ele veio me ver na semana passada e *ordenou* que eu abrisse minhas estradas para a Ordem dele? "É mais fácil para os feiticeiros circularem pelo país", disse ele. "Leva menos tempo e custa menos vidas", disse ele. Bem. — Seu cabelo teioso se eriçou com a ardência dela. — Eu não deixo nem minha *irmã* usar minhas estradas, então por que ele pensa que tem o direito?

— Somos aliados nesta guerra, majestade — disse Blackwood suavemente.

— Eu já cedi muitos dos meus queridos súditos para esta guerra idiota. Sabia que oitocentos goblins foram massacrados perto de Manchester, menos de duas semanas atrás? E ainda assim o comandante exige mais. — Os olhos dela brilharam com lágrimas, provavelmente pelos seus soldados que sucumbiram. Acabei abrandando minha opinião sobre a rainha.

— Minhas desculpas, majestade, por qualquer indelicadeza. — Blackwood soava sincero, e Mab parecia amolecer.

— Isso não muda nada, porém. Um pedágio *deve* ser pago. — Ela bufou e considerou. — Coração partido. Acho as dores do coração muito deliciosas. Isso seria um pedágio, sim, e um bem justo. — Ela começou a nos farejar, um depois do outro. Parou à minha frente. Droga. — Mmm, que complexidade. — Mab ficou na ponta dos pés e passou uma mão pelo meu cabelo. Fiquei imóvel. — O coração das mulheres é bem mais complexo que o dos homens, descobri. Menos viril, menos impetuoso, mas tão profundamente complicado. — Ela traçou o lábio inferior com uma delicada língua cor-de-rosa. — Que delícia.

Tive de me forçar a não empurrá-la. Meus dedos dos pés se curvaram com o esforço.

— O que deseja de mim, majestade? — Eu não teria medo.

— Um pedaço do seu coração — murmurou ela, dando tapinhas leves na minha bochecha com sua mãozinha seca. Seus olhos reluziram, animalescos e selvagens. — Um desses momentos que lhe dá um fio de esperança num dia cinza.

Minha mente se rebelou. O que ela pegaria? Um momento furtivo na charneca com Rook? Uma noite jogando xadrez com Agrippa? *Como* ela pegaria? Mab devia ter lido a resistência em meus olhos.

— Esse é o único jeito de vocês saírem daqui. — A voz dela era doce a ponto de insultar.

— Talvez eu possa... — começou Blackwood, contudo Mab o dispensou com um gesto.

— Você não tem nada que me interesse, Georgy — disse a rainha sem rodeios. — Seus sentimentos são sempre muito mundanos.

Blackwood tensionou o maxilar; raiva reprimida dançava em seus olhos. Tínhamos de ir até o fim.

— Certo — falei bruscamente. — Faça o que precisa fazer.

Enlacei uma mão na outra para que ela não as visse tremer. Mab pousou os dedos nos meus lábios. Eu estava me preparando quando Magnus deu um passo à frente.

— Majestade. — Ele fez uma mesura elaborada, tão grandiosa quanto a de Blackwood. Em seu casaco e calções da Marinha, com a pele dourada pelo sol, Magnus parecia um pequeno feixe de luz neste submundo. — Você diz que o coração de um rapaz é mais viril. Por que não provar o meu?

— Não, Magnus — falei depressa, mas as narinas de Mab inflaram. Ela se arrastou até ele e se aninhou contra seu corpo, retorcendo a mãozinha pelos cabelos soltos castanho-avermelhados. A rainha pressionou a bochecha no peito de Magnus.

— Tanta dor. — Mab empalideceu e bateu os dentes. — Como foi que deixei passar? — Ela envolveu o pescoço dele com os braços, seus pés pairando no ar. Magnus grunhiu. — Ah, preciso provar. Me dê uma memória — sussurrou ela no ouvido dele, a voz ficando gutural. Magnus titubeou.

— Por favor, pegue uma minha — falei.

— Não, não. Quero esta. — Mab beijou a têmpora de Magnus. — Um rosto tão bonito. Um dos mais bonitos de que me lembro. Eu adoraria vê-lo acorrentado junto com todos os meus outros bichinhos.

Se ela tentasse prendê-lo, eu pegaria o coração *dela*.

— Prefiro outras formas de diversão a correntes, senhora — disse ele. Seu recato não vacilou.

Mab deu risada, o som tilintante de vidro se quebrando.

— Sua dor é tão requintada, meu pequeno guerreiro. — Ela deslizou uma mão pelo braço dele. — Tem o sabor de alguém que não está acostumado com a derrota.

Magnus fechou os olhos.

— Se deseja algo, majestade, por favor pegue — disse ele com a voz apertada.

— Então me dê sua memória mais querida — sussurrou ela em seu ouvido.

Blackwood captou meu olhar.

— Não se mexa — cochichou ele.

— Seja rápida, por favor — disse Magnus. Mab tocou os lábios dele, pressionou uma mão contra o coração dele e empurrou. Magnus gemeu, a dor queimando em seu rosto conforme ela pressionava mais e mais forte. Pisquei quando o ouvi gritar. Me senti desamparada como se estivesse assistindo à cena através das barras de uma cela.

Maria veio para o meu lado e se manteve bem perto.

— Pobrezinho — sussurrou ela, segurando meu braço. Pude sentir: ela estava não só me confortando quanto me controlando, caso eu decidisse agir.

— Aí está — murmurou Mab, segurando uma *coisa* estranha na mão. A coisa pulsava em luz. O brilho era suave e delicado, de um branco leitoso manchado de azul. Magnus fazia caretas enquanto mantinha uma mão no peito. Ele observou desesperado enquanto a rainha manipulava o pedacinho da alma dele que havia capturado.

Então ela o comeu. Devorou como se fosse uma pequena porção de bolo. Magnus afundou o rosto nas mãos.

— Sua vadia — rosnei, com lágrimas brotando dos meus olhos. Maria enfincou os dedos no meu braço. Mab sorriu.

— Eu sei — disse ela com um tom monótono. Subiu os degraus até o trono e voltou a se recostar. — Podem usar minhas estradas. Lembrem-se de não sair do caminho — gritou ela quando começamos a sair, seguindo o cavaleiro de casca de árvore.

Deslizei para o lado de Magnus.

— Você está bem? — perguntei. Quando tentei segurar seu braço para ajudá-lo a se firmar, ele o puxou, balançando a cabeça.

— Odeio esta busca — sussurrou ele.

— Obrigada — agradeci.

— De fato. Você foi... corajoso — disse Blackwood ao se aproximar. Ele soava hesitante, como se elogiar Magnus exigisse um esforço físico. Maria não falou nada, mas pousou uma mão reconfortante no ombro dele.

Que desastre eu era. Devia ter forçado Mab a pegar algo de mim. Senti-me envergonhada enquanto via Magnus seguindo em frente.

A estrada se retorcia adiante, ficando mais pedregosa e irregular. Mal havia espaço para passarmos numa fila indiana. O caminho ficava cada vez mais estreito, e vozes sussurrantes nos chamavam de cada lado. Ao ouvi-las, eu podia sentir meus olhos ficarem mais pesados. Minhas pernas pareciam fraquejar; eu queria dar meia-volta, sentar e descansar...

— Não parem. — Maria me agarrou pelo colarinho e me puxou para cima. — Elas têm um meio de enganar as pessoas. — Assim que me deixou ereta de novo, ela tapou os próprios ouvidos com as mãos.

Murmurei um agradecimento, batendo nas minhas bochechas para me livrar da confusão mental, e tapei os ouvidos também. A estrada inclinava-se abruptamente para cima, para cima, para cima. Minhas têmporas doíam, como se alguém tivesse envolvido minha cabeça numa tira de couro e estivesse apertando, pouco a pouco, até que fiquei à beira da loucura.

Emergimos na superfície num piscar de olhos. Num instante, havia somente terra escura acima. E de repente o sol brilhava tanto que meus olhos lacrimejaram e doeram. Gritos de surpresa irromperam quando uma grande multidão de pessoas se materializou do nada. Maria estava ao meu lado, olhando para os paralelepípedos debaixo de nossos pés com uma expressão maravilhada.

— Mãe do céu — murmurou Maria. — Onde estamos?

— Em Londres — respondi, meus olhos se ajustando o suficiente para que eu reconhecesse as ruas. Tínhamos saído perto da Catedral de São Paulo, no coração do trânsito. Uma carruagem de aluguel parou de repente a centímetros de nós, o cavalo empinando-se nas patas traseiras. O condutor tinha o rosto vermelho e gritou obscenidades até que nos olhou melhor. Então ficou pálido.

— Feiticeiros — murmurou.

Maria grudou em mim, como um animal em busca de abrigo. Será que ela já estivera numa cidade antes?

Rapidamente saímos da rua. Graças às estradas das Fadas, tínhamos retornado a Londres em tempo recorde. Agora eu podia sentir quão estranhos parecíamos, com foices e flautas presas em nossas costas, punhais e espadas penduradas em nossos cintos, um apito de osso pendendo do meu pescoço, e um lampião brilhante e sinistro na minha mão.

— O que fazemos agora? — perguntou Magnus. Ele sorriu para a multidão.

— Mandamos um recado para Whitechurch e para a rainha — respondeu Blackwood, ajustando a foice nas costas. Os dentes afiados que saíam do fio da lâmina estavam perigosamente próximos da cabeça dele. Talvez fosse uma boa ideia tirar essas armas de cima de nós. — Primeiro, vamos para casa.

9

De volta ao saguão frontal da casa de Blackwood, largamos nossas bolsas e soltamos as armas com suspiros agradecidos. Os lacaios não disseram nada enquanto nos auxiliavam, mas observei as expressões de choque conforme manipulavam espadas retorcidas e punhais. Conferi minha bolsa: sim, o livro de Strangewayes ainda estava ali.

No instante em que removi as armas, vistoriei o saguão, na esperança de ver Rook. Infelizmente, não havia nada dele ali para ver.

— Rook está aqui? — perguntei ao mordomo.

— Acredito que ele tenha saído, senhorita — respondeu o homem, segurando o lampião o mais longe possível do corpo. Rook estava trabalhando, provavelmente. Droga.

Maria deslizou em silêncio para o canto, fitando tudo com olhos arregalados e cautelosos. Ela trocava o apoio de um pé para o outro.

— Sinta-se em casa — disse-lhe Blackwood, parecendo já não prestar tanta atenção em nós, então se afastou. Imaginei que ele já estava preparando a carta para Whitechurch em sua mente. *Caro comandante, encontramos um museu de monstros e o esqueleto de Strangewayes. O que deseja que façamos com as armas?*

Porém, talvez ele prefira uma abordagem mais sutil.

Maria se aproximou de Magnus.

— Seria bom eu ver seu braço — disse ela, mas ele negou com a cabeça.

— Não está doendo, e preciso falar com a minha mãe. Ela vai querer saber que voltei. — Ele assentiu. — Me avise quando chegar uma resposta de Whitechurch — falou ele para mim, então foi embora. A porta da frente se fechou, e o saguão ficou mais uma vez em silêncio.

Agora restavam somente Maria e eu. Nesta sala grandiosa, em meio a luminárias de latão polido e cortinas de um veludo elegante, supus que ela se sentisse fora de lugar. De fato, as palavras seguintes dela foram:

— É melhor eu ir.

— Para onde você vai? — Tentei não soar interessada demais.

— Preciso seguir para leste, então norte. A ideia é não ficar parada. — Ela deu de ombros.

— Sozinha? — Cruzei meus dedos. — Não há nada que poderia convencê-la a ficar?

— Seu indulgente e melancólico senhor poderia não aprovar. — Ela enrubesceu. — Além disso, não me sinto confortável. Não pretendo ser desrespeitosa. — Ela deu uma olhada para o ambiente magnificente como se ele fosse atacá-la, um olhar que eu compreendia bem.

— Senti a mesma coisa logo que cheguei a Londres, sabe? Eu dava aulas numa escola de caridade — contei.

— É mesmo? Então não foi sempre uma grande dama? — Ela estava sendo sincera. Eu não devia ter rido.

— Eu costumava levar dez chicotadas por caligrafia imperfeita. Estou bem longe de ser uma grande dama.

— Você apanhava? — O rosto de Maria anuviou de surpresa. Agora era o momento de agir.

— Posso lhe mostrar uma coisa? — perguntei.

Ela me seguiu até o andar mais alto da casa, pelo corredor na direção dos aposentos de Fenswick. Abri a porta do boticário e a conduzi para dentro. À visão das ervas e flores secas, dos potes e das tigelas e dos pilões, das colheres de cobre e dos tachos, o semblante inteiro de Maria se modificou. Ela se ajoelhou num banco e analisou as ervas maceradas dispostas à sua frente.

— Isto aqui é prímula em pó? Posso dizer pelo aroma. — Ela soltou um gritinho feliz. — Quem quer que esteja cortando isto tem uma mão boa. Mas por que então ela estaria brincando com urtiga?

— Quem é que disse que tem *ela* aqui? — resmungou Fenswick, entrando com um cordão de dentes de alho pendurado no pescoço. Ele pulou num banco, então puxou-se para cima da mesa, espanando pólen das calças. — Como raios você reconheceu a urtiga?

— O cheiro é pronunciado demais para ser qualquer outra coisa. — Maria apoiou os cotovelos na mesa. Aninhando o rosto sobre as mãos, ela sorriu de prazer. — Você é um duende, não é?

— E você é uma patife ruiva — disse Fenswick, as orelhas caindo uma de cada lado da cabeça dele. Ele achou que Maria estava provocando de brincadeira.

— Dizem que duendes conhecem os segredos de cada planta sob o sol e sob a lua. São curandeiros maravilhosos.

Isso pareceu resolver a questão. Fenswick arrastou os sapatos no chão, orgulhoso, e Maria se moveu pela sala, tocando um ramo curvado de gavinhas que brotava de um vaso pendurado.

— A maioria dos feiticeiros não tem boticários assim. Parece demais com...

— Bruxaria? — terminei a frase para ela. Ali estava. Senti as cócegas das brasas que floresciam das linhas das minhas palmas, um alerta para eu tomar cuidado. Maria ficou imóvel, como um animal tentando decidir se devia lutar ou fugir.

— Eu não saberia dizer — respondeu ela cautelosamente.

Fenswick ergueu o olhar do alho que cortava. Os dedos de Maria foram até o machado ao lado dela.

Não esperei mais nada.

— Preciso da sua ajuda.

— O quê? — Toda a luz amigável tinha deixado seus olhos castanhos.

— Alguém que me é muito querido está doente. — Fui para a frente da porta, para o caso de ela tentar fugir.

— Morrendo? — O olhar de Maria suavizou um pouquinho.

— Pior — sussurrei, ao que ela bufou.

— O que pode ser pior que morrer?

— Henrietta. — A voz de Fenswick tinha uma nota de alerta, mas, por Rook, eu não podia parar.

— Transformação. — Rapidamente, contei-lhe minha própria jornada para Londres, sobre minhas habilidades com fogo, sobre ter sido descoberta e trazida para cá. Contei-lhe sobre descobrir minhas raízes de maga, o medo de isso ser revelado, meu breve aprisionamento e a traição. E eu lhe contei sobre Rook, sobre seus poderes de sombra, e o que Fenswick e eu fizemos por ele.

Enquanto transmitia a história, Maria se sentou, e Fenswick preparou chá de lingonberry, amargo, mas refrescante. Minha xícara esfriava diante de mim enquanto eu falava. Quando terminei, Maria ficou em silêncio por um tempo.

— Você não é a escolhida, então? — Ela parecia atônita. — E acha que eu posso salvar seu amigo?

— Eu a vi se curar do veneno do Familiar — expliquei.

Ela deu de ombros.

— Meus dons são... naturais. Os dos Ancestrais não.

Senhor, eu não podia perdê-la. Pensando rápido, falei:

— Escute. As coisas lá fora são perigosas. É um milagre que você tenha se safado dos Ancestrais até agora. — Dei um passo à frente. — O que vai acontecer se você encontrar um, usar seu poder e correr o risco de alguém ver? Feiticeiros não são os únicos contra bruxaria.

De fato, depois que a traição de Mary Willoughby se revelou, as pessoas comuns se rebelaram, particularmente no norte. Fizeram coisas que, bem, faziam as fogueiras dos feiticeiros parecerem comedidas.

Maria mordeu o lábio inferior. Pude ver que ela estava considerando o que eu disse.

— Ninguém vai descobrir você aqui. Se me ajudar, lhe darei qualquer coisa que quiser.

Assim que acabei de falar a porta se abriu e Rook entrou apressado. Ele respirava rápido, como se tivesse subido as escadas correndo. A cor de suas bochechas era viva. Quando me viu, um sorriso largo tomou seu rosto.

— Você voltou. — Seus braços me envolveram num instante, e ele me ergueu do chão. Afundei meu rosto em seu pescoço, inspirando a luz do sol em sua pele. Seu abraço durou um momento curto demais. — Graças a Deus — disse ele, me soltando. Rook notou a presença de Maria e rapidamente fez uma reverência. — Minhas desculpas. Não sabia que havia, hum, uma dama presente — completou, observando as calças dela.

Eu a vi notar as poucas cicatrizes visíveis que escapavam do punho da manga dele. Hoje, elas estavam vermelhas e inflamadas.

— Maria Templeton — disse ela secamente. — Com licença.

Ela contornou Rook e saiu pela porta. Droga. Eu a segui e fechei a porta atrás de nós, pronta para implorar...

— Eu vou ajudá-lo. — Ela cruzou forte os braços na frente do peito.

— Vai? — Minha voz se elevou com a empolgação, e ela fez um sinal de silêncio.

— Há coisas que podemos tentar, se o duende permitir.

— Ele vai — respondi depressa.

— Mais uma coisa. Quero uma cama aqui em cima. Não me sentiria confortável num dos quartos grandiosos lá embaixo.

— É claro. — Eu lhe daria metade do meu próprio sangue se isso a convencesse a ficar. — Por que mudou de ideia? — Além do meu raciocínio brilhante, obviamente.

— Você o ama. — Ela disse isso com coragem, sem duvidar. Meu rosto enrubesceu. — Existem poucos que amam os Impuros neste mundo. Me faz sentir que posso confiar em você. — Ela estendeu a mão. — Parabéns. Você pode contar com os serviços de uma bruxa muito habilidosa.

WHITECHURCH RESPONDEU A BLACKWOOD em algumas horas. A tinta da carta havia respingado, as palavras estavam borradas — evidentemente, ele a tinha escrito com pressa e a entregou ao mensageiro sem se importar em passar um mata-borrão. Embora fosse fim de tarde, quase noite, sua majestade havia convidado a todos nós para o Palácio de Buckingham imediatamente. Blackwood e eu seguimos para o palácio e encontramos Magnus nos esperando, andando de um lado a outro na entrada com o chapéu na mão.

Guerreiros feéricos e uma unidade de feiticeiros guardavam a porta de sua majestade. As Fadas eram da mesma classe que Goodfellow, musgo e líquen cobrindo seus rostos de tronco de árvore, carregando escudos de madeira e clavas cravejadas de espinhos de aparência perversa. Não disseram nada quando passamos.

A sala de estar particular da rainha tinha um ornamentado teto de madeira entalhado e janelas cobertas para bloquear a agora minguante luz da tarde. Lampiões já tinham sido acesos, e num canto, abaixo de uma pintura do velho rei, uma gaiola de latão em forma de sino cobria um par de canários amarelos que cantavam.

A rainha estava sentada num sofá de veludo; Whitechurch se mantinha em pé atrás dela. Eu não conseguia achar uma pista do humor dele em seu semblante inexpressivo. Seus olhos, porém, fitavam cada um de nós profundamente.

Blackwood, Magnus e eu paramos um ao lado do outro e aguardamos a ordem da rainha.

— Mostrem — disse ela por fim.

Juntos, dispusemos as armas de Strangewayes sobre uma mesa comprida e polida. Sua majestade levantou e se aproximou, encarando as armas atônita. O lampião a interessou em especial. Ela o pegou, mas rapidamente o soltou, como se ele pudesse lhe morder. Enfim, coloquei ali o livro de Strangewayes.

O que ela faria agora? O que diria? Uma coisa era descobrir essas esquisitices, outra era ser autorizada a usá-las. A ansiedade já brotava dentro de mim.

Whitechurch franziu o cenho conforme analisava nossas estranhas mercadorias, porém a rainha parecia empolgada. Ela tocou com um dedo um dos punhais dourado-alaranjados, a boca formando um O de surpresa. Em seu vestido cor de lavanda, com o cabelo preso num penteado simples, ela se parecia menos com uma soberana que chefiava aquela terrível guerra e mais com uma moça admirando um truque de um parque de diversões itinerante.

— Conte-nos sobre estes artefatos — pediu Whitechurch, passando a mão pelos variados objetos.

Magnus e Blackwood permitiram que eu respondesse pelo grupo. Não era segredo que a rainha parecia me favorecer. Tentei não deixar isso subir à minha cabeça.

— Este é Ralph Strangewayes, com seu assistente de outro mundo — falei, desenrolando a pintura com delicadeza. A rainha arquejou diante da visão do monstro. Na parte de trás, uma caligrafia elegante declarava que se tratava de Ralph ("*R.S.*") e seu servo Azureus, "azul" em latim. O nome era adequado, pois a criatura tinha a cor do céu no auge do verão.

— E este livro detalha os Ancestrais? — A rainha Vitória folheou o diário, usando somente a ponta do dedo para virar as páginas.

— Como Strangewayes poderia ter obtido esse conhecimento todo? — Whitechurch não soava satisfeito. Droga. Ele não amaria o que eu estava prestes a sugerir.

— Acredito que as habilidades de magos vêm do mundo dos Ancestrais — falei. A rainha derrubou o apito de osso. — Sabemos que Strangewayes estava tentando fazer o rei Henrique ter um filho homem, e que descobriu uma fonte de magia antinatural. — Cruzei meus dedos.

— Ele deve ter encontrado um caminho para o domínio dos Ancestrais. Estas armas são projetadas especificamente para criaturas que não são desta terra.

— O que está propondo? — perguntou Whitechurch, embora desse para ver que ele tinha entendido e não gostava da ideia.

— Precisamos aprender a usar estas armas — respondeu Blackwood, ainda que não soasse entusiasmado.

Whitechurch já balançava a cabeça em negativa.

— É assim que começa — alertou ele. Sua majestade permaneceu em silêncio. — É assim que os magos conquistam sua posição em nossa sociedade.

Isso seria mesmo tão errado? Tive que morder minha língua.

— Senhor, temos enfrentado essas criaturas por mais de uma década — continuou Blackwood. — E se estas armas *de fato* são a chave para a destruição de R'hlem?

Whitechurch franzia o cenho mais do que nunca. Ali estava nossa potencial salvação, e ele não a queria porque não se podia confiar em magos? Tive de reprimir o ímpeto de começar a gritar.

— Howel — disse a rainha com a voz suave. — Você sabe como usar estas armas?

— Ainda não, majestade — respondi. Por favor, que ela veja quão importante é isso. Que ela concorde. — Sua majestade disse que eu era uma feiticeira. — Decidi dizer logo de uma vez; era tempo de ser ousada. — Eu sou. Porém, eu usei magia dos feiticeiros *e* dos magos na noite em que derrotamos Korozoth, e sua majestade disse que eu devo controlar os dois lados do meu poder.

— Acredito que eu disse controlar, não usar. — A rainha não estava sorrindo.

— Esta pode ser nossa melhor chance — falei. Em pé diante da rainha, me lembrei mais uma vez do criado morto ao pé da cama dela. O sangue tinha sido usado para enviar uma mensagem para mim; eu tinha que dar uma resposta. Eu *tinha* que lutar contra R'hlem, fosse eu a escolhida ou não.

O poder de Whitechurch se elevou. Pude sentir na minha pele, o que fraquejou minha cabeça.

— Não é o nosso jeito — trovejou ele.

— Mas talvez seja o melhor jeito — disse a rainha. Isso interrompeu o comandante. — É perigoso, Howel.

Por um momento, prendi o fôlego. Por fim, ela suspirou.

— Quem vai ajudá-la nessa empreitada?

Ah, graças aos deuses e a Strangewayes e até mesmo a Mickelmas.

— Eu vou, sua majestade — afirmou Magnus. — O capitão Ambrose não me quer a bordo até que meu braço esteja totalmente recuperado. Permita-me servi-la.

— E eu, majestade — disse Blackwood, embora soasse bem mais relutante.

— Há outros que concordariam — falei. Eu escreveria aos garotos, Dee e Wolff e Lambe. Havia uma pequena parte de mim, a mais egoísta, que desejava que estivéssemos todos juntos de novo.

— Muito bem — disse a rainha. Whitechurch se manteve em silêncio, mas dava para ver seus pensamentos desaprovadores. — Mas estas armas precisam funcionar. Senão, vocês a deixarão de lado. — Ela fechou a capa do livro. — Ou vão encarar terríveis consequências.

— Sim, majestade. — Soltei o ar.

Mais uma vez, eu estava brincando com fogo.

10

No dia seguinte, Blackwood e eu chegamos aos quartéis de Camden Town com o armamento e uns poucos rascunhos de um plano. Os quartéis em si eram dois estábulos remodelados como alojamentos, com um campo largo em formato oval para treinos. Exceto por alguns poucos selecionados — dentre os quais Blackwood e eu, já que eu não conseguiria dormir bem em beliches com homens à toda volta —, aqui era onde os feiticeiros jovens e solteiros viviam, treinavam e aguardavam serem chamados à batalha.

Homens conduziam simulações quando entramos, dando estocadas sete, oito, dez vezes ao ouvirem a ordem. Líderes de esquadrões sopravam seus apitos, organizando seus homens em diferentes formações: os padrões em diamante eram melhores para tecer redes de fogo, os círculos ancoravam feiticeiros conforme eles faziam a terra tremer e vibrar. Enrubesci assistindo; era um dia úmido no fim do verão, e alguns dos rapazes estavam sem casaco. Mesmo depois de semanas vivendo na casa de Agrippa, eu não havia me acostumado a homens sem a roupa apropriada. Se Agrippa estivesse aqui, ele diria...

Ele não estava, no entanto.

Agrippa traiu você. Essas eram as palavras que eu repetia a mim mesma sempre que a dor da saudade dele ficava grande demais. Eu havia tentado odiá-lo, mas sua traição tinha sido em parte culpa minha: eu não tinha confiado nele, e isso o fizera não confiar em mim.

E agora eu estava presa a um Valens irritado que vinha nos receber.

— Aí estão vocês. — Sua boca apertou-se diante da visão das armas de magos. — Os outros já chegaram. — Ele nos levou pelos prédios até uma área menor e mais isolada. Este pátio era murado, e os paralelepípedos eram pequenos e não estavam dispostos uniformemente.

Eu segurava um maço de papéis na mão, folhas de instruções que eu havia passado a noite elaborando. A leitura do livro de Strangewayes se provara lenta; a tinta havia borrado em vários lugares, e a linguagem e a grafia eram antiquadas. Ainda assim, eu tinha feito meu melhor. A "introdução" de Strangewayes fora particularmente interessante:

Ao se aproximar dessas feras, deve-se lembrar: elas não são gado, nem veados, nem nada que possa ser coagido com um cassetete ou persuadido a obedecer. São monstros das profundezas dos pesadelos. Misericórdia nenhuma lhes deve ser mostrada, nenhuma compaixão, e nenhuma hesitação se a morte for a única opção. Chicoteie as criaturas até o sangue escorrer, alumie até as deixar num estupor, e silve até que estejam à beira de uma loucura desesperada, mas não pare. Não ceda. Não se pode olhar nos olhos do Demônio e esperar conseguir ver a alma dele.

Não era uma linguagem das mais animadoras. O próprio verso do livro também não era inspirador, pois Strangewayes o escrevera quando ele mesmo já tinha passado havia muito da beira de uma loucura desesperada. Um círculo preto espesso fora desenhado repetidas vezes, com tal força que a pena tinha perfurado o papel em alguns pontos. *As estrelas são pretas*, ele havia escrito acima disso, junto a menções daquele Imperador Bondoso, o criador e destruidor dos mundos.

TESTEMUNHE SEU SORRISO estava rabiscado em três páginas. Eu tinha decidido deixar essas seções de fora do treinamento.

Dee estava sentado num banco contra a parede, examinando um dos punhais. Magnus estava de pé no centro do pátio tentando fazer com que sua espada retorcida se comportasse. Sempre que ele tentava fazer um movimento circular, ela gania no ar como um cachorro doente.

— Acho que sou um especialista — declarou ele. Magnus já não estava mais com uma tipoia. Seu braço agora estava enfaixado bem apertado, e ele estremecia ao movê-lo. Eu esperava que ele deixasse Maria dar outra olhada no machucado.

— Algumas coisas nunca mudam. — Blackwood foi apoiar a foice contra a parede. Ele não estava com um humor favorável para nada disso. Ainda assim, havia se sentado comigo na biblioteca para me ajudar a fazer cópias das instruções. Tinha checado cuidadosamente o carregamento das armas pela manhã, conferindo todas, uma a uma. Dever. Ele havia me dito certa vez que era seu sangue vital. Sua rainha deu uma ordem, e ele a cumpriria.

— É como uma festa de boas-vindas. — Magnus baixou sua espada. — Devíamos ter envolvido outros camaradas. Talvez trazido sidra também. — Ele esticou os braços para cima, dando às próprias costas um estalo satisfatório.

— Não temos tempo para brincadeiras — disse Blackwood.

— Minha parte favorita disso tudo tem sido passar um tempo de qualidade com você, Blacky.

Evidentemente, uma grande parte destes encontros envolveria impedi-los de matar um ao outro.

Distribuí os papéis e coloquei as cópias no banco. Cópias nunca são de mais. Eu havia gostado de fazê-las, de verdade. Me lembrou dos meus dias como professora em Brimthorn. Embora eu não tivesse muitas lembranças carinhosas do lugar, a empolgação e o alívio que eu via nos olhos das garotas quando as ajudava a entender alguma equação ou a conjugar algum verbo em francês me faziam feliz.

— Desenvolvi uma lição. — Sorri.

— Viva — disse Magnus num tom enfadonho.

Por alguns momentos, os garotos ficaram em silêncio enquanto liam. Pude ver que estavam confusos; eu não os culpava. Havia alguns termos que eu simplesmente não entendia, e outros que não tinha plena certeza de que podia ler. Strangewayes dera nomes bizarros para suas armas, e não havia um sistema que combinava as armas com os títulos. Eu tinha quase certeza de que o chicote era um *cariz* e os punhais, *martinetes*, mas não dava para garantir. Eu tinha feito meu melhor, adivinhando e preenchendo as lacunas conforme prosseguia. Eu achava que tinha feito um bom trabalho, no geral.

Mas no geral. O objetivo de hoje era dar uma passada por cada arma. Mesmo com um conhecimento irregular, não iríamos a lugar algum sem treino.

— Vamos ver esta demonstração — disse Valens, puxando um fio de sua manga.

Com sorte, isto seria o suficiente para iniciar. Dee e Blackwood começaram a escolher as armas.

— Temos duas espadas retorcidas — disse Magnus, conferindo o nome no papel. — Hum, *deckors*. — E foi isso. Ele botou a folha de lado e não a consultou mais. — Então tem a coisa que parece uma foice dentada, um apito de osso, dois punhais de tamanho comum e um bem, bem pequenininho. — Magnus pegou esse, franzindo o cenho. Tinha o comprimento da palma da minha mão, contando lâmina, empunhadura e tudo mais. — Tem ainda as três flautas, um chicote, e um tipo de lampião. — Ele pegou esse último, e rapidamente o soltou. Havia algo nesse objeto em particular que intrigava ao mesmo tempo que causava repulsa nas pessoas.

Olhei de novo para o meu papel.

— Strangewayes não escreveu nada sobre como usar a maioria das armas, mas ele disse que o lampião era ideal para "alumiar" uma criatura.

Magnus pegou o chicote de Dee. Quando o estalou, um lampejo de luz violeta explodiu na nossa cara. Meus olhos doeram por vários segundos antes que eu pudesse enxergar de novo. Blackwood empunhava uma das espadas, os joelhos relaxados, os braços estendidos. Ele tentou manejá-la, mas a arma retorcia-se nas mãos dele e caía, fazendo aquele barulho de cachorro doente ao atingir o chão. Meus tímpanos crepitavam a esse som. A pena de Valens rabiscava enquanto Dee pegava uma das flautas. Era mesmo uma geringonça de aspecto esquisitíssimo: fina, com buracos para os dedos por toda a extensão e um bocal de aparência cruel que lembrava um grande espinho metálico.

— O que isto faz? — perguntou Dee. Olhei para a folha que eu havia preparado. Strangewayes dissera muito pouco sobre como usá-la, somente que a música correta afastaria uma fera.

— Precisamos de uma melodia. — Franzi o cenho. — Faça uma tentativa.

Dee deu de ombros, pôs a boca na coisa depois de limpá-la com um lenço e soprou.

Um momento depois, quando meus ouvidos enfim tinham parado de tinir e não parecia mais que minha cabeça iria explodir, me levantei do chão. A maldita luz do sol perfurava meu crânio como uma faca. Blackwood estava de joelhos, as mãos agarrando a parte de trás da cabeça. O coitado do Dee, com lágrimas nos olhos, chutou a flauta que tinha caído no chão.

— Sua idiota cretina! — gritou ele.

— Não a toque! Ela pode fazer o barulho de novo — berrou Magnus, derrubando Dee. A "música" da flauta tinha soado como os gritos demoníacos de um milhão de gatos queimando numa fornalha, só que pior.

Valens havia deixado cair seu caderno e mexia o maxilar, testando a audição. Ouvimos gritos bravos vindos do outro lado dos quartéis enquanto homens sem botas e em mangas de camisa vieram correndo, detrás do prédio, para nos olharem pasmos. Um camarada ostentava meio rosto com creme de barbear.

— Chega de flauta por hoje — ordenou Valens, a voz falhando.

Blackwood pegou o estojo em que a flauta viera e cuidadosamente depositou o instrumento ali.

— Alguém quer testar os punhais? Digo, *martinetes*? — perguntei, determinada a usar o vocabulário. Movendo-se como se estivesse bêbado, Magnus agarrou um. Eu peguei outro.

— Você sabe como manejar isto? — perguntou ele.

— Não pode ser tão diferente assim de uma espada de resguardo — falei, embora sem muita confiança.

O livro de Strangewayes tinha detalhado os dois lados da espada — *parte de cima* para a beirada cega, *vento-baixo* para a beirada inferior extremamente afiada —, mas não havia se dado ao trabalho de explicar como dominar aquela coisa maldita. Só podia ser como um punhal comum, certo?

Provavelmente errado.

— Devagar — instruiu Magnus, retraindo-se. Então simulamos um ataque, e as lâminas se encontraram.

Quando as beiradas se tocaram, uma força violenta e invisível me lançou para trás e para o chão, minha saia e minhas anáguas voando para todos os lados de um jeito nada digno de uma dama. Magnus se equilibrou melhor que eu. Xingando, ele me ajudou a levantar.

— Eu não quero usar a foice — comentou Dee, soltando a coisa como se ela fosse mordê-lo. Examinei o pequeno punhal; o que diabos uma pessoa *faz* com um item tão insignificante? Desviei os olhos para o lampião, que ainda pulsava com luz.

Dada a nossa sorte até então, decidi que era melhor não brincar com ele.

Suspirando, peguei o apito de osso. Era a única coisa ali, além do lampião, que não era feita daquele metal dourado-alaranjado. Buracos para os dedos tinham sido entalhados por toda a extensão dele, de modo a produzir melodias.

Oh, Deus, bem parecido com a flauta. Fazendo uma careta, coloquei-o nos meus lábios.

— Preparem-se todos.

Blackwood tapou os ouvidos com as mãos. A pena de Valens parou, e eu soprei.

Absolutamente nada aconteceu. Tentei de novo, e mais uma vez. Nada. Nem um som.

— Bem. Ao menos é completamente inútil ao contrário de odiosamente homicida — resmungou Magnus.

— Começamos bem, hein? — brincou Dee, esperançoso.

Valens continuou anotando, com um sorrisinho satisfeito no rosto.

11

No fim da tarde, tínhamos esgotado o armamento. Dee fez uma tentativa com a foice, posto que era o único de nós grande o suficiente para manejá-lo apropriadamente. Ele pareceu lidar bem com a arma. Contudo, a foice fazia um som abafado e soluçante conforme cortava o ar, bem parecido com uma criança chorando. O barulho era tão triste que eu implorei para ele parar e Blackwood teve de deixar o pátio.

— Isso foi... fascinante — conseguiu dizer Dee quando nós quatro saímos dos quartéis. Ele soava como se estivesse me agradecendo por uma festa de jardim num dia chuvoso.

— Foi terrível — repliquei. Não havia motivo para tentar fingir, especialmente porque todos estavam se sentindo mal. Minha visão havia borrado conforme o dia progredia, e agora havia um zumbido persistente em meus ouvidos. Eu tivera que parar atrás dos quartéis em dado momento, com a cabeça pressionando a parede atrás, e aguardar para ver se iria vomitar. Dee *tinha* vomitado, e o jato enjoado caíra a centímetros dos sapatos de Valens. Sangue havia começado a escorrer do nariz de Magnus de repente. Quanto a Blackwood, eu nunca o tinha visto com o cabelo tão bagunçado nem com os olhos tão arregalados.

Nossos corpos tinham que se *ajustar* para manejar as armas. Todos sentimos isso, o que me deixou terrivelmente apreensiva.

— Precisamos de alguma coisa para nos animar. — Magnus bateu uma mão no ombro de Dee. — Venham para a casa da minha mãe tomar um chá.

— Chá? — Dee soou fraco de fome. Meu estômago roncou, intrometendo-se de modo grosseiro na conversa. Ainda assim, o estômago podia se expressar junto com o bom senso.

— Não seria errado aparecer sem convite? — Blackwood soava como se estivesse procurando por uma desculpa para não ir. Mas *chá*.

— Bobagem. *Eu* os convidei. — Magnus estendeu a mão para me ajudar a subir na carruagem. Talvez eu devesse voltar para casa para continuar a ler sobre as armas. Mas meu estômago roncou de novo, vencendo a discussão. E, visto que Dee estava quase babando, parecia mal-educado recusar.

Quando a carruagem parou diante da casa, senti um nó no estômago. Conhecer pessoas novas sempre me deixava nervosa.

— Tem *certeza* de que sua mãe não vai se importar? — perguntei pela décima vez enquanto Magnus me ajudava a descer da carruagem, com Dee e Blackwood logo atrás.

— Não existe nada que ela adore mais que companhia. — Ele abriu o portãozinho de ferro e gesticulou para que o seguíssemos. A mãe de Magnus vivia numa pequena casa de tijolos vermelhos, numa rua tranquila, porém agradável. Um caminho de cascalho cortava a área gramada da entrada. Quando Magnus bateu à porta, uma criada a abriu. O cabelo dela estava riscado de cinza, e ela apertou os olhos por sobre os óculos.

— Polly, minha querida — exultou Magnus. — Como vai?

— Senhor Julian! E visitantes! Entrem, entrem! — Ela acenou para que entrássemos no vestíbulo, rodopiando tanto que temi que ela caísse. — Vou chamar a senhora — disse ela, e se apressou escada acima.

Sorri enquanto desatava meu chapéu.

— Ela é bem animada.

— Sim. Bastante — murmurou Blackwood num tom desaprovador. Claro: na casa dele, esperava-se que os criados preenchessem os requisitos dos três Es da servidão: que fossem endurecidos, elegantes e eficientes. Lancei-lhe um olhar exasperado.

— Polly ama quando eu venho visitar. — Magnus jogou o chapéu com um bem-estar admirável num gancho ao lado da porta. E por que ele não deveria se sentir à vontade? Ele tinha crescido nesta casa. Suas memórias de infância encharcavam todos os cantos em cada ambiente.

Gostaria de saber como era isso.

— É encantadora. — Olhei ao redor. Tendo vivido na casa de Agrippa e na de Blackwood, agora eu via este lugar como menos grandioso e mais confortável. As paredes estavam cobertas de um papel azul, com flores douradas esmaecidas, que se soltava nos cantos de cima. O piso de madeira brilhava pelo enceramento entusiasmado, mesmo que estivesse meio desgastado.

Veja só eu, criticando uma bela casa londrina. *Sim, eu mudei um bocado*, pensei, irritada comigo mesma.

— Mamãe vai ficar feliz de saber que você gostou da casa — disse Magnus.

Ouvimos passos rápidos na escada, e uma mulher gritou:

— Julian!

Uma dama apressou-se escada abaixo para nos encontrar. Ela parecia estar com quarenta e poucos anos e ainda era muito atraente, com traços esguios e um cabelo castanho-claro cacheado. Seus olhos eram grandes e azuis. Dava para ver um pouco de Magnus nela, o mesmo nariz pontudo e o mesmo maxilar forte e aquadradado. Por causa do maxilar, muitos homens a chamariam de graciosa em vez de bonita, mas o sorriso dela provavelmente havia amolecido muitos corações. Ela era adorável.

Ela foi até o filho, que beijou sua mão.

— Meu menino, de novo em casa.

Magnus deu risada.

— Bem, não consegui resistir à comida da Sra. Whist. — Ele virou a mãe para apresentá-la a nós. — Sra. Fanny Magnus.

Ela conhecia Blackwood e Dee de vista. Estendeu calorosamente a mão para Dee e fez uma mesura para Blackwood.

— Meu senhor, é muita bondade sua vir nos visitar — disse ela, baixando os olhos respeitosamente.

Parecia um pouco esquisito que ela tivesse que fazer uma reverência para um garoto da idade do filho, porém Blackwood respondeu com uma mesura graciosa. Nem sempre era fácil ler suas expressões, mas parecia que ele gostava de verdade de Fanny. Isso a colocava num clube bastante exclusivo.

— E esta é a Srta. Henrietta Howel. — Magnus deu uma piscadinha para mim.

— Srta. Howel. Finalmente. — Ela era a graciosidade em pessoa quando tomou minha mão. Dava para ver de onde Magnus puxou a facilidade com as pessoas.

Polly desceu pesadamente as escadas e foi até Magnus para dar um tapinha na bochecha dele, como se ele fosse um menininho. Blackwood pareceu atordoado, mas eu achei bastante divertido.

— Polly, você está ficando cada dia mais bonita — disse Magnus. — Espero que minha mãe não esteja fazendo você trabalhar demais.

A camareira arrulhou diante dessa ideia e saiu depressa.

— A senhora mantém uma bela casa — falei.

Fanny balançou o lenço.

— Polly é uma querida. Não posso lhe dar o que merece, mas ela não vai embora! Julian me envia o que consegue do pagamento. — Ela sorriu para o filho. — Certa vez, tentei mandar embora nossa cozinheira. Ofereci ajudá-la a buscar um posto melhor, mas ela chorou com tanta amargura que tive de deixá-la ficar! — Ela nos conduziu para a sala de estar.

— Era sempre assim durante minha infância — contou-me Magnus. — Uma casa de mulheres rindo.

— Parece maravilhoso. — Sorri.

— Era mesmo. — Ele retribuiu o sorriso.

Nós nos sentamos, e mal consegui me impedir e devorar tudo de uma só vez. O bolo era de uma massa delicada, recheado com creme e geleia. O chá estava pelando. Eu havia ficado tão absorta com o treinamento que nem tinha reparado quão faminta estava. Poderia ter comido vinte pedaços. Dee foi se servir uma terceira vez e suas orelhas ficaram vermelhas, mas Fanny o encorajou.

— Arthur, você sabe que gosto de garotos com um apetite saudável — disse ela. Ao que parecia, Dee era um visitante regular.

Entre Magnus e a mãe dele, era difícil conseguir dizer algo ou parar de rir. Fanny tinha um ar teatral similar ao do filho. Ela arregalava os olhos extraordinários quando contava histórias, e o modo como imitava a voz das pessoas era hilário. A história de quando ela perdeu o chapéu no parque me fez rir tanto que minha barriga até doeu. Enquanto os outros se serviam de mais chá, meus olhos se fixaram em um retrato na parede de trás; uma impressionante mulher idosa com cabelos grisalhos num penteado perfeito.

— É minha *grand-mère*, Marguerite. O vovô a conheceu na França durante a Revolução — contou Magnus, me oferecendo açúcar. — Ela era uma atriz... e uma espiã. — Ele parecia sentir um orgulho particular desse detalhe. Fanny escarneceu.

— A vovó não era uma espiã — disse ela, tomando um golinho do chá.

Ele mexeu os lábios, sem emitir som — *espiã* —, então prosseguiu:

— Ela não tinha magia nenhuma. Logo que chegou a Londres, causou um baita rebuliço. — Ele encarou o retrato com um tipo de reverência que eu nunca tinha visto em suas feições. — Era a pessoa mais forte que já conheci.

— Verdade — concordou Fanny com um sorriso contente. — Era também a melhor sogra que alguém poderia desejar.

Magnus olhou para a mãe com ternura.

Eu tinha vivido na grandiosa casa de Agrippa e na mansão palaciana de Blackwood, mas isto era um *lar*.

— Gostaria de ter conhecido meus avós — comentei.

— Sim — respondeu Fanny, com simpatia nos olhos. — A guerra teve consequências terríveis para as famílias. É claro, sempre existe a possibilidade de expandir a família. Não é mesmo, Julian? — Ela olhou incisivamente para o filho. Pela primeira vez, Magnus não parecia saber o que dizer. Blackwood de imediato mudou de assunto.

Depois, Magnus, Blackwood e eu saímos no jardim para tomar um ar. Dee ficou lá dentro, apreciando a música que Fanny tocava ao piano. A melodia nos seguiu pelo gramado. Era uma área pequena e murada, mas também havia ali arbustos floridos e uma árvore de casca branca com um banco de pedra embaixo que ficavam no limite da propriedade. Blackwood foi na direção do outro lado do jardim, dando uma olhada nas minhas folhas de instruções. Eu me sentei no banco enquanto Magnus dava a volta na árvore, passando os dedos pela casca.

— Como Maria está se acomodando? — Ele virou o rosto para me olhar. — Ela já ameçou Blackwood com o machado?

— Não fique tão esperançoso. Ela tem ajudado Rook com o... controle dele.

Magnus assentiu.

— Então ele está indo bem?

— Sim.

Eu odiava mentir, mas não era exatamente uma mentira. Era só uma extensão da verdade. Fingi que existia essa diferença.

— E seu braço? — perguntei. Eu o havia observado o dia todo. O movimento do cotovelo estava rígido, e eu o tinha ouvido chiar de dor ao fazer uma defesa particularmente rápida com a faca.

— Vou ficar bem. Sempre fico, no fim das contas. — Ele teve que forçar um tom despreocupado.

— Consegue continuar com as armas? — Fiquei mexendo no apito de osso, que ainda estava pendurado no meu pescoço como um enfeite medonho. — Sei que hoje foi difícil. Bem, foi infernal, na verdade.

— Eu prefiro treinar a descansar, mesmo que doa. — Ele olhou para o céu que escurecia. — Estou mais preocupado com mamãe e com os criados do que com meu maldito ferimento. Desde que o resguardo caiu, quero que eles saiam da cidade.

— Para onde iriam?

Ele deu de ombros.

— Esse é o problema. Os únicos lugares mais seguros que Londres neste momento são Sorrow-Fell e o Priorado Dombrey. Os dois são tão ao norte que levar todos para lá em segurança exigiria um exército.

— E se você usasse as estradas das Fadas? — Lembrei o que Mab dissera a respeito do pedido de Whitechurch. — Se Mab concordasse...

— Não quero que minha mãe chegue perto de Mab. — A expressão dele endureceu, e ele voltou para detrás da árvore. Por que raios eu tinha que ter tocado no nome dela? Eu sabia ser bem idiota de vez em quando.

— Você nunca me contou o que ela pegou de você — falei. Magnus retornou e apoiou o ombro no tronco.

— Essa é a questão, não é? — Ele soltou uma risada amarga. — Não me lembro. Embora talvez seja uma bênção. Memórias felizes só servem para nos atormentar depois.

Isso não parecia nada com ele.

— Sua mãe sabe a verdade sobre...? — Não consegui terminar a frase, mas ele compreendeu. O que Mab havia feito. Ter sido mordido por um Familiar e quase morrer. Magnus estremeceu.

— Não. Ela diria que iria querer saber, mas não posso enfiar essas ideias na cabeça dela. — Ele suspirou e pegou uma folha que estava ficando com um tom vermelho brilhante nas beiradas. — Existe um momento, não é? Quando se começa a proteger os pais, em vez do contrário. — Ele deixou a folha flutuar para o chão. — Talvez seja nesse momento que você se torna um homem.

— Você se sente um homem?

— Será que um dia vou me sentir? — perguntou ele.

Entendi o que ele quis dizer. Eu tivera certeza de que a comenda traria todas as respostas, porém me descobri ainda incerta e assustada.

Talvez Whitechurch e os homens velhos também fossem para casa de noite com os estômagos embrulhados, questionando tudo que fizeram. Que ideia apavorante.

Blackwood se aproximou.

— Precisamos ir. Eliza deve estar se perguntando o que aconteceu — disse ele.

E Rook. Eu queria vê-lo.

Pus meu manto no vestíbulo enquanto Blackwood e Dee pegavam seus casacos e chapéus. Polly ficou boquiaberta conforme recolhíamos as espadas e as foices do lado do móvel de chapéus. Perambulei na direção da sala de estar, ajustando meu chapéu, e ouvi Magnus conversando com a mãe.

— Já disse, não precisamos de mais... — falou Fanny, porém Magnus a interrompeu.

— Você contou que a tosse da Sra. Whist piorou. Pegue, consiga quaisquer remédios que o médico prescrever. Vale o custo.

— E quanto a você? Agora que cancelou, quero dizer.

Eu devia ter dado meia-volta, mas não consegui evitar. Cancelou o quê?

— Não se preocupe comigo.

Vi Magnus apertar moedas na mão da mãe, que as aceitou com relutância. Saí na direção da porta da casa, envergonhada por ter escutado.

Na despedida, Fanny beijou minha bochecha e me convidou para voltar. Ela também enfiou bolo de semente nas mãos de Dee, para o deleite dos olhos arregalados dele. No portão, Blackwood foi chamar a carruagem enquanto Magnus aguardava ao meu lado. Eu sabia que deveria ficar de fora disso, mas não conseguia evitar.

— Está tudo bem? — perguntei.

Magnus me deu um sorriso esperto.

— Pegou nossa conversa, não foi? — Meu Deus, que humilhação. — Não se preocupe, teria sido difícil ignorar. — Ele tirou o chapéu e analisou a aba. — Terminei meu noivado com a Srta. Winslow.

Minha boca quase despencou.

— Ah! — Não consegui disfarçar a elevação surpresa da minha voz. — Sinto muito.

— Ela estava indo para a Irlanda, para ficar fora da linha de fogo. Um plano bem sensato. Escrevi para ela dizendo que não se sentisse mais atada pelo nosso noivado.

— Por quê?

— Meu pai combinou a coisa toda quando éramos crianças. Ele era o filho mais novo da família, por isso não havia nada para eu herdar. — Ele tamborilou os dedos no bastão. — Falei para a Srta. Winslow que éramos jovens demais para casar sem amor.

— Ela deve ter ficado devastada. — Pobre garota. Contudo, a boca de Magnus se contorceu de divertimento.

— Surpreendentemente, ela respondeu à carta concordando. Parecia aliviada, na verdade, o que mal consigo compreender. Quem não desejaria uma eternidade na minha companhia magnífica?

— Gostaria de ver a extensa lista?

A carruagem chegou assim que caíram as primeiras gotas de chuva. Com um golpe rápido do bastão, Magnus partiu a chuva de modo que caísse somente ao nosso lado.

— Você concorda comigo, não? Casamento sem amor é um destino abominável.

— Concordo. — Meus pensamentos se viraram de novo para Rook, e Magnus notou que enrubesci.

— Então fico feliz por você — disse ele suavemente, e foi ajudar quando a carruagem de Blackwood chegou.

Nós três carregamos as armas. Dee se juntou a nós a tempo de lidar com a foice. Subi na carruagem, seguida de Blackwood. Depressa, ele fechou a porta com mais força do que era necessário.

— Vejo vocês dois amanhã — falei.

Magnus e Dee acenaram conforme o coche sacudia rua abaixo.

Blackwood ficou olhando pela janela até que tivéssemos virado uma esquina.

— Não se preocupe, estou quase certa de que ele não vai correr atrás de nós. — Remexi nos papéis do armamento mais uma vez.

Blackwood começou a tamborilar os dedos no joelho.

— Ele cancelou o noivado — disse ele. Seus dedos pararam. — Ouvi sem querer, não pude evitar.

— Sim. Agora você enfim tem a chance de conquistá-lo. Felicidades — murmurei.

— Você se interessaria por isso?

Ergui o olhar, exasperada. Blackwood me fitava com um olhar monótono e ilegível. Ele poderia dar as aulas da Esfinge em inescrutabilidade.

— *Isto* me interessa. — Balancei os papéis debaixo do nariz dele. — Há um louco esfolado aí fora que nos quer todos mortos. Temos uma carruagem cheia de armas de outro mundo, e um livro que deveria nos dizer como elas funcionam. Neste momento, louco esfolado, armas e livros são tudo para o que eu tenho tempo. Então, se Magnus quiser se casar com um nabo na próxima quinta-feira, vou aparecer na cerimônia com meu melhor chapéu. Entendeu? — Com isso, voltei a estudar algum diagrama incompreensível que mostrava a melhor elevação da foice para atacar, e eu adorei.

— Não tenho certeza de que você foi clara o bastante. — Blackwood parecia confuso. — Essa foi a última vez que falei desse assunto. — Ele sorriu e pegou um dos papéis. Do lado de fora, uma chuva torrencial batia no teto da carruagem. Um raio cortou o céu, seguido do ribombar chocante de um trovão.

— Como acha que foi hoje? — perguntei por fim.

— Desconsiderando o sangue e a dor? — Blackwood não falou com raiva. Ele tomou o pequeno punhal e o inspecionou. — As armas podem ser úteis quando as entendermos. Mas sinto que teria sido melhor se tivéssemos recorrido aos nossos próprios soldados em vez de buscar ajuda de fora.

— Então nos esconderíamos debaixo de um resguardo de novo?

Ele devolveu a lâmina, que depositei no assento ao meu lado.

— Não. A época de se esconder já passou — disse ele, olhando a tempestade pela janela. — Mas força vem da unidade. De um modo estranho, gostaria que Whitechurch tivesse lutado mais para evitar que usássemos as armas. Ele se influenciou fácil demais pela rainha. E por você também, quando lhe levou aquela pintura de Strangewayes.

Franzi o cenho.

— Não entendo. Você acha que ele é fraco?

— Definitivamente não — afirmou Blackwood. — Mas, quando se leva em conta os grandes comandantes da história, como John Colthurst nas Guerras das Rosas, Edward Wren durante a Restauração de Charles II... todos eles entenderam que um homem não pode se submeter ao povo que lidera.

— Então o comandante não deve nunca ceder?

Não parecia certo. Blackwood pegou minha folha de treinamento mais uma vez.

— Boa liderança exige ceder. Na maior parte do tempo. — Com isso, ele ficou lendo até chegarmos em casa.

12

UMA VEZ EM CASA, subi as escadas para ver se Maria estava confortável. A porta do quarto do boticário estava entreaberta, e ouvi murmúrios. Espiei lá dentro. Ela finalmente havia colocado um vestido. O traje era de um azul-claro lavado tantas vezes que tinha ficado cinza. Ela ainda não tinha prendido o cabelo e agora até mesmo começara a orná-lo com pedaços de flores. Pegou uma flor roxa dos cachos e esmagou entre as mãos, esfarelando as pétalas dentro de uma tigela de madeira cheia de uma mistura estranha. Maria murmurava sozinha numa voz que não era bem a dela. Soava mais profunda, de algum modo mais velha.

— É isso, querida. Agora o óleo. Rápido, não deixe parada muito tempo — disse Maria para si mesma nessa voz opulenta e feminina. Ela pegou um frasco ao lado e jogou o conteúdo na tigela. Com uma colher de pau, misturou depressa, sorrindo. — Aí está. Consegue ver agora?

Abri a porta, e sua expressão etérea sumiu.

— Rook está aqui? — Tentei parecer inocente, porém Maria era esperta demais.

— Tudo bem. Você viu Willie. — Ela pegou um jarro de água e derramou na tigela, produzindo uma pasta a partir daquele pó.

— Willie? — Me sentei de frente para ela, observando-a pegar um pedaço de tecido e espalhar a pasta sobre ele. Então dobrou o tecido ao meio e o esmagou.

— Não tive muitos amigos — disse Maria. Suas bochechas tingiram-se de rosa enquanto ela desdobrava o tecido e cortava um quadrado da pasta. — Eu tinha 5 anos quando fui levada para uma casa de trabalho em Edimburgo. Fugi quando estava com 10 anos. Depois disso, sobrevivi praticamente sozinha.

— Você esteve numa casa de trabalho? — E aos 5 anos de idade? Eu sabia bem das condições tenebrosas às quais as crianças de York haviam sido sujeitadas, escravizadas do amanhecer até a noite, em teares ou rocas sem comida ou roupas adequadas. Em Brimthorn, sempre que sentíamos fome ou frio, a professora coordenadora, Srta. Morris, nos lembrava de que éramos mais sortudos que a maioria das pessoas.

— É. Depois que fui embora, tive que viver da terra, aprendi a caçar, a pescar, a me proteger. Então você poderia dizer que fiz uma amiga na minha cabeça. — Maria deu de ombros.

— Por que a chama de Willie?

— Nunca tive certeza do motivo. — Ela depositou o quadrado da pasta cortada sobre a mesa na minha frente. — Sempre senti que o nome Willie combinava com ela.

Bem, longe de mim chamar qualquer pessoa de estranha.

— O que isso deveria fazer? — Olhei para a pasta.

— Óleo de lavanda, verbena, água e gengibre para fortalecer o corpo de Rook. — Ela esfregou a barriga. — Expulsar o veneno.

Houve uma breve agitação na janela, o que me assustou. Uma gaiola que eu não havia notado antes pendia de uma viga, e dentro da gaiola uma rolinha cor de creme batia suas asas. Maria fez um som de silêncio enquanto se levantava e destravava a portinha. O pássaro pulou obediente na mão dela, e ela se sentou à mesa de novo, acariciando a cabeça suave da rolinha com a ponta do dedo. Ela trinou e sussurrou, e a ave a observou com seus olhinhos pretos brilhantes.

— Onde raios você conseguiu uma rolinha?

Maria deu de ombros.

— Havia um homem vendendo pássaros engaiolados, andando de um lado para o outro da rua. Este aqui me chamou. — Maria não tirou os olhos da criatura. — Esta cidade é difícil demais. Me acalma ter algo puro e vivo à mão. — Ela aninhou a rolinha que arrulhava em seu peito.

Maria assobiou gentilmente, o som como um vento leve e apressado. Aquela energia que ia até os ossos inundou a sala de novo, do tipo que eu tinha sentido na noite em que a vira se livrar do veneno do Familiar. Desta vez, contudo, era mais gentil.

— Você teve bichinhos de estimação quando criança? — Estendi um dedo para acariciar o pássaro. Ele arrepiou as penas em resposta; queria apenas Maria.

— Não me recordo muito do conventículo da minha avó, mas me lembro dos animais. As rolinhas, especialmente, vinham até nós. Eu tinha muitas antes de as fogueiras começarem.

Seus calorosos olhos castanhos escureceram quando ela pousou a ave sobre a mesa.

— Não entendo como os feiticeiros puderam ser tão selvagens com o seu povo — falei, incapaz de me conter. Vagamente, notei que havia dito "os feiticeiros", e não *nós*.

— Nós celebramos a vida, sim. Mas também a morte. — Maria pegou outra flor roxa do cabelo e a enrolou nos dedos. — Você viu o que eu fiz com aquele arbusto. Para um viver, outro precisa morrer. — A voz de Maria tomou novamente aquele tom estranho e feminino. — É um poder perigoso para alguém ter.

A porta se abriu e Rook entrou. Seus olhos estavam tão brilhantes e seu rosto tão corado que por um momento receei que ele estivesse febril. Mas o sorriso largo e radiante em seu rosto me informou que ele não sentia dor.

— Onde você esteve? — perguntei conforme ele se sentava no banco ao meu lado. As mãos dele tremiam, mas Rook parecia animado.

— Ótimo dia no trabalho. — Ele saltou para ficar de pé e deu a volta até Maria. — Já temos algo para testar?

Bem, ao menos eu poderia estar presente no primeiro tratamento de Rook. Maria estendeu-lhe o quadrado de pasta de cor esquisita.

— O gosto é estranho, mas você não pode tomar água por pelo menos dez minutos.

Rook comeu a coisa de uma só vez. O rosto dele se contraiu.

— Vai funcionar logo? — Havia tanta esperança em seus olhos escuros. Ele voltou a se sentar ao meu lado, e sua mão encontrou a minha.

— Vamos descobrir, não é? — disse Maria. — Por ora, não se preocupe.

Isso pareceu suficiente para Rook. Porém, antes que as sombras retrocedessem, eu continuaria apreensiva. Não havia como impedir que eu me preocupasse.

Na semana seguinte, os garotos e eu nos encontramos no pátio dos quartéis e treinamos com as armas. Evitamos as flautas e o lampião, mas demos nosso melhor duelando com as lâminas. Dee desistiu de usar a foice porque ela não parava de fazer aquele barulho horrível. Toda noite, quando nos dispersávamos, eu me perguntava se estávamos as usando corretamente. Então lia o diário de Strangewayes e ficava mais perplexa. A mente dele parecia uma bagunça fragmentada. Nenhum de nós conseguia ter certeza.

Então, no sétimo dia, os sinos tocaram ao alvorecer.

Antes mesmo que eu abrisse os olhos, soube que não eram os habituais sinos matinais. Todas as torres de igrejas de Londres tocavam ao mesmo tempo, usando o mesmo padrão. *Dong. Dong. Ding ding ding.*

Um alerta. Um chamado à batalha.

Sentei-me na cama com o coração martelando. Esfregando os olhos, tentei me lembrar do que significava o padrão. As duas badaladas firmes e longas indicavam que era um ataque. Os três toques rápidos sinalizavam o limite a leste da barreira. Mas o chamado não incluía o padrão que anunciava qual Ancestral iríamos enfrentar.

Era estranho e perturbador

Lilly entrou depressa no quarto e abriu meu guarda-roupa sem dizer palavra. Ela sabia o que aqueles sinos significavam tão bem quanto eu.

— Dormiu bem, senhorita? — perguntou, parecendo um pouco sem fôlego. Ela abriu as cortinas. — Suspeito que vai ser um dia frio. — Lilly andava rápido pelo ambiente, despejando água quente e me entregando meu penhoar. Seu rosto estava branco, mas, exceto por isso, ela não demonstrava qualquer pânico. Desejei ter sua coragem.

Dong. Dong. Ding ding ding. Os sinos continuaram enquanto ela amarrava meu espartilho e minhas botas e me jogava o vestido escuro que madame Voltiana tinha criado para mim. "Pronta para a batalha", ela o chamava. Ele tinha mangas soltas que me permitiam erguer os braços acima da cabeça sem dificuldade, e uma saia menos volumosa. Francamente, calças teriam sido a melhor opção, mas eu não conseguia imaginar ter essa conversa com Whitechurch.

Depois que me vesti, desci correndo e encontrei Blackwood aguardando agitado na porta. Ele tinha uma espada e um punhal preso à cintura. Sem uma palavra, peguei o outro punhal, enfiei a lâmina de 5 centímetros numa bainha na manga do vestido e pendurei o apito de osso no meu pescoço.

Pronto. Estávamos os dois preparados. Era fato que fora uma sorte Londres não ter encarado um ataque direto nos meses que seguiram a queda do resguardo. Não poderíamos ter esperado manter essa sorte para sempre.

Antes de sairmos, procurei Rook, mas não o encontrei. A casa toda estava acordada e correndo escada acima e abaixo, preparando-se para fugir no caso de... bem, se fosse necessário. Não havia mais lugares seguros.

Conforme o sol apareceu, Blackwood e eu chegamos perto de Hackney, descendo sobre um mar de feiticeiros. Líderes de esquadrão assobiavam e agrupavam os retardatários em filas organizadas. Ombro a ombro, com mãos sobre bastões na costumeira posição de "repouso", os homens fitavam a barreira e aguardavam ordens. Eu nunca deixava de me impressionar com quão organizados eles eram. Logo ao chegar a Londres, eu conhecera os feiticeiros quando estavam em sua maioria ociosos, tomando chá e participando de festas. A velocidade e a graça com que eles se organizavam — com que *nós* nos organizávamos — ilustravam a força da Ordem. Apertei o cabo do meu punhal, na esperança de que me inspirasse confiança e tranquilidade. Não deu certo.

Enquanto Blackwood e eu atravessávamos as filas, procurando nosso próprio esquadrão, eu continuava pensando na barreira. As Fadas sombrias a haviam criado, e, como tal, parecia algo saído de um conto de fadas lúgubre, que servia para assustar crianças em noites de inverno. Arvoredos emaranhados erguiam-se 10 metros à nossa volta, repletos de espinhos afiados como punhais. Flores abriam-se com dentes reluzindo por entre as pétalas, e elas davam mordidas se uma pessoa chegasse perto demais.

Encontramos Magnus e Dee perto do fim das filas do esquadrão. Dee estava tentando se agitar, correndo sem sair do lugar. Magnus estava parado, o que era estranho para ele.

— Quem acham que é? — perguntou.

Uma parte de mim esperou ardentemente que fosse apenas um teste para ver nosso tempo de formação

— Acham que é a Lady Abutre? — quis saber Dee. Sua perna direita balançava insanamente. — Eu a considero a pior de todos. Imagine-a descendo do céu e destripando você com aquelas garras. E se ela começasse a comê-lo enquanto você ainda estivesse vivo.

— Obrigada pela imagem — disse Magnus secamente.

Valens chegou. Havia uma insinuação de barba por fazer no queixo do nosso capitão. E seus olhos pareciam turvos e vermelhos. Ele contou nós quatro, assentiu rapidamente, então pegou o bastão e criou uma coluna de ar que o ergueu do chão.

— Venham — chamou ele enquanto flutuava.

Então iríamos para cima e para o outro lado da barreira. Olhando para as filas abaixo, aguardei os outros líderes de esquadrão ordenarem a seus homens que fossem para cima e para a frente, mas não aconteceu. Eles estavam criando espelhos d'água, como se planejassem assistir. Assistir? Estávamos indo até lá sem reforço?

Ainda assim, eu deveria seguir meu líder. Então, com os joelhos trêmulos, criei uma coluna de ar para mim e me elevei. Conforme atravessava por cima, os espinhos se prenderam à borda da minha anágua. Tive que lutar contra minhas saias conforme me inclinava para o chão — pousar de vestido era sempre uma experiência potencialmente impudica.

Os garotos vieram até o meu lado e encaramos os destroços que um dia fizeram parte da nossa cidade. Antes do resguardo cair, esta área tinha sido protegida da violência. Agora, os restos de construções desmoronavam à nossa volta. Paredes de tijolos chamuscados agigantavam-se acima de nossas cabeças, memórias carbonizadas de lares, lojas e vidas agora perdidas. Descendo a rua, uma única escadaria que inacreditavelmente havia sobrevivido à destruição esticava-se para o céu, levando a lugar nenhum.

— Quais são as ordens, senhor? — perguntei.

— Treino — respondeu Valens. — O comandante quer avaliar como essas armas de magos atuam em batalha. Ele acha melhor começar com algo pequeno, e eu concordo. — Ele apontou para um prédio de dois andares adiante que ainda estava intacto. — Familiares foram vistos próximo daqui. Destrua-os.

Eles haviam chamado a Ordem toda para nos observar lutar contra uns *Familiares*? Não havia mesmo um uso melhor do tempo ou da energia dos feiticeiros? Cada feiticeiro em Londres testemunharia nossa vitória... ou derrota. Se as novas armas não funcionassem, todos saberiam, e toda a fé seria perdida.

Whitechurch era um camarada esperto. E pensar que Blackwood temera que o homem estivesse amolecendo.

— Que tipo de Familiares? — inquiriu Blackwood.

Desembainhei meu punhal, determinada a dar meu melhor.

— Corvos — disse Valens.

Corvos, então? Não eram os mais fáceis de derrotar, mas também não eram os piores. Ainda assim, minhas tripas se apertaram com inquietação. Algo a respeito disso parecia simples *demais*.

Valens recuou para a barreira — *covarde* — enquanto andamos em frente, encontrando um caminho em meio aos destroços. O alvorecer estava vermelho-sangue, provocando um matiz infernal na área. Não havia uma rima sobre esse tipo de coisa? *Pela manhã céu vermelho, atenção pobres marinheiros...*

Eu precisava descobrir uns poemas mais animadores.

— Ao menos é uma manhã adorável e fresca para lutar — comentou Magnus.

Nós quatro nos aglomeramos ao nos aproximarmos da construção. Ouvimos o grito de um corvo de algum lugar perto. Paramos, meus músculos tensionando tão logo o escutei.

Embora eu tivesse de admitir que ficar ombro a ombro com os garotos, aguardando algo vir gritando pelo horizonte, parecia estranhamente acolhedor para mim, como um lar.

Blackwood soltou sua espada retorcida do cinto. Dee tinha a flauta nas mãos. Eu esperava que não tivéssemos de usar essa arma em particular.

Magnus deu um passo à frente e deu uma volta em círculo, examinando a área. Estava silenciosa como um cemitério, e igualmente carregada de morte. Maldição, eu precisava parar de pensar isso.

— Ao menos não tem nenhum Ancestral por perto — comentou Blackwood, baixando a espada.

— O que é esquisito. — Toquei o apito pendurado no meu pescoço. — Seria de imaginar que R'hlem nos atacasse com toda a força.

Com um exército a sua disposição, por que R'hlem estava tão, bem, *cauteloso*?

Blackwood olhou atrás dos ombros, para a barreira.

— Londres ainda é o prêmio maior, e ele não quer dar um passo em falso. Especialmente agora que temos a escolhida. — Ele me lançou um sorriso torto. — Quando ele descobrir nossos pontos fracos, nada vai mantê-lo afastado.

Ótimo.

Adiante, uma pilha de pedras caiu. Algo no peso do som me deixou inquieta. Corvos não fariam tanto barulho.

Três cavaleiros com suas montarias emergiram do canto da construção, a luz do amanhecer às suas costas. Um homem e duas mulheres que tinham sido esfolados por completo e estavam cobertos de sangue dos pés à cabeça. Suas montarias não estavam diferentes; as feras tinham lustrosas cabeças equinas sem orelhas, e sangue pingava de seus focinhos. Eles bufaram, batendo as patas na terra e mastigando seus pedaços. As selas tinham sido feitas de algum tipo de carne rosa curtida que eu não achava ser couro. O poder e o fedor que emanavam deles fizeram meu estômago revirar.

Então esses eram os cavaleiros pessoais de R'hlem. Era isso o que ele queria fazer comigo.

As criaturas pararam, nos medindo. A cavaleira da esquerda se virou em sua sela e sussurrou para os amigos. Eles pareciam espantados com a nossa presença ali.

Contudo, não era todo dia que quatro jovens feiticeiros davam passeios do outro lado da barreira em busca de perigo. Poucos eram tão imbecis.

Um dos Familiares, um homem, trotou para a frente com a mão estendida. Ao mesmo tempo, recuamos instintivamente.

— Venha comigo, dama, e não vamos ferir seus amigos. O rei sanguinolento dá sua palavra. — Os músculos de suas bochechas se contraíram, revelando mais de suas gengivas e dentes. Ele estava sorrindo. — O rei sanguinolento quer somente você.

13

O REI SANGUINOLENTO. Eu já tinha ouvido Gwen se referir a R'hlem por esse título.

— Não sou uma dama — retruquei, empunhando meu punhal. — Sou uma feiticeira.

O cavaleiro esfolado deu risada.

— Você pediu por isto. — Ele ergueu uma mão sangrenta ao céu e a fechou num punho apertado.

Ao sinal, formas escuras irromperam de janelas despedaçadas, como numa massa mortal de um enxame pelo ar. Corvos apareceram numa nuvem preta gritante de penas eriçadas.

À medida que os Familiares vinham rápido, entramos em pânico e os atingimos com fogo, esquecendo as novas armas e recorrendo às técnicas feiticeiras. Ondas de fogo tostaram algumas aves, mas não todas. Elas se encontraram no ar, se fundiram e formaram criaturas humanoides horrendas com rostos encapuzados e garras cortantes como navalhas. Elas mergulharam até nós, vindo devagar. Estávamos prestes a ficar em menor número.

— Pegue a flauta! — gritei para Dee. Ele a tirou do estojo, embainhou o bastão e tocou.

O som explosivo tomou conta do campo de batalha. Corvos despencaram do céu, emporcalhando a terra. Por um breve momento, a luta parou.

Entretanto, nós quatro também tínhamos caído no chão, os ouvidos zumbindo, e os três Familiares esfolados pareciam mais aptos a se recuperarem. Eles galoparam em nossa direção, empunhando espadas compridas feitas de ossos.

Uma das mulheres tentou me agarrar, e ataquei com meu punhal, cortando-a o máximo possível. A lâmina ganiu e vibrou pesadamente na minha mão, torcendo meu pulso e me fazendo xingar. Magnus e

Blackwood fizeram tentativas com as espadas retorcidas, mas os cavaleiros derrubaram com facilidade as armas das mãos deles. Os garotos sobreviveram por pouco. Blackwood soltou um feitiço rápido que fez tremer o chão sob os pés dos cavaleiros. Em seguida, Magnus soltou uma rajada de vento, derrubando uma das mulheres esfoladas de cima do cavalo. Blackwood aproveitou a oportunidade e a perfurou com o punhal. Ele apunhalou a cavaleira no coração, sim, mas com uma explosão de luz que o lançou de costas no chão.

Os corvos começaram a se reagrupar e a voar em círculos lá em cima. Nossa, será que ninguém na barreira viria nos ajudar?

Pus o apito nos meus lábios e soprei. Não aconteceu porcaria de coisa alguma. Os cavaleiros e os corvos sequer pareceram piscar.

Que se danassem as novas armas. Agarrei Mingau e peguei fogo, disparando chamas e chamuscando os malditos corvos conforme mergulhavam. Que bom. Enfim um progresso. Consegui chegar perto dos garotos, sinalizando para que Dee se juntasse a nós conforme nos reagrupávamos. Continuei queimando, embora meu fogo falhasse um pouco: eu estava usando energia demais, rápido demais.

— Deixem-na inconsciente — gritou o líder cavaleiro, galopando em seu cavalo.

Dee desenrolou o chicote e flagelou na direção dele. Luz violeta irrompeu da ponta da arma, fazendo meus olhos doerem. Sangue começou a escorrer do meu nariz, e minha boca inundou com um gosto de cobre. Os dois cavaleiros remanescentes instigaram suas montarias e se prepararam para nos atacar.

— Que se danem as armas amaldiçoadas, Dee. Lute — gritou Blackwood, largando a espada no chão. Ele convocou pedras dos destroços e as atirou num ataque de projéteis. As pedras desaceleraram os cavaleiros, que tinham de baixar e se contorcer para desviar delas.

Dee e Magnus ficaram um de costas para o outro, criando um vórtice de vento. Os Familiares corvos davam rasantes, lampejos de rostos brancos e bocas com presas visíveis sob seus capuzes. Mas eles não conseguiam resistir à força do vento e eram lançados de volta para o céu.

Eu podia sentir minha energia drenando. Pensando rápido, corri até os garotos e caí no chão enfraquecida. Cascos se aproximavam mais e mais, até que...

Rolei de costas e lancei uma última rajada de fogo no cavaleiro acima de mim. A mulher caiu de seu cavalo frenético e bateu pesadamente no chão. Ela dobrou o corpo e morreu. Fiquei deitada imóvel, minha bochecha pressionada contra o chão frio, incapaz de desviar o olhar daquele corpo carbonizado. Eu já matara um Familiar de sombra antes, e Korozoth, porém nada parecia tão... humano. O cheiro me lembrava porco assado.

Meu estômago se contorceu, e consegui ficar de joelhos antes de vomitar.

O líder cavaleiro rugiu. Ele se libertou dos destroços e instigou o cavalo na minha direção, sua espada bem acima da cabeça. Antes que pudesse atacar, Blackwood ergueu-se atrás dele, baixou o bastão num arco chicoteante e atingiu o homem esfolado no meio das costas. O cavaleiro caiu, e Blackwood, com mais dois movimentos do bastão, fez com que ficasse caído para sempre. Morto.

O rosto pálido de Blackwood estava sangrando, mas ele nem sequer o limpou.

— Você está bem, Howel? — perguntou. Ele respirava com dificuldade. Olhou para o Familiar morto, então deu um chute no corpo antes de vir me ajudar a levantar.

— Vou ficar bem — grunhi. O sangramento nasal tinha parado, embora manchas escuras flutuassem na minha visão. Cuspi o gosto de cobre e cinza da minha boca. — Não fizemos muito com as novas armas, não é?

A expressão dolorida dele serviu de resposta.

Agora, quando a batalha estava praticamente terminada, feiticeiros vieram voando por cima da barreira para perseguir corvos e finalizar a carnificina. Os corvos estavam confusos, circulando e crocitando conforme aceleravam pelos destroços na direção do horizonte. Senti que tínhamos sido estupidamente sortudos de tê-los pegado desprevenidos.

Retornamos à barreira. Ao chegarmos, precisamos de duas tentativas para voarmos por cima dela, e do outro lado encontramos Valens aguardando. Considerando que tínhamos falhado, ele apareceu presunçosamente satisfeito. Eu queria sacudi-lo.

— Obrigada por ficar assistindo quando quase morremos lá — confrontei, perdendo qualquer respeito.

— Recebi ordens para deixar você demonstrar as suas chamadas habilidades. — Espanou as mangas, como se *ele* de algum modo tivesse feito todo o trabalho. — Eu ficaria surpreso se deixassem você fazer outro experimento como este.

— Precisamos de mais tempo — falei.

Valens virou olhos lampejantes para mim. Havia fúria nele, fervendo por debaixo de uma fina camada de educação. Fiquei espantada.

— Peça mais tempo ao povo de Liverpool — disparou ele. Liverpool? Nós quatro trocamos olhares, passando silenciosamente a questão um ao outro. Expirando alto, Valens se conteve antes de continuar. — Acabou. Vão para casa e descansem. Depois de amanhã vocês voltam para o meu esquadrão.

Ele deu meia-volta e saiu batendo o pé, me deixando apreensiva.

— Não dá para dizer que não tentamos — comentou Dee suavemente. Ele soltou o chicote do cinto, tirou a flauta do ombro e os estendeu para mim.

— Fique com as armas — falei sem rodeios. — Não terminamos ainda.

Blackwood, entretanto, aceitou as armas de Dee, então assentiu para Magnus.

— Eu fico com as suas.

— Acho que vou ficar com elas por ora. — Magnus nos cumprimentou conforme se afastava. — Lembrancinhas.

Dee seguiu Magnus, enquanto Blackwood e eu fomos para casa. Apesar de estar carregado com as armas fracassadas, ele parecia satisfeito. Na verdade, ele parecia contente de ter sido desacreditado na frente da Ordem toda. Permiti que minha irritação fervesse.

— Você não tinha nada a dizer para Valens? — disparei.

— Talvez estas armas sempre tenham sido perigosas demais para brincarmos com elas.

— Podemos fazê-las funcionar com instruções adequadas — repliquei. De onde essa instrução adequada viria, eu não fazia ideia.

— Quase morremos hoje. — Blackwood ergueu a palma de uma mão ainda coberta pelo sangue do cavaleiro. — Por favor. Não quero problemas com Whitechurch nem Valens, nem ninguém além de R'hlem. — Sua voz era baixa, porém firme. Ele não disse mais nada, e revirei o que Valens havia dito, a fúria dele. Por que ele tinha citado Liverpool especificamente? O que havia acontecido?

Quando chegamos em casa, fui direto para a sala de obsidiana, pegando uma tigela de água e rodando o líquido no ar. Eu não era particularmente habilidosa com vidência, infelizmente, e meu espelho d'água parecia mais um retângulo capenga do que o costumeiro quadrado. Passos sussurraram atrás de mim. Blackwood aguardou no batente da porta, de braços cruzados.

Problema dele. Voltei a manipular — mal — a vidência. Blackwood não precisava que eu falasse o que estava fazendo para que ele compreendesse. Movendo-se com graça, ele pegou o próprio bastão e ajustou meu espelho num perfeito quadrado reluzente.

Eu nunca estivera em Liverpool, mas tentei imaginar as ruas, o porto, o ruído das carruagens e o som das vozes, então... ali.

A cena apareceu diante de nós, uma ruína fumacenta.

Blackwood quase derrubou o espelho d'água de tão chocado, e mordi a boca para não soltar um grito horrorizado. Prédios haviam sido detonados, restavam apenas destroços. Fogo pontuava os escombros aqui e ali, como assinaturas horrendas. Recuando ainda mais, captei a visão de um lagarto grande e pesado rastejando pela destruição, e sua língua bífida, do comprimento de um cavalo de carruagem, provava a terra preguiçosamente. Parecia uma iguana, com espigões vermelhos e um azul elétrico saindo de suas costas estriadas.

Zem, o Grande Lagarto, abriu sua boca e vomitou um jato de fogo branco, chamuscando a lateral de uma construção. O prédio desmoronou, e houve movimento quando as pessoas — sim, havia pessoas — fugiram. A garganta de Zem inchou, e ele abriu a boca de novo...

Blackwood xingou, movendo o bastão na direção do espelho d'água para mudar de cena. Mas espiei uma coisa e agarrei seu braço. Letras tinham sido gravadas numa avenida larga, queimadas pelas chamas, escurecidas pelas cinzas. As palavras eram:

Me entreguem Henrietta Howel

Um frio se plantou na minha barriga conforme assumi o espelho d'água, trocando de Liverpool para York. Tínhamos mais feiticeiros alocados ali, contudo Familiares ainda cobriam a área que cercava a cidade. Eram um mar de mantos e garras e presas. Com tantos nos portões, esperando uma oportunidade para atacar, as fileiras de feiticeiros só podiam estar exaustas. E, como eu tinha certeza de que encontraria, ao olhar ao redor de lá achei aquelas cinco palavras feias cortadas numa encosta verde.

— Não faça isso — sussurrou Blackwood, mas eu não conseguia parar.

Com as mãos trêmulas, forcei o espelho a me mostrar outras regiões. Kent, Manchester, Surrey, Devon, além de muitas outras. Algumas áreas estavam menos devastadas que outras. Porém, se eu revistasse as cidades populosas, encontraria novamente as palavras:

Me entreguem Henrietta Howel

— Ele está punindo a todos. — Minha voz estava embotada.

Eu conhecia esta guerra o suficiente para compreender que R'hlem não destruía a torto e a direito. Quaisquer bens e pessoas que ele podia preservar, ele o fazia. Canterbury fora a base de operação dele no leste por anos, afinal de contas. Isto, no entanto, era doentio e um desperdício.

Ele estava tentando forçar os feiticeiros a me entregar.

— Por que ele me odeia tanto?

Eu tinha destruído um de seus monstros, era verdade, mas por que *aquilo*?

— Porque ele pensa que você é a escolhida — respondeu Blackwood baixinho, dissolvendo o espelho e devolvendo a água à tigela. Ele se recostou na mesa como se não conseguisse ficar de pé adequadamente sem apoio. — Se você é a única pessoa que pode derrotá-lo, ele não vai parar até destruí-la. Então ele vai explodir o país inteiro até que não tenhamos outra escolha a não ser entregar você.

— Talvez vocês devessem. — Era uma coisa infantil e doida de se dizer, mas eu estava à beira de cair no choro. Este era o ponto para onde eu tinha conduzido todos: um monstro esbravejando pelo interior, e uma escolhida que não era a escolhida de verdade. — Pelo menos, se ele tiver a mim, talvez pare...

— Não pense isso! — retrucou Blackwood, lançando a tigela de prata no chão. Ela atingiu o piso com um barulho alto, espirrando água pela pedra preta. Blackwood me agarrou pelos cotovelos, parecendo desesperado. — Sei como você pensa, e juro por Deus que, se você for sozinha se entregar e ele, vou arrastá-la de volta para casa mesmo que eu morra.

Está me ouvindo? — Seus olhos brilhavam de pânico. — Nunca vou deixá-lo ter você.

Agora ele tremia. Eu tinha mesmo o assustado. Gentilmente, me soltei dele e recolhi a tigela, enviando a água para dentro dela antes de pousá-la em seu lugar de sempre.

Assenti.

— Não vou me entregar. — falei — Mas você não vê? Precisamos daquelas armas. Se ao menos...

— Não, Howel. — Ele me interrompeu com um olhar, então saiu pisando duro da sala. Ao que parecia, ele achava que bastava isso para resolver a questão.

Ele estava errado.

Que se danassem as dores de cabeça e os sangramentos de nariz, que se danassem estas armas que haviam sido criadas por um mago: se estivéssemos dispostos a jogar fora uma coisa só porque não a compreendíamos ou porque ela nos deixava desconfortáveis, então R'hlem merecia vencer.

Fui direto para o andar de cima para tirar minhas roupas manchadas de sangue. Lilly se esforçou para manter uma expressão tranquila ao me ver, e fez um trabalho admirável. Me esfreguei com sabão até ferir minha pele, e com relutância deixei que Lilly jogasse meu vestido sujo no lixo depois de ela me jurar que não tinha salvação.

Por fim, puxei o baú de Mickelmas e tentei mais uma vez o feitiço *Sempre o que precisar*. Pensei nas armas; nada aconteceu. Pensei em cortar o pescoço de R'hlem. Ainda nada. Grunhindo de frustração, pensei em Mickelmas, em seus risonhos olhos escuros, em sua barba grisalha, em seu casaco multicolorido idiota. Acima de tudo, me imaginei estrangulando-o de pura frustração.

Isso pareceu dar resultado. O baú martelou sob minha mão, e escancarei a tampa.

Dentro havia um folheto. Perplexa, percebi que parecia ser um pôster de um parque de diversões itinerante, do tipo que promovia o homem mais forte do mundo e coisas do tipo. As letras em xilogravura eram blocadas, e abaixo delas havia a ilustração de um homem com uma cartola e um bigode retorcido.

VENHA VER MARAVILHAS NA ESQUINA DO PEDINTE, lia-se no pôster. ENCONTRE HOMENS E MULHERES DE INCRÍVEL REPUTAÇÃO

MÁGICA. CRIANÇAS SÃO BEM-VINDAS, ANIMAIS SÃO PREFERÍVEIS. NA BURLINGTON ARCADE, 59, EM PICCADILLY.

O homem de cartola segurava algum tipo de poção borbulhante, e faíscas saltavam de sua mão aberta.

Definitivamente um mago. Apertei os olhos para ler de novo. Burlington Arcade? Mas essa área havia estado sob o domo de resguardo por mais de uma década, desde que os magos foram expulsos de Londres. Este pôster parecia bem mais antigo; o papel estava amarelado, e havia manchas de café nas pontas.

Devia ser de antes do começo da guerra; ou seja: era inútil. Quase fiz uma bola com o papel e o queimei, mas reconsiderei. O resguardo caíra havia meses. E se os magos tivessem encontrado um meio de voltar para a cidade sem serem detectados? E se agora houvesse magos no coração de Londres, magos que poderiam me ajudar? E se um deles soubesse alguma coisa sobre estas malditas armas?

Minha mente fervilhava. Eu não podia contar a Rook, não quando o nervosismo dele faria o veneno acelerar. Eu não podia comentar com Blackwood, já que ele tinha uma repulsa mal disfarçada pelas armas. Magnus e Dee ficariam entusiasmados, mas talvez até demais. Imaginei Magnus galanteando num covil de magos e sendo transformado em presunto. Mas eu precisava contar para alguém.

E sabia exatamente quem deveria ser essa pessoa.

As escadas rangeram sob meus pés conforme corri para o andar superior. Bati de leve à porta de Fenswick e Maria a abriu. Seu rosto e suas mãos estavam cobertos de farinha.

— Qual é o problema? — perguntou ela, se limpando.

— Olhe isto. — Esperei ela terminar, então estendi o papel e me sentei. Ela passou os olhos pelo folheto, uma expressão curiosa tomando seu rosto. Então começou a sorrir.

— Mamãe costumava me dizer que as habilidades dos magos eram grandiosas e estranhas. Acha que eles conseguem tornar o seu cabelo azul?

— Ah, eles conseguem fazer muito mais que isso. — Claramente eu tinha contado à pessoa certa. — Quero ir amanhã.

— Eu vou com você — Maria disse de primeira, sentando-se ao meu lado. Meu coração saltou com a facilidade que eu tinha de confiar nela. Ela franziu o cenho. — Você tem tempo para isso?

— Tenho licença para um passeio à tarde. Venha comigo, depois nós escapamos. — Alisei o papel, sentindo a empolgação correr pelo meu corpo. Com frequência eu me perguntava se todos os magos eram como Mickelmas. Agora eu teria a oportunidade de ver.

— Devo levar meu machado junto? — Maria deu outro sorrisinho. — Vai que...

— Sim. Embora ele vá se destacar na nossa primeira parada.

A LOJA DE MADAME VOLTIANA funcionava normalmente, mesmo sem o resguardo. As pessoas precisavam fazer escambo nas esquinas para cereais ou tabaco, porém não se podia esperar que as damas da alta sociedade ficassem sem alfaiataria requintada. Manequins de costura sem cabeça e vestidos de forma elegante ficavam à porta para receber os clientes. Havia menos costureiras trabalhando na loja de Voltiana agora, mas a fada de pele roxa estava cheia de sorrisos quando Eliza, Maria e eu chegamos, e ficou toda concentrada quando foi tirar minhas medidas para um novo vestido.

Madame Voltiana bateu palmas com suas mãos ossudas enquanto admirava meu reflexo.

— Você vai ficar o mais maravilhosa que eu puder deixá-la. É alta demais, é claro, e não muito simétrica, mas com meu desenho ninguém será capaz de reparar!

Que adorável. A fada me espetou ao tirar as medidas do meu quadril e da minha cintura e ajustou minha postura. Eliza estava sentada num sofá felpudo, escolhendo entre duas amostras de seda bem coloridas. Maria, que havia desabado ao lado dela, analisava o ambiente como se tivesse entrado num outro planeta.

Considerando todos os insultos alegres de madame Voltiana, a loja era uma bolha bem-vinda de feminilidade. Aqui, parecia que a guerra não havia chegado.

— Espere só até você ver a cor. Será uma confecção de vermelho queimado e de um laranja indiano profundo. Você vai parecer uma labareda — arrulhou Voltiana. — Eu podia fazer seu vestido como uma fênix, para que queimasse à meia-noite. É claro, depois você andaria por aí pelada, mas é preciso sofrer em nome da arte.

— Visto que é o aniversário de Lady Eliza, isso chamaria atenção demais — falei com cuidado. Às vezes, Voltiana era conduzida por sua musa, como ela dizia, e se esquecia da realidade.

— Talvez bordô para mim? — Eliza ergueu uma das amostras de seda. — Ou roxo escuro. — Ela os mostrou para Maria. — O que acha?

Maria piscou, então pegou uma amostra de seda que era de um azul-pavão luminoso.

— Este é bonito — disse ela, totalmente perdida. Eliza estalou a língua.

— É adorável, mas não é minha cor. — Ela ergueu o roxo e sorriu. — Sim. Este aqui.

— Oh, senhorita, você devia usar cores claras. É jovem como a primavera — trinou Voltiana, me furando com outro alfinete. Mordi minha língua.

Eliza tomou uma decisão.

— Roxo escuro. Quero causar uma boa impressão. Nunca se sabe quem estará participando. — Ela sorriu com ares de quem sabia. — George provavelmente trará vários rapazes como candidatos.

Estremeci, e desta vez não teve nada a ver com os alfinetes de Voltiana. Blackwood não havia contado à irmã que ainda se correspondia com Aubrey Foxglove? Se ele não tivesse uma conversa com ela em breve, eu teria.

Depois dos ajustes, estávamos subindo na carruagem de Blackwood quando ofeguei e bati uma mão na testa.

— Maria, precisamos de ervas do mercado, não?

— É — disse Maria, soando incrivelmente afetada. — Como pudemos esquecer isso? Ora, puxa. — Com movimentos duros, ela botou as mãos na cintura. Como guerreira, ela era excelente... já como atriz, nem tanto.

— É aqui perto. Eliza, por que não vai para casa tomar um chá? — Fechei a porta da carruagem com uma batida decisiva.

— O que estão aprontando? — perguntou Eliza.

— Nadinha — respondi, dando um sorriso que esperava ser convincente. Eliza não pareceu convencida.

— Tomem cuidado, então. No que quer que façam. — Ela franziu o cenho, e a carruagem rodou até sair de vista. Senti uma pontada de culpa. Eu teria ficado feliz de levá-la conosco, mas não queria fazê-la mentir para Blackwood. Além disso, quem podia dizer quais perigos iríamos encontrar?

Maria e eu nos apressamos pela rua, de braços dados.

— Fique de capuz e de cabeça baixa — falei. — Para o caso de alguém reconhecer você.

Londres estava tão diferente do que fora somente alguns meses antes. Barricadas de sacos de areia e cascalho eram erguidas ao longo das ruas, precauções que retardavam certos Familiares, mas não serviam muito para deter um Ancestral. O ar cheirava permanentemente a fumaça e suor.

Antes, os ricos mostravam feições relaxadas, enquanto os que estavam do lado de fora do resguardo tinham um olhar doído e atormentado. Agora não havia mais diferença. Mulheres ricas em chapéus com fitas brilhantes e pobres mendigos em retalhos tinham a mesma expressão assombrada. Embora derrubar o resguardo tivesse sido a coisa certa a fazer, não pude deixar de sentir vergonha.

Mais relatos de ataques de R'hlem chegavam todos os dias, duplicados em selvageria. Oitenta feiticeiros haviam morrido numa única noite nos arredores de Sheffield — havia rumores de que tinham sido esfolados vivos. Toda morte agora me lembrava das palavras de R'hlem: *Vou mostrar-lhe o que é horror. Entreguem Henrietta Howel.*

É por isso que estamos aqui, lembrei a mim mesma enquanto nos apressávamos por uma rua lamacenta. Nós vamos fazer estas armas funcionarem. Vamos mostrar a R'hlem o que horror significa *de verdade.*

Enfim, chegamos a uma ampla via. Piccadilly era um grande círculo, com avenidas alimentando-o como veias correndo rumo ao coração. O antigo centro comercial não resguardado, a ala da Moedinha, havia sido esmagado impiedosamente durante o ataque de Korozoth. Agora todos os comerciantes e mercadores tinham vindo aqui para comprar e vender.

Comprei duas tortas de carne de precedência duvidosa, e Maria e eu comemos depressa enquanto a cidade rugia ao nosso redor. Carruagens *hansom* e carroções, ônibus puxados por cavalos com coberturas de estanho enferrujadas e caleches cortavam as rotatórias e as ruas, por pouco evitando colisões. Em toda a minha vida, eu nunca tinha ouvido tanto barulho como agora: à nossa volta, havia corpos de ricos e pobres, em todos os estados entre suados, pressionados, tossidos e empurrados de um lado para o outro da rua.

Enquanto Maria lambia o caldo da ponta dos dedos, eu conduzia pela Piccadilly em direção à rua Bond. A entrada arqueada da Burlington

Arcade logo apareceu à nossa direita. Era uma passagem longa e coberta, com lojas dos dois lados. Tinha sido um destino elegante antes da queda do resguardo, um lugar onde as senhoras compravam perfumes ou frutas cristalizadas. Agora, as belas lojas dividiam espaço com pedintes e vendedores de ostras.

— Vejamos — falei, pegando o folheto e costurando meu caminho em meio à multidão com Maria na minha cola. O papel dizia loja 59, porém, quando chegamos, encontramos somente uma ruína vazia. As janelas estavam quebradas e a porta, travada. A tinta descascava em faixas longas e enroladas. Ninguém entrava ali havia anos.

Mastiguei o lábio frustrada. Será que eu tinha me iludido de achar que os magos haviam arriscado tudo para montar uma loja em sua antiga casa? O baú tinha funcionado mal, era mais provável. Ou isso, ou eu não tinha entendido direito o que ele pretendera me dizer.

— Você está com aquele olhar apertado. — Maria me deu uma cotovelada. — Não devia desistir tão rápido.

— O que sugere que façamos?

— Tenta aquela coisa da espada.

Maria puxou um fio da saia dela. Ela achava que havia glamour aqui, embora eu não sentisse magia alguma. Bem, por que não? Peguei Mingau, me cortei bem menos profundamente desta vez, e cobri o fio em sangue. Maria o segurou enquanto eu me concentrava, cortava e...

Minhas mãos formigaram quando uma fenda apareceu no ar perto da porta. Maria bateu palmas animada.

— Adoro essa coisa da espada — exultou ela, dando um passo para dentro da fenda.

Eu a segui, e atrás de mim o rasgo se fechou de novo. O que antes fora uma loja deserta agora era um beco comprido e tortuoso. Magos, ao que parecia, tinham um Burlington Arcade só para eles, e estava apinhado de gente.

O lugar me fez pensar numa casa fechada e abandonada por muito tempo, cujas janelas só agora estavam abertas, e seus corredores, varridos, os panos retirados da mobília.

Barracas espremiam-se umas contra as outras, e cortinas desbotadas de veludo separavam as lojas. Tendas e lonas foram içadas em postes, e placas recém-pintadas anunciavam mercadorias ao lado deles. Panelas de cobre, frascos de vidro e jarros e gaiolas de latão que chocalhavam com criaturas de cores espalhafatosas forravam as paredes. Ouvimos o chiar de uma panela, e o cheiro de gordura e cebola flutuou na nossa direção.

Os homens e mulheres que discutiam não eram diferentes das pessoas que tínhamos visto lá fora pechinchando farinha ou sabão. Porém aqui eles debatiam sobre moelas, línguas de flamingos, pós feitos de dente de tubarão e poções para o fígado. Uma mulher seguia com dificuldade pelo caminho, sua postura desequilibrada e esquisita. Ela tinha uma garrafa de vidro no lugar da perna, com a rolha servindo de pé.

— Estes são magos? — Maria parecia tanto maravilhada quanto assustada. — Eles são tão... tão...

— Estranhos — terminei. Mas meu fôlego ficou preso ao ver tantos deles, dez ou vinte, trabalhando juntos. Se a guerra nunca tivesse acontecido, se meus pais estivessem vivos, eu talvez tivesse passeado neste lugar. Eu talvez tivesse me chamado de maga.

Nós atraímos algumas carrancas e atenção. Estranhos que apareciam no meio de um mercado ilegal *seriam* suspeitos. Talvez devêssemos ter pensado melhor nisso.

Como se para ilustrar o meu ponto, um braço serpenteou em volta de mim e encostou uma lâmina na minha garganta.

— O que temos aqui? — sussurrou uma voz.

14

A VOZ PERTENCIA A UMA GAROTA. Congelei quando vi Maria puxar seu machado.

— Solte-a — cuspiu Maria. A garota fez mais pressão, e a lâmina cortou minha pele. Ameaçá-la foi claramente uma ideia ruim.

— Não tem por que esse rebuliço — falei. Era difícil pensar com uma lâmina na garganta. Meus olhos disparavam para as pessoas que nos observavam, aguardando ansiosas para ver o que iria acontecer.

Minha atacante moveu um pouquinho a lâmina, o suficiente para me dar uma chance. O fogo azul percorreu meu corpo, e a garota caiu.

— Não sabe que é mal-educado botar as mãos em outro mago? — Estendi a mão para ajudá-la a levantar. — Sou Henrietta Howel.

Dizer meu nome foi quase uma aposta. Agora tínhamos atraído muita atenção, e uma multidão estava se reunindo. A garota se levantou e espanou os joelhos. Era absurdamente alta e usava um vestido amarelo brilhante com uma faixa verde. Seus cabelos pretos estavam soltos e caíam sobre seus ombros. As maçãs do rosto eram altas, e seus olhos escuros e brilhantes me encaravam com surpresa.

— Espere. Howel? — Ela assobiou. — Você é a garota escolhida dos feiticeiros, não é? Por que não disse logo? — Ela pousou uma mão pesada no meu ombro, e sufoquei um grito de dor. — Você podia ter perguntado pela Orbe e Coruja, sabe. Ficaria feliz de mostrar a você — disse ela num tom de conversa.

— Er, sim. Gostaríamos de conhecer — falei, trocando um olhar perplexo com Maria, que finalmente havia guardado o machado.

— Meu nome é Alice Chen — apresentou-se a garota ao nos conduzir pelo beco. Fitei os vários rostos à minha volta e tentei captar as palavras que eram sussurradas. A multidão dispersou, porém eu ainda sentia o olhar de todo mundo.

Virando uma esquina, chegamos a uma placa de madeira, pendurada numa parede de tijolos à mostra, que dizia ORBE & CORUJA. Uma coruja castanho-amarelada pousada em cima de uma bola de cristal tinha sido esculpida na placa.

Não havia porta de entrada. Em vez disso, Alice nos levou até um par de botas velhas e cheia de furos e chutou uma delas.

Com uma nuvem de fumaça e poeira, a imagem nebulosa de um homem capenga e magro apareceu diante de nós.

— Senha? — A voz dele soava como um suspiro no vento.

Eu tinha lido a respeito de "fantasmas" como este num dos livros do baú de Mickelmas. Não eram almas de pessoas mortas. Em vez disso, eram mais como ecos de propriedade ligados a objetos, que poderiam atuar como guardas ou executores. Não eram criaturas muito hábeis, mas eram úteis de seu jeito próprio.

— Cale a boca e me deixe entrar — disse Alice com alegria.

— Senha correta. — O fantasma desapareceu numa nuvem de fumaça, e uma porta se abriu na parede.

— Esse seu povo é estranho — sussurrou Maria. Bem, ela tinha razão.

Entramos num bar que parecia perfeitamente normal, até onde bares podiam ser. As paredes eram de tijolo, com manchas escurecidas pela fumaça das lamparinas a óleo. Um espelho embaçado atrás do balcão de mogno refletia a multidão ali, que não era espetacular: cerca de dez pessoas no total. Retratos de magos famosos nos observavam. Um deles mostrava Merlin; outro, Strangewayes. Num canto, avistei Darius LaGrande e, em outro, um homem que parecia curiosamente familiar... Quando percebi quem era, minha garganta apertou. Corri para olhar o retrato mais de perto. O sujeito era um jovem bonito, com cabelos escuros e um rosto redondo e agradável. Seu sorriso largo era caloroso e receptivo. Na placa na parte inferior se lia WILLIAM HOWEL.

Meu pai tinha sido mais renomado nos círculos dos magos do que eu imaginava. Seu nome foi esculpido na casa de Ralph Strangewayes, e agora isto? Sem pensar direito, toquei o retrato, traçando com os dedos o rosto do meu pai.

Queria que você pudesse me ver agora, pensei, relutantemente dando um passo para trás. *Queria*, minha nossa, *queria poder falar com você.*

Piscando para evitar lágrimas que apareceram de repente, esperei um momento e analisei as pessoas no salão para me acalmar. Alice já havia se sentado a uma mesa e conversava animada com um homem. Ele parecia normal, com cabelo castanho-claro e um rosto comprido, até que, de repente, cuspiu um peixe. A criatura prateada deslizou de sua boca para a mesa. Estava vivo, virando e sacudindo. Com um resignado aceno negativo de cabeça, o homem jogou a truta num balde a seus pés.

Torci para que qualquer que fosse o feitiço não durasse muito tempo. Imaginei que tossir peixe fosse desconfortável.

Na lateral do salão, uma menininha de pele escura e cabelos trançados abraçava uma boneca, que parecia bastante chamuscada. Um choque de luz crepitava em seus cabelos, quase como uma tempestade eletrizante. Ela sorriu para mim quando viu que eu estava olhando.

Um falcão vermelho com belas penas estava pousado no encosto de uma cadeira, limpando as asas.

Certamente alguém aqui poderia me ajudar com as armas do Strangewayes. Eu estava prestes a começar a me apresentar quando um homem de pele escura apareceu do nada, bem ao lado do balcão.

— Meus companheiros mais sinceros e pungentes — disse ele, pulando para cima de uma banqueta. — Obrigada por virem me encontrar. Nossa espera está quase no fim, meus amigos. A Inglaterra será ótima de novo, com nossa magia para guiá-la. — Ele ergueu os braços, as mangas de retalhos roxo-laranja-avermelhado de seu casaco caindo até os cotovelos. Ele recebeu aplausos discretos e indiferentes.

— Opa, Jenkins — disse o tossidor de peixes, erguendo o copo como cumprimento.

Só que esse homem não era Jenkins Hargrove. Seu nome verdadeiro era Howard Mickelmas.

Meu mentor, depois de meses de silêncio absoluto, estava sentado num bar como se tudo estivesse perfeitamente normal. O atendente lhe passou caneca espumante de cerveja, que ele bebeu feliz.

— Você o conhece, então? — sussurrou Maria. Ela devia ter percebido minha cara surpresa.

— Ele me ensinou tudo o que sei — murmurei, sentando a uma mesa. Não queria que ele me notasse até que estivesse pronta para ser notada.

Apesar de tudo, fiquei aliviada de vê-lo. Embora eu tivesse sabido que ele sobreviveu ao ataque de Korozoth quando me deu seu baú mágico meses atrás, eu não descobrira o que havia acontecido com ele. Mas ali estava Mickelmas, bebendo e rindo e perfeitamente vivo. Sorri um pouco enquanto o observava.

Mickelmas enfiou a mão no bolso e tirou um chapéu roxo ridiculamente emplumado.

— Passe adiante, meus avestruzes. Umas moedinhas para colaborar com a Armada da Rosa Ardente.

Meu sorriso evaporou. Ah, não. Não, isso não podia significar o que eu estava pensando.

— O que foi? — perguntou Maria quando fechei meus punhos. — Você não gosta de rosas?

— A rosa ardente é o símbolo oficial da minha casa. O meu símbolo *feiticeiro.*

— Ah. — Ela assobiou. — Imagino que você não lhe deu permissão para usá-lo?

— Eu vou matá-*lo.*

— Então não.

Mickelmas passou o chapéu pelo salão, mas a maioria das pessoas não botou nada dentro dele.

— Vamos lá. Um pêni ou dois para o avanço de nossa grande armada — cacarejou Mickelmas. Alguém nos entregou o chapéu. Maria teve que o passar adiante rápido, para evitar que eu botasse fogo nele. — E posso acrescentar quão bom é ver todo mundo? — Mickelmas olhou ao redor do salão. Baixei a cabeça para impedir que ele visse meu rosto. — Sim, Alice e Sadie e Gerald e... onde está Alfred? — Ele franziu o cenho.

— Você está sentado nele — gritou alguém. Mickelmas levantou-se num salto da banqueta, que começou a se balançar sozinha.

— Alguém conhece um contrafeitiço? — Ele aguardou, mas não houve resposta. — Sinto muito, Alfred. Vamos torcer para que passe logo. — Ele deu um tapinha no assento de couro e prosseguiu: — Nossa flor, semeada no sofrimento, trazida a florescer na adversidade, nossa querida Henrietta Howel está neste momento vivendo no seio do poder. Ela foi levada à pessoa mais próxima e mais leal de sua majestade e foi declarada como a escolhida. Nosso sucesso é garantido! — gritou ele.

Houve alguns aplausos dispersos e educados. O homem do peixe cuspiu outra truta quando Alice acenou para mim, animada. O chapéu, agora tilintando de leve com algumas moedas, retornou a Mickelmas, que o enfiou de volta no bolso.

— Jenkins? — Alice acenou com a mão. — Agora que a rosa ardente está conosco...

Ela estava tentando me apresentar, porém Mickelmas cortou o discurso dela.

— Ah, minha querida Henrietta. A pupila mais brilhante que já tive. — Ele suspirou dramaticamente, com uma mão no coração. — Ela fez um trabalho tão excelente, se infiltrando na monarquia no nível mais alto. Realmente, se ao menos eu pudesse ver seu querido e doce rosto de novo. — Ele fez aparecer um lenço e enxugou os olhos. Maria riu tanto que soltou um ronco.

— Aqui, Jenkins. — Alice apontou para mim. — Olhe só quem eu achei.

Pegando minha deixa, tirei meu capuz e fiquei de pé. Quando Mickelmas me viu, foi como se ele tentasse engolir o próprio rosto. Andei até ele, fingindo doçura.

— Estou tão feliz de ver você. — Enfinquei as unhas na mão dele. Ele soltou um pequeno gemido do fundo da garganta, mas não vacilou. Que profissional. — Estou apreciando *muito* meu período na Ordem.

Ouviram-se agora alguns murmúrios interessados no salão.

— O que devo fazer depois de me infiltrar na Ordem, exatamente? — sussurrei para Mickelmas, puxando-o mais para perto. Ele colocou um braço em volta dos meus ombros e me virou para encarar a multidão.

— Nossa rosa ardente dá continuidade à nossa marcha em direção à igualdade, em direção à liberdade, em direção à liberdade da magia inglesa!

Eu podia sentir o escrutínio de todos, até mesmo dos falcões. Eu tinha uma ideia do que eles viam: a garota de um mago, nascida como eles, mas ainda assim uma estranha. Vivendo com os feiticeiros. Não havia descortesia ali, mas havia certa desconfiança. Bem, eu não poderia culpá-los por isso.

— Se importaria de conversar por um momento, mestre querido? — perguntei a ele.

Mickelmas arreganhou os dentes no que caridosamente poderia ser chamado de sorriso.

— Ah, vou pôr a conversa em dia com minha excepcional aluna. Que bálsamo para minha alma cansada. Mas devo recorrer à angariação de fundos, minha pequena dioneia. Sua armada não vai se formar sozinha, sabe.

Minha armada. De todas as coisas ridículas e insanas.

— Não está mostrando um grupo grande, não é, Jenkins? — disse o homem de peixe, Gerald, com uma risada.

Jenkins. Isso me deu uma ideia. Mickelmas era tão cuidadoso ao esconder sua verdadeira identidade que poucos sabiam quem ele era de fato. E Howard Mickelmas tinha uma reputação terrível.

— Claro que eu entendo, Sr. Hargrove. Espere. Ainda *é* Sr. Hargrove, não é? — Fitei-o com meus olhos mais inocentes. Sua boca ficou pequena. — Como você tem tantos nomes falsos, para sua segurança, é claro, eu queria garantir que não usaria o errado sem querer.

Seus olhos arregalados disseram que ele não achava que eu teria coragem de fazer isso. Minha expressão dizia claramente que ele estava errado.

— Ah, um momento com minha florzinha. Em particular. — Ele apertou meu braço tão forte que meus olhos encheram de lágrimas. — Uma rodada para meus amigos, por minha conta! — gritou ele para o atendente, e o lugar explodiu em animação verdadeira pela primeira vez.

Mickelmas me empurrou pela sala enquanto alguns dos magos me cumprimentavam com um aperto de mão. Fui levada porta afora e em seguida viramos a esquina. Finalmente livre, esfreguei meu braço.

— Isso não é jeito de tratar uma dama — disparei.

— Eu já vi você comer uma torta de carne de porco. Não existe nada de "dama" em você. — Ele cruzou os braços. — O que você quer?

Era uma piada?

— Por que está usando meu nome para começar uma porcaria de revolução?

— Acha que se tornar feiticeira foi suficiente? Estou pavimentando o chão para você se elevar mais alto que nunca, sua pudinzinha tola. — Havia um ardor em seus olhos que eu nunca tinha visto. Quando tínhamos trabalhado juntos no aposento minúsculo dele, Mickelmas me disse que havia lutado o suficiente pelos magos. Agora ele queria entrar de novo na briga?

— Pensei que você estivesse na América.

— E ir embora quando, depois de séculos de oposição, a era dos magos está emergindo mais uma vez? — Ele parecia excitado só de imaginar. — Os feiticeiros logo ficarão de joelhos para R'hlem.

Sim, porque eu não me entregaria.

— Estamos fazendo nosso melhor — retruquei.

— Ah, não me diga que acha mesmo que é um deles — zombou Mickelmas.

— Foi para isso que você me treinou, não?

— Não! — Ele bateu o pé. — Eu a treinei para *parecer* um deles. — Mickelmas dava a impressão de querer me chacoalhar. — Eles nunca vão aceitar você. Nunca conseguirão aceitar qualquer coisa que não seja igual a eles.

Minha vida entre os feiticeiros não era perfeita, mas era uma situação muito melhor do que eu esperava depois do baile da comenda.

— Não está sendo duro demais? — perguntei.

— Ah, você é que está amolecendo. Que decepção. Pensei que tivesse o fogo do seu pai. — Ele parou por um momento. — Soou bem mais engraçado do que eu pretendia. — Ele sorriu um pouco. — Entendeu? Fogo? Seu pai?

— E por *falar* no meu pai — e com isso ele se enrijeceu —, o que diabos você quis dizer sobre ele não ter se afogado? — Se Mickelmas tentasse escapar de mim de novo, eu iria me pendurar no pescoço dele até que me contasse.

— Ah, por que temos que insistir em coisas que estão no passado? Falei muitas coisas idiotas para pessoas que eu nunca mais pretendia ver.

— Conte-me. — Minhas mãos resplandeciam com chamas.

— Não sei o que aconteceu com seu pai, está bem? — Ele se afastou devagar.

— Então como sabe que ele não se afogou? — Foi isso o que Mickelmas dissera na Catedral de São Paulo na noite do ataque de Korozoth. *Seu pai não se afogou.* E num instante ele partiu, deixando o eco dessas palavras na minha cabeça.

— Sua tia precisava ter alguma coisa para lhe contar quando você era pequena. — Ele passou a mão na testa. — William abandonou sua mãe antes de você nascer. Nunca voltou, e não sei o que aconteceu com ele. Essa é a verdade.

Eu havia esperado muitas coisas, mas não isso. O que ele estava dizendo? Que meu pai podia estar andando por aí, em algum lugar do mundo agora? Que ele tinha me abandonado?

— Não é verdade — falei suavemente. Mickelmas franziu os lábios.

— Não parecia justo mantê-la ignorante a esse respeito.

Fiquei pensando naquela pintura no bar. O rosto do rapaz — o rosto do meu pai — parecera muito com o meu.

— Você acha que ele ainda está vivo? — perguntei sem emoção.

— Não faço ideia — respondeu ele.

Eu não sabia que sentiria dor com isso. Minhas mãos pararam de queimar.

— Sinto muito — disse Mickelmas, desviando o olhar. — Naquele momento, eu não pensei que a veria de novo. Senti que você deveria saber a verdade. Foi uma ideia estúpida.

O que eu esperava? Alguma narrativa trágica ou alguma explicação insana? Eu era uma idiota.

— Basta. — Maria saiu do bar, de onde nos espreitava. O tom cálido, profundo e feminino havia voltado em sua voz. Willie tinha reemergido. — Não chateie a garota.

— Quem é essa pessoa ruiva? — Mickelmas fitou os olhos dela e congelou. A expressão inteira dele mudou para alguma coisa indecifrável. — Já nos vimos antes?

Maria balançou a cabeça, os cachos saltando em seu rosto.

— Não. Eu me lembraria desse prazer — balbuciou ela.

— Vá para casa — disse Mickelmas, voltando-se para mim. — Quando for a hora certa, nós iremos até você.

— Mas preciso da sua ajuda *agora*. — Desembainhei o punhal minúsculo do meu pulso esquerdo, a única arma que eu tinha trazido. Ele a aceitou com cautela, sua expressão se abrindo enquanto a pegava. Dava para ver que ele a tinha reconhecido.

— Onde conseguiu isso? — Ele fez um movimento pelo ar, torcendo o pulso de tal modo que a lâmina faiscou sob a luz do sol. Caramba, ele parecia saber o que estava fazendo.

— Achamos na casa de Ralph Strangewayes — respondi.

Diante disso, ele parou.

— Conte-me tudo.

Enquanto eu falava, ele continuou analisando a lâmina. No fim da história, balançou a cabeça.

— Não sei, não.

— Não sabe se elas vão funcionar? — Meu coração afundou. Ele me devolveu a lâmina, estendendo o cabo dela para mim.

— Não, elas funcionam. Mas são armas forjadas em outro mundo. — Ele fungou. — Foram desenvolvidas para serem usadas contra monstros, *por* monstros.

— Vou arriscar. Pode nos ensinar?

Convencer os outros a participar deste plano, particularmente Blackwood, talvez se provasse difícil. Mas a ideia de aprender mais uma vez com Mickelmas era estranhamente reconfortante. Eu tinha saudade das nossas aulas na ala da Moedinha.

Ele hesitou.

— Os feiticeiros nunca vão concordar.

— Eles já me deixaram de lado. Só preciso provar que as armas funcionam — afirmei.

Ele sorriu um pouco.

— Parece que você não consegue ficar longe de confusão, não é?

— Está dizendo que sim? — Fui inundada pelo alívio.

— Jamais vou deixar passar uma oportunidade de fazer sua grande Ordem saber da superioridade dos magos. — Ele puxou a barba. — Quando começamos?

NAQUELA NOITE, CONVOQUEI MINHA PEQUENA "unidade" à casa de Blackwood, depois que Magnus havia terminado sua patrulha da barreira. Maria e eu aguardamos na saleta mais ao sul, aquela cheia de porcelana chinesa e tapeçaria. Mexendo no medalhão de ouro liso que eu tinha pendurado no pescoço, sorri quando Magnus e Dee entraram, com Blackwood atrás deles. Um lacaio esperava à porta. Minha nossa, isso não daria certo.

— Podemos ficar sozinhos? — pedi. Blackwood pareceu confuso, mas dispensou o criado.

— Vou manter a guarda — sussurrou Maria, então saiu. Agora estávamos somente nós quatro: os garotos e eu.

— Não vou gostar disso, vou? — murmurou Blackwood, se acomodando ao meu lado com uma expressão fatigada. Ele franziu o cenho. — Onde conseguiu esse medalhão?

— Era o melhor jeito de deixá-lo confortável — respondi, tocando o fecho dourado.

— Deixar quem confortável? — Magnus se reclinou no sofá com as mãos atrás da cabeça.

Tirei o medalhão do pescoço e o abri. Mickelmas explodiu de dentro dele e deu uma cambalhota no chão. Blackwood deu um salto para trás, e Dee quase caiu do sofá. Ficando de pé, Mickelmas virou a cabeça de um lado e de outro, estalando os ossos.

— Ainda não foi a escolta mais confortável que já tive nessa vida — comentou ele.

Magnus ficou de pé em um salto, derrubando um tigre de porcelana da mesa ao lado. O objeto se espatifou no tapete, um rabo retorcido aqui, um olho pardo acolá.

Blackwood parecia uma estátua aturdida em tamanho real.

— Eu me lembro de haver mais de vocês da última vez — disse Mickelmas para os garotos. Notando o tigre destruído, ele acenou com a mão, murmurou algo e num lampejo a criatura de porcelana foi recomposta e colocada sobre a mesa. Com um sorriso irônico, Mickelmas agitou os dedos, produzindo outro feitiço, e a criaturinha ganhou vida. O tigre andou de uma ponta a outra da mesa, soltando rugidos em miniatura, abanando a cauda listrada. Dee exclamou maravilhado e cutucou a pequena fera, que o mordeu.

Mickelmas se sentou no sofá. Ajeitando o casaco, pegou uma almofada e se recostou.

— Bem mais confortável. Então vamos. Quem está pronto para um pouco de magia?

15

Por um momento, os únicos sons que se ouviam eram o tique-taque de um relógio e os miados do tigre de porcelana. Dee e Magnus estavam ambos congelados em diferentes expressões: Dee horrorizado, Magnus eufórico. Por fim, Blackwood quebrou o silêncio.

— Você trouxe *esse homem* para a *minha* casa?

Eu não tinha previsto tamanha indignação, o que, evidentemente, fora idiotice.

— Tentarei não ficar insultado, sua senhoria. — Mickelmas deu um tapinha no braço de Dee, e o garoto pulou de susto. — Fico contente em ver que vocês estão inteiros, rapazes.

— Ah. Muito obrigado — respondeu Dee, iluminando-se.

— Howel, sua demente. — Vindo de Magnus, isso parecia o maior elogio do mundo. Ele foi até o mago. — Bom vê-lo de novo, senhor! Temi que tivesse morrido. — Trocaram um aperto de mãos.

— Eu me lembro de você. O corajoso ridículo — disse Mickelmas.

— "Corajoso e ridículo" é o lema da família Magnus. — Ele ponderou um momento. — Como é mesmo em latim? *Ferox et ridiculum?*

— Você se lembrou *mesmo* das aulas! Mestre Agrippa ficaria satisfeito — falou Dee.

— *Posso falar com você a sós?* — trovejou Blackwood para mim.

Ele me conduziu para a sala ao lado, o "arsenal" que continha os brasões de cada conde de Sorrow-Fell que já existira. O dele próprio estava pendurado acima da porta: duas mãos entrelaçadas em hera — o brasão padrão dos Blackwood — com sua insígnia pessoal, uma estrela simbolizando sua posição como a luz que guia a família.

Agora, um vulcão em erupção teria sido uma imagem mais adequada. Blackwood se afastou de mim com os punhos cerrados ao lado do corpo.

— Nós precisávamos de ajuda — falei.

— Como? Onde? *Por quê?* — Uma veia saltava no pescoço dele a cada palavra. Ele foi até um relógio antigo como se pretendesse socá-lo.

— Ele conhece as armas de Strangewayes.

— As armas? — A incredulidade no rosto dele cedeu lugar para uma fúria gélida. — Você está mentindo de novo para o comandante. Só que, desta vez, teve a audácia de arrastar nós três junto!

Meu rosto enrubesceu diante da verdade. Eu não queria proferir as palavras que estavam prestes a sair da minha boca, mas não tinha escolha.

— E seu pai teve a audácia de sacrificar magos e bruxas para ocultar os próprios pecados, não é mesmo?

Charles Blackwood tivera exatamente a mesma culpa que Mary Willoughby ou Mickelmas quando permitira que os Ancestrais viessem para nosso mundo, mas ele tinha conseguido esconder seu envolvimento, evitando assim punições. Por mais de uma década, bruxas foram executadas e magos foram oprimidos, porém feiticeiros e a família Blackwood em particular tinham prosperado.

A temperatura na sala esfriou, e estremeci quando Blackwood se aproximou. Eu era alta, mas ele era maior. Ainda assim, eu não seria intimidada.

— Acha que isso é justo? — sibilou ele, aproximando o rosto. Meu pulso acelerou, mas eu o encarei.

— Será que todos devem ser punidos pelo que seu pai fez?

Ele pareceu se questionar por um minuto.

— Não.

— Se derrotarmos R'hlem com armas dos magos e treinamentos, podemos provar à Ordem quão errada ela tem sido. Você disse que queria acertar as coisas.

Blackwood deu um passo à frente, e instintivamente fui para trás. Ele me guiou até que eu ficasse contra a parede, presa no canto da sala. Seu olhar capturou o meu.

— Tem certeza de que não é sobre você? — murmurou ele.

— O que faz você pensar isso? — perguntei, ansiosa.

Talvez fosse a luz baixa, mas eu podia jurar que brevemente seu semblante foi suavizado com um pouco de compaixão.

— Desde que R'hlem enviou aquela mensagem, você ficou imprudente. Insistiu que fôssemos à Cornualha, insistiu nessas armas, foi atrás exatamente do mago de quem deveria ficar longe! — Sua raiva retornou. — Você se sente responsável, o que a faz agir. Mas agir *sem cuidado algum*. Longe de você esperar pelas instruções de outra pessoa, ah não. É *inteiramente* sua culpa, portanto, é inteiramente *seu* problema para resolver. — Foi como se ele tivesse me visto nua, como se minha mente e minha alma estivessem expostas. — Mas você não está sozinha nessa, Howel, e agora nos tornou cúmplices!

Sem ter para onde ir, virei minha cabeça e analisei uma parede muito interessante.

— Não seja covarde. — A voz dele suavizou. — É a verdade, não é?

Relutante, voltei o rosto para ele. Blackwood deu um passo para trás. Agora sim. Eu podia respirar mais livremente.

— *Você* não se sente culpado pelo que seu pai fez? Sabe que precisamos seguir com isso.

Com um grunhido, Blackwood andou na direção da porta.

— E nós vamos. — Ele parou para me olhar, a expressão severa. — Achei que não tivéssemos segredos um do outro, Howel.

Ali estava a grande razão da fúria dele. Durante anos, ele havia carregado o pecado do pai. Ninguém, nem mesmo a mãe dele ou Eliza, soubera do segredo mais sombrio da família. Quando enfim tínhamos confiado um ao outro a verdade — que eu era maga, que ele era filho de um traidor —, eu havia me tornado sua primeira amiga de fato.

Eu o havia ferido além do que se podia imaginar.

Meu rosto queimou, mas ele saiu da sala antes que eu pudesse responder. Então o segui até a sala de estar.

Blackwood se acomodou num canto da sala, fechando-se em si mesmo. Magnus, pelo menos, estava apreciando a situação. Ele tinha pegado um vaso — dinastia Ming, ao que parecia — e estava atormentando Mickelmas para que o mago se escondesse ali dentro.

— Duas libras que ele consegue — propôs Magnus a Dee.

— Não sou um urso amestrado, seus patifes. — Mickelmas deu risada. Ele tinha se servido do conhaque que havia numa garrafa perto da janela e dava golinhos de um copo.

— É como se você se compactasse numa bola? — quis saber Magnus. — Ou só meio que encolhe?

Vozes de garotas foram ouvidas do outro lado da porta. Uma pertencia a Maria, a outra era de Eliza, que provavelmente se perguntava por que Maria estava vigiando a porta.

— Rápido! — sussurrou Magnus, estendendo o vaso de novo. Com um grunhido, Mickelmas saltou para dentro do objeto, desaparecendo de vista. Eliza entrou, parando de repente ao ver Magnus abraçando com alegria um vaso.

— Ah. Olá? — disse ela, surpresa.

— Eu, hum, adoro a decoração. — Ele estendeu o vaso. — Posso ficar com isto?

— *O quê?*

Olhei ao redor com nervosismo e vi que o tigre de porcelana havia se aninhado ao lado do copo de Mickelmas e caído no sono, graças a Deus. Porque eu não tinha ideia de como explicar isso.

— Não, Magnus, você não pode ficar com isso. Acho que essa peça ficaria melhor em outra sala. — Peguei o vaso e me voltei para Blackwood: — Vamos levar para outro lugar, que tal?

— Sim. O vaso precisa de um novo lar. — Juntos, passamos depressa por uma Eliza perplexa.

No jardim, libertei Mickelmas do vaso numa agitação de roxo e laranja. Ele arrancou uma maçã da árvore de Blackwood e a esfregou na manga do casaco.

— Ficaríamos honrados de aceitar sua ajuda — murmurou Blackwood.

— De fato, seu entusiasmo não tem limites, meus jovens esquilos. — Enlaçando o braço no meu, Mickelmas me conduziu até perto do muro do jardim, seu júbilo se dissolvendo de algum modo. — Você entende o que está pedindo, quero crer. — Ele deu uma olhada para Blackwood. — Tem ciência de que Ralph Strangewayes ficou louco? Louco de pedra e delirante.

Caçar criaturas além do reino da sanidade fazia isso com uma pessoa.

— Estas armas não são *naturais* — prosseguiu Mickelmas. — Ouvi as histórias quando era um menino. Dizem que o poder de Strangewayes estilhaçou a mente dele. Vocês tiveram dores de cabeça, sangramentos nasais? Viram coisas que não estavam lá?

Sangramentos nasais. Dores de cabeça. Fiquei um pouco gelada.

— As armas podem nos ferir?

— Vocês não sabem tanto sobre essas armas quanto gostariam. — Mickelmas franziu o cenho. — Têm certeza?

— Sim. — Forcei-me a fazer com que soasse verdadeiro. Afinal, não precisaríamos das armas por muito tempo. Não estávamos caçando; estávamos lutando. Havia uma diferença... não havia?

— Muito bem. Podemos começar nossas aulas? — Mickelmas dirigiu a última pergunta a Blackwood, que espreitava à porta e mais parecia uma sombra alta com uma atitude terrível.

— Aqui não — disse ele.

— Concordo totalmente. Acho este lugar um pouco sisudo. — Mickelmas deu um sorriso afetado.

— Tenho acesso à casa do mestre Agrippa — disse Blackwood. — Até que escolham o herdeiro de Agrippa, o comandante a deixou para mim. Podemos treinar lá.

— Esplêndido. Sempre quis morar perto do Hyde Park. Muito chique.

— Você não vai morar lá, vai? — Blackwood soava horrorizado.

— Tenho que estar disponível sempre que vocês todos encontrem um momento livre. Além disso, não posso deixá-los ir à cidade me procurar.

— Está bem. Fique fora de vista. Se for pego, não sei nada a esse respeito — retorquiu Blackwood.

Mickelmas apareceu ao meu lado e beijou a minha mão.

— Até logo, minha adorável sabe de nada — disse ele, piscando um grande olho preto. Com uma sacudida do casaco, desapareceu. Blackwood e eu ficamos sozinhos no jardim.

— Obrigada — falei.

— Não fale comigo, Howel. Não agora. — Com isso, ele voltou batendo o pé para dentro da casa.

Droga. Bem, ele tinha direito de estar bravo. Se a Ordem descobrisse nossa colaboração com Mickelmas, podia jogar todos nós na Torre. Podiam arrancar de Blackwood seu título e sua propriedade.

Inferno, ele tinha *mais* do que o direito de estar bravo. Tinha direito de me expulsar daquela casa. Saber que ele não faria isso só me deixava pior. Contudo, depois de um tempo, ele veria que o que eu fiz estava certo. Riria deste dia em particular.

Era o que eu esperava.

Retornei à sala de estar. Dee estava à janela, olhando a rua, e acenou para que eu fosse até ele.

— Como foi? — Ele não podia erguer a voz, pois Eliza estava perto da lareira, conversando animada com Magnus.

— Temos um novo professor.

Dee esvaziou as bochechas.

— Sinto como se fosse um fora da lei. Nunca pensei que fosse sentir *isso*. — Então ele fez um sinal com a cabeça na direção do sofá e sussurrou: — O tigre está acordando.

Realmente, o pequeno felino de porcelana bocejava e se esticava. Pegando Mingau, improvisei um feitiço rápido. Com um movimento projetado para congelar água, desejei que a criatura ficasse imóvel. Aconteceu o que eu pedi... e a criatura se transformou numa pequena escultura de gelo.

Torci para que não tivesse sido uma peça tão cara.

— O que estão fazendo aí? — perguntou Eliza.

— Nada — respondemos Dee e eu em uníssono. Ele se sentou no sofá enquanto eu fui até Magnus e Eliza. Conforme me aproximei, não pude deixar de ouvir a conversa deles.

— *O conto de inverno* segue o enredo essencial de *Otelo* ao longo da primeira metade, então se desvia para uma comédia absurda. — Eliza resmungou exasperada. — Um urso simplesmente aparece do nada e come um personagem menor, então vai embora. Que escrita terrível! Shakespeare só fez pelo dinheiro.

— Ele escreveu *todas* as peças pelo dinheiro. — Magnus estivera comendo nozes, e agora lançava uma casca na lareira.

— Ele não precisava deixar tão evidente, não acha?

— Ah, mas a poesia sempre teve duas preocupações principais: forrar bolsos e cortejar mulheres. — Magnus deu risada quando Eliza fez uma careta.

— Você não imaginaria isso pelos sonetos dele. Lembra? "Os olhos de minha amada não são como o sol"? Que jeito original de cortejar.

Fiquei surpresa diante do conhecimento de Eliza e da luz em seus olhos enquanto ela apreciava o debate. O semblante dela murchou um pouco quando me aproximei.

— Não pretendia interrompê-la — disse ela, levantando-se. — Boa noite. — Ela fez uma mesura para Magnus. Eu a segui até a porta.

— Não sabia que você amava Shakespeare — falei como um elogio, mas a expressão dela escureceu. Quando estava irritada, ela parecia muito com o irmão.

— É claro que não. Não tenho serventia para nada além de festas e vestidos. — Então ela saiu da sala sem dizer outra palavra. Magnus me esperou perto da lareira, com uma expressão confusa.

— O que foi isso? — perguntou ele.

— Nada. — Eu suspeitava que Eliza ainda estava brava por Maria e eu termos saído sem ela. Eu não tinha pretendido desprezá-la tão descaradamente.

— E então? O que o velho camarada falou? — quis saber Magnus.

— Vamos nos encontrar na casa de Agrippa.

— Não consigo acreditar que o você o achou de novo. — Magnus não tinha em nada a raiva de Blackwood. Em vez disso, parecia encantado. — Você é a garota mais corajosa que eu já conheci, Howel.

— Eu diria que você conhece algumas. — As palavras deixaram minha boca antes que eu pudesse pensar.

— Talvez. — Ele brincou com o amuleto de madeira que tinha no cinto. — Acho que estou um pouco surpreso que você tenha corrido atrás de Mickelmas depois de ter sido jogada na Torre.

— *Ferox et ridiculum* — falei com um sorriso. — Talvez esse seja o lema de Howel também.

— Não, seu lema seria *Tenho um plano brilhante*, seguido de um resmungo horrorizado de Blackwood. — Ele soltou o amuleto. — Blacky não gosta de arriscar. Quando se está muito no topo, só há um lugar para ir.

Eu não tinha pensado nisso.

— O que a está incomodando? — Magnus cruzou os braços. — Você fica com um pequeno vinco na testa quando está imersa num turbilhão espiritual.

— Não seja ridículo. — Mas me contorci sob o olhar sincero de Magnus. As palavras de Blackwood sobre minha culpa tinham soado verdadeiras. — Bem, o cretino do R'hlem vai continuar destruindo tudo em seu caminho. Quanto mais tempo eu levar para me entregar, maiores são as chances de que todos nós sejamos mortos. Foi por isso que tive que encontrar Mickelmas. — Foi por isso que eu tinha arrastado Magnus e Dee e Blackwood para esta situação.

— Não é culpa sua. — Magnus estendeu a mão, mas não me tocou. Antes, quando havia me ensinado a lutar com espadas de resguardo na biblioteca de Agrippa, ele não tinha problema algum em corrigir meu braço, a posição do meu corpo. Agora era como se um escudo nos separasse.

Era adequado, claro. De outro modo, poderia se mostrar muito perigoso.

— Mas *é* minha culpa — falei.

O semblante dele endureceu.

— Você não é a única que sente culpa, Howel. Não pode ficar com tudo para si.

Ele estava tentando fazer graça, mas ouvi a vergonha em sua voz.

— Magnus, o que aconteceu?

Magnus hesitou, fitando o fogo.

— Não quero jogar esse fardo em seus ombros.

— Acho que você deveria.

Ele ficou num silêncio tão profundo que pensei que tivesse decidido não me contar. Mas finalmente falou.

— Eu estive num outro navio antes do *Rainha Charlotte*. Menti quando contei que nunca tinha enfrentado Nemneris. Cerca de um mês atrás, quase vencemos um ataque contra ela. Conseguimos atingi-la no flanco com um arpão. Só que ela mergulhou muito fundo na água, voltou para cima e tentou nos esmagar. Ela não nos puxou para baixo, estava machucada demais para isso, mas o navio não conseguia navegar.

— Abandono de navio não é crime — afirmei.

Magnus fechou os olhos.

— Foi o que aconteceu *depois* que chegamos à costa. Eles estavam esperando por nós, entende, na praia. — O modo como falou "eles" fez um arrepio correr pelo meu sangue. — Os vermes. Nós lutamos com eles, mas havia mais, sempre mais, saindo da areia. — Ele agarrou aquele medalhão de novo, segurando-o do jeito que as pessoas costumam segurar seus rosários. — Cinquenta de nós chegaram naquela praia. Nove voltaram da batalha. Depois, quando tudo enfim tinha acabado, percebi que estava coberto de sangue. Da cabeça aos pés. — Ele passou uma mão nos olhos. — Isso nos faz questionar como conseguimos sobreviver. Com certeza fazendo algum tipo de covardia para escapar. — A voz dele falhou, só uma vez, mas era o suficiente.

Pousei uma mão em seu braço.

— Não há vergonha em sobreviver.

Ele estava rígido, inflexível sob meu toque. Completamente diferente do garoto que eu tinha conhecido somente alguns meses atrás.

— Todas as noites eu vejo os vermes vindo pela areia. — Ele me olhou de novo. — Não sou o único que tem pesadelos. — Era como se ele estivesse se justificando. — Os outros nos quartéis gritam à noite, e...

Ele soltou o medalhão devagar.

— O que é isso? — perguntei.

Magnus sorriu fracamente.

— Jim Collins. Era o assistente do carpinteiro, tinha só 12 anos. Garoto brilhante. Eu o ensinei a trapacear no jogo de cartas. — O sorriso desapareceu. — Então, quando soubemos que teríamos de abandonar o navio... — Ele soltou o medalhão do cinto e me entregou. Eu o embalei com as mãos. — Jim me disse que a mãe dele fez isso para mantê-lo seguro, e ele queria que ela o recebesse de volta. Eu o peguei. Não sabia o que fazer. Mais tarde, quando a batalha tinha acabado, achamos o corpo de Jim estendido na areia. — Magnus deu de ombros. — Ele tinha sido todo mordido.

Ele esfregou a testa e prosseguiu:

— Sei que ele é da Cornualha. Mas quantos Jim Collins existem na porcaria da Cornualha? Então fiquei com o medalhão para devolver à mãe dele quando a encontrar. — Magnus manteve o rosto impassível, mas não pôde esconder a dolorosa dança de emoções em seus olhos cinzentos. — Você sabia que eu achava que a guerra terminaria num mês desde que entrei nela? — Ele deu uma risada amarga. Ocorreu-me que ele interpretava um papel para todos nós, que o Magnus sorridente era como uma camada de pintura teatral.

Apertei seu ombro.

— Eu lhe imploro, não guarde isso dentro de si. Estou aqui para você, se precisar.

Por um minuto, ficamos encarando um ao outro. O olhar de Magnus pareceu clarear.

— Ah — disse ele, surpreso.

Estávamos tão próximos um do outro que enrubesci e o soltei.

— Perdão — pediu ele quando lhe devolvi o medalhão. — Viver com o conde de *Sorowfrimento* é um fardo pesado o bastante.

— Conde de *Sorrow-Fell.* — Não pude evitar rir.

Magnus foi conversar com Dee, que cochilava no sofá. Eu o observei com cuidado. Ele estava tranquilo e charmoso de novo; aquela máscara dele tinha voltado firmemente ao lugar.

NA NOITE SEGUINTE, SENTEI DIANTE DA JANELA do meu quarto, inspecionando as ruas vazias e pensando em nosso plano de treinamento. Os postes de iluminação lançavam sombras ondulantes, mas não se encontraria uma pessoa real lá fora até o amanhecer. A maioria se recusava a se aventurar à noite, preferindo trancar portas e janelas, ficar deitada na cama e esperar pela luz do dia. Todos nós antecipávamos a noite em que os monstros viriam do céu, uma nuvem densa de garras, presas e dentes.

Eu estava prestes a me arrumar para dormir quando uma figura sombria saindo da casa chamou minha atenção. Ela percorreu o caminho da entrada em direção à rua.

A figura se virou, olhando para a casa. Meu estômago apertou quando reconheci Rook, com o cabelo escondido sob um capuz. Com os ombros encurvados e as mãos enfiadas nos bolsos do casaco, ele saiu pelo portão e andou apressado.

Onde diabos ele estava indo a uma hora dessas?

Xingando, peguei Mingau, joguei meu manto sobre os ombros e abri minha janela. Um momento depois, usei o vento para descer até o chão. Onde quer que Rook fosse hoje à noite, ele não iria sozinho.

16

Rook seguiu para fora da cidade e entrou na terra de ninguém que eram os cortiços. Casas construídas de tábuas, lata e fios encostavam-se umas nas outras, como se estivessem exaustas demais para se sustentarem sem apoio. Havia focos de incêndio aqui e ali, famílias reuniam-se, seus rostos alinhados acentuados pelo brilho do fogo. Cachorros magros e assolados de pulgas corriam pelas ruas.

Eu podia ter alcançado Rook e lhe perguntado para onde estava indo, mas senti que, qualquer que fosse sua resposta, seria mentira. As pessoas não fugiam disfarçadamente de casa em plena noite por motivos inocentes. Quando eu vivia na casa de Agrippa, todo momento que tinha livre era usado para ir correndo encontrar Mickelmas secretamente. O que quer que Rook estivesse fazendo, eu queria saber a verdade.

Ele andava devagar, olhando para a esquerda e para a direita até que parou de repente. Inclinando a cabeça para trás, começou a farejar o ar. Então saiu correndo, entrando rápido num beco estreito. Passou da imobilidade à ação tão depressa que me pegou desprevenida.

Foi então que ouvi os gritos.

Xingando baixinho, segui para onde ele havia ido através do labirinto de casas improvisadas. Engasguei com o fedor de lixo e lodo, erguendo minhas saias o mais alto que ousava para mantê-las limpas.

Por fim, cheguei a uma interseção larga o bastante de modo que várias pessoas pudessem passar ao mesmo tempo. À minha frente, dois homens estavam envolvidos numa briga, e um deles abraçava uma fatia de pão contra o peito. O outro camarada batia e o golpeava sem dó. O homem com o pão gritava, mas ninguém veio ajudá-lo. Ninguém ousou. Enfim, o agressor surrou o pobre coitado com tanta força que o homem derrubou a comida.

Eu me preparava para intervir quando...

Escuridão jorrou como uma onda. Um manto de noite cobriu o ladrão que gritava. Devagar, o homem arquejante no chão levantou-se, pegou seu pão e fugiu correndo.

Escuridão fluía numa maré incessante, sufocando os gritos do ladrão. Meus olhos caçaram a fonte conforme Rook aparecia com passos deliberados. Ele lançou as mãos no ar, libertando o ladrão da sombra. Hipnotizada, só consegui observar Rook agarrar o homem sufocado pela camisa.

— Se eu o vir atacar mais alguém, não terei piedade. Entendeu? — Havia uma ferocidade em seu tom que eu nunca tinha visto.

O homem choramingou, e o cheiro acre de urina inundou o ar enquanto ele molhava as calças. Rook jogou-o no chão e puxou o capuz sobre os olhos.

— Vá embora. *Agora.*

Não foi preciso repetir: o homem saiu apressado, tropeçando duas vezes. Rook estalou os dedos enquanto a escuridão recuava, encolhendo-se para caber perfeitamente dentro de sua sombra enluarada. Eu ofeguei e ele se virou.

— Senhorita? O que está fazendo aqui? — Seus olhos ainda eram de um preto puro, e arregalaram-se quando tirei meu capuz.

— Eu poderia perguntar a mesma coisa a você — falei.

Rook gemeu e esfregou a nuca, como se eu o tivesse pegado roubando uma torta em vez de ameaçando um homem com a força da magia negra.

— É melhor irmos embora. Não é seguro para você ficar nas ruas à noite. — Rook se aproximou e passou um braço ao meu redor.

— Não é seguro para *mim*? — Só pude beliscá-lo.

— Espere até chegarmos em casa antes de brigar comigo — respondeu ele.

Mal dava para ver seu rosto sob o capuz. Ele também tinha erguido a gola, fazendo um trabalho admirável de se fundir com as sombras. Juntos, seguimos o trajeto para sair daquela aglomeração até voltar para ruas mais seguras.

A esta hora da noite, era impossível entrar na casa de Blackwood pela frente, por isso pulamos a parede de pedra do jardim. Rook a escalou, felino e ágil, e eu flutuei por cima com o vento. O jardim à meia-noite estava exuberante e tranquilo, as árvores frutíferas perto da parede estavam prateadas pelo luar. Me sentei num banco de pedra perto da fonte, escutando o borbulhar da água enquanto os sinos da igreja anunciavam a hora, e Rook sentou-se ao meu lado. O cheiro de lavanda e de rosa deveria ter tornado aquele ambiente o mais romântico possível. E isso teria acontecido se eu não quisesse estrangular meu amado.

— Não me olhe assim — disse Rook gentilmente. Ele estava sendo tão *paciente* que tive vontade de gritar.

— Como se eu não pudesse acreditar que você está correndo por aí, pelas piores áreas da cidade, à noite, esmurrando criminosos? É um olhar bem específico. — Quando ele suspirou, eu quase explodi. — Não gosto que mintam para mim!

— É um pouco engraçado, não acha? — Não havia raiva em seus olhos, só um tipo de humor cansado. — Visto que você teve sua cota de mentiras.

Isso doeu.

— Foi tudo para nos manter sob o resguardo.

— Que não existe mais, então por que eu deveria me preocupar? — Ele se remexeu no assento e me encarou. Meu coração deu um saltinho traidor por causa de sua proximidade. — Por que eu deveria vê-la cortejar o perigo enquanto fico para trás em segurança? — Uma vergonha silenciosa tingia sua voz.

— É função dos feiticeiros proteger a cidade. — Tentei parecer compassiva e razoável.

— Eles defendem contra os monstros externos, sim, mas existem monstros aqui também. — Seus olhos brilharam. — Você sabe que é verdade. Aquele homem com o pão estava tentando alimentar a família. Se eu não o protegesse, quem o faria?

Eu odiava quando ele fazia tanto sentido assim.

— Não quero que se ponha em risco — murmurei.

Ele tocou meu rosto com uma mão fria.

— Não quero que *você* faça isso também, mas sei quem você é. — Ele elevou meu queixo. — Por favor, não fique no caminho de quem *eu* sou.

Ali estava a diferença. O que ele estava se tornando era monstruoso. Mas eu deveria lhe falar *Você não pode proteger as pessoas porque está se metamorfoseando num horrendo demônio de sombra*? De algum modo, parecia a coisa errada a dizer.

— Você não consegue esperar até Maria e Fenswick acharem um tratamento melhor? — perguntei. Ele largou a mão.

— Eles me tornam lento e idiota. — Sua expressão endureceu. Ao luar, eu observei suas sombras dançarem pelo caminho do jardim como tinta viva. Sussurros passavam por mim, os sussurros de coisas sombrias, de coisas monstruosas. Sempre que Rook ficava frustrado, a escuridão piorava. Ergui minhas mãos.

— Tudo bem — falei com a voz tranquila. Lentamente, as sombras e os sussurros desapareceram. Rook limpou a garganta, tímido.

— Receio que você tenha vergonha de mim — disse ele por fim. Vergonha? Quase ri diante do absurdo disso. — Faço isso em parte para me sentir *digno* diante de seus olhos.

— O que quer dizer? — sussurrei.

Ele pegou minha mão, sua pele ficando ardente.

— Sei que eu devo humilhá-la — murmurou. — Vivendo nesta casa elegante, da caridade das pessoas. Você deve ver o pobre patife que sou, Net... Henrietta.

— Acha que ligo para fortuna? — Oscilei entre furiosa e feliz. — Seu bobo e ridículo... seu... seu! — Não conseguia pensar nas palavras certas, mal conseguia pensar em palavras. — Por acaso não me conhece?

— Você me chamou de bobo? — Ele deu risada, surpreso.

— Eu amo você, pelo amor de Deus — quase gritei na cara dele. Pronto. As palavras foram ditas. Tapei a boca com uma mão. O que deu em mim?

— *O quê?*

— Eu... eu só quis dizer... — Então fui silenciada.

Rook me puxou e me apertou contra seu peito. Dava para sentir seu coração batendo, um tamborilar rápido que acompanhava o meu.

— Repete — sussurrou ele.

— Eu am...

Ele me beijou, interrompendo minha boca.

Inclinei-me sobre ele, passando o braço pelo seu pescoço. Era loucura. Estávamos sozinhos no meio da noite, como uma cena maravilhosa de uma peça teatral. Mas não era fantasia; ninguém estava fingindo. Rook estava ali, comigo, sua boca na minha. A princípio, seus beijos eram gentis, leves como penas. Então seu braço enlaçou minha cintura, e ele aprofundou o beijo, me deixando louca.

Suas mãos subiam e desciam pelas minhas costas. Nossas bocas se abriram, e arquejei quando sua língua tremulou contra a minha.

Nós nos afastamos e passei meus dedos pelo seu cabelo.

— Não acredito que isso enfim aconteceu — sussurrou ele, com a respiração vacilante. — Sonhei com isso por tanto tempo. — Seus beijos correram pela minha bochecha até que ele encontrou minha boca de novo. Botei uma mão no peito de Rook, sentindo o ribombar de seu coração.

Quando eu beijara Magnus, tinha sido selvagem e frenético. Isto era como voltar para casa: cada beijo, cada abraço era um lembrete do lugar ao qual eu pertencia.

Fitei seus olhos pretos, que cintilavam com selvageria e vontade. O medo me dominou, além de outra coisa ainda mais chocante: desejo.

— Você não sente repulsa por mim? — perguntou baixinho.

Não, as sombras e as cicatrizes não importavam, desde que *ele* estivesse ali.

As mangas de sua camisa estavam enroladas até os cotovelos, revelando uma linha de cicatrizes pelo braço esquerdo. Peguei a mão dele e toquei com os lábios sua palma calejada. Devagar, fui beijando o pulso até chegar às cicatrizes, beijando-as gentilmente, uma a uma. Sua inspiração foi tão aguda que parei.

— Dói?

— Pelo contrário — disse ele com um ronco. Todo o corpo de Rook estremeceu. Ele agarrou meus pulsos e me encarou. — Não podemos fazer isto — murmurou.

Se continuássemos, aonde nos levaria?

— Eu sei — falei.

Então todos os cabelos da minha cabeça ficaram em pé; ouvi alguém mais respirando. Nós não estávamos sozinhos ali. Alguma coisa rastejou para fora das sombras, sibilando enquanto avançava pela grama.

A criatura não possuía montaria nem amigos terríveis. Na verdade, era a coisa mais patética que eu já tinha visto. Ao luar, suas vestes pretas esfarrapadas raspavam o chão. Fumaça ondulava em frágeis sussurros sobre seu corpo, e um capuz preto cobria seu rosto.

Eu não vira um Familiar de sombra desde a queda de Korozoth. O Familiar olhou para Rook e sibilou uma palavra:

— Mestre.

A coisa inclinou a cabeça e começou a lamber o chão. Nossa, ela estava saboreando as pegadas de Rook, lambendo-as em adoração. Rook chutou a coisa, despachando-a rastejando com um gemido.

— Fique longe de mim, seu demônio — cuspiu Rook.

Apesar do horror à nossa frente, sua violência me assustou. A criatura só gorgolejava enquanto tentava se reaproximar. As unhas da coisa estavam destruídas e cheias de terra. Este era o monstro mais miserável que eu já vira.

— Não lute contra ele — falei, mas Rook não me ouviu. Com um movimento rápido do braço, mais sombras surgiram de todos os cantos e fendas do jardim, cobrindo o Familiar. Fiquei esperando ouvir os gritos horrorizados do monstro.

Em vez disso, um coro emergiu, repulsivo por seu deleite. Quando Rook descobriu o Familiar, nós o encontramos rolando de costas, em êxtase como um gato num raio de sol. Ele rastejou até Rook, agarrando seus tornozelos e lambendo seus pés.

— *Me deixe em paz!* — bramiu ele. Seu rosto estava carmesim. Meu Deus, alguém iria nos ouvir.

O Familiar se ajoelhou e seu capuz de fumaça se desfez, revelando um rosto que reconheci de imediato. Cabelos claros e pálidos, olhos costurados cruelmente com um fio preto: era Gwendolyn, a filha do mestre Agrippa. Ela tinha caído na influência de R'hlem havia muito tempo. Seus dentes rangiam enquanto ela olhava pesarosa para Rook. Sangue escorria por suas bochechas como uma imitação obscena de lágrimas.

— Mestre — choramingou. Ela se inclinou para a frente, fazendo seu nariz tocar o de Rook enquanto ele se agachava. A fúria e o ódio fugiram do rosto dele. Gwendolyn ergueu as mãos num gesto suplicante. — O rei sanguinolento a quer. Venha. Venha comigo, mestre. Venha.

Ela puxou sua manga como uma criança que implorava por um doce ao pai. O nojo de Rook se dissolveu em... ternura. Era como se alguma energia existisse entre eles. As sombras se eriçaram e deslizaram em direção aos dois.

Com um grito, lancei uma corrente de fogo em Gwendolyn. Cuspindo em maldição, ela se lançou para trás, agarrando seu punhal. Peguei o braço de Rook quando ele começou a ir atrás dela.

— Não! É uma armadilha — falei, combatendo o ataque de Gwendolyn com outra explosão de fogo.

Cobrindo os olhos com uma mão para se proteger, Gwendolyn fugiu para a escuridão. Soltei outra explosão de fogo e a procurei pelo jardim, mas ela tinha partido. Engolida pela noite.

Rook se remexeu, inquieto. Rosnando, ele se virou e desferiu um soco no muro do jardim.

— Eu não queria que você me visse enfraquecido — disse ele. — Nunca quero isso.

Naquele momento, eu estava prestes a lhe contar o que ele estava se tornando. Somente o aviso de Fenswick me manteve em silêncio.

— Quero que veja como estou dominando estes poderes. — Rook fitou meus olhos. — Como sou forte o bastante para cuidar de nós dois. — Ele me puxou para mais perto. — Porque quero me casar com você, Henrietta. — E me beijou de novo, apoiando minha bochecha em sua mão.

— Eu amo você — sussurrou ele quando nos afastamos. Fechei meus olhos, tristeza brotando dentro de mim.

— Também amo você — falei.

Eu o amava mesmo. E temia por ele. Muito.

17

Na manhã seguinte, Rook e eu nos sentamos em um banco no boticário de Fenswick. Maria, com suas mangas enroladas e mechas de cabelo grudadas no rosto, despejou um líquido fervente numa xícara de madeira. Fumaça subiu numa nuvem sibilante, cheirando a limão. Maria pôs um raminho de algo verde na xícara, depois a empurrou para Rook.

— Beba — disse ela.

— O que é? — perguntou ele, espiando a folha com uma expressão inquieta.

— Menta. Adoça o sabor. — Ela mastigou um raminho e olhou para mim. Depois do que lhe contei que havia acontecido na noite anterior, concordamos que precisávamos tentar algo novo. Depressa.

Rook engoliu de uma só vez a mistura, então bateu com a xícara na mesa.

— O que é isso? — Ele tossiu, empurrando a xícara como se ela o tivesse machucado.

— Raiz de dente-de-leão, beladona com mel, alguns tipos de cogumelos.

Maria deliberadamente não citou os ovos de aranha que tinha mencionado para mim, e achei sábio da parte dela. A beladona também me preocupava. Era um veneno — tratada de tal modo que não o mataria, claro, mas não deixava de ser veneno. Sua função era atacar o parasita de sombra que crescia dentro de Rook. Se funcionasse, iríamos matar a coisa. Não, sem "se": funcionaria.

Tinha de funcionar.

Rook pôs uma mão na barriga e gemeu, ficando de pé e quase caindo.

Levantei-me enquanto ele se ajoelhava com uma perna e pressionava a cabeça contra a mesa, enfiando as unhas na madeira. A sala escureceu. Num instante, eu tinha fogo na minha mão. A escuridão se torceu e Maria pegou seu machado. *Por favor, meu Deus. Não assim, não agora.*

Então a luz brilhou mais forte, e as sombras dispersaram.

Rook ergueu a cabeça, massageando a testa com a base da mão como se estivesse se recuperando de uma noite de bebedeira. Ele piscou para mim. Seu olho esquerdo tinha voltado a ser daquele azul-celeste puro.

— Aconteceu alguma coisa boa? — quis saber ele ao se levantar, cambaleando só um pouco.

Maria sorriu e voltou para a lareira, para mexer num caldeirão pendurado ali.

— Muito boa — respondeu ela enquanto eu passava meus braços ao redor de Rook, deitando minha cabeça em seu peito. Ele deu risada, e o som ressoou na minha bochecha.

— Se a faz feliz, sei que foi boa — sussurrou ele no meu cabelo. Ele soltou um som espantado mas alegre quando eu o beijei. Seus lábios tinham um sabor doce por causa do mel. A noite passada não tinha sido um sonho.

— Eu não sabia que também tinha feito uma poção do amor — falou Maria bem devagar.

Enrubescidos pela vergonha, Rook e eu nos afastamos.

— O que é isso? — Fenswick entrou na sala, e eu imediatamente o coloquei sobre a mesa para que ele pudesse ver. O duende ficou remexendo num botão do casaco, maravilhado com a melhora de Rook. — Vão me vender no Hollow e me fazer dançar — exclamou ele, admirado. Eu não tinha ideia do que isso significava, mas assumi que ele estava satisfeito. Ele examinou a borra da xícara de Rook, despejando-a numa tigela de vidro e acrescentando uma calda viscosa cor-de-rosa.

— Você tem um minuto? — sussurrou Maria para mim enquanto Fenswick examinava os olhos de Rook. Nós saímos para o corredor.

— Você é genial — falei.

— Disso eu já sabia. — Sua expressão contente desapareceu. — Mas pode haver complicações. — Ela enrolou um cacho de cabelo no dedo. — O mais importante agora é que ele fique calmo. Se o coração bater forte demais — disse ela, martelando o punho contra o peito —, o remédio pode enfraquecê-lo. Se ele estiver fraco, a coisa lá dentro vai lutar como o diabo para assumir o controle.

Esgueirar-se pela noite estava absolutamente fora de cogitação, que diria então lutar. Maria prosseguiu:

— Você precisa mantê-lo distante de *qualquer* agitação. Das más agitações e também das boas.

Seu olhar aguçado me fez empalidecer. Rook e eu *finalmente* tínhamos nos declarado, e agora não poderíamos fazer nada a esse respeito? Tive que me segurar para não discutir.

— Pode então lhe dar algo que o deixe cansado? — perguntei. Pelo menos *isso* o acalmaria. O que pedi não era muito melhor do que o drogar, porém Maria assentiu.

— Vou pôr algo nas doses. Se tivermos sorte, ele não vai perceber.

— Obrigada por tudo. — Eu tinha vestido meu manto e o estava ajustando. Os relógios já badalavam a hora, e eu estava atrasada.

Maria sorriu.

— Vai sair para treinar, então?

— Gostaria de vir junto e assistir? — Fiquei animada com a ideia e desejei poder convidá-la para lutar também, mas era impossível. Os meninos não conseguiriam lidar com tantos renegados numa mesma semana.

— Eu adoraria. Quero ver seu mago em ação. Ele é engraçado — comentou ela. — Pensei que poderíamos levar uns lanches também.

MARIA FICOU BOQUIABERTA DIANTE DA CASA de Agrippa quando descemos da carruagem, e quase deixou cair a cesta pendurada no braço. Sua reação foi compreensível. Quando cheguei meses atrás, este lugar, com suas colunas gregas brancas e seus portões de ferro preto retorcido, parecia saído de um conto de fadas. Agora parecia assombrado, um memorial a tempos mais felizes. As grandes janelas nos andares superiores pareciam olhos vazios que me fitavam cheios de julgamento.

— É aqui que seu grande mestre vivia? — A voz de Maria me arrancou das minhas lembranças. — Parece um lugar bem bonito.

Ali, pensei em Gwendolyn rastejando em nossa direção com seus trapos lamentáveis de sombra. Maria notou meu estremecimento.

— Mestre Agrippa tinha uma filha — falei, para me explicar. — Eles acharam que ela era a profetizada, sabe, antes de ela... bem, antes de ela partir. Não consigo deixar de pensar nessa garota.

Um pensamento ainda mais desagradável surgiu. E se Gwendolyn *tivesse* sido a garota profetizada? Talvez ela tivesse sido a grande esperança para a Inglaterra... e escolhera o lado da escuridão. Eu havia temido que aceitar falsamente o título de escolhida da Inglaterra significava que estávamos desistindo de procurar a pessoa certa, mas e se a verdade fosse ainda mais sombria? E se nós já a tivéssemos perdido?

— Não tem por que ficar revirando o passado. — Maria me arrancou dos meus pensamentos. Seguimos pelo caminho até a porta da frente, onde a aldrava de ferro em forma de duende ainda fazia uma careta. Magnus abriu a porta para nós, já sem casaco.

— Aí está você. — Seu sorriso ampliou ao ver Maria. — Templeton! Minha cara, trouxe lanches? — Ele imediatamente começou a vasculhar a cesta.

— Conto com você para lembrar o que é mais importante. — Ela o deixou pegar um: ovo fatiado e agrião. Dando uma mordida, Magnus nos conduziu pelo saguão.

Eu os deixei ir na frente, conversando, e olhei ao redor da casa. Parei no meio do vestíbulo, derrubando a luva que tinha acabado de tirar. Parecia uma represa estourando.

Memórias gritavam comigo de todos os cantos. Tinha sido neste vestíbulo que eu havia chegado e girado, olhando tudo, maravilhada. À minha direita, a escada pela qual Agrippa me levara para conhecer os garotos no segundo andar. À esquerda, a sala de jogos onde Wolff me ensinara bilhar. Segui lentamente Maria e Magnus, parando para tocar o corrimão ou uma pintura emoldurada na parede, qualquer coisa que reacendesse outra memória agridoce.

Entrar na biblioteca era como estar na presença de um fantasma. Agrippa se sentou diante do fogo comigo em tantas noites, repassando as lições do dia ou jogando xadrez enquanto tomava uma xícara de chocolate quente, o que ele chamava de seu último vício, sorrindo ao derrubar um dos meus cavaleiros num movimento ousado.

— Você está chorando? — sussurrou Maria ao me observar.

— Estou bem — coaxei, mas tive que desviar o olhar. O coração desta sala havia partido, e sua ausência era brutal.

Chega disso. Todos os outros já haviam chegado. Eles tinham afastado móveis para liberar espaço para o treino. As poltronas verdes estavam encostadas na parede, silenciosas e ordeiras como uma fileira de soldados. Mickelmas treinava Dee, com o diário de Strangewayes aberto sobre uma mesa de madeira para referência. Blackwood assistia junto com Magnus, enquanto ele terminava seu lanche.

Blackwood franziu o cenho para Maria e olhou zangado para mim. Não disse nada sobre a presença dela, e continuou a me ignorar, ainda mais do que antes. Ele não tinha superado a outra noite. Tive a sensação de que demoraria um pouco até que estivesse pronto para voltar a falar comigo.

Mickelmas levou o bocal da flauta aos lábios. Encolhendo-me, esperei aquele grito ensurdecedor. Ele soprou e começou a tocar com habilidade, seus dedos subindo e descendo os buraquinhos graciosamente. Parecia que ele deveria estar na primeira cadeira numa sala de concertos e, em suas mãos capazes, o instrumento era... bem, era silencioso.

— Está quebrada? — perguntou Dee ao tomar de volta a flauta.

— Não, é só uma questão de tocar apropriadamente. Se manipulada do jeito certo, vai emitir vibrações que prejudicam somente aquelas criaturas. O truque é derreter o cérebro dos monstros e manter o nosso intacto. — Mickelmas gesticulou para mim. — Henrietta. Sabe aquelas marcações que você notou antes, no livro de Strangewayes? — Ele apontou para uma página que estava se desfazendo. De fato, havia pequenos círculos pretos nas margens que pareciam ter sido desenhados aleatoriamente.

— Sim, as bolinhas — falei.

— Errada, como de costume. — Ele parecia satisfeito consigo mesmo. — São notas musicais.

Não. Mas, olhando assim, a aleatoriedade das marcas de repente se transformou em floreios de música. Como diabos não vi isso antes? Dee ajeitou o livro de um jeito e de outro para ler todas as notas rabiscadas ali.

— Se tocar uma versão animada de "Greensleeves", deve ser especialmente repelente para Molochoron. Espero que você seja musical — comentou Mickelmas.

Dee leu a passagem algumas vezes, seus dedos voando para cima e para baixo no comprimento da flauta como treino. Respirando fundo, ele colocou a boca no instrumento e começou a tocar. No início, houve um guincho leve, o suficiente para fazer todo mundo estremecer, mas depois de mais algumas tentativas Dee silenciou o instrumento. Ele balançava enquanto tocava, praticamente levantando os calcanhares. Quando terminou, seu rosto estava manchado de rosa pelo esforço.

— Como sabe sobre tudo isso? — perguntou Blackwood enquanto Magnus ia fazer sua tentativa. — Como podemos ter certeza de que está funcionando?

— De fato, sua senhoria. O conhecimento de um garoto de 17 anos é bem comparável ao meu — disse Mickelmas, escolhendo um lanche. — No entanto, por favor, confie que sou capaz de interpretar a taquigrafia do Strangewayes pelo menos tão bem quanto você. Por exemplo, essas espadas de arabescos funcionam melhor quando giradas *abantis*... no sentido anti-horário.

Eu tinha me questionado o que raios significava esse termo.

— Strangewayes criou algo como uma nova linguagem entre seus seguidores, como um modo de preservar os segredos dos magos. Costumava haver muitas histórias desse tipo de coisa, sabe. Quando eu era menino, biografias de Strangewayes eram impressas. Magos reverenciados tiveram até seus retratos gravados em canecas de estanho como souvenir. — Ele suspirou. — Tenho saudade dessa época. A teoria mágica costumava ser um tópico popular de discussão em salões de Londres, passando pelo ambiente com o vinho e os aperitivos. — Mickelmas se acomodou em uma poltrona, apoiando seus pés num banquinho banhado a ouro. — Chega de conversa. Knee, deixe Haggis tentar uma vez.

Enquanto Dee e Magnus corrigiam seus nomes, e Blackwood fingia estar em qualquer lugar que não ali, segui Maria até a lareira. Ela analisou o retrato de Agrippa com um olhar de concentração intensa.

— Esse era meu mestre — contei-lhe. O rosto de Agrippa estava mais jovem na pintura, mas seu sorriso e seus olhos castanhos brilhantes estavam iguais a como sempre foram.

Me perdoe. Suas últimas palavras sussurraram na minha mente.

— Pensei que ele fosse o homem que traiu você — disse Maria.

— Ele salvou minha vida antes de tentar destruí-la.

Para minha surpresa, Maria escarneceu.

— Estranho você se lembrar dele com tanto carinho.

Embora eu tivesse lhe contado sobre a traição de Agrippa, senti uma pontada de indignação.

— Ele fez o que achava que era certo. — O que Agrippa diria se soubesse que estávamos ali com Mickelmas agora mesmo, treinando com armas de magos? Ele provavelmente exigiria que tirássemos essas monstruosidades de sua casa, para começar. Mas será que ele teria compreendido? Ou era uma esperança exagerada?

— As pessoas fazem o que acham ser a coisa certa, mas isso não as torna boas. — A voz de Maria tornou-se mais baixa, naquele tom feminino e mais musical. Ela esfregou os olhos, como se acordasse de um sonho, então recuou para a janela, enrolando-se ali para fitar o jardim.

Percebi que a tapeçaria profética de Agrippa ainda estava pendurada na parede. Fazia meses desde a última vez que eu tinha visto aquela coisa maldita, com sua imagem de uma mão branca erguendo-se de uma floresta sombria, chamas saindo da ponta dos dedos. O selo de Agrippa, dois leões flanqueando um escudo, foram gravados na palma daquela mão. Passei os olhos nas linhas "proféticas" tecidas pelos Oradores em seu priorado:

Uma menina de origem feiticeira se levanta das cinzas de uma vida.
Vós devereis vislumbrá-la quando a Sombra queimar
na Névoa acima de uma cidade reluzente.
Vós devereis conhecê-la quando o Veneno se afogar
nas Águas profundas dos penhascos.
Vós devereis obedecê-la quando Sorrow começar a lutar
contra o exército impiedoso do Homem Sangrento.
Ela vai queimar no coração da floresta sombria;
seu fogo vai iluminar o caminho.
Ela é duas, a menina e a mulher,
e uma precisa destruir a outra.
Porque somente então três poderão se tornar uma,
e o triunfo reinará na Inglaterra.

Que piada tudo aquilo tinha sido.

— Howel. Pode demonstrar isto? — pediu Mickelmas, me tirando do meu devaneio.

Ele me jogou um dos punhais, então pegou um morango e o lançou para dentro de sua boca. Manejei o punhal no ar, e nas duas vezes aquele som alto de lamento me fez estremecer. Mickelmas ficou de pé e pegou o punhal de volta.

— Sempre deixe alguém incompetente fazer a primeira demonstração — disse ele aos garotos. — Sua imagem fica bem mais lisonjeira depois.

Contive-me para não chutar os tornozelos dele.

— O truque é cortar para cima. — Ele demonstrou o modo correto, com um ataque curto e intenso. — Ralph Strangewayes afirmava que minerou estes metais do mundo natal dos Ancestrais. Ouçam. — Ele abriu o livro, leu devagar algumas linhas para si, então falou: — *Nada a não ser o solo derretido e fundido de seu chão afeta suas peles ou seus humores. Eu modelei meus punhais e meus cutelos com sua argila e com seu aço, às vezes com seus ossos.* — O apito. Eu vinha pondo na boca algo tirado do corpo de um Ancestral? Fiquei enjoada. — *Se o cortar uma vez, corte-o de novo. Esse é o segredo.* — Ele voltou a nos encarar e deu um tapa na página. — Várias dessas feras têm um couro excepcionalmente resistente. Será preciso muita força por quem for manipular a lâmina. Você especialmente, minha garota, pode não ter força física suficiente para alguns golpes.

Quis fazer um comentário sarcástico, mas depois de um instante praticando soube que ele tinha razão. Um golpe vindo de baixo funcionou melhor para mim, e a lâmina não gemeu.

— Boa. Agora que consegue usar a faca, dê uma torção nela quando fizer o impacto. Esta pontinha serrada quer escavar a pele — disse ele, indicando a ponta.

— Você deveria ter compartilhado toda essa informação com a Ordem antes — murmurou Blackwood. — Considerando que trouxe estes demônios para cá.

Ele pretendia se comportar assim durante toda a sessão? Blackwood permaneceu no canto, nos observando como se todos tivéssemos o desapontado terrivelmente. De verdade, ver lorde Blackwood agindo como um babaca na biblioteca do mestre Agrippa era como voltar na porcaria do tempo.

— Na minha experiência, uma pessoa tenta evitar aqueles que desejariam matá-la — disse Mickelmas num tom agradável. Ele caminhou até Magnus, que estava espetando uma das estantes de livros de Agrippa com a foice. Magnus ainda tinha um braço envolto em ataduras e estava fazendo movimentos desajeitados. — O que está tentando cutucar aí? — Mickelmas o ajustou. — Gestos amplos e arqueados, meu garoto, embora talvez fosse melhor você fazer sua tentativa com isso lá fora.

Blackwood não tinha desistido da conversa, no entanto.

— Por que você não tentou isso anos atrás, então? — disparou.

Para mim já bastava.

— Os magos estavam espalhados e com medo, Blackwood. Pode imaginar como eles se sentiam? — Treinei algumas manobras com o punhal.

Blackwood não respondeu.

— Como *foi* que você e Mary Willoughby abriram aquele portal? — perguntou Dee a Mickelmas, enfim fazendo uma pausa dos testes.

Blackwood endureceu, porém felizmente Mickelmas não pareceu ansioso para divulgar os segredos do pai dele.

— Runas — disse o mago com cuidado. — Mas eu não faria de novo.

— Por quê? — quis saber Dee. — Talvez nós pudéssemos mandar as feras de volta.

— A experiência me ensinou a nunca brincar com essas coisas. Está bem? — retrucou Mickelmas.

Dee enrubesceu até a raiz dos cabelos, então treinou mais um pouco.

Mickelmas nos fez ficar em fila e testar cada uma das armas. Dava para sentir a diferença quando as espadas e os punhais eram manuseados corretamente. Embora eu odiasse admitir, não era fisicamente forte o bastante para lidar com as espadas ou com a foice do jeito certo. Mas era muito boa com os punhais. Mickelmas aplaudiu toda vez que acertei um golpe limpo e ascendente.

— Ótimo. E aquele pequenininho — disse ele, arrancando o micropunhal da minha mão. — Bem, é muito... pequeno.

Ele franziu o cenho e agitou o pulso, enviando a lâmina num voo até ela fincar na frente da mesa de Agrippa, com o cabo tremendo.

— Como vamos saber se nosso treinamento funciona? — perguntou Magnus, batendo com o chicote. Ele fez como Mickelmas tinha sugerido, girando uma vez acima da cabeça e descendo num movimento para baixo reto e cortante. O lampejo de luz violeta não aconteceu desta vez, e o som foi semelhante a um trovão. Um pouco barulhento, sim, mas parecia certeiro.

— Quando estiverem cara a cara com um dos Ancestrais, vão saber — disse Mickelmas. — Lembrem-se, o chicote e as flautas são especialmente bons contra Molochoron. Vocês não querem chegar perto o bastante para usar o punhal, posto que o fedor é bem desconcertante.

Dei risada, mas depois fiquei muito tonta. Meu nariz começou a jorrar sangue, e a sala ficou mais iluminada antes de mergulhar na escuridão.

Alguém me guiou até o sofá, onde me sentei com a cabeça para trás, apertando o nariz.

— Use isto — falou Maria, me dando um lenço. Havia uma voz sussurrando no canto da sala... não havia? Quando me virei para ver, uma dor aguda me acertou entre os olhos. Maria prendeu minha cabeça entre suas mãos e apaziguou meu gemido. — Não se mexa.

— Isso vai acontecer — explicou Mickelmas. — Garotos, levante a mão quem está com dor de cabeça. — A sala ficou silenciosa, então ouvi o mago grunhir. — Certo. São dois. Vocês devem usar estas armas com moderação, tanto em treinos quanto em batalhas.

— Por que elas provocam esse efeito? — perguntei, soando bastante obstruída.

— Não faço ideia, mas a exposição prolongada pode ter consequências desastrosas. Mudanças de personalidade. Por isso façam o que peço e tomem cuidado.

Abri meus olhos, e o mundo se firmou de novo.

Blackwood tinha ido até a mesa com as armas e pegou o lampião que brilhava suavemente.

— Nem pense nisso. — Mickelmas tomou-o das mãos do garoto e devolveu o lampião ao lugar, conferindo o trinco. — Lembram do que falei mais cedo? Nunca abram isso a não ser que precisem.

— Por quê? — perguntei. Eu tinha perdido essa orientação em particular.

— É um modo de convocar as feras — resmungou Mickelmas, jogando um pedaço de pano sobre o lampião. — Strangewayes o chamava *optiaethis*. Não é um mero objeto de outro mundo... é um pedaço vivo dele.

Minha pele se arrepiou. Eu queria ter deixado a maldita coisa na casa de Strangewayes.

— E quanto ao apito de osso? — Olhei para o objeto disposto ao lado do lampião sobre a mesa.

Mickelmas deu de ombros.

— Não tenho ideia do que isso faz. Nunca vi nenhuma menção a ele no livro. — Ele o pegou. — Recomendo cautela.

— Acha que estaremos prontos a tempo do próximo ataque? — quis saber Magnus, agachando-se com um joelho e torcendo sua espada. Ele estava manejando-a melhor, mas não perfeitamente. Soava como unhas arranhando um pedaço de vidro.

— Provavelmente não. — Mickelmas tomou a espada e fez mais uma demonstração. — Mas tudo tem seu lado bom: se vocês fracassarem, vão estar mortos demais para sentir vergonha.

DURANTE A SEMANA SEGUINTE, usamos todas as horas livres possíveis para treinar com Mickelmas. Havia batalhas a serem travadas a dezesseis quilômetros da cidade, mas essas batalhas eram para o exército, não para a guarda de Londres. Assim, nós cinco tivemos tempo para trabalhar depressa. Depois que tínhamos pegado o jeito com as armas, não precisávamos mais praticar tanto. Isso também significava que os efeitos colaterais se tornavam menos frequentes.

O braço de Magnus melhorava a cada dia. Logo as ataduras sairiam e ele seria mandado de volta à Marinha. Uma vez que nosso grupo se dissolvesse, seria mais difícil do que nunca fazer com que o comandante mudasse de ideia. Precisávamos de mais uma chance para provar nosso valor, e logo.

Então, oito dias depois que Mickelmas tinha começado a nos treinar, os sinos de alerta tocaram mais uma vez.

Dong. Dong. Ding dong ding dong. Ding ding, dong, ding. Dong. Dong. Dong. Ataque. Norte. Ancestral. E as três badaladas longas no fim indicavam Callax.

Enfim enfrentaríamos o Devorador de Crianças.

18

Quando Blackwood e eu nos juntamos a nosso esquadrão ao norte do rio, ficou claro que menos feiticeiros que o habitual se apresentaram à convocação. Na verdade, provavelmente não havia mais que cem ao todo. Perfeito: nosso primeiro encontro com um Ancestral no limite da cidade em meses tinha de ocorrer quando nossos batalhões estavam reduzidos. Ontem, Whitechurch enviara diversos esquadrões à fronteira de Devon, respondendo a um chamado por reforços. Zem estaria lá, esbravejando pelo campo, e nossas forças do sul estavam levando uma surra.

Acabamos ficando na mão de R'hlem, e deixamos Londres mais vulnerável que o normal. Blackwood tinha dito que o Homem Esfolado escolheria um momento para testar nossas fraquezas, e agora era o maldito momento perfeito. Se nos encontrasse vacilantes hoje, amanhã talvez dizimasse nossas últimas defesas — e nossa rainha — de uma só vez.

Meu coração estava na boca. Não poderíamos falhar.

Aqueles de nós que restavam se agruparam bem atrás da barreira, quatro fileiras compridas, vinte feiticeiros por fileira. O truque era ter múltiplas linhas de ataque, uma logo depois da outra. A primeira fileira podia usar fogo, por exemplo, então se agachar e investir com barro enquanto a segunda fileira mantinha o ataque com fogo.

Acima de nós, o ar engrossou com uma tempestade que dois esquadrões estavam criando. Blackwood e eu esperamos enquanto Valens passava, contando as pessoas em sua divisão. Tínhamos rezado para que ele não nos desse nenhuma atenção especial, com nossas armas maiores mal escondidas. Felizmente, ele não deu, e deixei escapar um suspiro quando ele passou.

— Fique aqui — sussurrei para Blackwood. Me equilibrando em cima de uma coluna de ar, voei para espiar a terra de ninguém que se estendia além da barreira. Não havia nenhum movimento na estrada à frente, mas o ar parecia carregado de ansiedade. Espelhos d'água estavam suspensos de cada um dos meus lados, rastreando a movimentação de Callax.

— Aí está você — disse alguém. Fiquei chocada ao encontrar Wolff se equilibrando numa coluna ao meu lado, suas roupas e seu rosto manchados de lama. Será que ele tinha ficado ainda mais alto desde a última vez que nos vimos? No mínimo, seu cabelo preto estava mais comprido e sem corte, e traços de uma barba agraciavam suas bochechas. Ele sorriu. — Me perguntei quando eu a veria.

— Wolff! Ouvi dizer que você estava em Manchester. — Queria abraçar meu amigo, porém isso talvez nos derrubasse no chão.

— Eu estava, até dois dias atrás. Estivemos fazendo experiências com escudos. O fogo de Zem queima muito, a ponto de fazer a maioria dos resguardos rachar, por isso estamos tentando fortalecer nossa magia. — Wolff observou a área à frente com um olhar aguçado. Como um resguardador, ele era chamado a prover proteção extra quando um Ancestral atacava. Luz brilhava suavemente na curva de seu escudo que, não fosse isso, seria invisível. — Ouvi falar das suas armas. Lamento que não puderam deixar você usá-las.

— Vamos ver como a coisa se desenrola — respondi, tirando o apito de dentro da minha blusa. As sobrancelhas de Wolff ergueram-se de espanto, ou talvez de terror.

— Você sempre foi doida. — Ele soava admirado.

Desci até Blackwood, que observava os espelhos d'água com um olhar tenso. Conforme eu obtinha informações ao lado dele, mentalmente me preparei para o ataque de Callax.

O Devorador de Crianças, um troll de seis metros, havia atormentado o extremo oeste do país nos últimos dois anos. Ele era fenomenal em esmagar tudo por onde passava, fazendo ruir aldeias inteiras. Já tinha atacado Londres antes, claro, mas foi quando tínhamos nosso resguardo. Felizmente, ele não podia voar, não tinha habilidades psíquicas nem conseguia cuspir fogo. Mas sua força era inigualável, e havia a possibilidade de ele conseguir esmagar resguardos e barreiras somente com o poder de seus punhos. Se isso acontecesse, teríamos de rezar para nossos poderes serem suficientes para impedi-lo.

Callax também era responsável pela morte da família de Lilly. Ele havia matado os pais dela antes de levar suas irmãzinhas. Diziam que ele gostava de levar as crianças que capturava para uma caverna para comê-las quando quisesse, palitando os dentes com seus ossos. Minha pele ficou quente. Ele não passaria por Londres. Eu cuidaria disso.

Magnus e Dee chegaram e assumiram uma posição atrás de mim, Magnus com espadas amarradas no quadril, Dee com a flauta enfiada debaixo do casaco. Os dois se esforçaram para se manterem fora da linha de visão de Valens.

— É um belo dia para uma possível morte e desmembramento — comentou Magnus num tom casual, entregando a Blackwood uma das espadas.

Eu o teria provocado em resposta, mas o chão vibrou sob nossos pés. Minha boca ficou seca como algodão conforme os líderes de esquadrão sopravam seus apitos, sinalizando para que nos preparássemos.

Dois feiticeiros — os mestres d'água chefes — focaram os espelhos de vidência. Nós quatro vimos uma forma imensa e pesada aparecer. Os roncos e grunhidos da fera seguiam todo o caminho até onde estávamos.

Callax era uma criatura enorme com costas corcundas e braços longos e musculosos que terminavam em punhos em forma de rocha. Manchas cor de musgo de pele doente salpicavam seu tronco. Sua mandíbula projetou-se para a frente, e dentes amarelos quebrados se sobressaíram. Fios de saliva penduravam-se de sua boca aberta. Seus olhos eram pequenos e fundos, a cabeça careca e lisa como um ovo. Orelhas longas e pontudas se esticavam para captar todo o som.

A coisa bufou e então começou a bater os punhos no chão, mais e mais rápido. *Bum. Bum. Bum.* Meus dedos dos pés se encolheram dentro das botas, e deslizei minha mão trêmula ao redor do cabo do punhal.

Com um rugido vigoroso, Callax correu na direção da barreira e de nós, com sua cabeça baixa e com mais rapidez do que um monstro tão grande deveria ser capaz de se mover. Cada passo trovejante reverberava em meus ossos. Mais perto. Mais perto. Dava para ver suas narinas dilatadas, o brilho odioso em seus olhos. Quando ele batesse na barreira, iria mandar ao chão todos os resguardadores que estavam na beirada.

— Primeiro disparo — gritou Valens. Ele ergueu seu bastão no ar e golpeou três movimentos rápidos, abreviação para um ataque terrestre, areia movediça. — Comecem em vinte passos!

Contamos as passadas do monstro que se preparava para nos arrasar. Ao sinal de Valens, todos nós batemos os bastões no chão ao mesmo tempo. Observei pelo espelho d'água a terra se abrir debaixo de Callax, dissolvendo de pedra para areia num instante. Ele afundou até a cintura, enfiando as garras no chão para não ser sugado inteiro.

Talvez pudéssemos simplesmente endurecer a areia e prendê-lo ali. Mas com um grito forte e selvagem, ele se alçou do buraco depressa demais para que fôssemos capazes de impedi-lo.

Valens, indiferente, sinalizou para o céu. As nuvens púrpura incharam e se retorceram quando apontamos nossos bastões para cima, fazendo cinco movimentos curtos e cortantes que pareciam desenhar uma estrela torta. Raios caíram do céu, atingindo o monstro. Callax recuou alguns passos, bufando e novamente batendo os punhos gigantes numa sucessão rápida, *bum bum bum*.

Enquanto nos preparávamos para outra manobra, o Devorador de Crianças disparou para a frente e bateu contra a barreira. Sua mão alcançou o topo e foi repelida por um dos resguardadores. Mas ele deu outra pancada, e outra, no muro espinhoso, que começou a enfraquecer e despedaçar. Folhas, espinhos e flores espalhavam-se pelo chão. Um dos resguardadores despencou com um grito.

R'hlem estava fazendo um teste, como Blackwood havia dito. Ele estava provando quão fraca era a barreira... e nós.

Nós quatro sabíamos o que fazer sem ter que receber ordens. Os garotos agruparam-se ao meu redor, e juntos observamos a parede à nossa frente tremer com os murros de Callax. Dee pousou sua mão no meu braço. Magnus agarrou o ombro de Dee. A mão de Blackwood encontrou a minha por um breve instante. Estávamos todos sem palavras agora. Bem, não todos.

— Se for para eu morrer hoje — disse Magnus solenemente —, só espero que Blackwood morra primeiro.

Juntos, como uma unidade, convocamos o vento e voamos por sobre a barreira, por sobre as cabeças de resguardadores chocados, até parar do outro lado.

Ao pousar a menos de três metros do monstro, tive uma ideia de como alguém se sentia entrando na toca de um leão. Callax parou de golpear a grande parede de espinhos, suas narinas infladas tremendo ao sentir nosso cheiro. Uma língua cinza e grossa lambeu os lábios em antecipação.

Lancei bolas de fogo nele para chamar ainda mais sua atenção. Callax gritou quando meu fogo chamuscou suas pernas, mas se recuperou rápido. Entendi o que Mickelmas quis dizer com uma pele grossa. Embainhei meu punhal e soltei o chicote do cinto.

— Venha lutar, saco de gosma grande e feioso! — berrei.

— Não insulte os monstros — avisou Magnus. — Eles levam para o lado pessoal.

Callax bateu o pé e investiu. Era uma parede de músculo e fúria gélida.

Se isto não funcionasse... Mas tinha de dar certo.

Dee tirou a flauta de sua bainha abafadora e a tocou, exatamente como Mickelmas havia instruído. Não escutei nada, mas desta vez o efeito foi instantâneo. Callax gemeu e balançou a cabeça como um cachorro tentando secar os pelos. Enfiando os dedos em suas orelhas pontudas, ele rugiu de dor.

Blackwood e Magnus avançaram e, torcendo as espadas, atacaram Callax. Blackwood acertou a perna esquerda do gigante diretamente no joelho. Magnus ousou mais alto, saltando no vento e desferindo um golpe para cima retorcido na lateral do corpo de Callax.

Eles eram bons, mas não bons o suficiente; as armas não tinham rasgado a pele. Os dedos de Dee escorregaram na flauta e por uma fração de segundo o instrumento gritou de novo. Todos nós berramos, mas Callax ficou satisfeito com o intervalo e ergueu o punho para esmagar Magnus no chão.

Dee retomou a melodia, dando a Magnus o tempo exato de rolar e escapar, e Blackwood também se abaixou.

Até ali, isto estava indo de acordo com o plano grosseiro que tínhamos feito. Dee devia incapacitar o monstro enquanto Blackwood, Magnus e eu atacávamos em turnos sempre que conseguíssemos. Não era bem um plano, eu tinha de admitir, mas era melhor que nada. No mínimo, atrasaria Callax até os outros ultrapassarem a barreira para ajudar.

Onde estavam os outros?

Voei em direção a Callax. Balançando o chicote acima da minha cabeça, acertei o rosto do Devorador de Crianças. Ele gritou quando um corte apareceu em sua testa e sangue jorrou da ferida. Eu o tinha ferido, mesmo que só um pouco. Magnus atacou de novo, mas ainda não conseguiu rasgar a pele da fera. Tentei o chicote mais uma vez, mas sem sucesso, pois meu pulso torceu no ângulo errado. Caindo no chão, xinguei enquanto lutava para recuperar o fôlego.

Não estávamos na luta havia tanto tempo, e eu já sentia que ficava mais lenta. Dee parou de tocar, e minha visão estava perigosamente próxima de falhar. *Não. Não podemos ficar mal. Ainda não terminamos.*

— Dee, me dê a flauta! — gritei. Ele começou a entregá-la, mas estávamos lentos demais e a derrubamos. Ao bater no chão, soltou outro berro estridente. As bolhas brilhantes do resguardo desapareceram quando os resguardadores soltaram suas defesas, impactados pelo barulho. Callax rosnou. Com ele tão perto da barreira, não haveria tempo suficiente para subir os escudos de novo.

Tirei o apito de dentro da minha blusa, incerta do que raios esperar, e soprei. Novamente, sem barulho.

Porém Callax parou. Seus braços grandes e terríveis caíram flácidos ao lado do seu corpo. Sua expressão afrouxou, suas pupilas dilataram. Seu rosto estava inexpressivo com espanto.

Que diabos? Tentei "tocar" uma melodia, tapando os buracos ao longo do instrumento. Callax piscou com alguns dos sons que emiti, então ficou mais calmo com outras notas. Ele deu um passo, depois outro na minha direção.

A fera estava me seguindo como um animal de estimação.

Magnus aproveitou a oportunidade e enfincou a espada no monstro. Desta vez, Callax sangrou, gotas caindo da lateral da criatura e chovendo no chão. Callax uivou de dor, mas não tentou revidar. Ele me observou, ainda cativado pela música do apito de osso.

— Continue tocando! — Blackwood correu com um dos punhais na mão e, com um grito, golpeou para cima o couro de Callax. A fera caiu de joelhos, urrando de dor.

Se ele não tivesse sido responsável por tantas mortes, eu teria sentido pena da criatura.

Feiticeiros começaram a chegar ao nosso lado, saltando sobre a barreira e formando um colossal túnel de vento. Minhas saias flanaram e meu cabelo se soltou do coque. Callax ficou ainda mais imóvel conforme Magnus e Blackwood se revezavam, suas mangas manchando-se de sangue até os cotovelos.

Não parecia certo, de algum modo.

Blackwood se movia mais rápido que os demais. Ele estava absorto na tarefa, sua expressão misturando raiva e prazer. Gotas de sangue tinham respingado em seu rosto e escorrido até seu queixo. Soprando ainda o apito que eu segurava com a mão direita, também me aproximei do monstro, com uma bola de fogo acima da minha palma esquerda.

Callax olhou para mim. Seus enormes olhos estavam cheios de dor, e ele choramingou como um animal pego numa armadilha.

Horrorizada, parei de soprar o apito.

— O que está fazendo? — gritou Blackwood. — Continue tocando!

Mas eu já havia dado a Callax o tempo de que ele precisava, e o Ancestral levantou-se, sangue preto jorrando em pequenas correntes pelo seu corpo. Ele olhou para os feiticeiros que o atacavam. Redes de fogo tostavam sua carne ferida. Fragmentos de gelo o cortavam. Explosões descontroladas de vento e de chuva o golpeavam. Com um lamento, Callax se balançou para a frente e correu.

Ele fugiu de *nós*.

Nós o perseguimos até que ele aumentou a velocidade e se moveu para além de nosso alcance. Dois esquadrões foram atrás, embora eu duvidasse que conseguissem o derrubar hoje. Se eu tivesse ficado mais tempo com o apito, poderíamos ter acabado com outro Ancestral. Eu tinha sido tola de demonstrar misericórdia, especialmente porque ele não teria me demonstrado nenhuma.

Ainda assim, as armas de Strangewayes tinham encurtado a batalha. Elas haviam... não, *nós* havíamos evitado um massacre. De fato, havíamos impedido R'hlem de obter uma grande vitória.

Blackwood pegou uma pedra e a jogou na direção do gigante que recuava, um gesto tão infantil e tão incomum para ele. Ele se aproximou de mim, com uma satisfação feroz.

— Você viu? Eu feri um maldito e perverso Ancestral! — Ele estendeu as mãos, que estavam manchadas do sangue do gigante.

Magnus e Dee comemoraram, empurrando um ao outro daquele jeito particular de homens que fizeram um bom trabalho. E Blackwood correu para se juntar a eles, batendo nos outros. Pela primeira vez desde que o conheci, ele havia tirado o manto invisível de responsabilidade de seus ombros. Os garotos lhe deram as boas-vindas, batendo no ombro dele enquanto Blackwood gritava em triunfo. A chuva começou a lavar o sangue de sua pele.

Ele parecia jovem e feliz.

Mesmo que acabássemos na Torre, era um espetáculo digno de ser testemunhado.

19

WHITECHURCH POUSOU SUAS MÃOS COMPRIDAS e cheias de veias azuis no cabo de alabastro de sua bengala, girando-a com firmeza. Ele se sentava numa cadeira junto à lareira. Eu estava diante dele, no centro do tapete.

— Você desobedeceu uma ordem direta. — Whitechurch tinha vindo à casa de Blackwood para ter esta conversa comigo, e ele havia banido Blackwood da sala de estar.

Eu tinha esfregado meu rosto e trocado de roupa para um vestido rosa com renda nas mangas — Lilly havia me ajudado a escolhê-lo.

— Quanto mais aparência de dama você tiver, mais difícil será para o comandante puni-la — havia dito ela sabiamente. Ainda assim, eu gostaria de ter mantido a sujeira e o sangue. Talvez isso tivesse tornado minha defesa mais convincente.

— Não achei que fazia sentido esquecer essas armas antes que elas pudessem ser testadas numa luta. — Eu esperava que estivesse soando respeitosa, tanto quanto corajosa. — Senhor.

Os cantos da boca do comandante endureceram, embora eu não soubesse dizer se ele estava reprimindo um sorriso.

— Como você as fez funcionar?

— Praticamos com o livro de Strangewayes sempre que tínhamos um tempo livre. — Não menti. Simplesmente deixei de fora a ajuda de Mickelmas. Mas eu podia jurar que Whitechurch captou algo da verdade.

— Quando você era uma Iniciante, suas aulas melhoraram milagrosamente da noite para o dia. — Devagar, Whitechurch se levantou. — Você teve ajuda nisso. — Me mantive imóvel sob o olhar escrutinador dele. — Porém, Dee e Magnus e Blackwood confirmaram que vocês trabalharam juntos. Sozinhos. Blackwood em particular insistiu nisso.

Quase arquejei. De todos os garotos, ele era quem valorizava mais o comandante.

— Se você não tivesse o apoio deles, eu teria suspeitado que você fez uma aliança com os magos. — O tom de Whitechurch me fez questionar se ele tinha superado completamente essa suspeita. — Mas o Devorador de Crianças fugiu hoje. Korozoth foi destruído numa única noite. Em quase doze anos de guerra, não pudemos fazer o que você conseguiu em meses recentes.

Ele soava... satisfeito.

— Então poderemos continuar usando as armas? — perguntei.

— Eu seria o maior tolo do mundo se proibisse. — O lacaio abriu a porta, e nós saímos no corredor. — Mas você deve pagar por ter desobedecido seu oficial comandante. Vou tirá-la do esquadrão de Valens. No próximo mês, você está relegada à patrulha do amanhecer.

Eu sairia da cama às quatro da manhã todo santo dia. Queria gemer só de pensar no assunto, mas não fiz isso. E, se Whitechurch achasse que não estar mais sob o controle de Valens era uma punição, eu aceitaria uma segunda rodada daquele castigo com alegria.

— Obrigada, senhor — falei, fazendo uma mesura para ele à porta. Whitechurch parou, seus afiados olhos pretos considerando algo.

— Cornelius teria ficado orgulhoso de você — disse ele e andou até sua carruagem.

Um nó se formou na minha garganta, como sempre acontecia com a menção a Agrippa. Antes que a porta se fechasse, Magnus vinha pelo caminho da entrada. Ele usava um casaco azul-celeste, parecendo nada mais que uma gota de cor em pura forma nas ruas cinzentas de Londres. Ele fez uma reverência rápida ao comandante. Atrás dele, Dee e Wolff traziam garrafas do que parecia ser champanhe... Onde diabos eles haviam conseguido isso?

Magnus entrou na casa num rompante, agarrando minha cintura e me girando.

— Música! — gritou antes de me colocar no chão e zunir pelos corredores cavernosos da casa de Blackwood.

Garrafas tilintando, Dee e Wolff sorriram ao entrar. A gola do casaco de Wolff estava virada para cima, as pontas das orelhas ficaram vermelhas com o frio. Dee bateu gotas de chuva de seu chapéu, desajeitado enquanto segurava o champanhe.

— Melhor irmos embora? — perguntou Dee para mim, quase derrubando uma das garrafas. Eu a peguei a tempo.

— De jeito nenhum — falei, dando risada.

Blackwood apareceu no topo da escadaria.

— O comandante foi embora? — Ele parou, parecendo confuso pela visita. — O que vocês estão fazendo?

— Comemorando! — Wolff estourou uma rolha e ergueu uma garrafa de espumante num brinde. Dee subiu as escadas e puxou Blackwood pelo braço, e todos nós seguimos Magnus. Acabamos na sala de música, onde havia um piano elegante e polido. Normalmente, filas de cadeiras seriam montadas para que os visitantes pudessem desfrutar de concertos particulares. Mas a maioria dos móveis tinha sido removida para o baile de debutante de Eliza, que agora estava a poucos dias de acontecer. O piso de madeira polida parecia implorar para ser usado.

— Quem aqui toca? Howel? — falou Magnus ao entrarmos. Fui até o piano e bati em duas teclas. O instrumento era muito bom, mas eu sempre havia tocado sem inspiração, no mínimo. — Não, precisamos de alguém habilidoso. Dee? Você é bom com flautas.

— Nunca toquei antes — admitiu Dee.

Magnus deu de ombros, deu um tapinha no ombro de Dee e abraçou Wolff. Se ao menos Lambe pudesse estar aqui. Se ao menos ele não estivesse mais ao norte, fechado no Priorado Dombrey. Ouvimos passos no corredor, e uma Maria sem fôlego entrou correndo na sala.

— Você o derrotou? — arquejou ela.

Magnus gesticulou para o instrumento.

— Você não sabe tocar, sabe?

Maria sorriu.

— Não, mas se alguém adora dançar...

Enquanto Magnus tentava escolher uma música simples — sem conseguir fazer um bom trabalho —, peguei algumas taças com um dos criados. Dee e Wolff serviram champanhe, e todos brindamos. Wolff até tomou goles direto da garrafa, engasgando enquanto a bebida escorria e espumava em sua camisa. Blackwood, por sua vez, parecia não ter ideia de como havia chegado aqui.

Eliza entrou correndo na sala. Havia uma cor intensa em suas bochechas, seus ombros estavam para trás e seus olhos estavam brilhantes e resplandecentes. Pelo jeito em que estava, eu esperava que começasse uma briga, mas ela parou ao ver o grupo dando risada e falando alto.

— George. — Ela olhou para o irmão. — *Você* está dando uma festa?

— Aconteceu, não sei como — respondeu ele como se tivesse sido acusado de tentativa de homicídio.

— Toque! — Magnus beijou a mão de Eliza. — Todos sabemos quão genial você é, senhorita.

Fosse qual fosse a raiva que pensei ter vislumbrado, ela evaporou naquele instante, e Eliza enrubesceu lindamente.

— Bem, se todos desejarem.

Magnus a levou até o piano, onde Eliza tocou uma melodia animada. Maria agarrou Dee e começou a dançar com ele, levantando as saias de modo bastante ousado enquanto girava. Os olhos dele se arregalaram apenas observando-a, enquanto Wolff batia palmas no ritmo da música. Magnus e Blackwood ficaram de pé contra a parede e abriram espaço para eu deslizar entre os dois. Era tão incomum vê-los longe da garganta um do outro; este tinha mesmo sido um dia de milagres. Juntos, assistimos à dança.

— Isso se parece com os velhos tempos — comentei.

Na casa de Agrippa, Dee me ensinou a dançar. Magnus ficava rindo da gente do outro lado da sala, e Blackwood, sentado próximo e estudando algum documento, balançava a cabeça e dizia quão incorrigíveis éramos.

Não deixei a lembrança me afundar. Esta deveria ser uma celebração.

— Agrippa ficaria feliz de nos ver deste jeito — disse Magnus baixinho. Ele ergueu sua taça num brinde ao nosso mestre ausente e tomou um golinho. — Eliza toca muito bem.

— Toca mesmo. — Blackwood parecia orgulhoso ao observar a irmã. Então: — Ela provavelmente precisa de ajuda para virar as páginas.

— É verdade. Que mal-educado da minha parte. — Magnus secou o que restava em sua taça e foi até o instrumento. Eliza sorriu para ele enquanto ele arrumava a música, e Blackwood e eu ficamos em silêncio juntos por um momento. Eu o analisei com o canto do olho. Ele realmente tinha uma aparência notável: o maxilar firme e a boca volumosa o tornavam ao mesmo tempo severo e bonito. Isso representava muito bem o que ele era: uma contradição enorme.

— Esta é uma noite perfeita para dançar. Não concorda? — perguntou ele.

— Talvez. — Inclinei a cabeça. — Está me convidando?

— É uma ideia. — Ele estendeu a mão com um desafio nos olhos. — Aceita?

Pus minha mão na dele.

— Vá em frente — falei, admirada.

Maria e Dee tinham parado de dançar, então a pista era toda nossa. Blackwood me conduziu até o centro.

— Que tal uma valsa? Preciso praticar. — Ele assentiu para a irmã, que selecionou uma peça com a ajuda de Magnus.

Os dedos de Eliza deslizaram pelas teclas. A música era alegre e graciosa, e a melodia me envolvia como um vestido leve. Inclinei a cabeça para o lado, sentindo o movimento da valsa. Eliza tinha um dom de artista, de verdade. Blackwood passou a mão na minha cintura e eu toquei seu ombro delicadamente. Nós nos movemos juntos, para a frente e para trás, por todo o salão.

— Obrigada por mentir para Whitechurch — sussurrei. Estávamos próximos o suficiente para que ninguém nos ouvisse. — Eu estava com medo de lhe causar problemas.

— Não precisa me agradecer por nada, especialmente não agora. — Ele apertou minha mão. — Antes desta noite, eu nunca tinha conhecido de verdade o *triunfo*. — Blackwood fez a palavra soar deliciosa, embora talvez fosse culpa do champanhe. Ele pegou velocidade, e sorri ao conseguir acompanhar. Suavemente, ele me puxou para mais perto. Nunca havíamos dançado assim, e senti a surpreendente força e graça de seu corpo. Nós giramos e giramos: um, dois, três. Um, dois, três. Rostos ficaram desfocados ao nosso redor.

— De jeito nenhum você dança valsa mal. — Dei risada. — Não precisa praticar.

— Não. — Ele me olhou nos olhos. — Não preciso.

Minhas palavras seguintes desapareceram. Blackwood uniu seu olhar ao meu. Eu já havia visto essa intensidade nele, mas nunca focada em mim. Não assim. Eu poderia ter comparado com o sol aplicando todo o seu poder num único ponto sobre a terra. Foi impressionante. Estranhamente emocionante. Um pouco assustador. Eu poderia ter olhado para o lado, quebrado nossa ligação, mas achei difícil fazer isso. Eu meio que imaginava que ele conseguia ver os compartimentos ocultos da minha alma. Algo dentro de mim se mexeu diante dessa ideia.

Conversa fantasiosa. Claramente, eu tinha bebido demais. Imaginei uma parede se erguendo atrás dos meus olhos. E pouco a pouco o senti recuar para dentro de si. A dança tornou-se apenas uma dança.

Ridículo pensar que tivesse sido qualquer outra coisa. Paramos para descansar quando a música acabou, e Maria e os meninos aplaudiram com entusiasmo, exceto Magnus. Ele nos observou com uma expressão fixa.

Preparei-me para fazer uma mesura, porém Blackwood não me soltou imediatamente. Sua mão ainda estava nas minhas costas, a mais leve pressão pela seda do meu vestido, e eu ainda não havia tirado a mão de seu ombro. Enfim, nos afastamos.

— Obrigado — murmurou ele com uma reverência.

A tampa do piano se fechou, surpreendendo a sala. Eliza se afastou do instrumento. Seu rosto estava branco de raiva.

— Acho que é melhor eu subir. Há muita *liberdade* aqui embaixo — disse ela. Nenhum de nós sabia o que dizer.

— Eliza, posso falar com você no gabinete? — disse Blackwood.

— Como desejar. É sempre como você deseja. — Eliza saiu depressa da sala, seus sapatos de salto ecoando de um modo penetrante. Blackwood a seguiu enquanto o restante de nós ficamos ali em silêncio.

Não pude evitar: fui atrás deles. Não era como se eu quisesse meter o nariz na fúria de Blackwood, mas eu tinha uma ideia do que se tratava, e queria apoiar Eliza. O gabinete de Blackwood era no segundo andar, e a porta ficava meio escondida atrás de uma tapeçaria de seda verde. Tinha sido do pai dele, e ele havia me contado que não gostava de ir lá.

Estranho que ele de repente resolvesse usá-lo. Mas era privado e, pelo tom de voz de Eliza do outro lado da porta, eles estavam a ponto de gritar; eu nunca tinha ouvido nada parecido com isso de nenhum deles.

— Você não tinha o direito de enviar uma carta para Foxglove! — Era Eliza. Então eu estava certa. — Eu falei que não queria nada com aquele velhote infeliz!

— Você é uma Blackwood. — A voz dele estava mais calma que a dela, o que tornava tudo mais assustador. — Deve se casar com quem eu escolher e ter filhos feiticeiros. Essa é a sua função, Eliza.

A *função* dela era ser uma égua de procriação para qualquer homem com o pedigree certo? Tive de me controlar para não entrar ali e dar um soco nele.

— Você disse que eu podia escolher!

— Não preciso lhe explicar minhas decisões! — gritou Blackwood, e eu recuei. — Foxglove pode proporcionar uma segurança que nem Sorrow-Fell consegue. Sei que você ainda é nova demais para ver o lado bom desta decisão.

Nova demais? Eliza era só um ano mais nova que ele.

— Tente entender. Você é tudo o que importa para mim — disse ele, sua voz suavizando.

— Você não quer que eu seja feliz porque *você* não pode ser — escarneceu Eliza. — Acredita mesmo que Whitechurch algum dia permitiria isso?

Permitiria o quê? Houve um momento de silêncio.

— Você vai cumprir seu dever. — A voz dele era gélida. — Ou não vai mais haver festas.

Parecia que ela estava chorando.

— Você acha que sou uma boneca idiota. — Ela saiu do gabinete e deu de cara comigo, obviamente ouvindo tudo. O rosto dela estava manchado; seus olhos brilhavam.

Eu não sabia o que dizer.

— Fale você com ele. — Eliza soluçou.

Tentei consolá-la, mas ela desceu correndo as escadas numa rajada de saias. Blackwood fez um sinal com a cabeça para que eu entrasse. Quando o fiz, ele fechou a porta e, virando-se, foi para trás da mesa do pai. Quer dizer, para a mesa *dele* agora.

Charles Blackwood fora um estudioso, dentre outras coisas. As estantes de livros ao longo das paredes tinham ficado deformadas com o peso de tantos livros. Mapas amarelados cobriam as paredes; um astrolábio dourado repousava dentro de uma redoma de vidro. Vários livros grossos tinham sido retirados e empilhados ao acaso sobre a mesa, com uma garrafa de vinho tinto ao lado deles.

Um brilho pulsante captou meu olhar. O *optiaethis* de Strangewayes tinha sido colocado ao lado de um volume de Newton. Só de vê-lo tive arrepios. Na verdade, o retorno de Blackwood para o antigo gabinete do pai era perturbador por si só.

Agora não era a hora de fazer perguntas, no entanto. Blackwood se serviu de uma taça de vinho, bebeu profundamente e depois se serviu de outra taça. As palavras de Eliza o haviam abalado, embora ele tentasse esconder.

— Não — disse ele, como se respondesse a alguém. — Não vou deixar que esta noite seja arruinada. — Ele se serviu de mais uma taça e ofereceu uma para mim, então bateu com a garrafa na mesa. — Precisamos comemorar apropriadamente. — Ele me estendeu o vinho, o qual aceitei com relutância.

— Haverá outras oportunidades para celebrar — falei. — Devemos falar a respeito de Eliza.

— Pare, Henrietta. — Eu sabia que ele falava sério quando me chamava pelo nome. — Agora não.

Meu temperamento fulgurou.

— Esta não será a única batalha que você vai vencer.

— Esta é nossa primeira vitória com estas armas. Graças a você. — Ele bateu sua taça na minha. Encostado na borda da mesa, fixou os olhos no meu rosto. — Você desobedeceu ao comandante e encontrou a casa de Strangewayes, contra minha vontade. Foi atrás de Mickelmas, e agora olhe só para nós. — Seus lábios estavam vermelhos do vinho; seu sorriso parecia sanguinolento. — Tem ideia do que me deu?

O modo como ele falou pareceu... estranho.

— Hoje eu cortei o monstro e o vi sangrar. *Você* me deu isso. — Havia um milhão de palavras não ditas em seus olhos. Com cuidado, ele disse: — Meu pai foi o Blackwood que quase destruiu este país. Graças a você, serei o Blackwood que vai *salvá-lo.*

— Graças a todos nós — repliquei. Seu foco me assustou de novo.

Algo na minha resposta pareceu lhe desagradar. Ele pousou a taça na mesa e saiu depressa da sala sem dizer outra palavra. Os Blackwood eram as pessoas mais dramáticas que eu já conhecera, e eu conhecera *muitas.*

Voltei para o salão, esperando encontrá-lo, mas Blackwood havia desaparecido. Dee, Maria e Wolff cercavam o piano, tocando músicas engraçadas. Eliza estava acomodada ao lado da janela com Magnus, falando em voz baixa. Ele balançava a cabeça com empatia, sua testa franzida em reflexão. Eliza enxugou os olhos com um lenço.

— Eliza, você está bem? — perguntei ao me aproximar deles. Magnus não disse nada, mas Eliza assentiu.

— Vou ficar — respondeu ela.

* * *

Mais tarde naquela noite, depois que tinha me aprontado para dormir, ouvi uma batidinha à minha janela. Mickelmas acenou alegremente do parapeito, seu casaco balançava ao vento. Eu o deixei entrar.

— Entendo que tudo correu bem. — Ele manteve a voz baixa, já que os criados poderiam ainda estar no corredor a esta hora. Algo derramou em sua mão.

— Chega de gim. — Fiz uma cara aflita.

— Não quer tomar uma dose da malvada? — Ele ergueu para a luz, onde a garrafa brilhou num tom vermelho. — Um Bordeaux muito bom. Venha. É hora de comemorar.

Céus, quanto álcool eu poderia ingerir num dia?

Ele jogou o casaco em volta de mim, e instantes depois estávamos no terraço, olhando para a rua abaixo. Ajustei meu xale mais apertado no meu corpo, tremendo no ar quase outonal.

— Aqui, isto vai aquecê-la. — Mickelmas enfiou a garrafa na minha mão. Ah, que se danasse tudo. Tomei um gole, me encolhendo. — Aqui estamos nós, bebendo com responsabilidade no terraço depois de um dia duro de luta contra monstros. Parece com os velhos tempos.

— Engraçado. Eu disse algo similar mais cedo. — Sorri enquanto Mickelmas observava a cidade. — Blackwood me agradeceu, mas na verdade nossa vitória se deve a você.

— Um dia, o comandante vai concordar. — Ele alisou a barba. — Ele vai receber sua armada com gratidão.

Minha armada. Pelos deuses. O vinho acendeu um fogo no meu estômago, me dando coragem suficiente para fazer uma pergunta.

— Acha que meu pai estaria orgulhoso de mim? — Era bem idiota ansiar pela aprovação de um homem que nunca havia desejado me conhecer. Franzi o cenho encarando meus pés, que já começavam a ficar azuis. — Ele... ele sabia sobre mim?

— Ele sabia — respondeu Mickelmas. Parou de falar por um instante, e então emendou: — Ele queria ser pai.

De alguma forma, isso fez tudo piorar.

— Por que ele foi embora?

— Difícil dizer. Não seque a garrafa. — Ele pegou o vinho de volta. — Não sei o que seu pai acharia do que você se tornou, mas ele teria orgulho da pessoa que você é — disse Mickelmas. Que distinção estranha.

— Obrigada por ser um substituto excelente — falei suavemente.

Ele balançou a cabeça.

— Não sirvo como figura paterna. Mas você é uma boa aprendiz — murmurou ele. Depois bebeu.

Minha cabeça estava girando quando deitei na cama e soprei minha vela. O ar ao meu redor estava frio e eu me aconcheguei sob as cobertas. Quando fechei os olhos, a escuridão inundou tudo. Talvez eu tivesse bebido demais hoje.

Com a boca arranhando, lutei para acordar uma última vez — senti que tinha esquecido alguma coisa —, então caí no sono.

Uma névoa densa girava em torno dos meus tornozelos, mas não senti frio. Tentei me orientar. Onde em nome dos deuses eu estava? No plano astral? Mas como...

O sachê de ervas de Fenswick. Eu devia tê-lo colocado debaixo do meu travesseiro, para evitar vir aqui. Xingando minha estupidez, tentei me forçar a acordar beliscando minhas bochechas. O pânico trovejou em minhas veias. Eu tinha de acordar. Não havia escolha, porque, se eu não acordasse, ele *poderia me encontrar.*

Então, ao meu ouvido, ouvi uma voz sussurrar:

— Senhorita Howel. Que prazer inesperado.

R'hlem olhou para mim.

20

ACORDE. ACORDE. *ME AFASTEI VACILANTE DELE, com a visão distorcida. Como pude ser tão estúpida?*

Porém, R'hlem não atacou. De fato, havia espanto estampado em seu rosto esfolado. Evidentemente, ele mal podia acreditar na minha estupidez, assim como eu. Estava vestido com um terno azul-escuro bem cortado e uma camisa de linho branco. Quer dizer, a camisa teria *sido branca se não estivesse encharcada de sangue. Ele torceu as mangas ensanguentadas com um gesto casual.*

R'hlem fez uma reverência baixa, curvando-se profundamente até a cintura. Em qualquer outra circunstância, ele poderia ter parecido um cavalheiro me convidando para dançar.

— Estou surpreso que tenha retornado depois de tantos meses se protegendo. — Havia interesse em seu olhar. Ele achava que eu tinha feito isso deliberadamente. Contar que eu tinha caído no sono bêbada me faria parecer ainda mais patética do que eu já era, então fiquei calada. Enquanto ele avançava, acendi-me em chamas como uma advertência. — Ah. Sim, seu poder.

Ele deu um sorriso ainda mais aberto que antes.

Faça-o achar que você planejou isto. Aja. Agora.

— Pensei que pudéssemos conversar. Afinal, você de fato *me chamou, chamou meu nome — falei, me esforçando muito para soar casual e destemida. — Não pude deixar de imaginar o motivo.*

— Eu gostaria de ouvir suas próprias teorias sobre o assunto.

Dei de ombros.

— As minhas estão fadadas ao erro.

— Muito provavelmente. — Ele me circundou, e fiz questão de sempre encará-lo. Sinos de igreja ecoavam pela névoa, um pouco abafados, mas ainda distintos.

Rezei para que os sinos me acordassem, mas não tive essa sorte. R'hlem parou para torcer as mangas da camisa de novo. Gotas escuras de sangue desapareceram na névoa ondulante.

— O que eu lhe disse na noite que você destruiu meu belo Korozoth permanece verdadeiro. Você me interessa profundamente. — Seu olhar era intenso, com um escrutínio sem escrúpulos.

— Meu talento com o fogo, você quer dizer.

R'hlem deu risada.

— Sim, uma habilidade bem peculiar. Mas não é só o fogo que me fascina. Você é surpreendentemente engenhosa, minha cara. Aquelas suas novas armas são muito originais. Fico envergonhado de tê-las negligenciado.

Eu me perguntei como ele sabia das armas. Estava vendo as feridas de Callax ou os Familiares haviam reportado? E, se fosse isso, como raios eles conseguiram?

— Você está examinando tudo o que eu falo. Diga-me, nosso encontro esta noite foi ideia sua ou você foi enviada por Horace Whitechurch? — Ele fungou, o que, considerando o fato de que não tinha nariz, era uma visão desagradável. — Imagino que tenha sido sua. A Ordem nunca permitiria que uma pirralha qualquer de sangue mago usasse seus poderes de maneira tão evidente. — Ele fez tsc, tsc.

Como? *Como diabos ele sabia que eu era meio maga?*

Ele acariciou o queixo em carne viva com os dedos.

— Está curiosa para saber como descobri seu segredinho?

Alguém tinha nos traído? R'hlem ergueu uma mão; ele parecia adivinhar meus pensamentos.

— Você conhece Howard Mickelmas, certo?

— Não quero ouvir suas mentiras — falei.

— Então ouça a verdade da boca dele. — O olho amarelo único de R'hlem se estreitou. — Pergunte-lhe o que aconteceu no Solstício de Verão de 1822. Pergunte a Mickelmas o que ele fez comigo.

Com isso, R'hlem estendeu os braços e queimou-se numa chama azul.

CAÍ DA CAMA, COM AS COBERTAS enroladas ao meu redor, e tombei no chão com a cabeça latejando. Respirando fundo, esperei que as batidas nas minhas têmporas cessassem. Minha cabeça ainda estava detonada pelo vinho.

Mas não detonada o bastante para ignorar o que eu tinha visto.

Enfim de pé, acendi uma vela, sentei-me à mesa e escrevi:

Como R'hlem consegue pegar fogo? O que aconteceu no Solstício de Verão de 1822?

Enfiei o recado no baú de Mickelmas e aguardei. Um momento depois, abri a tampa e o bilhete tinha sumido.

Mickelmas, porém, nunca havia respondido às minhas cartas antes. E se isso não funcionasse? E se os bilhetes nunca fossem para ele? Mas como raios eu esperaria pelo raiar do dia? Andei até a janela e voltei. Em algum lugar do lado de dentro, uma voz gritava, ficava cada vez mais alta, e eu não queria ouvir.

Maldito, que fosse para o inferno, onde ele *estava*?

Eu me virei e trombei com Mickelmas.

— O que você fez? — Ele estava vestido com um roupão de seda com borlas douradas e pantufas de veludo amassadas nos pés. Seu cabelo, normalmente amarrado atrás, era uma nuvem enorme de cinza e branco.

— O que *você* fez? — sibilei.

Mickelmas estremeceu e esfregou os olhos. Ele teve que se agarrar ao poste da cama para permanecer em pé; aparentemente, estava se sentindo tão mal quanto eu.

— Vamos lá, então — sussurrou ele, jogando o casaco à minha volta.

O vento correu por nós e, quando ele me soltou, eu estava no gabinete de Agrippa. Os conhecidos bustos de Chaucer e Homer olhavam para mim da estante de livros. Havia fogo na lareira, e uma xícara de chá semiacabado estava na mesa ao lado da poltrona. Agrippa poderia ter entrado a qualquer momento e tomado seu lugar costumeiro. De alguma forma, retornar a estes ambientes tranquilizadores fez tudo piorar.

— O que aconteceu? — Mickelmas desabou numa cadeira.

— Fui sem querer para o plano astral — respondi com a voz falhando. — R'hlem me contou que você fez algo com ele no Solstício de Verão, então pegou fogo. Exatamente como eu. — Minha voz sumiu com a palavra *eu*.

Mickelmas inclinou-se para a frente com os cotovelos apoiados nos joelhos e não disse nada por algum tempo.

— O que você acha que isso significava? — perguntou.

— Não sei.

— Mentira, senão você não teria me escrito às três da manhã. Ele se levantou e foi até um espelho pendurado na parede. Colocando uma mão no vidro, sussurrou palavras que não consegui entender, estremecendo de dor enquanto falava. O espelho brilhou brevemente e houve um estranho som de sucção. Ao terminar, ele afastou a mão para revelar uma impressão de mão branca, como se alguém a tivesse gravado no gelo.

Eu me lembrei do pequeno espelho de mão que encontrei em seu baú, aquele com a impressão digital. Isto lembrava muito aquilo.

Instintivamente temi a coisa.

— Toque sua mão na superfície do espelho, e não a afaste — disse Mickelmas, voltando a se sentar. — O que quero contar... é difícil demais para usar palavras. — Sua voz tremeu, embora não desse para saber se pelo uso da magia ou se por outro motivo. — E talvez você não goste do que descobrir.

Fui para perto do espelho, a pulsação martelando, e devagar pressionei minha palma contra o vidro.

William está subindo o cordame sem motivo nenhum. Juro, ele é como um daqueles malditos macacos que escalam árvores, se o macaco também trabalhasse como procurador. Caminho pelo convés do navio enquanto uma onda se eleva abaixo. Quem quer que goste de agradáveis cruzeiros de domingo deve ser colocado num manicômio e estudado.

— Howard, não é maravilhoso? — William sorri para mim. Garoto tolo. Ele acha que o que estamos prestes a fazer é divertido, em vez de intensamente perigoso. Mas, por alguma razão desconhecida, seu bom humor eleva o meu. Ele sempre provocou esse efeito.

— Lembre-me de novo por que não poderíamos tentar isso em terra? — grito para ele.

— Aqui há privacidade. — Ah, sua senhoria nos agracia com sua presença mais uma vez. Charles vem de baixo dos conveses, com um machado numa mão macia e bem cuidada e uma corda enrolada no ombro perfumado. Sendo o conde da maldita Sorrow-Fell, era de se imaginar que ele não iria querer fazer nenhum trabalho físico. Sem dúvida, ele preferiria que um criado ajeitasse suas façanhas de abominação mágica. Mas devo confessar que ele fez sua parte do trabalho sem reclamar. É verdade que as atividades dominicais de lorde Blackwood normalmente envolvem muitas

mulheres voluptuosas e seminuas — lamento muito pela esposa dele —, mas ele está tão empolgado com nossa diligência quanto William.

No entanto, ele pode ser um presunçoso maldito. Se ele não tomar cuidado, vai sentir o meu pé direito na sua estimada bunda.

William pula no convés com o entusiasmo condizente com um menino de 12 anos, e não com o de um homem adulto. Quando Helena lhe contou que um bebê Howel estava a caminho, eu tinha certeza de que ele iria desistir de toda esta coisa absurda. Mas a paternidade iminente afeta cada homem de uma maneira diferente, e William viu seu desejo de realizar esta porcaria de tarefa ficar ainda maior.

Eu gostaria que ele tivesse feito carpintaria. Poderia pelo menos ter tirado disso um bom alimentador de pássaros.

— A juventude é desperdiçada em pessoas que me incomodam — resmungo quando enfim chegamos ao assunto em questão. Pego o mapa rúnico que William afanou daquele sujeito em Whitechapel, um acordo difícil feito num lugar mais difícil ainda. William até foi esfaqueado na ocasião, e quem teve de remendá-lo para que Helena nunca descobrisse? Eu sou um amigo bom até demais.

Ainda assim, devemos nos lembrar de por que o homem que nos vendeu entrou em pânico, por que ele apelou para a faca. Ele achou que nós usaríamos as runas. Assustado, quis o mapa de volta. Quando William não devolveu, o homem ficou furioso. Continuou gritando "Testemunhe o sorriso" repetidamente. Muito preocupante, de verdade.

As runas parecem um monte de rabiscos grosseiros.

— Tem certeza de que isso está correto, Will?

— Pode confiar, Howard. Peguei de um livro, afinal de contas. — Ah, sim, William ama seus livros. A maior parte da agonia do mundo vem do que as pessoas interpretam erroneamente nos livros; o resto vem de gatos domésticos mimados.

Nós três pintamos as runas na superfície do convés em tinta preta. O desenho básico é um círculo, então as linhas ondulantes de runas emanam para fora, parecendo um sol imperfeito. Charles geme ao ver seu navio intocado marcado com imagens heréticas. Por isso não as esculpimos; ele quer envernizar a madeira depois que terminarmos.

O envolvimento de Charles me deixa bastante inquieto, para ser sincero. O que um dos feiticeiros mais estimados da Ordem espera ganhar ao ultrapassar as fronteiras mais selvagens da prática dos magos? Eu sei o que William quer: prova da origem do nosso poder, e justiça. Justiça para o pobre Henry, seu infeliz irmão. Isso tudo faz sentido. Mas Charles? Ele admira nossas estranhas habilidades. Na verdade, ele as inveja.

Talvez ele esteja procurando um caminho para um poder maior. Ora, nem mesmo o comandante Whitechurch poderia enfrentá-lo então.

Eu tenho que parar de pensar assim. Está arruinando o clima.

Finalmente, nosso círculo está completo, a tinta brilhando sob o sol.

É errado dizer que parte de mim está com medo?

É quase meio-dia, o que significa que estamos sem tempo. Charles coloca o machado à sua direita e joga uma corda para cada um de nós.

— Devemos nos ancorar, na difícil possibilidade de algo acontecer. — Ele amarra a corda na cintura e a prende na lateral do navio, puxando duas vezes para se certificar de que é seguro. Eu sigo sua sugestão, e William também. Nós somos agora um triângulo de idiotas amarrados a um barco.

William está bem na minha frente e olha para o sol brilhante, espremendo os olhos.

— Quando as sombras desaparecem, meu senhor — grita ele.

Sei o que esta invocação significa para ele. Ralph Strangewayes tinha um animal de estimação chamado Azureus vindo de algum outro mundo. Vimos sua foto, William e eu, quando fizemos nossa peregrinação à casa de Strangewayes. Bem, e se o Azureus puder ser nosso *novo animal de estimação? E se pudermos dispô-lo numa gaiola dourada diante do rei e provar, de uma vez por todas, que nosso poder não é satânico por natureza, mas apenas diferente?*

É o mínimo que podemos fazer por Henry. Pobre coitado.

O sol atinge o zênite e meu pescoço está suado.

Charles pega sua vareta de feiticeiro e a ergue com um vinco de preocupação no rosto. Ele não tem ideia do que fazer. Nem eu, para falar a verdade.

— Azureus — diz William, cortando a mão e sangrando nas bordas do círculo. — Nós convocamos você. Seja conosco agora.

Quando o sangue dele toca o chão, as runas... sibilam.

Não, não é isso. Elas zumbem com energia enquanto a tinta recém-seca borbulha diante de nós, como se estivesse fervendo.

Sinto a magia pulsar nos meus ossos, no meu fígado e no meu baço. O círculo está acordando, por falta de uma palavra melhor. Uma emoção eletrifica meu sangue. Digo que estou aqui para apoiar William, mas não posso evitar o desejo de saber, de ver de onde vem a nossa magia.

No ar acima do círculo, uma nuvem começa a se formar, uma mancha de tempo agressivo num dia outrora límpido. A nuvem fica roxa e se agita, então...

Ela racha. O ar acima do círculo racha como se fosse um espelho.

— Isso deveria acontecer? — pergunta Charles, mantendo seu bastão no alto.

William balança a cabeça devagar.

— Acho que não — acrescento, segurando o parapeito atrás de mim com tanta força que poderia quebrá-lo.

As rachaduras ampliam, formando fissuras. Algo está errado, horrivelmente errado.

— Precisamos parar — grito para William, mas ele não me escuta ou não quer ouvir. Ele se aproxima, fascinado pelo que vê. Maldito idiota. Ele parece tão jovem quando está confuso, como o garoto que era quando eu o conheci. Ele arrasta os dedos através dos fios de vapor que vazam do outro lado.

— Consigo sentir — diz ele, êxtase envolvendo sua voz.

O ar se rompe e um vórtice de meia-noite se abre no céu azul brilhante de verão. Vozes gritando, gemidos de almas penadas, sons insanos vazam do outro lado para o nosso mundo. Charles grita. Eu grito.

— Corra! — berro. William dá dois passos atrás, para a segurança do seu mastro, mas é tarde demais. Seus pés se erguem do convés e ele fica suspenso no ar, amarrado apenas por sua corda. Ele guincha, suas pernas batendo atrás como as de uma boneca.

O vórtice atinge o limite das runas. Fissuras estão aparecendo no ar fora *do círculo. Este outro mundo, essa dimensão monstruosa está se abrindo na nossa.*

Não. Ela vai engolir *a nossa.*

A bocarra está aberta, faminta. Quer um sacrifício. Quer carne.

William está ali pendurado.

Não. Nunca.

— Feche! — grito.

Charles pega a lâmina em seu bastão e corta sua mão, jogando sangue nas runas. Óleos de sangue, a charneira da realidade. *O túnel acima recua um pouco... Em seguida, continua a rasgar o céu como um pedaço de tecido.*

— É grande demais! — brada Charles, as veias de seu pescoço saltando.

Mantenho um aperto firme na minha corda, e mesmo assim meus pés começam a levantar do chão. Resmungando alguns feitiços para pesar as solas dos meus sapatos, inclino-me para o meu amigo. Sua mão desliza da minha uma vez, duas vezes, e eu quase o peguei...

Charles avança, cortando com seu bastão. Ele está muito longe. Ele está... ele está tentando cortar a corda de William.

— Não podemos fazer isso! — grito.

Charles me ignora e pega o machado ao lado dele.

William percebe o que está acontecendo. Ele puxa desesperadamente, descendo pela corda. Eu não posso. Isto é impossível. Minha cabeça está explodindo de dor. Grunhindo, Charles ergue o machado com as duas mãos.

— Ajude-me! — berra William, chicoteando e batendo ao vento como uma pipa de criança. Me ocorre a ideia de matá-lo, de enfiar uma lâmina em seu coração antes...

Não posso. Ele olha nos meus olhos, e seu rosto fica borrado porque não consigo evitar chorar, e lhe digo que sinto muito, que não poderia fazer isso, que não posso fazer nada.

— Howard! — geme William, um som de puro sofrimento. — Por favor!

Charles atira o machado com uma precisão mortal e corta a corda. Por um breve momento, William fica suspenso no ar, uma ilustração perfeita de choque. Então é sugado para o vórtice. Sua mão esticando-se na minha direção é a última coisa que vejo dele antes de o vazio engoli-lo inteiro com um obsceno barulho de sucção.

As fissuras recuam para a moldura do círculo. O vórtice, satisfeito com seu bocado, se afasta o suficiente para que Charles salpique seu sangue pelas runas. Ele grita para que o vórtice se feche, e num piscar de olhos a nuvem desaparece.

O céu está claro e azul, e William se foi.

Não. Eu rastejo para as runas sangrentas. O portal desapareceu.

— Convoque de novo! — Toco o convés molhado.

— Não vai funcionar — diz Charles. Ele avalia o céu vazio. — Foi o feitiço de invocação errado.

— Não. — Alcanço o machado para cortar minha mão, mas Charles me ataca.

— Controle-se, homem — replica Charles enquanto agarra seu bastão.

Resguardando aquela sua lâmina amarela, ele corta as runas, inutilizando-as. Ele pega a folha de runa, rasga e joga os pedaços na água. Mesmo se quiséssemos abrir o portal de novo, não poderíamos. Eu não memorizei as runas necessárias para formar o círculo e agora elas estão perdidas para sempre.

— O que está feito está feito. — Ele estica os braços sobre a cabeça, como se tivesse passado por um treino extenuante. — Interessante, não acha? Que pena, o mundo de Ralph Strangewayes não passa de uma paisagem infernal estéril. — Ele suspira. — Talvez haja outros círculos para tentar. Se um falhar, outro...

Não consigo ouvir sua voz odiosa e hedionda. Corro para ele, cego pelas minhas lágrimas — vou destruí-lo ali mesmo. Ele enviou William para aquela escuridão. Charles puxa um resguardo sobre si mesmo com facilidade, e eu bato contra a proteção, mordendo o lábio e sentindo o gosto do meu sangue quente. Charles então me puxa pela minha gravata. A expressão tranquila em seu rosto desapareceu. Suas narinas inflam.

— Agora vamos até a viúva. — A voz de Charles é mortal. — Você vai copiar o que eu fizer e disser. Senão, mago, não vai nem querer saber o que vou fazer.

— Não me importo com o que acontecer comigo. — Cuspo. — Contanto que todos saibam a verdade.

— Acha mesmo que alguém iria acreditar na palavra de um mago no lugar da minha? — Ele me solta rudemente. — Quer passar o resto da sua vida no castelo de Lockskill, suas mãos cortadas de seus pulsos? Não? Melhor falar quando eu mandar, então, como um bom camarada.

Ele diz isso como se eu fosse um cachorro. Então se afasta e me deixa chorando por William enquanto o sol da tarde se move para mais longe no céu.

MINHA MÃO CAIU DO ESPELHO. Não percebi que estava caindo até Mickelmas me pegar pela cintura e me conduzir até uma cadeira. Ele pôs um copo de água na minha mão e me ajudou a beber. Eu estivera dentro da cabeça de Mickelmas. Eu tinha visto o mundo por meio de seus olhos, tinha ouvido seus pensamentos como se fossem meus. E eu tinha visto meu pai. Não a pintura dele; não algum sonho melancólico. Eu tinha ouvido sua voz, visto seu rosto enquanto ele sorria e gargalhava. Enquanto ele gritava. Eu havia observado por meio dos olhos de Mickelmas a corda ser cortada e meu pai ser engolido naquela agitação... Eu não conseguia.

Eu não conseguia respirar.

Empurrei o copo d'água, derramando-a no tapete, e caí de joelhos. Tentei vomitar diversas vezes, mas não saiu nada. Minha garganta estava dolorida. Uma vez que fui capaz de falar, disse:

— Você o deixou morrer.

— Durante seis anos, gastei todo o meu dinheiro. — Mickelmas soava esvaziado e, de algum modo, horrivelmente aliviado. — Viajei por este maldito mundo em busca das runas de evocação corretas. — Ele me puxou pelos ombros, seu olhar fixando o meu. — E eu as achei, achei aquelas que me permitiriam evocar uma pessoa ou criatura específica. Havia algo de errado com nosso trio original: eu, William, Blackwood. Nós precisávamos de uma bruxa. Um feitiço desse tipo exige todas as três raças mágicas.

— Então você chamou Mary Willoughby. — Minha voz estava fraca e sem entonação.

— Sim. Gravamos um novo círculo no Solstício de Verão... Alguns rituais funcionam melhor em determinadas épocas do ano. Evocamos William. R'hlem respondeu. Ele trouxe consigo suas bestas, e o céu ficou preto.

Ele me soltou.

Engoli em seco; minha garganta parecia feita de lixa.

— Você não o encontrou — murmurei.

Mickelmas ficou de pé.

— Pensei muito sobre isso e por muito tempo. Então entendi.

Ele foi até a lareira e passou a mão sobre o fogo. Brasas ergueram-se no ar. Ele começou a tecer palavras de fumaça.

— William veio de uma cidade de Gales chamada Rhyl — disse ele, e escreveu:

WILLIAM HOWEL DE RHYL

As palavras flutuavam no ar. Ele fez outro gesto com a mão e as palavras mudaram, as letras embaralharam, antes de gradualmente formar uma nova palavra.

RHYL WILLIAM HOWEL
RH'WILLIAM WEL
RH'LLIAM E
RH'LEM
R'HLEM

21

Eu estava de pé, embora não me lembrasse de ter me levantado. Encarei as palavras de fumaça de Mickelmas até desaparecerem, deixando um aroma de fumaça no ar.

— Você me disse que ele foi embora e nunca mais voltou. — Minha língua parecia pesar na minha boca. Isso não podia ser verdade.

— William nos deixou naquele dia, e o homem que eu conhecia nunca retornou. Você interpretou como achou melhor. — Mickelmas ergueu a cabeça, como se me desafiasse a contestar sua lógica.

Eu interpretei? Como se fosse culpa minha não ser esperta o suficiente para ver?

— Não ouse — rugi. Sentimentos voltaram a inundar meu corpo. Minha cabeça doía, meus olhos ardiam, e fogo lambia minha espinha: Mickelmas congelou quando percebeu o que estava por vir. Andei na direção dele, faíscas chovendo no tapete. — Você ia me contar a verdade na noite do ataque de Korozoth. Por que escondeu?

— Pensei que nunca mais iria vê-la — disse ele simplesmente. — Quando percebi que seria muito melhor tê-la do meu lado, achei que a verdade completa seria inconveniente. — Ele ergueu a mão, como se para me apaziguar. — Eu teria lhe contado eventualmente.

— Depois que eu tivesse matado meu próprio...? — A palavra *pai* falhou na minha boca. Não, não, não podia ser verdade. Mickelmas estava errado. Ele tinha sido enganado esses anos todos, quando abriu o portal no céu e R'hlem caiu na terra.

Contudo, no plano astral, R'hlem estivera coberto de chama azul...

— Agora que você sabe, por acaso está se sentindo melhor? — murmurou ele. Com um movimento do braço, ele se transportou para o outro lado da sala, para longe do meu fogo. — Isto é maior que qualquer um de nós. Magos podem tomar este mundo de volta. Esqueça esta guerra tola contra os Ancestrais; nós podemos acabar com a guerra contra a *nossa* gente! Você vai desperdiçar isso?

Apaguei meu fogo. Minha pele ficou fria de novo, delicados anéis de fumaça cinza subindo da ponta dos meus dedos. Andei até ele e lhe dei um tapa no rosto. Minha mão ficou estampada em sua bochecha.

Ele pareceu perder a energia pela surpresa, em seguida arreganhou os dentes e botou um dedo na minha cara.

— Se fizer isso de novo, vou transformá-la numa cadeira.

— Vá em frente. Sou a última Howel para você arruinar. — Como pude confiar nele?

— Foi por causa do meu aviso que sua tia levou você para Yorkshire para começo de conversa. — Ele bateu no peito. — Você devia demonstrar mais gratidão.

Gratidão.

— Meu pai é um monstro por sua causa. Minha mãe morreu de tristeza por sua causa. Por *sua* causa, a Inglaterra pode cair! — gritei. — Você mentiu para mim desde o primeiro momento quando nos conhecemos. Eu o odeio!

Conjurei essas palavras do lugar mais escuro da minha alma, então joguei minhas mãos e soltei um jato de fogo. Mickelmas desapareceu e eu queimei o papel de parede, a seda vermelha se enrolando em flocos carbonizados. Tremendo, peguei a água mais próxima — o bule de chá de Mickelmas — e apaguei as chamas. Não queria incendiar a casa de Agrippa. O odor úmido e queimado permaneceu no ar.

Mickelmas reapareceu.

— Bem, sou o único que sobrou para você odiar, minha patinha. — Ele contou nos dedos. — R'hlem esfolou vivo Charles Blackwood; Mary Willoughby foi queimada no poste; sua tia fugiu sabe-se lá para onde depois de largar você naquela escola. Se quiser jogar a culpa em alguém, olhe para seu próprio pai precioso. Ele põe magos à frente da sua família. — Deu um sorrisinho. — Você nem sequer tem a nobre desculpa dele. Diga, você vai até a Ordem contar ao seu querido comandante o que revelei esta noite?

Eu o odiava mais do que qualquer outra coisa no mundo. Por ter razão.

— Se eu o vir de novo, vou matá-lo — cuspi.

— Então nós não nos encontraremos novamente.

Não havia remorso em sua voz. Com um movimento do braço, ele me envolveu com seu manto, e um instante depois me vi sozinha no meu quarto.

Frio. Eu estava com muito frio. Tentei manter minha tremedeira sob controle. Me sentei na cama, peguei o sachê de ervas da minha mesa e esmaguei-o em minhas mãos, liberando seu aroma floral amargo. Por que fui para o plano astral? Por quê?

Meu pai é R'hlem.

Não, eu não conseguia nem pensar nessas palavras. Um soluço escapou, e mordi a dobra do meu dedo para manter silêncio.

Eu não podia ficar neste quarto; não, eu precisava de alguma coisa. De alguém.

Eu precisava de Rook.

Saí correndo porta afora e pelo corredor até chegar à área dos cavalheiros. Era impróprio e impulsivo invadir o quarto dele no meio da noite, mas eu precisava de Rook. Eu precisava de seus braços me envolvendo, precisava ouvir seu coração bater. Precisava ouvir sua voz me dizendo que eu estava segura. Girando a maçaneta da porta o mais silenciosamente possível, deslizei para dentro de seu quarto.

— Rook? — sussurrei.

Ele estava esparramado na cama, dormindo. Ao entrar no quarto, fechei a porta atrás de mim e acendi uma vela. Pela luz, pude ver que ele ainda não tinha tirado suas roupas. Estava sem casaco e sua camisa estava meio desabotoada na frente, expondo seu peito e algumas cicatrizes inchadas. Ele estava deitado sobre as cobertas e soltou um gemido suave quando me aproximei. Suor brotava de sua testa, deixando os cabelos colados no rosto. Quando me sentei ao lado dele na cama, estendi a mão e toquei sua face... e minha mão saiu escorregadia de sangue.

Sangue espalhava-se pela sua bochecha, cobrindo seus braços até o cotovelo. Ele gemeu novamente, seus olhos se abrindo. Olhou para mim; não havia dor em sua expressão. Puxei os cobertores e vasculhei freneticamente seu corpo em busca da fonte da ferida, mas ele estava ileso.

Meu Deus, o sangue não era dele.

— O que aconteceu? — sussurrei, alisando sua testa úmida. Ele era um pedaço de carvão sob minha mão.

— Estou tão cansado. — Seus olhos voltaram a se fechar.

Acendi mais velas, joguei um pouco de água fria no lavatório e sentei-me ao lado dele, limpando o sangue de seu rosto. Rook se sentou, com a luz vidrada de febre nos olhos.

— Henrietta. — Ele beijou meu pescoço.

Congelei quando seus lábios roçaram minha pele. Rook estava me puxando para deitar com ele. Eu não me deixei ir... Deus, ainda havia sangue para limpar, o que provocou um arrepio na minha pele. E Maria disse que eu tinha que mantê-lo calmo. E Rook... Isso não era típico dele. Naquela noite no jardim, ele foi muito tímido e gentil. Agora estava mais agressivo, suas mãos e seus lábios exploravam meu corpo com avidez.

— Espere — disse ele, parando. — Não estamos casados ainda, estamos? — Ele soava decepcionado.

Pousei uma mão sobre o coração dele. A pele de seu peito era lisa, mas as cicatrizes pulsavam com a infecção. Meu rosto enrubesceu ao pensar na pergunta dele. Não, não estávamos casados.

— Ainda não — respondi. — Você precisa acordar... e se limpar. Aconteceu... alguma coisa.

Agora que estava mais acordado, Rook assumiu meu posto, lavando o rosto, o pescoço, limpando as meias-luas de sangue escuro presas sob as unhas. Ele tirou a camisa. Seu corpo era magro e esculpido, mesmo com as cicatrizes. Apressei-me em conseguir algo limpo para ele vestir, ajudando-o com nervosismo a deslizar para dentro da roupa. Depois de alguns minutos, o cabelo dele estava úmido, o rosto, esfregado, a camisa sem manchas. Ele parecia bem, sim, mas irradiava doença.

Esta não podia ser a noite em que ele se transformaria. Não. *Não.*

— O que está acontecendo comigo, Nettie? — A confusão sincera em sua voz me matou. Mordendo meu lábio para conter um soluço, enxaguei uma barra de sabão na água tingida de vermelho. Tanto sangue, e nada era dele. Não havia uma marca sequer nele.

Rook, o que você tem feito?

— Você estava tendo um sonho horrível — falei.

Suas mãos pegaram minha cintura e me giraram. Nossos lábios se encontraram, o beijo aprofundando depressa. Com um movimento veloz, estávamos deitados na cama.

— Virou um sonho bom, então — sussurrou ele no meu ouvido.

Meu corpo inteiro parecia vibrar quando Rook me puxou contra ele. Mas tudo foi rápido demais. Minha mente gritava para parar mesmo enquanto eu o beijava. Por fim, coloquei minhas mãos contra o peito dele, segurando-o. Aos poucos, bem aos poucos, nossa respiração se acalmou e eu me afastei. Eu ainda tinha que saber a verdade.

— O que aconteceu no sonho? Você se lembra? — perguntei com cuidado.

— Um homem estava atacando pessoas. — Rook parecia distante, como se estivesse adormecendo de novo. — Ele mereceu o que levou por atacar aquela mulher.

Ele mereceu o que levou. Não falei nada, só movi minha cabeça para seu peito e escutei sua respiração aprofundar, até que finalmente ele caiu no sono de verdade. Olhei para seu rosto sob a luz da vela. Ele parecia tranquilo agora. Ninguém jamais imaginaria que este garoto normal e bonito estivera com as mãos imundas do sangue de outra pessoa. Isso não era do feitio dele. Era a *coisa* dentro dele.

Mas ele tivera sangue nas mãos, e agora sorria durante o sono.

— Você se lembra da véspera de Natal quando tínhamos 8 anos? — sussurrei, levantando a cabeça para ver seu rosto. Suas pálpebras tremeram, mas ele não acordou. — Eu ainda sentia falta da minha tia naquele tempo. Eu estava chorando na hora de dormir, e uma das professoras me bateu e me disse para ficar quieta. Depois que todos tinham adormecido, escapei para a cozinha. Você costumava dormir perto do fogão nas noites de inverno, lembra? — Passei um dedo pela bochecha dele. — Você me deixou deitar ao seu lado na cama. Não se irritou por eu estar chorando. Só colocou o braço à minha volta e deixou que eu me debulhasse em lágrimas sem parar. — Contendo um soluço, beijei sua testa. — Acho que foi quando eu soube que o amava.

Deitei a cabeça no travesseiro ao lado de Rook, ouvi sua respiração suave e tentei organizar meus pensamentos.

R'hlem — eu não ia começar a chamá-lo de pai, nem mesmo na minha cabeça — era a verdadeira razão pela qual Rook estava se transformando. Se R'hlem não tivesse voltado daquele mundo estranho, se não tivesse trazido os Ancestrais, se não tivesse trazido Korozoth, se Korozoth não tivesse marcado Rook... Assim meus pensamentos giraram num turbilhão doloroso.

Se eu tivesse que ir a R'hlem para salvar Rook, eu iria. Finalmente, dormi um sono inconstante.

Acordei algumas horas depois para encontrar Maria ao pé da cama, parecendo chocada.

22

— O QUE ESTÁ FAZENDO AQUI? — quis saber Maria, deixando de lado o pano e o remédio que ela estivera segurando enquanto eu me apressava para me sentar direito. Rook se mexeu ao meu lado, preso de verdade num pesadelo. Os olhos de Maria se voltaram para ele, sua expressão agora era inescrutável. Encontrar nós dois dormindo abraçados um ao outro era comprometedor além do imaginável.

— Não é o que parece — sussurrei, com dificuldade para sair da cama. Minha cabeça ainda parecia encolhida pela bebida.

Ela não pareceu convencida.

— Que bom que eu os encontrei antes de outra pessoa. É hora da poção matinal dele. — Ela tirou a rolha de um frasco de vidro cheio daquele líquido salobro. Outra poção. Outra pequena quantidade de veneno para matar o monstro. Quando Maria se inclinou sobre a cama para acordar Rook, ela arquejou e derrubou o frasco. O remédio começou a derramar nos lençóis e eu o salvei.

— O que foi? — perguntei, então percebi que ela tinha notado os panos ensanguentados ao lado do lavatório, e a água que tinha ficado de um vermelho turvo. Eu era uma grande idiota. Por que não tinha me livrado dessas coisas ontem à noite?

— Ele está machucado? — Ela puxou os cobertores e descobriu que Rook não estava ferido de fato. Seus olhos me examinaram. — Vocês dois estão bem. — Seu olhar escureceu. — O que em nome da Mãe ele fez?

— O que a leva a pensar que *ele* fez alguma coisa? — Agora que eu estava totalmente acordada, os horrores da noite anterior retornaram em cores vívidas. O encontro com R'hlem no plano astral, a revelação de Mickelmas, a febre de Rook: como uma única pessoa poderia suportar tudo isso? Minhas mãos começaram a faiscar. — Por que não suspeitou de *mim*?

— Não seja boba. — Maria suavizou. — Se a coisa nele tiver avançado demais...

— Se avançou, de quem é a culpa? Foi você quem adicionou veneno no tratamento dele! — sibilei.

Os olhos de Maria flamejaram.

— Eu avisei que meus métodos só alcançavam até certo limite. — Ela falou num sussurro severo, para não acordar Rook.

Eu não conseguia ficar ali ouvindo aquilo, então peguei os panos ensanguentados e o lavatório. Se Rook acordasse e os visse, faria perguntas. Saí correndo, meus pés congelando no corredor acarpetado. A água espirrava enquanto eu corria. Dentro do meu quarto, abri a janela e joguei a água suja jardim abaixo, depois enfiei os panos na bacia e os incendiei. Maria entrou e fechou a porta atrás dela, enrugando o nariz enquanto eu derramava água no pano agora queimado. Fumaça cinzenta subia.

— Você não pode esconder o que ele fez. — Ela parecia ter simpatia pela situação, e era pior do que se tivesse raiva.

— Deixe-me em paz! — Minha pele formigava. Eu estava perigosamente prestes a ficar em chamas.

— Acalme-se. — Ela não demonstrou nenhum medo quando minhas mãos começaram a queimar. Algo em sua expressão de pena me levou ao limite. Sem aviso, todo o meu corpo se acendeu, e olhei para ela por trás de uma cortina de labaredas.

Maria deu um passo à frente e convocou meu fogo.

Chama azul voou para a palma da mão dela numa bola, pairando logo acima da ponta de seus dedos. Com as mãos dos dois lados de seu fogo, ela o torceu e rodopiou, girando rápido e mais rápido até que pairou diante de seu rosto numa esfera perfeita.

Ela estava usando magia elemental.

Fiquei parada em estado de choque enquanto as chamas em minha pele apagavam, restando apenas algumas brasas para chiar no chão frio. Maria mudou a rotação da bola de fogo, moldando-a até que ficou cada vez menor e, numa nuvem de fumaça, desapareceu por completo.

— Se você quiser ter outro ataque de raiva, estou um pouco fora de forma — disse ela, com uma sobrancelha arqueada num desafio.

Como?

Ela virou a cabeça em direção ao banco pela minha vaidade.

— Talvez queira se sentar. Você parece um pouco apagada.

Lentamente, me sentei.

— Onde você aprendeu esse truque? — sussurrei. Porque era um truque. Só podia ser.

Em resposta, Maria simplesmente pegou um vaso de flores da minha mesa de cabeceira e despejou um pouco da água no chão de madeira. Agitando as mãos, ela levantou a poça no ar num disco brilhante. Sem uma palavra sequer, ela transformou a água numa bola de gelo. Com movimentos rápidos e perfeitos, moldou o gelo em várias imagens elegantes: um número oito, uma estrela de sete pontas, um retângulo perfeito. Com um movimento do pulso e um dos dedos, o gelo obedeceu a seus desejos mais complicados. No fim, ela derreteu o gelo e despejou a água no vaso. Sua técnica foi perfeita, melhor do que qualquer coisa que eu já havia visto qualquer feiticeiro fazer. E tudo sem um bastão.

— Pensei que você fosse uma bruxa.

— Mamãe era uma bruxa. — Maria devolveu o vaso à mesa, ajeitando as flores. — Mas meu pai era um feiticeiro.

Claro. Não poderia haver outra explicação.

— Você sabe o nome dele?

— *Você* sabe bem. — Seu pequeno rosto se comprimiu de raiva. — Era seu mestre Agrippa.

Na casa de Agrippa, Maria tinha olhado para o retrato dele com aquela expressão distante. Seus olhos, de um marrom tão caloroso, eram familiares para mim por uma razão: eram os olhos de Agrippa. Eu era a pessoa mais estúpida do mundo para não ter notado. Fiquei boquiaberta.

— Ele conheceu minha mãe quando estava viajando pela Escócia a negócios para a Ordem, pesquisando os conventículos das terras altas ou coisas do tipo. Ele foi embora sem saber que minha mãe estava grávida. Não que ele fosse se casar com ela, é claro. — Maria soltou uma risada cortante. — Quem iria querer uma bruxa como esposa?

— Ele teria desejado saber sobre você. — Mesmo agora, meu primeiro instinto era defender Agrippa.

Maria escarneceu.

— Sei. É mais provável que ele tivesse mandado me queimarem no poste com a minha mãe. — Congelei completamente. — Sem dúvida você sabia que foi ele quem fez as fogueiras virarem lei.

Palavras de defesa ou de explicação evaporaram. Não havia desculpas para *isso*. Maria prosseguiu:

— Só sei porque vi o nome dele na ordem. Os carrascos mostraram quando chegaram. — Ela inspirou fundo e puxou o cabelo. — Eles chegaram ao amanhecer, com aqueles mantos e botas pretas, quebrando portas e nos arrastando para fora em nossos camisolões. Até hoje, me lembro apenas de pequenos pedaços daquela manhã. As penas brancas das galinhas voando. O brilho da luz do amanhecer na fivela de prata de um cinto. Nossa porta se despedaçando com um chute do homem mais alto que eu já tinha visto. Seus bastões, todos erguidos na mesma posição. — Maria fez uma pausa. — Algumas pessoas do conventículo resistiram, mas a única magia poderosa o suficiente para detê-los era a magia da morte, e nenhuma bruxa verdadeira a usaria. Os feiticeiros nos ataram e nos colocaram em carroças, tudo sob a bênção da sua Ordem. Então nos levaram até a colina, onde tinham montado as piras.

Aqui, a voz dela falhou por completo. Ela se sentou pesadamente ao pé da minha cama, deixando o cabelo cair como uma cortina para proteger o rosto.

Imaginei Agrippa sentado à sua mesa aconchegante na biblioteca, escrevendo uma ordem para que um grupo de mulheres fosse arrastado para a fogueira. Imaginei-o sorrindo tão amavelmente, tão gentilmente, enquanto as mulheres gritavam no fogo.

Com a voz baixa, Maria continuou:

— Eles tiraram seis de uma carroça. Eu estava agarrada à saia da minha mãe quando nos separaram. Mesmo agora, posso sentir o pano escorregando das minhas mãos. — Seus ombros tremiam, mas ela prosseguiu, sua voz mais alta a cada palavra: — Então as amarraram às piras enquanto o sol subia a colina. Eles não me deixavam desviar o olhar. Seguraram minha cabeça para que eu testemunhasse a "justiça" sendo feita; era assim que eles chamavam.

Por um momento terrível, não houve nenhum outro som além da respiração ofegante dela. Fui para a cama, tentando pensar em algo para fazer ou dizer. Enfim, enxugando as bochechas, ela disse:

— Se estivesse no meu lugar, você teria sentimentos agradáveis pelo seu pai?

— Não — sussurrei.

— Eles me pouparam e me mandaram para a casa de trabalho em Edimburgo, porque eu era uma criança. Teria sido uma misericórdia grande demais me matar. Isso é tudo o que meu pai me deu.

Eu me aproximei dela, esperando para ver se ela permitiria.

— Sinto muito.

— Você sabe por que contei tudo isso? — Ela empurrou a juba de cabelo ruivo para o lado e ergueu o queixo; seus olhos, apesar de vermelhos, estavam secos. — Porque acredito que posso confiar em você. E odeio manter segredos. Mas você? Você *acalenta* o seu.

Senti a agulhada e retruquei:

— Não é verdade.

— Você tentou esconder essas coisas ensanguentadas. E fez um trabalho muito ruim. Quando acorda de manhã, você se veste com suas mentiras e as mantém bem próximas. Um dia, vai acordar e nem mesmo *você* saberá qual é a verdade. — Ela puxou os joelhos contra o peito. — Então vamos. Fale. Me conte.

Rendida, encarei minhas mãos entrelaçadas.

— Rook atacou alguém. Ele... ele me disse que o homem mereceu.

— Certo. — Maria deu de ombros. — Obrigada por me contar o que eu já sabia. Mas eu não acredito que você faria algo tão *impróprio* quanto entrar no quarto de um rapaz na calada da noite sem um motivo. Algo levou você até lá. O que foi?

Deus, ela era astuta. O segredo ferveu dentro de mim. Eu queria que ela soubesse sobre R'hlem, mas Maria poderia ter essa influência sobre mim, poderia usá-la para me torturar. Não, eu não podia confiar nela. Não podia confiar em ninguém.

Rook precisava ser protegido; a verdade o machucaria. Magnus era muito selvagem, livre demais para manter um segredo desses. E o pai de Blackwood estava diretamente envolvido com o fato de meu pai ter se tornado um monstro, como eu poderia jogar esse peso sobre seus ombros? Eu...

Eu estava sozinha, vivendo a vida numa caixa de vidro: visível, mas impossível de tocar. Eu terminaria como Mickelmas, mentindo sobre sua identidade para seus seguidores, mentindo para mim sobre o meu próprio passado maldito. Ah Deus.

Maria tocou meu ombro quando afundei o rosto nas minhas mãos.

— Pode me contar — sussurrou ela. — O que é?

O caminho bifurcava diante de mim. Verdade ou mentira. Segurança ou risco. Eu tinha mentido para Agrippa. Mentiria para a filha dele?

Fiz minha escolha e contei tudo a ela.

Mickelmas e o plano astral. A revelação sobre R'hlem e o pai de Blackwood. Quando os relógios bateram seis, continuei falando. Ao terminar, Maria tinha ficado tão pálida que suas sardas se destacaram.

— Viu só — encerrei — como foi uma noite interessante.

A verdade estava entre nós como uma coisa viva que poderia morder... ou não.

— Entendi por que você estava nervosa — considerou ela.

Minha risada se traduziu como uma espécie de soluço violento.

— Ninguém pode saber. — Dei a essa garota a chave para a minha ruína. Entretanto, quando olhei em seus olhos, confiei nela. Não porque fossem os olhos de Agrippa, mas porque eram de Maria. Ela assentiu.

— Como alguém que tem problemas com o próprio pai, duvido que eu conte a alguém. — Ela torceu um pedaço de cabelo. — O que você vai fazer sobre, bem, R'hlem?

Baixei os olhos para meu colo.

— O que você faria?

— O instinto inicial diz que você deveria ficar o mais longe possível. Mas, pensando bem, ele não precisaria queimar nem falar sobre Mickelmas. Se ele lhe disse a verdade, provavelmente quer alguma coisa. Seria bom descobrir o quê.

Deus, o que eu deveria fazer?

— Estou presa numa posição impossível.

— Está mesmo. — Maria sorriu. — Mas não precisa ficar presa sozinha. Confie em sua força e confie na minha.

Selamos o combinado com um aperto de mãos.

23

NAQUELA NOITE, FIQUEI DEITADA NA CAMA, escutando os sinos anunciarem a hora. Eu tinha bolhas nos pés por causa do dia de marcha ao longo da barreira. Era meia-noite, e Blackwood e eu tínhamos acabado de chegar em casa da nossa patrulha, tão cansados que subimos direto e fomos para a cama sem nem mesmo desejar boa noite. O dia inteiro fora gasto passando pela lama que subia até os tornozelos, percorrendo todo o perímetro em busca de quaisquer falhas. Whitechurch solicitara que todos os feiticeiros disponíveis cumprissem essa tarefa, inclusive eu, mesmo depois da minha patrulha do amanhecer. Eu tinha passado horas sem conseguir me sentar. Por mais doloroso que fosse, fiquei feliz pela distração. Eu deveria ter dormido instantaneamente, mas o sono não veio.

O medo superava o cansaço.

O sachê de ervas continuava na minha penteadeira, ao lado do meu pente de marfim. A simples ideia do plano astral deu um nó na minha barriga, mas Maria tinha razão. *Ele provavelmente quer alguma coisa. Seria bom descobrir o quê.*

Quando a décima segunda e última badalada ecoou na noite, fechei os olhos. Depois de um tempo, comecei a cochilar até que...

MAIS UMA VEZ, O MUNDO AO MEU REDOR ficou cinza com uma névoa que não era fria nem quente. Esperei por um minuto; cada segundo desfiava meus nervos. Que se exploda tudo, onde ele estava?

— Você voltou. — O jeito fácil dele de falar ainda exigia que eu me acostumasse.

R'hlem esperava pacientemente, seu sangue manchando outra camisa elegante. Instinto gritava para eu acordar, mas me forcei a permanecer calma.

Provavelmente esta era a minha única chance.

— Eu queria falar com William Howel — falei. Seu rosto esfolado transformou-se num instante, os músculos se apertando, os tendões se esticando. A falta de carne, de um rosto, geralmente dificultava a leitura de suas expressões. Mas, quando a boca dele se abriu num pequeno sorriso, só podia ser alegria.

— Minha filha. — Seus braços se abriram para me abraçar. Eu me esquivei: diante da aproximação de um monstro esfolado, a razão é a primeira a sumir. Será que minha reação o deixaria bravo? Não, ele só passou uma mão enluvada sobre a coroa sem detalhes e crua de sua cabeça. Nossa, que gesto humano. — Claro, você ainda não tem certeza. Peço desculpas.

Peço desculpa. *Como se qualquer parte disto fosse natural.*

— Pensei que poderíamos conversar. — Droga, até mesmo eu *achei que soou afetado. Porém, R'hlem pareceu ansioso.*

— Você conversou com o mago, então? — Sua voz azedou na menção a Mickelmas. Depois do que eu tinha visto, contudo, entendia completamente por que R'hlem não ligava para aquele homem.

Como eu deveria proceder? Gritar com ele ou xingá-lo de cretino pareciam duas opções excelentes para um resultado nulo. Queria conhecer a mente dele, e, para tanto, precisava conquistar confiança.

Eu não tinha experiência nenhuma com um pai ou uma mãe. Como eu havia visto Magnus com a mãe? Ele parecia seguro em casa, seguro no amor ao seu redor.

Faça com que ele queira me proteger. Faça com que ele anseie por me satisfazer. *Eu tinha lido sobre garotas em romances que poderiam torcer os pais com os dedos. Como alguém conseguia isso?*

Primeiro: seja gentil, mas não doce demais. Ele vai suspeitar de algo se de repente eu ficar toda melosa.

— Quando você soube a meu respeito? — Assim: minha voz estava suave, incerta. Me forcei a brincar com a manga do meu traje de dormir de um modo que eu torcia para parecer uma inquietação sincera. Magnus me ensinou a atuar com mais habilidade do que eu jamais poderia ter sonhado.

— Na noite em que você destruiu Korozoth. — Não havia raiva em sua voz. — Quando você me disse seu nome, eu soube imediatamente. Sua mãe honrou meu desejo. — Ele colocou a mão sobre a camisa manchada de sangue, bem ao lado do coração.

Minha mãe, aquela mulher de cabelos dourados da foto, havia muito perdida, da moldura da lareira da casa da minha tia.

— Você pediu para ela me chamar de Henrietta? — perguntei.

— Eu queria que meu filho fosse batizado em homenagem ao meu irmão Henry. — Henry. Sim, Mickelmas pensara nesse nome diversas vezes em sua visão. R'hlem colocou um dedo em seus lábios sem carne, e aquele olho ardente, aquele que assombrava meus sonhos, brilhou. — Agora posso ver a semelhança com clareza. Você é parecida com ele, alta e morena. Tem até o mesmo jeito de se segurar.

— Achei que eu me parecesse mais com você — respondi. Erro. Ele recuou, se afastou de mim.

— Não. Não quero pensar em você como aquele tolo do William Howel. — Suas palavras estavam torcidas pela amargura.

— Mas você é *William Howel. — Disfarcei meu medo com uma risada.*

— Aquele homem está morto.

A conexão entre nós partiu. Droga. O que deveria tentar em seguida? Perguntar sobre o meu tio? Não, tinha que haver um motivo para tia Agnes tê-lo mantido em segredo. E eu não deveria falar da minha tia... vai saber o que R'hlem pensava dela. A única pessoa do nosso passado com quem ele se importava, sem sombra de dúvida, era...

— E quanto à minha mãe?

Embora esse fosse meu primeiro passo na jornada para conquistar sua confiança — torcê-lo com meu dedo —, não pude conter meu árduo desejo por essa resposta. Ela queimava dentro de mim, e meu lado calculista tinha de admirar o quão bem eu tinha me saído. Os ombros de R'hlem relaxaram.

— Há lampejos dela em você. — Ele se aproximou, e eu deixei. Devagar, ele pôs a pontinha dos dedos na minha bochecha. Dava para sentir a textura arruinada de couro encharcado de sangue. — Somente a garota da minha Helen poderia ser tão corajosa para vir me encontrar aqui.

— Não sinto mais medo. — Me forcei a fazer parecer verdade. Ali estava: o tremular dos dedos dele me revelaram que eu tinha acertado em cheio. Vitória.

— Que bom. — A palavra escapou dele, rápido e baixinho. Tinha nascido de um sentimento profundo.

Mickelmas certa vez me contara que meu pai tinha sido mais impulsivo e emocional que eu. Parecia que isso podia ser verdade, embora eu não estivesse prestes a pegar leve com ele. Ainda não.

— Isto aqui. — Ele removeu a mão. — Este seu franzir de testa leve... é a sua mãe todinha.

— Como ela era? — Eu tinha criado uma imagem da minha mãe: recatada e sorridente, o modelo de uma companheira perfeita.

— Surpreendente. — Ele deixou um sorrisinho escapar; suas gengivas esfoladas eram um pouco nauseantes. — Ninguém conseguia mandar em Helena. Nós fugimos para casar, você sabe, no meio da noite, como Shelley e aquela garota dele tinham feito alguns anos antes. Nós até nos encontramos num cemitério paroquial: meu toque de romance. — Ele estendeu as mãos, definindo a cena. — Lá estava eu, em pé no escuro porque jurei que haveria uma lua e, claro, não havia nenhuma. Eu usava um casaco surrado, sem chapéu porque na minha empolgação acabei esquecendo, mas... — Aqui ele riu. — Mas me lembrei *de levar uma cópia de* A filosofia do amor *de Shelley para ler enquanto fugíamos. Não dava para* ver *o livro sem lua, então tentei recitar de cabeça enquanto trombávamos em lápides procurando pelo portão.*

Botei uma mão na boca para não rir.

— Helen não tinha tempo para gestos grandiosos... Ela não conseguia carregar as malas por muito tempo, e seu cabelo estava molhado pela névoa noturna. Ela pegou uma gripe dois dias depois e não parou de me atazanar durante nossa viagem de coche para Devon. Eu tive de ler A filosofia do amor *em voz alta várias e várias vezes, só para irritá-la. — Ele soltou uma risada gostosa.*

Meus pais haviam fugido para casar? Tia Agnes dissera que a família de comerciantes de mamãe não aprovava o fato de ela se casar com um procurador pobre, mas ela não havia me contado isso. E eu adorava que minha mãe estivesse mais preocupada com cabelos secos do que com poesia ao luar. Pela primeira vez na minha vida, senti que ela fazia parte de mim, que ela teria me entendido. E, pela primeira vez, eu sabia como era sentir saudades dela, não apenas ansiar por ela.

— Eu não queria que você chorasse — disse R'hlem com a voz suave.

Sim, eu podia sentir as lágrimas nas minhas bochechas. Eu não deveria ter falado da minha mãe; agora eu estava sensível demais para continuar. Assim seria muito fácil me atrapalhar e cometer um erro.

— Preciso ir. Eu... tenho que descansar — gaguejei.

— Você tem feito patrulha para os feiticeiros. — Havia amargura em sua voz. Não responda. *— Isso está fadado a cansá-la. Mas eu vou vê-la de novo.*

Sua certeza me assustou.

O som dos sinos começou através da névoa. Dong. Dong. Ding. Ding. Dong. Ding ding ding. Dong. Dong. Dong. Dong. *Iguais aos que ouvi ontem à noite.*

— Sim. Você vai. — Então, sem prometer mais nada, fui embora.

O MUNDO DO LADO DE FORA da minha janela estava um breu. Um pouco grogue, fui à minha penteadeira para pegar o sachê. Era bom tentar dormir algumas horas se conseguisse. Quando voltei para a cama, com as ervas na mão, algo me incomodou. Eu não consegui identificar o que era enquanto me deitava... até que escutei.

Havia apenas silêncio lá fora. Nenhum sino de igreja soando. Mas eles estavam badalando quando eu acordara...

Sentei-me na cama, refletindo. Os sinos que ouvi não estavam tocando em Londres, mas, sim, onde R'hlem estava. Não deveria ter me surpreendido. Afinal, se conseguíamos nos tocar no plano astral, por que o som não podia também atravessar?

Depressa, corri para minha escrivaninha e anotei o que me lembrava do padrão dos sinos. Ataque. Sul. Ancestral. Molochoron.

Descobrir o que ele pensa agora não era tão importante; R'hlem tinha potencialmente me dado algo muito mais vital que isso, e ele nem havia percebido.

Ao contrário dos Ancestrais menores, R'hlem optava por não aparecer muito no campo de batalha. Se ele surgia, era só depois que a luta tinha terminado, para que pudesse esfolar e desmembrar com criatividade os pobres sobreviventes. Identificar sua localização exata foi traiçoeiro, para dizer o mínimo.

Sabendo onde estava Molochoron, talvez também pudéssemos descobrir a localização de R'hlem. Então, se nos apressássemos, talvez pudéssemos atacar com as armas e...

Você está realmente preparada para matar seu próprio pai?

Não havia uma boa resposta para esse pensamento, exceto o nó no meu estômago.

* * *

Quando a manhã chegou, eu já estava acordada por horas. Precisava falar com Blackwood logo para discutir os padrões do sino, embora eu tivesse que ser esperta sobre como abordaria a questão. Não queria que ele soubesse tudo o que tinha acontecido... não ainda.

Ele não estava no café da manhã, o que era estranho. Eliza tomava uma xícara de chá apressada, brincando com a torrada pela metade no prato. Hoje à noite era seu baile de debutante; ela devia estar animada. Nos últimos dias, mal houvera um momento de descanso na casa. Arbustos de rosas e hastes de orquídeas foram artisticamente dispostos nos corredores. Tapetes haviam sido retirados, móveis haviam sido movidos, pisos foram encerados e esfregados, e Eliza havia suportado tudo isso, serena como o olho de um furacão.

Desde aquela gritaria com Blackwood, não tínhamos ouvido nenhuma outra palavra sobre Aubrey Foxglove.

— Está pronta para hoje à noite? — perguntei, servindo-me de ovos e mantendo um olho na porta caso visse Blackwood.

— Estou nervosa — respondeu ela. Mas parecia resignada, na verdade. Eu devia ter argumentado mais a favor dela contra o noivado. Talvez Blackwood ainda pudesse ser convencido.

— Vou conversar com seu irmão a respeito de Foxglove — falei. Eliza olhou para cima, como se tivesse me notado adequadamente pela primeira vez no dia.

— Você é um doce. — Ela mastigou o lábio inferior, a primeira pista de nervoso. — Eu terei algo para lhe contar depois.

Que mistério.

— Por que não agora?

O relógio bateu oito horas, e Eliza empurrou sua cadeira para trás.

— Agora não é a hora certa. Depois, eu prometo. — Ela saiu da sala. Estranho. Eu jamais entenderia a família Blackwood.

Ele não veio tomar café da manhã, e eu guiei os criados que continuavam no turbilhão de preparação para o baile. Grandes filas de velas de cera de abelha estavam sendo acesas nos lustres e postadas por toda a extensão das paredes e das mesas. Hera simbolizando Sorrow-Fell decorava os corrimões da escada, e luzes de fadas brilhavam suaves entre os ramos. A mansão Blackwood seria o prédio mais bem iluminado da cidade.

Blackwood não estava em seu gabinete nem na sala de estar. Me ocorreu que estivesse treinando, mas ele não tinha o hábito de perder uma refeição. Conforme eu caminhava em direção à sala de obsidiana, notei que o ar parecia... errado. Espesso, de certa forma. Ruídos estranhos emanavam de trás da porta da sala de obsidiana: um gemido alto e lamentoso como o de um cachorro, seguido por um eco áspero e gutural.

Um arrepio se espalhou pelos meus braços. Ao entrar, encontrei Blackwood com uma das espadas nas mãos.

Ele havia tirado o casaco e a gravata e soltado os botões superiores da camisa, cuja frente estava úmida de suor. Indo para um agachamento profundo, suas pernas tremiam bem de leve — ele estava cansado. Será que tinha ido dormir? Ele ergueu a espada perfeitamente sobre o ombro, braços preparados para um poderoso movimento, e girou a lâmina no sentido anti-horário enquanto avançava. O gemido profundo e inquietante soou de novo.

Backwood enfim me notou no reflexo preto da sala.

— O que você está fazendo aqui? — Ele apoiou a espada contra a parede, e a obsidiana *se deformou* com o contato do metal.

O que quer que fossem essas armas, eram contra as regras deste lugar. A aparência de Blackwood refletia isso: seus olhos estavam vidrados. Sua pele normalmente pálida estava vermelha e manchada no rosto e no pescoço.

Fiz um sinal com a cabeça, apontando as armas: a espada na parede, o chicote enrolado sobre uma pequena mesa.

— O que *você* está fazendo aqui?

— Praticando. — Ele pegou um pano da mesa e enxugou o rosto.

— Mickelmas nos alertou sobre passar dos limites. — Notei como ele observava as armas pelo canto dos olhos, mais ou menos como um dragão guardando seu tesouro.

— Não dá para ficar mais forte sem treino. — Ele esfregou a parte de trás do pescoço, de olhos fechados. Largar a arma havia drenado a cor brilhante de seu rosto; ele parecia exausto quando jogou a toalha de lado e pegou o chicote. Faíscas explodiram quando ele o estalou duas vezes.

Notei uma pilha de livros do outro lado da mesa. Puxando a pilha para mais perto, reconheci os títulos do gabinete particular do pai dele. Ao folhear as páginas, descobri pequenas e finas letras manuscritas nas margens.

— Você andou fazendo anotações. — Virei o livro para ele. Blackwood olhou rapidamente.

— Meu pai escreveu isso. Ele era obcecado pela habilidade dos magos. — *Crac*. Ele segurou o chicote como um especialista. — Era um cretino, mas um cretino à frente de seu tempo. Ele reconheceu a importância de dominar essas forças. — *Crac* de novo.

Dominar era uma palavra que Charles Blackwood usaria, não seu filho.

— Você deveria ter cuidado com o que encontra.

— Quero estar pronto quando formos enfrentar R'hlem. — A ideia me fez passar mal. Blackwood parou, o chicote enrolando em seus pés. — Ele matou meu pai, você sabe. — Sua voz saiu baixa, como uma confissão. — Esfolou meu pai vivo. Quando trouxeram o corpo de volta, mamãe não deixou nem Eliza nem eu olharmos.

Meu Deus.

— Então você quer vingança. — Eu entendia.

— Não. — Aquele olhar assombrado apareceu em seu rosto mais uma vez. — Quero ser aquele que *vence*. — Ele estalou o chicote de novo, e de novo, e de novo. A cada vez, a magia inundava meu corpo, encharcando minha pele. Enrolando o chicote, ele o devolveu à mesa e passou os dedos sobre a alça, uma carícia amorosa. — Eu me vi na sala de estar ontem à noite, olhando para o retrato do pai.

Sim, eu sabia qual era. Era impressionantemente parecido com o próprio Blackwood, só que com um sorriso mais fácil.

— Ele nunca me notou quando eu era criança. Acho que a primeira vez que ele realmente olhou para mim foi no dia em que partiu para morrer. Ele também parecia saber disso; foi o que o estimulou a me contar o que tinha feito. Ele passou o fardo da vergonha de nossa família para um menino de 8 anos. Sabe o que ele disse naquele dia? — Blackwood fechou os olhos. — Suas últimas palavras foram: "Tente não ser tão decepcionante, George."

Crac. Ele pegou o chicote mais uma vez e o estalou. Respirando pesadamente, olhou para seu próprio reflexo escuro.

— Espero que ele possa me ver de onde quer que esteja agora. Quero que ele engasgue com a minha vitória.

A intensidade de Blackwood me irritou.

— Nós vamos ganhar — falei, tentando me acalmar. Ele se virou para me encarar.

— É errado querer mais? — Seus olhos procuraram os meus.

— Mais o quê?

Ele fez uma pausa, como se estivesse com medo. Então sussurrou:

— Tudo.

Sangue escorria pelo seu rosto. Seu nariz começou a sangrar de novo. Ainda assim, ele não se mexeu e continuou me olhando fixo.

— Por que não deveríamos tomar tudo o que pudermos? — disse ele baixinho.

Vi o pai no sorriso de Blackwood, enquanto cortava a corda...

Dei-lhe meu lenço para estancar seu sangramento.

— Perdoe-me. — Blackwood piscou como se estivesse saindo de um sonho. Afastando-se, alinhou as armas na mesa. — Eu deveria ter perguntado quando você entrou. Deseja alguma coisa?

— Estive pensando em maneiras de atacar os Ancestrais, e não consigo me lembrar de onde todos eles estão localizados no momento. — Fiz uma pausa. — Molochoron, por exemplo.

Blackwood refletiu, então estalou os dedos.

— York. Whitechurch enviou um despacho dois dias atrás pedindo mais homens.

Então R'hlem estava em Yorkshire. Reprimi um arrepio ao pensar nele perto de Brimthorn, mesmo que não fosse próximo da cidade. Quanto mais cedo eu conseguisse trabalhar com essa informação, e quanto mais cedo eu estabelecesse a localização de R'hlem, mais cedo as garotas da minha antiga escola estariam seguras. Eu tinha de continuar repetindo isso a mim mesma. Eu tinha de acreditar.

Blackwood segurou a porta aberta para mim. Assim que pisamos no corredor, a magia espessa vazou, e minha cabeça pareceu mais leve.

Blackwood andou comigo.

— Espero que você dance a primeira valsa comigo esta noite. Nós mal tivemos um momento para conversar sobre coisas mais agradáveis.

— Claro. Eu queria falar com você, de qualquer forma, sobre Eliza...

— Meu senhor. — O mordomo nos encontrou. — Há uma discussão sobre o que fazer com os recepcionistas das fadas. O duende disse que tinha alguns em mente para o trabalho, mas eles não parecem ter chegado ainda, como é costume da raça deles. — Ele bufou.

— Falaremos mais tarde, Howel — disse Blackwood, fazendo uma mesura antes de seguir pelo corredor.

Primeiro, espere a festa de Eliza passar. Depois, encontre uma maneira de apresentar as descobertas para Whitechurch. Se eu pudesse fazer isso — se pudéssemos rastrear R'hlem e encontrar uma maneira de agir rápido —, a guerra inteira poderia terminar.

Mas, com o que eu sabia agora, eu seria capaz de ir até o fim?

24

NAQUELA NOITE, MARIA E EU observamos as carruagens pararem na frente da casa numa elegante fila. Uma névoa pesada tinha caído sobre Londres, dando ao ar em volta dos lampiões da rua um brilho meio leitoso. As pessoas percorriam o caminho da entrada e, da minha janela, vi de relance o reluzir das joias e o brilho suave da seda. Maria pôs nas minhas mãos uma xícara fumegante. Ela havia feito uma receita de ervas calmantes que tinha um cheiro de canela e um gosto que lembrava vagamente uma floresta. O líquido queimou ao descer pela garganta, mas aqueceu minha barriga. Encostei a cabeça no vidro e olhei através da neblina.

— Se R'hlem morresse, você acha que a transformação do Rook iria parar? — Devolvi a xícara à Maria.

— Bem, Rook não estaria se transformando se os Ancestrais não tivessem vindo. — Inferno e condenação. O que eu deveria fazer? — Tem certeza de que esses pensamentos são apropriados quando há uma festa no andar de baixo?

A porta abriu e Lilly entrou. Suas bochechas estavam mais rosadas que o normal, e seu cabelo loiro avermelhado fora cacheado para a ocasião. Ela de fato amava a energia de um baile, e não aconteciam muitos na casa dos Blackwood. Lilly gesticulou para que eu sentasse na penteadeira. Obedeci, deixando-a trabalhar no meu cabelo, moldando um complicado penteado com cachos pendentes dos dois lados do meu rosto e um coque alto.

— Devo dizer, senhorita, que acho que a fada se superou desta vez — exclamou ela quando levantei para me certificar de que tudo estava no lugar certo.

De fato, o vestido "flamejante" esplêndido que Voltiana modelara foi costurado como um sonho. Meus ombros estavam completamente à mostra, uma pequena manga abraçava meus braços e, apesar de a gola ser cavada o bastante para ser ousada, não era indecente. A parte de cima do vestido era tão justa que parecia ter sido pintada em mim; já a saia era volumosa. A seda brilhante laranja e amarela era feita de diferentes camadas e comprimentos, de modo que, quando eu andava, dava a impressão de estar em chamas.

Como toque final, Lilly transpassou uma flecha de ouro maciço na parte de trás do meu coque para fixá-lo.

Essa era, sem dúvida, a parte mais luxuosa do meu figurino, um presente de Blackwood. Me surpreendi ao encontrá-la em cima da minha penteadeira naquela tarde.

— Gostaria que vocês duas descessem também — falei a elas, tomando um último gole de chá para ter coragem. Lilly riu da minha insensatez, mas eu não achava absurdo ter pessoas de quem gostava numa festa.

Maria deu de ombros.

— Sem querer ofender, mas prefiro me jogar da janela. Não saberia o que fazer nesse evento, mesmo que eu tivesse um vestido como esse.

— Isso me faz lembrar... — Ajoelhei, puxando duas caixas finas de baixo da minha cama e as distribuindo. — É um agradecimento a vocês duas por tudo.

Pedi que madame Voltiana fizesse e me entregasse em segredo. A da Lilly era menor e, depois de ficar corada e dizer que não podia aceitar, ela deu uma espiada dentro. Ela tinha dito várias vezes o quanto desejava luvas novas com a chegada do outono. Aquelas eram luvas de pelica, de couro pálido como creme e macio como manteiga, e forrado por dentro com cetim.

— Ah. — Ela arquejou, seu rosto ficando vermelho. Lágrimas escorreram de seus olhos azuis brilhantes e ela só conseguia acariciar as luvas com a bochecha e gaguejar o seu agradecimento. Maravilhada, Maria tirou a tampa da caixa dela e seu queixo caiu quando pegou um manto azul pavão.

Voltiana insistira no tom de azul, pois se lembrava de Maria. *Alguns cabelos vermelhos combinam com azul, não com verde*, ela disse, e com razão. Maria jogou o manto por cima dos ombros, prendendo no pescoço o fecho dourado em forma de folha. Envolveu o corpo na roupa e se enterrou ali dentro.

— Parece que estou vestindo ar — murmurou.

— Gostou?

— Odiei. Como ousa? — brincou abrindo um sorriso, então pulou em mim. Nunca fui abraçada com tanta força antes.

Lilly, que ainda estava alisando as luvas, chorou:

— Tome cuidado com o cabelo! — Ela afastou Maria de mim. Depois da incerteza dos últimos meses, deixar as pessoas felizes parecia algo simplesmente maravilhoso.

— Parece que estão esperando você. — Maria se ajoelhou em frente à janela, ainda embrulhada no manto. — Melhor descer.

Lilly secou as bochechas, ajeitou minha saia mais uma vez e me mandou para baixo.

Cheguei no alto da escadaria e olhei para o salão no térreo. Uma multidão já estava se espremendo na entrada, e o barulho das conversas ficava mais alto a cada novo convidado. Franzi o cenho ao reparar que lady Blackwood não estava ali para recebê-los.

— Você está adorável — disse Blackwood.

Ele veio até o meu lado, ajeitando os punhos da camisa. Os olhos dele se arregalaram ao me fitarem da cabeça aos pés.

— Muito adorável — emendou.

Eu poderia retribuir o elogio, mas, de fato, deu um branco na minha mente quando o observei. Ele normalmente usava roupas escuras e sombrias que combinavam com seu cabelo e com seu comportamento padrão. Naquela noite, seu casaco era verde-escuro, com bordados dourados se curvando pelo punho num desenho sutil de folhas de hera. O paletó ressaltava o verde profundo de seus olhos. Suas calças claras foram feitas sob medida para suas pernas longas. No geral, eu não reparava na forma ou na força do corpo dele, mas naquela noite não pude evitar. Todas as linhas eram elegantes, os ombros largos afunilando até a cintura estreita. Parecia jovem e maravilhosamente masculino, um príncipe de conto de fadas.

Droga, pude me sentir enrubescendo. Dei a mão para ele e começamos a descer as escadas.

— Preciso que você faça uma coisa — falou conforme nos aproximamos do fim da escadaria. — Recepcione as pessoas que estão chegando.

Aquele era o papel da dona da casa.

— Não sei ao certo se cabe a mim — respondi.

— Normalmente não, mas Eliza precisa fazer sua entrada triunfal e a mamãe não gosta de festas. — A voz dele estava coberta de irritação. Ela não desceria nem para a festa de debutante da própria filha?

— Então, sim — falei. — É claro.

Chegamos à entrada e senti que os convidados nos fitavam, nos mediam com os olhos.

— Obrigada pela flecha — agradeci quando os primeiros convidados começaram a vir na minha direção. — Mas não sei o que passou na sua cabeça para mandar fazê-la.

— Conto depois — sussurrou ele, e puxou minha mão para seus lábios.

Eu o observei sair para se encontrar com alguns mestres na outra sala.

De algum modo, me lembrei do nome de todos, sorri ao cumprimentá-los e não gaguejei muito nas conversas. Muitas joias encrustadas, ternos engomados e pessoas perfumadas atravessaram a porta, o suficiente para encher Londres inteira. Pelo menos pareciam o suficiente. Senti alguns olhares confusos passando por mim. Sem dúvida alguma, lhes pareceu estranho que eu estivesse fazendo o papel reservado à dona da casa.

Por fim, com todos reunidos, saí da entrada e me juntei à multidão. Essa era a deixa para Eliza entrar. Alguns minutos se passaram, então mais alguns, e temi que Blackwood subiria e a arrastaria para baixo.

Enfim ela apareceu no alto da escadaria, analisando a multidão que silenciava com a chegada dela. Eu tinha ficado bem orgulhosa com meu vestido, mas ele perdeu a graça em comparação com o dela. Eliza usava um vestido de tafetá roxo escuro, com mangas bufantes e uma saia que se espalhava como uma nuvem. Com seu cabelo preto reluzente preso no topo da cabeça e com mechas cuidadosamente soltas dos lados, ela parecia uma deusa grega que tinha descendido do Olimpo para se entrosar com a sociedade londrina.

Eliza sempre fora bonita, porém naquela noite estava esplêndida. O sorriso dela atraiu o olhar de Blackwood na multidão. O peito dele pareceu estufar de orgulho.

Um homem mais velho que só podia ser Foxglove fez uma mesura e ofereceu o braço a ela. Ele era bem bonito, contudo, infelizmente estava ficando grisalho nas têmporas. Eliza aceitou em silêncio e ele a conduziu pelo mar de admiradores. Ela não demonstrou emoção. Com o queixo erguido, passou entre os convidados como se eles não existissem.

Ver Foxglove me desanimou. Quando Blackwood e eu tivéssemos um momento a sós, talvez eu pudesse tentar uma última vez convencê-lo a deixar Eliza escolher, antes que fosse tarde demais.

Agora a festa tinha começado de verdade e as pessoas se moviam livres pela casa. Todo o primeiro andar tinha sido deixado disponível naquela noite. A música soprava de vários cômodos, e cada um deles abrigava mesas com comidas e bebidas esperando para serem provadas.

A casa fora decorada para lembrar um vale no Reino das Fadas. Feixes feéricos flutuavam pelas paredes e pelo teto, enfeitando os corredores com luzes piscantes. Heras e azevinhos adornavam as portas, flores selvagens roxas e amarelas foram dispostas em vasos de vidro e de cristal e, na biblioteca, um trio de flautistas com cascos de bode tocava uma música linda de doer.

A comida estava maravilhosa: faisão assado sob vidro, peras cozidas com creme, sopa de tartaruga e ostras brilhantes, pão doce com molho, cogumelos cozidos, codorna glaceada com mel, geleias de rosas e lavanda, além de confeitos de açúcar no formato de estrela e folhas de hera — tudo disposto dentro de cornucópias douradas e urnas prateadas.

Tantas pessoas pararam para conversar comigo, desde uma senhora admirando o meu vestido até um feiticeiro me parabenizando pela vitória contra Callax. Um até me perguntou se eu achava que poderíamos produzir armas para enviar para o leste do país. Passando pela multidão, me lembrei de como me sentia uma intrusa quando cheguei a Londres. Agora, alguns meses depois, era como se eu sempre tivesse feito parte desse mundo.

E, mais uma vez, um segredo terrível ardia dentro de mim. Só que agora eu não podia jogar a culpa nos feiticeiros. Era minha própria culpa, e de um infeliz acidente de nascimento, que me separava deles. Todo o nervosismo que eu tinha sentido no começo do baile azedou de vez.

Falando em azedar, cruzei com Valens, que estava conversando com uma jovem adorável. O sorriso dele evaporou ao me ver. A mulher apenas fez uma mesura.

— Minha esposa, Leticia — disse Valens para mim, antes de encorajá-la a se sentar num sofá ali perto. De fato, ela parecia pálida e, pelo inchaço na barriga, supus que estivesse grávida. Valens a observou se sentar, e a expressão dele relaxou com um sorriso de satisfação. Sua ternura me surpreendeu.

— Como os treinos estão progredindo? Você, pelo menos, continua praticando? — ele perguntou.

Quase revirei meus olhos.

— Sim, agora que não sou corrigida a cada dez segundos.

Ele soltou algo parecido com uma risada.

— Eu a corrigia porque você precisava atingir seu máximo — replicou ele. — Você não teve a quantidade apropriada de treino antes da comenda. Eu teria feito meu esquadrão inteiro repetir o treino por causa de um único erro de qualquer homem. — Ele franziu o cenho. — Seria errado não agir da mesma forma por você ser uma mulher. Não concorda?

Empalideci e respondi:

— Acho que sim.

Valens fez uma reverência e foi atrás da esposa. Talvez eu estivesse errada sobre ele. Será que deixei minha raiva contra Palehook se transferir para seu pupilo mais antigo? Esse não era um pensamento encorajador.

— Senhorita Howel. — Sorridente, Fanny Magnus se aproximou. — Você está adorável. — Ela usava um belo vestido azul-escuro com rendas, e eu retribuí com alegria o elogio. — Você alegrou a noite de uma velha viúva — disse ela, dando uma piscadinha animada. Era fácil ver de quem Magnus tinha puxado suas melhores partes. — Julian está procurando por você desde que chegou. Ah! — Fez um pequeno aceno enquanto Magnus vinha em nossa direção. Ele vestia seu uniforme completo da Marinha, com as calças creme e o casaco de um azul profundo.

Magnus sorriu para mim enquanto tomava os braços da mãe.

— Howel. A verdadeira imagem da elegância, como sempre.

— Vou deixar vocês dois a sós — cantarolou Fanny antes de desaparecer na multidão. Ah Deus. Magnus balançou a cabeça.

— Minha mãe tem cada ideia... Não se preocupe com isso.

— Não estou preocupada — falei, sorrindo. — Então, tem algum interesse em garotas esta noite? — Com base nas bochechas coradas e nos olhares em nossa direção, imaginei que havia hordas de garotas aqui que ficariam mais do que felizes em relevar a falta de fortuna de Magnus.

— Já que você tocou no assunto, tem uma coisa que eu gostaria de falar com você. — Ele ajustou o colarinho. — Sabe...

— Howel! — Dee praticamente mergulhou na multidão. Ele trombou em Magnus, que xingou ao fazer algumas bebidas balançarem. Dee estava tão exaltado que nem mesmo reparou. — Eu vi a Lilly! Ela estava de pé ao lado da escada, você sabe, próxima à entrada dos criados. Ela me viu! E eu até sorri! Consegue acreditar? — Ele suspirou, como se estivesse prestes a cantar uma música sobre amor, árvores floridas e outras metáforas óbvias.

— Dee, se você se mover uns cinco passos para a esquerda, vou poder me levantar do jarro de ponche — grunhiu Magnus. Enquanto decidiam qual dos dois tinha que se mexer, Fanny voltou e me sequestrou.

— Eles são uns trogloditas. — Ela deu risada. — Mas eu os amo. Arthur é praticamente meu segundo filho. Quando chegou à capital, ele sentia muita saudade de sua cidade. Eu mandava Julian trazê-lo para jantar em casa todo domingo.

Ela me levou até a biblioteca leste, a qual as fadas haviam encantado para se parecer com um castelo medieval feito de pedras, com tapeçarias e conjuntos de armaduras em exposição. Harpas flutuavam pelo ar, tocando sozinhas. Numa plataforma elevada, um trono vazio de veludo estava ao lado de uma criatura muito parecida com uma cabra branca com um chifre crescendo na testa. O animal usava um colar rosa e ruminava um pouco de feno.

— Isso não é... isso é um unicórnio de verdade? — Fiquei boquiaberta. Não era certo que estavam extintos?

— Lorde Blackwood não economizou despesas para a festa de debutante da irmã. — Fanny exclamou. — Lady Blackwood não está aqui esta noite, não é?

— Ela fica em seus aposentos — respondi.

Pela primeira vez, o sorriso de Fanny empalideceu.

— É difícil para um garoto ter o pai morto e a mãe ausente. Esperava que ele e Julian se tornassem melhores amigos, mas não era para ser.

— Não acho que lorde Blackwood faça amigos com facilidade — falei. Fanny deu umas batidinhas na minha mão.

— O que estão falando de mim? — Blackwood apareceu, sorrateiro como um gato.

— Obrigada pelo convite, meu lorde. — Fanny fez uma reverência. — Tem sido raro para mim sair de casa ultimamente. Julian insiste que é mais seguro ficarmos fora das ruas.

— Nisso ele tem razão — disse Blackwood, como se deixasse implícito que Magnus não tinha razão sobre muitas coisas. — Mas, já que está aqui conosco esta noite, Sra. Magnus, acho que estará bem segura.

— Senhorita Howel. — Ela acenou para mim e voltou para a festa. Blackwood a fitou, seu olhar escurecendo.

— Você está bem? — perguntei a ele.

— Imagino que ela estava empurrando o filho para você. Agora que ele foi abandonado pela noiva, ela vai procurar qualquer garota disponível para agarrá-lo.

Fiquei chocada com a grosseria dele.

— Ela é uma mulher gentil.

— Sim. Ela é. Me desculpe. — Ele estremeceu. — Eu... eu preciso falar com você. Agora, se não se importar. É urgente.

— É claro — respondi. Não surgiria chance melhor para falar sobre Eliza... e R'hlem. Tinha decidido não cometer o mesmo erro duas vezes. Mesmo que aquilo aterrorizasse meu âmago, eu lhe contaria a verdade.

— O aviário está fechado para a festa. Vamos para lá. — Ele parecia mais pálido que o normal. Juntos, escapamos dos convidados.

Nunca gostei do aviário, que era repleto de aves de rapina empalhadas. Falcões-peregrinos imóveis em galhos; corvos com olhos de vidro pendurados no teto, seus bicos abertos como num choro silencioso. O pai de Blackwood amava criaturas predadoras.

Estava frio lá, por isso deixei uma labareda acender na minha mão. O chiado do fogo na minha pele era um conforto. Me ajoelhei perto da lareira e a transformei numa chama brilhante.

Blackwood analisava um falcão, acariciando as penas do peito da ave com um dedo. Aquela era minha chance.

— Que bom que estamos sozinhos. Preciso falar com você — disparei. Meu coração batia tão rápido que estava certa de que aquilo tinha enfraquecido minha voz.

Blackwood continuou analisando o falcão.

— Precisa?

Fui até o lado da ave; talvez assim ele olhasse para mim.

— É urgente. — Isso prendeu a atenção dele. Lambendo meus lábios, prossegui: — Eu... eu não acho que o noivado de Eliza com Foxglove seja a coisa certa a se fazer.

Covarde. Eu deveria ter elaborado mais antes de falar.

— Eliza? — Ele franziu o cenho. — Podemos falar sobre ela outra hora. Agora eu tenho que lhe contar uma coisa. — Ele falou de um jeito muito formal, como se tivesse ensaiado. — Os conselheiros da rainha estão preocupados. Eles acham que R'hlem está só ganhando tempo, esperando por uma oportunidade para atacar. Mesmo com o sucesso das armas, acham que é perigoso manter você longe dele.

Não fazem nem ideia. A confissão agora se alojou na minha garganta.

— Whitechurch está do nosso lado, assim como a maior parte da Ordem, mas o fato é que você é uma garota solteira e sem família. — Estremeci, não totalmente sem parentes. — Eles podem forçá-la a fazer o que quiserem até você estar numa posição segura. Está entendendo?

Por que ele estava olhando para mim como se esperasse algo? Por um momento, deixei minha confissão de lado.

— O que quer dizer?

— Fui até Whitechurch esta tarde com uma proposta. Preciso da permissão dele, você entende, porque... — Ele parou.

Um zunido fraco começou a soar nos meus ouvidos.

— O que você pediu para ele?

— Pedi permissão para casar. — Ele olhou nos meus olhos. — Para casar com você.

25

Minha mente foi tomada por um silêncio surpreendente. Blackwood continuou falando, mas não ouvi muito do que estava sendo dito. *Casar com ele.* Impossível. Eu iria me casar com Rook. Pelo menos, queria casar com Rook. Nos restava tão pouco tempo e eu não podia...

Não iria me casar com Blackwood.

— Não posso — falei, me afastando. Ele não reagiu. — Não estou dizendo que não vou... não posso... tenho certeza de que entende... — As palavras não saíam da forma apropriada.

— Isso tudo é muito repentino — disse ele. — Nunca demonstrei nenhuma atenção para você, hum, dessa forma. — Ele enfim se sentou numa cadeira, então indicou para que eu fizesse o mesmo. — Você tem de admitir que é um plano excelente — falou enquanto afundava na almofada. — Ao se aliar à minha casa, ninguém poderá tocar em você.

— É claro. — Suspirei, compreendendo o plano. — Você só se ofereceu para me salvar dos meus inimigos. Isso prova o quanto é um bom amigo.

— Um bom amigo — ecoou ele. Seus dedos começaram a bater aleatoriamente na cadeira.

— Você não deveria ter que se sacrificar por mim.

— Sacrifício. — Ele continuava repetindo as coisas. Se levantou e foi para a lareira. — Por que acha que pedi sua mão em casamento?

— Para ser um bom amigo — repeti devagar.

— Então você não entendeu.

Algo se revirou dentro de mim, uma resposta ao fogo que vi nos olhos dele. Não. Não poderia ser. Ele era meu amigo, um dos poucos amigos com quem eu podia contar.

— Entendo — falei, tentando soar alegre. Quando fiquei de pé, Blackwood colocou a mão com gentileza no meu pulso. Eu estava usando luvas, mas, mesmo que a pele dele não encostasse na minha, ainda senti um calor pulsar pelo meu corpo.

— Consegue acreditar em como tratei você quando nos conhecemos? — O dedão dele acariciou as costas da minha mão. Sua voz era profunda e áspera. — Pensei que você era uma oportunista e mentirosa.

— Era tudo verdade. — Dei uma risada fraca. Ele não.

— Entende como eu me sinto? — Ele falou quase que para si mesmo. — Você é minha amiga mais querida. — Ele me analisou, como se procurasse por um ponto fraco para atacar, só que não havia ameaça de violência. Pelo contrário. — Quando conquistei sua amizade, achei que nunca desejaria nada mais. Porém, com o passar do tempo, passei a ter sentimentos por você além de qualquer coisa que pensei ser possível sentir.

A forma apaixonada como ele usava as palavras começou a me assustar.

— Não diga nada de que possa se arrepender. — Me virei e o senti vindo atrás de mim.

— Nunca vou me arrepender — murmurou ele. — Lutei contra esse sentimento. Arder assim por alguém é uma fraqueza, e jurei para mim mesmo que nunca teria tantas fraquezas quanto meu pai. — Ele cuspiu a palavra *pai* como uma maldição. — Tentei levar minhas lembranças de volta para nossos primeiros dias na casa de Agrippa. Mas é impossível. — Senti ele tocar gentilmente a flecha de ouro no meu cabelo. — Foi por esse motivo que mandei fazer isto. Você abateu meu coração. — Ele pegou a minha mão, passando o dedão em círculos pela palma. Eu não conseguia pensar e estava paralisada. Não podia me virar. Ele se aproximou mais e sussurrou na minha orelha. — Tive um sonho algumas noites atrás, e nele nós estávamos em Sorrow-Fell. Nenhuma outra vivalma nos perturbava. Quando acordei, pensei: por que não deveríamos ser *tudo* um para o outro?

Eu tinha coisas a dizer, coisas sensatas. Mas ele pôs a mão no meu ombro descoberto. Com o toque da pele dele, o calor se espalhou dentro de mim. Ele me envolveu com o braço por trás, me segurando contra seu corpo rígido. Fechei meus olhos enquanto cada pensamento razoável se dissipava. Só havia a batida do coração dele e a sensação de sua mão.

Era como se eu fosse fluente numa língua que nunca estudei. Algo sombrio e enraizado dentro de mim, uma parte essencial da minha alma, começou a revirar. Visualizei galhos idênticos de hera se entrelaçando pelos nossos bastões.

Não há coincidências neste mundo.

A mão dele acariciou meu ombro e minhas costas. Seu toque deixou um rastro de calor. *Mexa-se*. Eu tinha que sair dali, mas era como se estivesse encantada. A forma como respondi, a forma como meu coração palpitou... eu queria aquilo. As mãos e o corpo dele estremeceram. Não acho que ele já tivesse tocado uma mulher daquela maneira.

Blackwood sussurrou na minha orelha:

— Depois da vitória contra Callax, senti uma liberdade intoxicante, tudo por sua causa.

Meu corpo traidor se arrepiou quando ele pressionou os lábios contra meus ombros. Soltei um gemido suave quando ele beijou minha têmpora.

— É por isso que imploro para que você se torne a minha esposa — falou ele baixinho.

Acorde, acorde. Num instante, me imaginei virando e encontrando Charles Blackwood com seus braços em volta de mim.

Ah, aquilo funcionou. Meu corpo finalmente ouviu meu cérebro e me lancei para longe dele. Blackwood pareceu perplexo.

— Não — falei ofegante. — Estou noiva de Rook.

— Rook? — Blackwood reagiu como se nunca tivesse ouvido o nome. Então compreendeu e repetiu, incrédulo: — Rook.

— Eu o amo. Amo desde que éramos criança. — Como poderia explicar para Blackwood as horas que passamos juntos? Os jogos na charneca, nos escondendo de Colegrind, dividindo a comida que conseguíamos roubar da despensa. Quando Colegrind batia em Rook, eu estava lá para aliviar suas feridas. Quando o diretor começou a demonstrar interesse em mim, a passar a mão em mim por muito tempo, tive que impedir Rook de matar o homem. Nossas memórias, nossas vidas, nós estávamos conectados.

O relógio badalando as horas era o único som.

— Não há nada entre nós? Eu entendi tudo errado? — perguntou ele por fim. Sua voz estava apertada. Queria dizer sim, que tudo havia sido coisa da cabeça dele. Mas havia mesmo?

Por que eu tinha fechado meus olhos e, em algum lugar obscuro da minha alma, o tinha desejado?

Não. Use a lógica. Era verdade, contei com Blackwood de uma forma que nunca pude contar com ninguém: como um feiticeiro e como meu amigo. Se dissesse que nunca o achei bonito, estaria mentindo. Mas ele não era Rook.

— Não posso lhe dar o que você quer — falei.

— Isso não responde minha pergunta. — Ele pareceu esperançoso. — Meu plano pode ser a única forma de manter nossa amizade intacta.

— Ninguém pode nos forçar a deixar de ser amigos. — Fiquei chocada com a ideia.

— Quando você se casar, Rook permitirá que você continue na Ordem?

— Rook não precisa *permitir* nada — repliquei, mordida.

— Como esposa dele, será forçada a obedecê-lo.

Naquele momento comecei a ficar brava.

— E se eu me tornasse *sua* esposa? Você me trancaria em casa?

— Não — respondeu ele, sua voz firme e fria. — Nós conhecemos a alma um do outro. — Ele se aproximou. — Consegue me imaginar dizendo para qualquer outra feiticeira o que meu pai fez? — Não. Eu não conseguia. — Se Whitechurch conseguir que cumpramos o jeito dele, acontecerá exatamente isso.

Espere.

— *O jeito dele?* Você disse que pediu minha mão para Whitechurch.

Blackwood zombou.

— E ele recusou. "Linhagens", ele disse, "o sangue das famílias deve permanecer puro". Mesmo com o seu poder, você é a filha de um mago.

— Bem, isso encerra o assunto. — Apesar do insulto, fiquei aliviada. — Não podemos desobedecer.

— Não podemos? — A voz dele era sombria. Por Deus, Blackwood estava realmente sugerindo uma traição? — Acho que nossos filhos teriam uma força incomparável. Considere o novo mundo que poderíamos mostrar à Ordem; as possibilidades são infinitas.

Blackwood estava falando demais sobre crianças para o meu gosto.

— Não podemos nos casar sem permissão — falei.

— Podemos fazer o que quisermos. Provamos que somos mais fortes do que a maioria, e o mais forte deveria governar. — Que insanidade. Poderia chamar Blackwood de muitas coisas, mas rebelde não era uma delas. — Você me conhece. Sabe meus segredos. E eu sei os seus. — Me retraí. Ele não sabia *todos* os meus segredos, mas não poderia contar para ele sobre R'hlem *agora*. — Ele me olhou nos olhos. — Temos tantas coisas que poderiam compor um casamento bem-sucedido. — Ele tocou a ponta dos dedos na minha bochecha. — Respeito e admiro você mais do que qualquer outra pessoa. Você sente o mesmo sobre mim?

Ele talvez fosse a pessoa mais admirável que já conheci.

— Sim.

— Você gosta de mim?

— Sim. — Era como se estivéssemos afundando num atoleiro, a força irresistível me puxava para baixo. Ele pousou a mão na minha cintura.

Algumas partes de mim estavam curiosas sobre qual seria a sensação de tocar os lábios dele com os meus, mas me afastei e apreciei os olhos atraentes dele, seu belo rosto. Qualquer um me chamaria de tola, e com razão.

— Quero que você seja feliz — falei.

— A chave para a minha felicidade está nas suas mãos. — Ele não iria facilitar para mim. — Acho que você sente alguma coisa — sussurrou. Se ao menos ele estivesse errado, eu o afastaria de mim com um sentimento de repulsa, mas a repulsa não veio. — Acredito que, com o tempo, você poderá me amar como eu a amo. Talvez não com a mesma doçura do seu amor de infância, mas algo real. Algo com paixão. — Com um olhar hipnótico, ele se aproximou para me beijar.

— Não posso. — Me retirei para um canto mais frio e escuro do cômodo, um lugar onde podia pensar melhor. — Já disse que amo Rook.

Blackwood manteve suas costas para o fogo, seu olhar esfriando.

— Entendo. Tem os fatores da pobreza dele e do fato de ser Impuro, mas sei que você não se importa com essas coisas. Mas você pode ser você mesma com ele? — Blackwood avançou, um passo suave por vez. — O poder dele amedronta você.

Ele me rondou como as malditas aves de rapina do pai.

— Estou errado?

Por mais que eu odiasse admitir, sussurrei:

— Não.

— Você é faminta por conhecimento de uma forma que ele nunca foi. Você quer fazer as perguntas que ninguém ousou fazer antes. *Nós* podemos ter algo que durará por gerações. Não se jogue fora. Não seja simplória.

Virei o corpo na direção do fogo, mas ele me seguiu.

— Faria quase qualquer coisa para que você fosse feliz, Howel, se me permitir. Me tornaria seu criado, colocaria o que você quisesse aos seus pés. Essa oferta não significa nada para você?

Significava sim. Mas Rook precisava de mim.

— Lamento — insisti. — Não vou quebrar a promessa que fiz para ele.

Blackwood ficou em silêncio, e o desespero deixou sua expressão. Mas o desespero logo foi substituído pela frieza. Ele tinha me mostrado seu coração e, naquele momento, o trancava de novo.

— Você escolheria um criado pobre em vez de um homem rico?

Aquilo me fez querer explodir, mas, antes que eu pudesse, Blackwood disparou pela porta, me deixando sozinha.

Algo se moveu no canto. Quase não percebi a sombra quando ela se arrastou pelo chão e deslizou para o corredor. Tinha uma forma que lembrava vagamente a de uma pessoa...

Meu Deus. Com um choro quase contido, deixei as portas abertas e disparei pelo corredor sombrio. Ao virar em outro corredor, dei de cara com um grupo de pessoas.

Tinha que me mover rápido, mas sem pânico. Se alguém me parasse para conversar, tinha que parecer interessada, pedir licença com educação e continuar andando. Não poderia deixar suspeitas, mesmo quando disparasse correndo para as escadas. Se qualquer um notasse meu pânico, poderia chamar atenção, então...

Rook era a sombra, rondando o canto do cômodo. Se ele podia fazer aquilo, até onde aquilo tinha avançado?

No salão da frente, estava preparada para deixar de lado qualquer formalidade e começar a empurrar. Consegui navegar pela multidão com elegância, mas, conforme me aproximei da escada, Eliza e Magnus começaram a andar nos degraus. Nenhum dos dois me viu, mas eu ouvi o que conversavam.

— Vamos fazer agora? — perguntou Magnus.

— O George vai voltar logo — sussurrou ela.

Magnus suspirou, elevou seu bastão e reduziu as luzes do recinto. Aquilo chamou a atenção de todos e as conversas pararam. Todos os olhares se voltaram para Magnus e Eliza, parados um pouco acima da multidão nas escadas. Ela sorriu, covinhas se formaram nas bochechas, e falou com clareza:

— Obrigada a todos por virem. Esta tem sido a festa de debutante mais maravilhosa que qualquer um poderia desejar.

Eu não sabia muito sobre etiqueta social, mas tinha quase certeza de que Eliza não deveria fazer um discurso naquela noite. Procurei por Foxglove e o encontrei olhando com espanto para a sua futura noiva.

Que diabos estava acontecendo? Magnus levantou sua taça de ponche e assumiu a fala:

— Lorde Blackwood deveria fazer este discurso, mas ele sumiu. — Magnus olhou pela sala como se estivesse se assegurando de que Blackwood tinha sumido de fato. Então, beijou a luva que Eliza usava, enquanto ela parecia a verdadeira definição de empolgação. — Assim, torna-se minha alegria fazer um anúncio tremendo. Lady Elizabeth Blackwood consentiu se tornar minha esposa.

26

O SILÊNCIO FOI ABSOLUTO até que começaram umas gotas de sussurros. As gotas viraram uma correnteza e logo o cômodo foi tomado por um murmúrio confuso. Um bolsão de comoção explodiu perto do canto da sala quando Aubrey Foxglove abriu caminho, provavelmente para procurar por Blackwood.

Não entendi nada e, naquele momento, não queria entender. Não tinha tempo para nada daquilo, apesar do meu estômago ter se afundado sem aviso.

Como se para me dar uma deixa, Maria se revelou no alto da escadaria, parecendo estar em pânico. Sinalizei para ela, que acenou para mim com urgência. Me lancei para o outro patamar e dei a volta pelo casal que acabara de noivar.

Magnus teve a audácia de tentar ficar no meu caminho.

— Preciso falar com você — disse ele com a voz grave. Eliza puxou seu braço.

— Agora não — falei com os dentes cerrados e o contornei para subir as escadas.

Maria me puxou de lado e sussurrou:

— Ele está pior.

Não. Por favor, não.

Fenswick não estava no boticário quando entramos, mas uma pessoa estava deitada na cama estreita de Maria. Ela pegou o machado perto da porta.

Não, não era uma pessoa na cama dela. Um monte enorme de sombras trêmulas estava deitado lá.

— Rook? — chamei com a voz fraca.

A escuridão se transformou em forma e feições, se moldando como Rook. Ele se curvou de lado até que, tremendo, se sentou. Seus olhos tinham círculos vermelhos.

— Você ia me contar? — sussurrou ele. Então, ele realmente esteve no aviário. Rook tinha adquirido o poder de se *tornar* uma sombra.

— Quanto você ouviu? — perguntei, mantendo a voz calma.

— O suficiente.

— O que está acontecendo? — quis saber Maria.

Com um movimento dos dedos, Rook acenou para que eu me aproximasse. Ele estava suando, como se tivesse agindo sob uma febre que finalmente tinha cedido.

— Me deixe ver você — disse ele. Lentamente, fiz como pediu, e sombras eclodiram de cada canto do quarto, apagando as velas na mesa. Maria soltou um grito quando acendi uma chama em volta da minha mão e ergui para olhar para ele.

Os olhos de Rook estavam totalmente pretos.

— Há quanto tempo você consegue fazer isso? — perguntei. Em algum lugar ao lado, na escuridão impenetrável, ouvi um sussurro. Não podia compreender as palavras. Quando levantei minhas chamas, a voz silenciou.

— Não consigo ver nada — disse Maria. Eu nunca a tinha visto tão assustada.

— Por favor, pare com a escuridão — sussurrei.

— Não. Me mostre seu rosto. — Aquela não era a voz do Rook; era muito fria, muito autoritária.

Fiz como ele pediu, segurando a chama perto do meu queixo. Ele esticou a mão de dentro da escuridão e acariciou minha bochecha. Seu toque era muito gelado. Com a minha luz, dava para distinguir os contornos do rosto dele.

— Você me ama? — murmurou ele. Coloquei a mão no seu peito.

— Sabe que sim.

Ele agarrou meu pulso.

— Então por que não disse para lorde Blackwood que ele estava errado? — questionou.

— Eu disse que não me casaria com ele — sussurrei.

— Só depois de ele dizer que eu não era bom o suficiente para você. — As sombras se fecharam quando Rook botou a mão no meu pescoço. Pela primeira vez na vida, tive medo de ele me machucar.

— Eu estava chocada demais para pensar. — Deixei a chama cobrir as duas mãos, crepitar pelos meus braços até cobrir meu rosto, o que fez Rook se afastar. Queria impedi-lo de me tocar; nunca quis isso antes.

— Nunca a vi chocada demais para pensar, Henrietta. — Antigamente, amava o som do meu nome na boca dele. Naquele momento não. Ele respirou fundo, inquieto. — Muito conveniente para você prometer uma coisa para uma pessoa e depois cogitar não cumprir. — Quem falou foi a coisa que vivia sob a pele do Rook.

Com a luz do meu fogo, pude enxergar o pavor no rosto da Maria. Acenei para que ela ficasse pronta para sair do quarto.

— Não vou casar com Blackwood. Nunca.

As sombras se retraíram devagar, como uma maré sombria. Ao encontrar um momento de liberdade, Maria disparou, deixando a porta aberta.

— Venha! — chamou ela, mas Rook rosnou. Se eu tentasse correr, ele atacaria.

— Vou ficar bem — falei. — Pode ir.

— Não, não vou deixar você.

— Vá! — encarei Rook até ouvir a porta ser fechada.

— Você promete? — Ele demonstrou seu desespero. — Não se casar com ele?

— É claro.

Meu fogo se extinguiu quando ele me pegou nos braços. Estava muito escuro para enxergá-lo naquele momento.

— Então encerre essa loucura. Case comigo — sussurrou, me beijando. — Amanhã, vamos à igreja.

— Não tem pressa — repliquei, acariciando sua bochecha. *Mantenha-o calmo.*

A escuridão começou a se solidificar de novo.

— Não posso ter certeza a menos que você faça isso — grunhiu Rook.

— Pode confiar em mim.

— Como posso confiar em você quando sei da facilidade com que consegue mentir? — A voz dele mudou, se aprofundou, ficou mais raivosa. — Jure que nunca será dele.

— Do que está falando? Não sou *dele*. Eu sou minha.

— Você não vai jurar — rosnou ele. — Eu deveria saber que você se venderia para o homem que pagasse mais.

Me venderia? A fúria consumiu meu medo conforme os sussurros à nossa volta se avolumaram. Lancei uma chama no ar para manter a escuridão nos cantos, então o abracei. Rook se agarrou em mim, enterrando seu rosto no meu ombro, voltando a ser ele mesmo. Me senti como se estivéssemos andando à beira de um precipício: um passo em falso e cairíamos. Beijei seu cabelo.

— Você não sabe que é a razão pela qual estou vivo? — sussurrou ele, me envolvendo com tanta força em seus braços que eu sabia que não teria como escapar sem machucar um de nós ou nós dois. — Aquela noite que os soldados me levaram para Brimthorn, eu não me lembrava de nada, nem do meu próprio nome. Sentei naquele porão e estava desaparecendo. Então, vi a sua luz. — Ele me beijou. — Você me trouxe um remédio. Me deu um nome. Não sabia que daquele momento em diante eu seria seu? Tudo que eu queria era você — disse ele no meu ouvido. — E você se entregaria a um homem que poderia ter qualquer outra pessoa no mundo. — Ele agarrou meus ombros de uma forma dolorida. — Ele não pode ter a única coisa que escolhi ter na minha vida.

Eu não era um tipo de bugiganga amaldiçoada para ser passada do bolso de um homem para o do próximo.

— Rook, pare! — Lancei uma fagulha no seu rosto e ele me soltou. Aquelas não tinham sido as palavras do Rook de verdade. Aquilo não era ele. — Sei o que é que está fazendo isso com você.

— Sabe? — Ele me olhou com um terror selvagem. — Então, por Deus, me diga.

Algo sombrio e frio se enrolou em volta do meu pulso e eu cedi.

— *Você está se transformando num monstro!* — gritei.

As vozes pararam. A escuridão se afastou e pude ver Rook com clareza sob a luz fraca da janela.

— O poder de Korozoth está envenenando você. — Me afastei o máximo possível dele e das sombras. — Você está se tornando menos humano.

— Menos? — disse ele, quase sem pronunciar as palavras.

— É por isso que Fenswick e Maria têm trabalhado duro para encontrar uma cura. É por isso que você tem que fazer todos aqueles tratamentos. Quero proteger você de se tornar um monstro. Porque o amo demais para deixar que levem você. — Aquelas últimas palavras saíram como um lamento.

— Você quer me proteger. — Ele esticou as mãos para examinar as cicatrizes que decoravam seus pulsos. Era como se nunca as tivesse visto. — Mas você tem mentido para mim.

— Achamos que, se você soubesse, poderia acelerar a transformação. — Rook ficou boquiaberto. — Fiz isso para ajudar você.

— Para me proteger. Como se eu fosse uma criança? — Nunca imaginei que poderia ver os olhos do Rook tão cheios de ódio. — Como se eu fosse um animal de estimação?

— Não! — Suspirei. A escuridão à minha volta se encheu de sussurros. Minhas chamas começaram a se apagar conforme a escuridão se forçava contra mim.

Algo estava acontecendo: os dentes dele estavam mais afiados, o rosto ficou mais encovado.

— Não serei o seu brinquedo! Seu cão! Entendeu?

Jurei que pude ouvir tendões estalando, ossos quebrando como gravetos.

— Me desculpe por ter guardado segredo! — Minha voz ficou mais alta quando ele me puxou para mais perto. — Fiz isso para ajudar você.

— Não quero a sua *ajuda* — rosnou ele. — Quero *você*.

Ele começou a me arrastar.

Gritando, explodi em chamas, a onda de calor cessou a contenção preta ao meu redor. Rook uivou. Havia uma fresta nas sombras, e corri para a porta. Disparei pelas escadas. De volta ao segundo andar, me ajoelhei e tentei pensar.

Uma mão agarrou meu ombro.

— Não! — Girei.

Mas era só Blackwood, com seu bastão pronto e Maria atrás. Ela me passou Mingau. Me agarrei ao bastão.

— Contei para ele — explicou ela sem fôlego. Blackwood ia subir as escadas, mas eu o impedi.

— Que diabos está acontecendo? — estourou ele.

— Algo terrível aconteceu — falei. — Temos que tirar todo mundo daqui *agora*.

No andar de baixo, a música seguia seu ritmo e as risadas se elevavam e sumiam. Toda a sociedade dos feiticeiros estava ali naquela noite.

Estavam em perigo. Podiam matar Rook.

— O que está *acontecendo*? — Blackwood bloqueou minha passagem.

As velas e lanternas pela casa toda se apagaram de uma só vez, nos mergulhando na escuridão pura. Mulheres gritaram no andar de baixo. Reacendi as arandelas da parede próxima de nós, mas as chamas se encolheram, ficando a um sopro de se apagarem de novo.

— Ele está aqui — sussurrou Maria.

Pude sentir uma presença, um animal inteligente que se revirava nas sombras. *Não caia. Não grite. Pense e aja.*

— Precisamos tirar todo mundo da casa — falei correndo escada abaixo. — A festa acabou! Obrigado a todos por terem vindo — anunciei.

Todos olharam para mim naquele momento, e sons de confusão e raiva começaram a surgir.

— Que diabos está acontecendo? — questionou Magnus, atravessando a multidão com Eliza.

— Tire as mulheres daqui. — Dei a volta e andei até o salão, me preparando para dizer alguma coisa para todos, qualquer coisa, quando ouviram-se gritos do corredor. Várias camareiras correram para a entrada, com suas toucas desarrumadas, sem dar a mínima para a festa ou para qualquer outra coisa. Elas continuaram olhando para trás, para a entrada sombria do corredor do térreo.

— Tem um Familiar aqui — gritou uma delas. — Na escuridão!

Os feiticeiros coletaram com seus bastões qualquer chama fraca que pudesse ser evocada e todos nós seguimos em frente para investigar. O beijo frio do ar escuro consumia meu fogo. Um feiticeiro protegia a retaguarda do outro, e percorremos o corredor em silêncio. Quando o relógio do avô soou a hora, foi como se uma explosão ecoasse.

— Alguém ao menos sabe o que estamos procurando? — perguntou Valens.

Algo chacoalhou adiante. Ouvimos o som de garras batendo no chão de mármore, e o mundo congelou.

— Rook? — sussurrei.

A fera saiu da escuridão.

Ele se lançou na minha direção com a boca bem aberta e as presas reluzentes. Garras encurvadas se esticaram para me alcançar. Buracos negros sem alma onde os olhos deveriam estar, ossos alongados, um rosto distorcido pela crueldade.

Não era humano. Não mais.

Vários feiticeiros caíram e suas chamas se extinguiram. Gritos foram seguidos por um choro borbulhante, então veio o silêncio e o cheiro de sangue úmido. As sombras pulsavam, se alimentando da morte.

— Ataquem! — Valens balançou seu bastão, lançando uma onda de fogo.

Juntei-me a ele, atirando fogo no rosto do monstro, e Rook recuou, voltando depressa para as sombras.

Forçamos o monstro para dentro do salão principal com ondas de fogo. Rook se encurvou, a escuridão fluía sobre o seu corpo como uma capa de proteção. Ele ficou maior, mais monstruoso: uma nova sombra e neblina. Mas ele não sabia como controlar aquilo e ficou paralisado diante do nosso ataque.

Iríamos matá-lo.

— Parem! — gritei, tentando chegar até Rook. Ele rugiu de dor, saltando no ar.

Alguém gritou do canto da sala, perto da escadaria... Eliza. Deus, ela não tinha saído com as outras mulheres. Ficou boquiaberta diante da fera, seu rosto pálido de terror. Os feiticeiros todos foram pegos de surpresa pelos seus gritos. Com as sombras crepitando nas costas, Rook rugiu na direção dela.

Alguém se jogou na frente da Eliza.

— Corra! — gritou Fanny, protegendo a garota com o corpo.

Rook arrastou Fanny pelo chão quando Eliza escapou. As pernas da senhora chutaram com força quando ele cravou as presas em seu pescoço branco, e pude jurar ter ouvido o menor e mais doentio ruído de algo sendo triturado. Ele começou a rasgar e a destroçar como um cão arrancando a vida de um rato. Mesmo naquela quase escuridão, pude ver o sangue jorrando pelo chão. Fanny parou de se debater diante de Rook. Eu o ataquei às cegas, porque sabia que não feriria Fanny. Horrorizada, eu sabia que ela estava além de tudo aquilo naquele momento.

E ouvi o lamento do Magnus.

O som era pura agonia. Ele avançou para a batalha com um fogo enorme nos dedos. Rook largou Fanny e grunhiu; da sua boca pingava um sangue rico e escurecido. Magnus lançou fogo, fortalecendo-o com vento, e todos os outros feiticeiros se uniram a ele. O massacre fez Rook rastejar pelo chão como um animal. Magnus se moveu para proteger o corpo da mãe, seu rosto se iluminou, os olhos estavam frenéticos.

A porta da frente se soltou das dobradiças com um rangido do metal. Lascas de madeira voaram pelo chão. Figuras sombrias na entrada avançaram, gargalhando alegremente. Rápido demais para emitir qualquer barulho, vários feiticeiros caíram, e sangue espirrou dos pescoços.

— Matem todos! — rugiu alguém.

Abrimos fogo contra os Familiares de sombra, atingindo dois, três, cinco deles. Mas eram tantos... Dois pousaram em cada lado de Rook, do que um dia fora Rook, e o ergueram no ar.

— Pequena feiticeira — gargalhou um dos Familiares. Sabia que era Gwen. — O rei sanguinolento clamou o que é dele. Você deveria ter ido encontrá-lo!

Avançando, explodi em chamas, uma coluna incendiária que derrubou um grupo de Familiares. Eles tombaram no chão, torrados enquanto eu ia atrás de Gwen, que ria de forma insana. Os homens ao meu redor gritaram para eu parar; eu iria pôr a maldita casa abaixo comigo.

Restava razão o suficiente em mim para saber que eles tinham razão. A chama desapareceu, e a sala ao meu redor estava de novo repleta de fumaça e escuridão e morte.

Gwen e os Familiares remanescentes voaram pela porta com Rook entre eles, saltando da soleira para o céu noturno.

Corri com os outros feiticeiros, apesar de mal ter consciência do que estava fazendo. Ao chegar ao lado de fora, descobrimos que os Familiares e Rook tinham desaparecido. O céu da noite estava limpo.

No meio dos gritos e berros aterrorizados dos convidados, Blackwood me sacudia, chamando meu nome. Eu mal podia ouvir qualquer coisa, não conseguia sentir nada.

Até que voltei para dentro da casa e encontrei Magnus sentado no chão, o corpo de sua mãe embalado nos braços dele. As velas e lanternas faiscaram de volta à vida, iluminando a escandalosa cena. Sangue vermelho espalhava-se por todos os lados, a maior parte se acumulando no centro do salão. As pessoas atravessaram pelo líquido pegajoso, deixando pegadas vermelhas num ziguezague selvagem. Cinco corpos de feiticeiros estavam jogados sobre as pedras, com o olhar vazio mirando o teto. Os corpos carbonizados dos Familiares sujavam a escadaria. Magnus balançava Fanny como se ninasse um bebê, soluçando no cabelo dela. Ela parecia menor agora, tão frágil. Eliza estava agarrada ao corrimão, chorando sem parar. O choro dela e o de Magnus se misturavam numa harmonia cruel.

Minhas pernas cederam e desabei no chão. Eu era inútil para eles, tão inútil quanto era cruel.

Cruel e inútil: o lema da família Howel.

27

FUNERAIS DE FEITICEIROS SÃO FEITOS o mais rápido possível. A magia da terra clama pelos seus, é o que dizem. Um dia depois de terem tirado Fanny dos braços do filho, banhado seu corpo, remendado os cortes horríveis no pescoço e posto seu melhor vestido preto, estávamos no jardim da igreja nos despedindo dela. Os homens que morreram na noite anterior teriam uma cerimônia maior no dia seguinte, com a bênção da rainha. Foi uma manhã horrível, o céu tinha um tom cinza opressor, e no ar havia uma névoa que gelava até os ossos. Uma chuva pelo menos teria sido alguma coisa.

Blackwood, Eliza e eu ouvimos a promessa do padre de vida eterna. Eliza esmagava um lenço e chorava enquanto as bênçãos finais eram ditas sobre o caixão. Então, um a um, os enlutados se foram, desaparecendo de uma forma tão estranha quanto convidados de um jantar que ficaram mais do que deveriam. Os agentes funerários levantaram o corpo coberto de Fanny do caixão. Feiticeiros nunca eram enterrados dentro dos caixões; os caixões serviam apenas ao funeral. Um feiticeiro era enrolado em seda preta, dos pés à cabeça, e colocado diretamente no chão, para ser absorvido bem mais rápido pela terra. Apesar de Fanny nunca ter tido os poderes de uma feiticeira nem ter empunhado um bastão, ela tinha sido filha e mãe de feiticeiros.

Pensei sobre a mulher feliz e sorridente que eu havia conhecido apenas algumas semanas antes. Não pude entender como essa mulher agora estava a sete palmos do chão, seu corpo chamado de volta para a terra e para a escuridão. Pensei na maneira como ela me cumprimentou quando visitei sua casa pela primeira vez, como se eu já fosse uma amiga. Como se ela já pudesse confiar em mim.

Mesmo no meu estado de torpor, as lágrimas começaram a encher meus olhos. Tinha permitido que Rook se transformasse e se amaldiçoasse com o assassinato dela. Solucei tão baixinho que só Blackwood percebeu.

Magnus ficou parado na beirada do túmulo, seu rosto pálido em contraste com as roupas de luto. Eu nunca o vira de preto antes. Seu cabelo ruivo vibrante se destacava bastante com sua indumentária e com aquele dia cinzento. Ele jogou o primeiro punhado de terra no corpo e depois ficou parado, olhando para o túmulo. Não havia nenhum sinal de vida no seu rosto.

— Iremos até a casa dele para prestar nossos sentimentos — murmurou Blackwood para Eliza. — Já que ele é seu noivo.

Não precisava falar de forma tão cruel, pensei.

Na casa de Magnus, feiticeiros vestidos de preto se moviam silenciosos como sombras. Apenas sussurros ocasionais ou rangidos no piso indicavam que alguém andava por aqueles cômodos. Lençóis foram usados para cobrir todos os espelhos. Na mesa da sala de jantar, alguém fez um círculo de velas. Todas estavam acesas, exceto uma bem no centro.

— A vela apagada representa o fim da vida do feiticeiro — explicou Blackwood em voz baixa ao meu lado na porta. — Depois do pôr do sol, eles a acenderão e a deixarão queimar a noite toda. Isso representa a passagem da alma dela deste mundo para o próximo.

No salão, Eliza estava sentada ao lado do Magnus, as bochechas dela manchadas pelo choro enquanto conversavam gentilmente. Ele estava encurvado com os cotovelos nos joelhos, olhando para o chão.

Eventualmente, as pessoas se foram. A casa ficou mais quieta, até que restaram apenas o barulho do relógio e o som abafado de Polly na cozinha. Olhei e a encontrei sentada, com o avental sobre o rosto, chorando amargurada. Pela janela da frente, vi Dee parado do lado de fora da casa, perto de uma cerejeira. Ele estava com a testa apoiada no tronco e mordia o punho. Ele não compartilharia suas lágrimas com ninguém.

Gostaria de ir até ele para oferecer algum conforto, mas era como se minha voz tivesse sido roubada. As palavras não saíam.

Ao voltar para o salão, observei Blackwood levar a irmã. Foram buscar seus chapéus e casacos enquanto fiquei sentada com Magnus por um momento.

— Eu sinto muito — sussurrei, por fim encontrando minha voz.

Ele pareceu não ter me ouvido. Então falou:

— Eu poderia ter levado todos em segurança para fora, mas tive que voltar. Queria ver o que era toda aquela *excitação*. — Ele riu amargurado.

— Você não pode se culpar.

— Eu queria ter falado com você antes do anúncio. — Finalmente, ele olhou para mim. Seus olhos estavam limpos, mas gelados. A parte sorridente e despreocupada dele tinha sido enterrada no jardim da igreja.

— Por quê?

— Para explicar. Nosso noivado era só para impedir que Eliza se casasse com Foxglove. Planejávamos terminá-lo depois que se passasse um período aceitável.

Meu estômago se revirou.

— Por que você queria me dizer isso?

— Não consegue adivinhar? — Ele olhou de verdade para mim. — Você me proibiu de falar de novo dos meus sentimentos e eu concordei — grunhiu ele. — Mas não suportaria que você pensasse que eu tinha regredido para um caçador de fortunas.

— Não pensaria isso — sussurrei.

Ele se levantou e voltou para onde o retrato de sua mãe estava pendurado. Se apoiando na parede, disse:

— Me culpo pelo que aconteceu. Se eu simplesmente tivesse contado para Agrippa, ou para o comandante, quando soube que Rook estava se transformando, talvez... — Ele não concluiu o pensamento, mas olhou para mim de novo. — Então, me lembrei de como você correu pelas escadas, como se soubesse o que estava lá em cima. Me diga. — Ele mal conseguia pôr as palavras para fora. — Você sabia o que estava acontecendo com ele?

Minha compostura acabou cedendo e eu chorei. Magnus socou a parede, o som de uma explosão numa casa silenciosa.

— O que foi? — Blackwood correu até a sala.

— Nada. Cuide da sua irmã. — A voz de Magnus era lenta e pesada. Blackwood olhou com desconfiança para o meu choro, mas obedeceu relutante.

Magnus andou a passos largos.

— Quero que você saia, Henrietta — sussurrou ele. A raiva estava no tom mortal da sua voz. Ele voltou a se sentar no sofá e encarou a janela. — Saia. *Agora*.

Quase corri da casa. Eliza me alcançou na calçada, entrelaçando sua mão na minha. Fui grata pela força dela. Nos apoiamos uma na outra na carruagem na volta para casa. Blackwood sentou na nossa frente, olhando pela janela sem dizer nada.

Quando chegamos em casa, Blackwood foi direto para o seu gabinete. Andando na direção das escadas, passei no lugar onde Fanny tinha morrido. Apesar de o sangue ter sido lavado dali, sabia exatamente onde estivera. O momento e local exato em que tudo mudou.

No andar de cima, entrei no gabinete e encontrei Blackwood sentado atrás da mesa, o brilho pulsante da luminária lançando sombras severas sobre o seu rosto, criando um efeito arrepiante de buracos negros onde seus olhos deveriam estar.

Ele pegou um livro de bordas douradas e o folheou; parecia que ia rastejar pelas páginas para me evitar. Por fim, falou:

— Não é porque você tenha ajudado Rook. Não é nem por você ter rejeitado minha proposta por causa dele. — Um músculo saltou em sua bochecha. Ele lutava contra alguma emoção profunda. — Mas você mentiu de novo. Fui tolo de pensar que você tinha mudado.

Apesar de ele ter razão, naquele dia eu sentia culpa o suficiente para durar uma vida toda.

— Você poderia ter me dito que estava ignorando as ordens de Mickelmas sobre as armas, sabe. — Eu estava prestes a gritar. — Podia ter me dito que estava indo mais a fundo na pesquisa do seu pai, porque...

Parei, porque ainda não tinha lhe contado sobre as histórias de família que compartilhávamos. Bem, ele tinha razão sobre uma coisa. Eu não tinha mudado nada. Ele bateu o livro ao fechá-lo, fazendo levantar uma nuvem de poeira.

— Imaginei você como minha esposa. A melhor parte de mim. Imaginei Sorrow-Fell como um tipo de Éden e você como minha Eva. — Ele soava furioso e, mais do que isso, desapontado. — Eu estava errado.

— Talvez seja melhor assim — retruquei azeda. — Adão e Eva tiveram um final bem patético.

Sem esperar por uma resposta, saí em disparada. Descendo as escadas, agarrei o corrimão para me manter de pé. O mordomo me esperava no andar de baixo, uma travessa com a correspondência equilibrada na sua mão enluvada.

— Senhorita Howel, chegou uma carta para a senhorita.

Agradeci e peguei o bilhete, rasgando o envelope com minhas mãos trêmulas. De imediato reconheci a escrita cheia de floreios.

Howel,

Venha logo.

Veneno.

Lambe

Corri para pegar meu manto e meu chapéu, chamei a carruagem e saí porta afora.

WOLFF E LAMBE ALUGARAM QUARTOS em Camden, preferindo privacidade à vida nos quartéis. O entorno era mais humilde do que a maioria dos garotos feiticeiros aceitaria. A vizinhança era formada por faxineiros e cocheiros, e o apartamento que compartilhavam era pequeno. Mas eles o personalizaram e estava bem confortável. Várias pinturas de paisagens rurais e aves aquáticas, amadoras a julgar pelo visual, estavam escoradas na parede aguardando para serem penduradas. Havia uma travessa de café da manhã que ainda não tinha sido terminada, ovos ressecados num prato, chá frio escurecendo numa xícara. Num canto da sala de estar, o violoncelo de Wolff e o violino de Lambe repousavam apoiados um no outro, uma visão que, embora amontoada, trazia um estranho conforto.

Wolff me deixou entrar; foi uma surpresa vê-lo em casa aquela hora. Seu cabelo normalmente alinhado estava espetado por toda a cabeça. A sombra de uma barba grossa por fazer cobria seu queixo. Ele não se importou em perguntar por que cheguei; em vez disso, me guiou rapidamente para a sala de estar.

— Ele disse que você viria. Precisa lhe contar uma coisa.

Meu Deus. Lambe estava deitado no sofá, suas mãos ajeitadas sobre o peito. Ele lamentou baixinho.

Veneno.

Wolff se ajoelhou ao lado de Lambe e pousou a mão grande sobre a testa do outro garoto. As pálpebras de Lambe estavam tão translúcidas e finas que era possível ver o traçado de cada veia azul. A respiração pesada dele era preocupante.

— O que ele tomou? — perguntei para Wolff.

— Nada. Ele não comeu nem bebeu nos últimos dias... Estava fraco demais para ir à festa da lady Eliza. — Lambe teria previsto o que aconteceria no baile? Não, acho que não. Os poderes proféticos dele não funcionavam de uma forma tão clara. — Hoje de manhã, escreveu que queria ver você, depois desmaiou. Estou tentando acordá-lo desde então. — A voz de Wolff falhava com o medo.

A primeira coisa a fazer era acordá-lo.

— Preciso de camomila e gengibre, se você tiver um pouco. — Maria me contou o quanto esses ingredientes poderiam ser calmantes. — E um pouco de caldo coado. — Wolff me mandou descer até a zeladora, uma mulher de braços largos que resmungou ao ver uma jovem solteira no quarto de um cavalheiro, fosse ele feiticeiro ou não. Mas ela me deu o que eu queria.

Fiz uma xícara de chá para Lambe e o forcei a beber. A maior parte escorreu pelo queixo dele, mas era um começo. Seus olhos piscaram até abrir, e Wolff rugiu aliviado.

— Você está bem? — sussurrei. Bufando, Lambe puxou minha manga.

— Você vai. Não vai? — perguntou. As pupilas dele estavam dilatadas.

— Vou o quê? — indaguei. Ele engoliu um pouco mais de chá e Wolff conseguiu lhe dar algumas colheradas de caldo.

— Ajudar a garota a derrotar a mulher. É o único jeito — sussurrou ele. Então: —Veneno. — Ele repetiu a palavra mais duas vezes, enfatizando-a.

— Alguém envenenou você? — sussurrei.

Wolff xingou, mas Lambe balançou a cabeça. Ele tomou mais caldo, limpando o prato com um pedaço de pão. Uma cor suave voltou para suas bochechas que pareciam de cera.

— Ouça. Veneno. Beladona. Você tem que tomar. Tome a beladona assim que puder. — Ele forçou a voz. Beladona era extremamente letal. Era claro que Lambe estava delirando. — Tome a beladona e, por fim, você saberá a verdade. O veneno mostrará para você.

— Não sei do que ele está falando na maior parte do tempo. — Wolff passou as costas das mãos sobre os olhos. — Eu avisei para ele não beber o maldito suco de Etheria.

— Em primeiro lugar, por que ele foi para o priorado? — Coloquei um pano frio no rosto de Lambe. — Pensei que ele queria ficar em Londres.

— Ele disse que havia coisas que só poderia aprender no norte.

— Vou pegar um pouco de água gelada lá embaixo — falei, torcendo o pano e recolhendo a bacia.

Saí porta afora, mas a meio caminho do quarto da zeladora, percebi que tinha esquecido de pegar a travessa. Corri de volta, abri a porta... e parei.

Wolff apertava Lambe com força nos braços. Lambe murmurava gentilmente enquanto Wolff o beijava na testa, na bochecha, nos lábios. Os dedos finos e pálidos de Lambe se entrelaçaram no cabelo do outro garoto. O abraço deles tinha ternura, paixão até. Que diabos?

Recuei e, por acidente, trombei na porta. Wolff soltou Lambe e ficou de pé num salto. Encaramos um ao outro, nenhum dos dois parecia saber o que fazer. O que eu tinha visto? Um momento tortuoso se passou em silêncio.

— É melhor eu ir — falei, colocando no chão a bacia enquanto tentava encontrar meu manto. Não fazia ideia de como me comportar. Wolff me seguiu enquanto andei pelo quarto, me chocando com uma das cadeiras.

— Por que você não olha para mim? — Ele parecia sério.

— Não sei do que está falando. — Me forcei a ficar calma, levei meus olhos na direção dos dele. Ele suspirou.

— Posso ver o quanto isso aborreceu você. O que somos — gaguejou ele.

— Nunca me aborreceria com vocês. — Aquela ideia me tirou do torpor com um choque. Que tudo fosse para o inferno, aquele era Wolff. Meu amigo. Enfiando as mãos nos bolsos, ele se sentou ao lado do sofá. Lambe esticou a mão e Wolff a segurou. Fiquei impressionada com a sinceridade desse gesto simples.

— Você vai correr direto para Whitechurch agora — disse Wolff.

— Não. Nunca. — Enfim encontrei minha voz normal. Eles poderiam ser excomungados se alguém soubesse dessa relação, talvez até presos.

Wolff alisou uma mecha de cabelo que estava no rosto de Lambe, sua expressão cheia de ternura.

— Não desistirei dele. Por nada no mundo. Talvez não seja uma vida completa, viver essa mentira, mas é a única que eu quero. — Ele olhou para mim. — Não importa o que eu faça, estou preso. — A voz dele hesitou.

Sua dor era palpável, e eu reconheci aquela sensação de viver e respirar uma mentira. Iria me amaldiçoar se deixasse outra amizade ser arruinada. Sentei ao seu lado no sofá, peguei a xícara de chá e ofereci mais a Lambe.

— Não me importo nem um pouco com o que vocês fazem. Whitechurch nunca saberá disso por mim. — Pelo que eu sabia da vida, o amor era algo raro demais para ser desperdiçado.

Wolff tocou meu ombro antes de ir para a mesa. Ele pegou um prato de comida, e juntos tentamos fazer Lambe comer algo sólido. Depois de um tempo, ele foi capaz de terminar metade de um cozido frio de carneiro. As bochechas dele recuperaram a cor.

— Você está bem — comentei aliviada.

— Sim. Há mais uma coisa a ser discutida, contudo. — Lambe focou em mim. — Os sinos.

Quase derrubei a xícara.

— Sinos?

— Molochoron em York. Sim e o Homem Esfolado está lá também. — Ele entortou uma sobrancelha e deu uma mordida na batata.

— Como... você... — Não pude terminar.

— Voltei para Londres porque devo ser o seu espelho, Howel, agora e quando a guerra chegar. — Ele acenou. — Eu a ajudarei com o comandante.

— Obrigada — respirei. Sim, caçaríamos R'hlem juntos.

Porque eu tinha decidido algo, ao ver Magnus chorar sobre o corpo da mãe e Rook gritar como um animal. Meu pai foi responsável por tudo aquilo e eu o deteria... a qualquer custo.

28

WHITECHURCH OBSERVOU COM A TESTA franzida o quadrado flutuante do espelho d'água. Lambe esperava na primeira fila da catedral de obsidiana, seu cabelo pálido visível de onde eu estava sentada. Cruzei os dedos no meu colo enquanto Whitechurch olhava cena após cena até chegar onde queria.

— Aquilo — falou ele com uma excitação silenciosa — é R'hlem.

De fato, tínhamos visto de relance a silhueta tênue de um homem andando no meio do enxame de Familiares. Ele era mais alto do que os outros, seu rosto estava pegajoso com o sangue. R'hlem estava lá. Ele não tinha saído da sua base no entorno de York.

Quando Lambe fora até Whitechurch dois dias antes com as histórias das suas "visões", Whitechurch, a princípio, tinha hesitado em acreditar. Mas ele fez sua própria investigação e localizou o Homem Esfolado. Desde então, de tempos em tempos, ele tinha observado e esperado para ver como R'hlem se moveria, o que faria e se sua rotina seguia algum padrão específico. O restante da Ordem foi chamado a observar, e logo ficou óbvio que R'hlem estava parado. Ele não estava indo a lugar nenhum.

Aquele seria o momento de atacá-lo.

Blackwood se sentou ao meu lado, mas ele poderia muito bem estar na lua pela forma como ignorava minha presença. Desde nossa discussão no aviário e no gabinete, ele passou a agir como se não me conhecesse. Tudo bem. Eu poderia ignorá-lo com a mesma facilidade.

— A hora é agora. — Whitechurch derreteu o espelho, transformando-o numa bola de água e o drenando para o poço elemental.

Os feiticeiros começaram a fazer perguntas, mas eu tinha uma ideia formada do que viria. Marcharíamos contra R'hlem, os garotos e eu carregando nossas armas. Vários esquadrões protegeriam nosso grupo pequeno, formando blocos por todos os lados. Se nos movêssemos com rapidez, sem alertar outros Ancestrais, poderíamos cercar R'hlem e derrotá-lo. Sim, os poderes psíquicos dele podiam ser extraordinários, eu sabia disso mais do que ninguém, mas com os feiticeiros atacando por todos os lados, ele ficaria sobrecarregado. Então nós teríamos a oportunidade de que precisávamos para atacar. E por "nós" queria dizer "eu".

Era um desejo particular da rainha que eu desse o golpe final.

Meu coração disparou ao pensar no assunto. Mesmo depois de tudo — Rook, a mãe de Magnus, a morte de tantas pessoas —, mesmo assim eu não sabia se tinha o que era preciso dentro de mim.

Para alguém matar o próprio pai, era necessário algo monstruoso.

— Como vamos nos aproximar, senhor? — perguntou Dee.

— Acredito que posso ser útil nessa questão em específico — falou uma voz feminina delicada. A rainha Mab saiu das sombras, chegando num instante do Reino das Fadas. Só Deus poderia dizer há quanto tempo ela estava ouvindo. Pelo menos ela estava usando um vestido mais modesto para a ocasião. As mangas eram longas e o busto estava completamente coberto, apesar de o tecido ainda parecer ter sido feito de seda de aranha e salpicado com pó de asa de mariposa.

Blackwood se enrijeceu. Nós dois sabíamos o que estava sendo sugerido.

— Minhas estradas das Fadas são o caminho mais seguro para atravessar o país. — Mab enrolou uma mecha de cabelo no seu pequeno dedo pálido. — Vocês podem chegar ao norte em duas horas e o Homem Esfolado não será capaz de rastreá-los.

Havia vários murmúrios alegres entre os feiticeiros. Reparei em Magnus na multidão, propositalmente virando o rosto para não ver a rainha das fadas. Ele tinha voltado a vestir suas roupas navais, mas usava uma faixa preta amarrada no antebraço para representar seu luto. Sabia que ele não queria ter nada a ver com Mab. Mas a necessidade exigia.

— De fato — concordou Whitechurch. — Nos juntaremos às forças de Mab. Marcharemos para o norte. Cercaremos o Homem Esfolado. Dividiremos os Ancestrais e destruiremos R'hlem. Acabaremos com esta guerra. — A voz dele ecoou nas paredes de obsidiana. Em uníssono, a Ordem se levantou, os aplausos foram retumbantes. Mab ficou radiante e acenou para a multidão, como se tivesse vencido algo.

— Acha que estamos prontos? — perguntei a Blackwood. Pela primeira vez desde o funeral de Fanny, ele olhou nos meus olhos.

— Precisaremos estar. — Foi tudo o que consegui tirar dele.

NAQUELA NOITE, SUBI ATÉ O BOTICÁRIO, metade das coisas já havia sido limpa e embalada. Fenswick não queria que a Ordem descobrisse seus "experimentos". Ele estava sentado à mesa, empilhando tigelas quando entrei.

— Me desculpe — falei.

O duende apenas colocou três colheres medidoras de bronze num guardanapo e as amarrou.

— Eu mesmo deveria ter informado a Ordem. — Ele segurou um tipo de flor amarela seca na chama de uma vela e a viu queimar. A fumaça tinha uma doçura enjoativa, como um incenso. Maria saiu do quarto dos fundos, com alguns pequenos objetos em seu avental. Ela secou os olhos com a manga.

— Destruímos quase tudo que era perigoso. — Ela fungou. Entreguei-lhe meu lenço, com as minhas iniciais bordadas em linha azul. Ela assoou o nariz e disse: — Eu preciso ir. Você sabe o que farão se me descobrirem.

— Aonde você vai? — Meu coração retorceu com a ideia.

— Maria vai comigo para o Reino das Fadas — disse Fenswick, guardando duas bolsas de veludo numa pequena caixa de madeira. — As estradas podem levá-la para qualquer lugar que ela deseje.

— *Você* ficará bem? — ela me perguntou.

— É claro. — Me forcei para parecer sincera. Não queria me separar de nenhum dos dois, mas manter ela e Fenswick em segurança era mais importante que qualquer outra coisa. Juntos, terminamos de limpar as prateleiras, sumindo com as evidências e embalando as poucas malas deles. Logo tudo ficou como se ninguém nunca tivesse estado aqui. — Até nosso próximo encontro, senhorita Templeton — falei.

O *senhorita* pelo menos a fez sorrir.

— Até.

Maria tentou devolver o lenço, mas fechei seus dedos em volta dele e disse:

— Me entregue da próxima vez.

Precisava fingir que haveria outro encontro.

— Temos que ir logo — disse Fenswick quando Maria o pegou e pendurou a mala nos ombros.

— Uma última coisa. — Ela pegou seu machado do lugar que ficava perto da porta, apesar de Fenswick resmungar sobre o ferro. Então andou até o canto do cômodo e, seguindo as instruções de Fenswick, deu um passo cauteloso numa linha de sombra. Eles desapareceram de imediato.

Vi-me sozinha mais uma vez. Até a gaiola da rolinha estava vazia Maria tinha libertado a ave.

29

Três dias depois, Eliza e lady Blackwood foram mandadas para o norte, para Sorrow-Fell, com a maioria dos criados e uma escolta de cinco feiticeiros. Tentamos conseguir que tivessem acesso às estradas das Fadas, mas Mab tinha sido rigorosa sobre quem poderia usá-las. Além disso, eu não gostava de pensar nas duas vagando por esses caminhos debaixo da terra. Lilly foi uma das poucas que ficou para trás, na casa. Quando tentei fazê-la ir com os outros, ela simplesmente balançou a cabeça.

— Se não faz diferença, me sinto mais segura aqui. E estarei esperando para cumprimentá-la quando você chegar em casa vitoriosa, senhorita. — Ela sorriu.

Todo o restante dos empregados se reuniu para ver as damas partirem. Lady Blackwood saiu da casa e subiu na carruagem sem uma palavra ou um olhar sequer. Ela estava totalmente envolta em preto, desde o xale de renda até as luvas, e um véu grosso e opaco cobria completamente seu rosto. Nem um centímetro dela estava visível. Ela passou por mim como se eu não existisse. Eliza veio em seguida. Beijei sua bochecha e ela me abraçou.

— Por que não vem conosco?

— É meu dever — respondi. Falei as palavras com toda a paixão de uma atriz novata numa companhia teatral. Atualmente, meu dever não me satisfazia. Dentro das profundezas da carruagem, ouvi Lady Blackwood tossir. — Sinto muito pelo que aconteceu no seu baile — murmurei para Eliza. Ela dispensou meu pedido de desculpa com um aceno de mão.

— Não se preocupe comigo — disse ela com suavidade. Se inclinando mais perto, ela sussurrou: — É um noivado falso, você sabe. — Eliza fungou. — Magnus nunca esteve na minha lista de pretendentes em potencial. Pobre daquele jeito, como poderia? Mas confesso que a ideia me faz feliz, mesmo sabendo que é mentira. — Ela tentou sorrir e subiu na carruagem. — Eu a verei em Sorrow-Fell — disse com esperança. O lacaio fechou a porta, e elas partiram. Uma carroça cheia de criados foi atrás na estrada, e os feiticeiros foram a cavalo.

Blackwood não tinha saído da porta. Ele observou a carruagem até ela sumir. Fui em sua direção, mas antes que eu pudesse lhe alcançar, ele desapareceu dentro de casa.

Bati à porta de seu escritório naquele princípio de noite, sem receber resposta. Mas a luz da lanterna se infiltrando debaixo da porta me informou que ele estava ali dentro. Naquela noite e na seguinte, fiz minhas refeições e caminhei sozinha pelos corredores ecoantes. Era como viver numa tumba maravilhosa. Eu me sentava perto do fogo na biblioteca e imaginava Rook entrando para dizer boa-noite. Ou ia para o lugar onde Fanny... Tornou-se difícil até mesmo pensar em palavras. Eu me sentava nas escadas, alisava minhas saias e ouvia o silêncio absoluto. As memórias se sentavam ao meu lado, deitavam sua cabeça em meu colo. Não havia mais nada a fazer senão refletir e me preparar.

Whitechurch era seletivo a respeito de quem empreenderia a missão, escolhendo os melhores e mais fortes. Valens, Wolff e Lambe estavam entre os poucos guerreiros escolhidos para ficar para trás, a fim de manter as barreiras seguras.

Blackwood, Magnus, Dee e eu trabalhamos todo dia, planejando como emboscaríamos R'hlem. Apesar de estarmos constantemente perto uns dos outros, tínhamos a menor interação possível. Magnus me evitava ativamente. Blackwood se dirigia a mim sempre com um tom impessoal. Até Dee estava distante.

Toda vez que praticávamos o momento final — Magnus e Blackwood pelos lados, Dee atrás com a flauta — eu dava o golpe fatal, um ataque curto e direto com meu punhal, tomando cuidado para evitar a caixa torácica. Então um golpe na garganta, por via das dúvidas.

R'hlem, a monstruosidade esfolada, morrendo aos meus pés. E William Howel, o homem que tinha lido poesia para minha mãe enquanto eles fugiam, sangrando ao lado.

Toda noite, eu deitava na cama e perguntava a mim mesma se seria capaz de fazer aquilo. E toda noite o silêncio era a única resposta.

* * *

Enfim chegara o dia. Whitechurch passou a manhã em consulta com seus mestres, avaliando os movimentos de R'hlem. Eles captaram seu padrão e selecionaram um terreno montanhoso idealmente adequado para o ataque no terreno alto. Tinha chegado a hora de marchar. Tomei chá com a mão trêmula enquanto Lilly me preparava. Cada botão preso, cada pino colocado, cada laço amarrado tinha o peso do adeus. Se isso falhasse, nunca voltaríamos a essa rotina.

— Você está muito bem — disse Lilly quando terminou. Eu não tinha certeza de quem se mexeu primeiro, mas nos abraçamos rapidamente. Ela era tão baixinha que meu queixo se aninhava em seu cabelo. Os sinos começaram a soar do lado de fora, convocando os esquadrões às suas posições. Parecia que todos em Londres tinham prendido a respiração. As esquinas da rua estavam silenciosas, as janelas de todas as tabernas e lojas foram fechadas.

Nós nos reunimos perto do rio, de pé lado a lado no início da manhã conforme nossas vestes balançavam com uma brisa da água. Eu estava com o apito de osso pendurado no meu pescoço, com Mingau de um lado do quadril e um punhal do outro. O pequeno punhal estava guardado em sua bainha enfiada na minha manga esquerda.

Cavaleiros de espinhos com armaduras de carvalho percorreram nossas fileiras, nos inspecionando. As criaturas feéricas congregavam-se na frente da fila, levando berrantes de aparência retorcida até os lábios para soar o sinal de avançar.

Em uníssono, marchamos para a frente, seguindo as fadas.

A transição do nosso mundo para o Reino das Fadas foi imediata: o ar esfriou minha pele, o vento morreu no meu cabelo. Seguimos uma estrada ladeada por árvores altas e de aspecto ósseo que apontavam para cima como dedos acusadores. O céu — *havia* um céu ali — estava salpicado de constelações que eu não reconhecia. Não havia Ursa Maior nem Cinturão de Órion.

Eu estava no esquadrão da frente com Whitechurch, Blackwood e Magnus. Goodfellow, que tínhamos visto antes na Cornualha, nos deteve.

— Alto — disse a fada, suas juntas de madeira crepitando. — Comandante, sua majestade quer que você e esses quatro — disse ele, apontando para Magnus, Blackwood, Dee e para mim — a encontrem nos aposentos dela.

— Não temos tempo para entreter Mab — replicou Whitechurch, soando impaciente. Blackwood suspirou; ele sabia que as fadas não gostavam de que fossem grosseiros com elas. Mas Goodfellow não pareceu se importar.

— Sua majestade diz que é uma questão de um pedágio.

Magnus vacilou, e mal consegui conter um xingamento. Ainda assim, não haveria progresso até que aplacássemos Mab, o que Whitechurch também parecia compreender. A criatura nos levou para longe, e soou o chamado para os esquadrões manterem a posição. Logo nós os perderíamos no escuro.

Depois de algumas voltas por uma estrada rochosa, chegamos a uma porta de madeira numa grande rocha. Goodfellow bateu sua lança contra a porta e ela se abriu, revelando uma sala de teto baixo, um pouco parecida com uma toca. O lugar cheirava a limo e umidade. Esfreguei minhas mãos, desejando ter coragem. Logo iríamos embora daquele lugar.

Mab apareceu do nada, literalmente. Seu vestido azul meia-noite, cravejado de pérolas, era tão decotado que chegava ao umbigo. Revelava muita coisa.

— Já chegou a hora da guerra? — Ela bateu palmas como uma criança alegre.

— Estamos preparados para nos mover, majestade — explicou Whitechurch. Ele já parecia cansado de satisfazer a rainha.

— Ah, estou certa de que sim. E vocês *vão se* mover. Em breve.

Ela sorriu, mostrando um pouco demais para o meu gosto seus muitos dentes afiados, e brincou com a saia ao redor de suas pernas.

— Minha altinha vai ficar a salvo. — disse, falando de mim. — Quanto ao resto de vocês, quem sabe?

Não gostei do jeito como ela falou. A porta de madeira tinha desaparecido, e em seu lugar havia uma parede de terra sólida. As palavras de Whitechurch soaram cortadas:

— Chega disso. Quando partimos?

— Vocês partem agora. — Mab se reclinou num cabriolé de musgo, contorcendo os dedos dos pés descalços. — Que pena, altinha, que seu amigo ficou tão terrivelmente sombrio. Uma decepção.

Ficou difícil respirar.

— Como sabe sobre Rook? — murmurei, um arrepio subindo pelos meus braços. Mab deu uma risadinha, como se eu tivesse perguntado uma bobagem.

— Porque ordenei isso, é claro. Onde está meu doutorzinho? — Ela olhou ao redor da sala, uma mão protegendo os olhos para um efeito dramático. Alguém se moveu no canto, então Fenswick apareceu, com as quatro mãos nas costas de forma pesarosa. — Seu humano estava se curando, aparentemente. Alguém tinha que resolver o problema. O que o querido R'hlem faria sem sua Sombra e Neblina?

Não era possível compreender o que ela tinha dito. Mas a maneira como Fenswick desviou os olhos, com as orelhas caídas, era inegável.

Rook estava se curando, e Fenswick o *envenenara*.

— Madame, você está dizendo que tinha conhecimento do domínio dos Ancestrais sobre o garoto? — Whitechurch alcançou seu bastão.

Mab abriu a boca e gritou. Seu grito perfurou meu cérebro e sacudiu minha visão, uma canção de sereia do inferno. Meus ouvidos pareciam prestes a explodir.

Algo se enroscou nos meus braços e os puxou para os lados. Vinhas brotaram da terra e se enrolaram no teto. Um laço de videira apertou-se em volta da minha cintura, me deixando de joelhos. Blackwood, Dee e Magnus gritaram conforme o mesmo aconteceu com eles. Soldados, dentre os quais Goodfellow, explodiram das paredes, nascendo de barro e ganhando vida num instante, e forçaram Whitechurch a ficar de joelhos. Eles seguraram seus braços e puxaram a cabeça do feiticeiro para trás, de modo que ele encarasse os olhos da rainha das fadas.

— Sua criatura traiçoeira — cuspiu Whitechurch. Ele lutou contra os guardas. — Por quê?

— Porque vocês são muito gananciosos, comandante. — Sua risada de menina morreu. — Nunca me agradecem pelos corpos dos meus adoráveis súditos perdidos lutando nas suas guerras estúpidas. R'hlem entende. Ele sabe que as fadas não são inimigas. Então o rei sanguinolento ofereceu uma barganha maravilhosa — arrulhou Mab, sacudindo os dedos no olho de Whitechurch. Ele recuou de dor. — Ele queima seu reino e devolve o norte ao meu povo. — Ela suspirou. — E nós recebemos dez mil ingleses como escravos. Não é glorioso?

Comecei a atear fogo nas vinhas. Um dos cavaleiros pegou uma lâmina de osso e segurou-a contra a garganta de Blackwood. Mab ergueu uma sobrancelha.

— Você se importaria de usar seu poder agora? — perguntou ela de forma suave. Blackwood estremeceu enquanto a faca o cortou.

Meu fogo desapareceu de uma só vez.

— Howel, faça o que for preciso — afirmou Blackwood. Mab deu um tapinha na bochecha dele.

— Sua irmã não está na estrada para sua propriedade, meu pequeno lorde? Você se importaria de me testar?

— Demônio! — Magnus tentou se mover contra as suas algemas de vinhas.

Mab bufou e se voltou para Whitechurch. Ela se inclinou mais perto, uma luz malévola em seus olhos.

— Sabe, tem um pedágio a ser pago por usar minhas estradas.

Whitechurch não vacilou quando Mab trotou para um de seus soldados e tirou da bainha uma espada longa de osso e de aparência selvagem. Ela sorriu, lambendo os dentes.

— Acho que sua cabeça será pagamento o suficiente — disse ela, apontando para Whitechurch com a lâmina. Depois, para mim. — Francamente, eu pegaria a sua, mas ele quer *você* sem nem mesmo um fio de cabelo fora do lugar. Não consigo imaginar o motivo.

A imagem perfeita de William Howel que eu carregara no meu coração tinha ido para sempre. De todas as razões para odiar R'helm, esta poderia ser a maior.

— E vocês. — Ela fungou na direção de Blackwood, Dee e Magnus. — Bem, eu decido depois.

— Feiticeiros. — Whitechurch olhou para nós. Ele não lutou mais contra seus captores. Não havia medo nele. O comandante se recusou a dar isso a Mab. — Sua majestade lhes deu a comenda.

Os garotos gritavam, mas eu só consegui ficar num silêncio horrorizado quando Mab cortou a cabeça de Whitechurch com um golpe limpo.

30

— ACHO QUE ELE VAI FICAR BEM LEGAL NUMA LAREIRA — disse Mab em tom de conversa, balançando a cabeça de Whitechurch pelo cabelo. Gotas de sangue choviam no chão de terra. — Embora não tenha certeza do que seja apropriado colocar em cima de uma lareira. Hunf. — Mab jogou a cabeça no chão, então gesticulou para seus soldados. — Peguem as armas deles.

Eles tomaram nossas espadas e punhais, arrancaram o chicote e a flauta dos garotos. Puxaram o apito de osso do meu pescoço e também meu punhal, jogando-os num canto junto com nossos bastões. Eu queria gritar por causa de Mingau, e me senti estranhamente certa de que meu bastão também gritava por mim.

Encarei a forma amassada de Whitechurch. Eu não me permitiria me contrair diante da imagem. Memorizei o ângulo caído de seu corpo, a gola salpicada de sangue de sua camisa.

Sua majestade lhes deu a comenda. O que a rainha tinha dito na noite quando me tornei uma feiticeira? *Dou-lhe minha comenda, Henrietta Howel, para que possa pegar em armas para minha defesa, para que possa viver e morrer pelo meu país e pela minha pessoa, e para que sua magia encontre propósito maior a serviço dos outros.* Whitechurch tinha ordenado que não nos esquecêssemos.

Um sentimento me atravessou com tudo. Nós *não* iríamos morrer naquele lugar.

Mab foi até Blackwood.

— Lorde de Sorrow-Fell — zombou ela. — Não me importo se é propriedade da minha irmã. Humanos colonizando terras das fadas? Nojento. — Ela cuspiu no rosto dele. Blackwood não moveu um músculo.

— Duvido que sua majestade tenha lido muito de Dante. De acordo com esse autor, o nível mais baixo do inferno é reservado a traidores — murmurou ele.

Mab bufou de rir, depois franziu a testa para Dee.

— Quem é você? Ah, espere. — Ela deu um tapa na cara dele. — Eu não ligo.

Finalmente, ela foi até Magnus, cujos olhos brilharam em desafio. Mab ronronou, deslizando as mãos pelo cabelo dele.

— Hum, que jovem bonito. O epítome da beleza. — Ela se apertou contra ele. Com as videiras segurando seu corpo, Magnus estava desamparado. — Eu mataria todos os três garotos, mas acho que vou manter você como meu bichinho de estimação. Você vai ficar mesmo muito bonito acorrentado à minha parede. Vai ser *tão* bom brincar com você. — Ela traçou a ponta de um dedo ao longo do maxilar de Magnus. — Pelo tempo que durar sua juventude e sua beleza, é claro. Quando tudo acabar, você vai virar comida deliciosa para os meus pequenos goblins. — Inclinando-se para a frente, ela lambeu a bochecha de Magnus. — O que tem a dizer a esse respeito?

— Madame. — Magnus deu um sorriso de tirar o fôlego e instruiu-a a fazer algo consigo mesma que era fisicamente impossível. A fada ficou rígida. — Aceita essa resposta?

— Talvez eu o dê para os meus goblins agora — rosnou ela.

— Que bom, porque estou bem entediado com a sua companhia.

Minha mente disparou. Se eu me libertasse, seria tarde demais para impedir que Mab matasse os garotos. Como diabos eu daria conta desta situação?

Algo veio flutuando até meu colo. Era um lenço, com *HH* bordado no canto num fio azul-escuro. Parecia exatamente como meu velho lenço.

Porque *era* o meu velho lenço. Olhei para o soldado de guarda, uma criatura pequena com um capacete de madeira e uma viseira de osso. Impossível ver quem era.

As videiras nos meus pulsos cederam, e a da minha cintura afrouxou. O soldado estava me libertando com... sim, um machado de ferro. Ninguém notou. Todos os olhos estavam em Magnus e na rainha.

Maria sussurrou no meu ouvido:

— Quando eu indicar, fogo.

Nenhuma música jamais soara tão doce quanto a voz de Maria naquele momento.

Do outro lado da sala, Fenswick colocou um dedo com garras nos lábios: silêncio.

— Vamos começar cortando algo — refletiu Mab, encostando a ponta da espada no braço de Magnus. — Você não vai precisar da sua mão, vai?

As últimas videiras caíram. Eu teria apenas uma chance. Com um olhar lascivo, Mab levantou a espada.

Maria lançou o machado, abrindo a cabeça do soldado que segurava a faca contra Blackwood. Mab soltou um grito agudo, e, enquanto estava distraída, eu me levantei.

Jogando as mãos para cima, liberei meus poderes.

Chamas saíram dos meus dedos, consumindo a rainha pálida numa explosão violenta. Ela derrubou sua arma com um grito e caiu no chão. Eu não parei, nem mesmo quando seus gritos cessaram e seu corpo murchou. Mantive minha chama sobre ela, e o cheiro de carne carbonizada e de cabelos queimados fazia meus olhos lacrimejarem. Ela queria colocar a cabeça de Whitechurch em cima de uma lareira? Eu não pararia até que não houvesse nada além de gordura queimada.

Maria arrancou o machado do guarda morto e atacou Goodfellow e seus soldados. Fenswick, enquanto isso, começou a libertar os meninos das videiras. Eles pegaram seus bastões de onde Mab os tinha jogado no canto da sala, e se juntaram à luta. Logo todos os cavaleiros feéricos formaram uma pilha crua no chão, e a rainha foi deixada num monte ardente. Nós recuperamos as armas o mais rápido possível, amarrando espadas e punhais com mãos trêmulas.

— Esperem — rosnou Magnus ao marchar em direção a Mab. — Tenho uns apêndices para remover.

— Não há tempo! — Fenswick tocou a parede de terra, e a porta de madeira reapareceu. — Vocês precisam voltar para Londres... agora!

Maria tirou seu elmo, jogando-o para o lado enquanto sacudia o cabelo.

— Você sabe algo sobre isso? — quis saber Blackwood.

— Ela é inocente. — Fenswick se mexeu para a frente dela de forma protetora. — Eu pensei que eles a deixariam passar em segurança, mas ela foi levada como prisioneira.

— O doutor acabou de me libertar — explicou ela para mim. — Do contrário, eu teria voltado para avisá-los.

— Você não pode esperar que acreditemos nisso — disse Blackwood.

— Bem, visto que escapamos por pouco de ter nossos membros cortados, estou disposto a ter um pouco de fé. — Magnus amarrou a espada na cintura, e seguimos Fenswick de volta à escuridão esfumaçada da estrada. Adiante, havia uma trilha vazia sufocada por um feixe de luz escuro. Os outros esquadrões tinham desaparecido de vista.

Blackwood ergueu Fenswick no ar e o chacoalhou.

— Como pôde? — gritou ele. As pernas de Fenswick se debateram inutilmente.

— Não tive escolha. R'hlem queria outra Sombra e Neblina, para selar a barganha entre nossas raças.

Meu coração se contorceu. Não importava o custo, eu levaria todo o resto de seus amados animais de estimação.

Foco. Não temos tempo para isso agora.

Fiz Blackwood parar de balançar o duende, então puxei sua orelha enquanto ele gritava. Eu estava sendo violenta? Sem dúvida.

— Onde estão os esquadrões?

— Se foram. — Fenswick engoliu em seco. — Estão sendo chacinados enquanto falamos.

Dava para ouvir os gritos fracos já desaparecendo no vento. Deixando os outros, corri pelo caminho enquanto Fenswick gritava para eu voltar. Ramos rasgaram minhas roupas e diminuíram minha velocidade. Eventualmente, tive que parar.

— Não consigo vê-los — sussurrou Blackwood, chegando logo atrás de mim. Era difícil enxergar qualquer coisa. Acima, as estrelas tinham se apagado; a lousa de constelações estava limpa.

— Eles foram presos no reino das sombras. Ninguém que vai pode voltar. — Fenswick contorceu seus ouvidos. — Vocês precisam ir a Londres.

— Por que faríamos qualquer coisa que você diga? — Eu queria *matá-lo.*

— As estradas agora estão abertas para o exército de R'hlem — informou ele. Aquilo fez com que todos nós nos calássemos. — Eles poderão passar pela barreira. Com metade das forças desaparecidas e nenhuma intervenção das fadas, será uma matança.

— Minha nossa — ofegou Dee.

— Se R'hlem sair agora, ele chegará em apenas algumas horas. Vocês devem evacuar a cidade antes que seja tarde demais.

A rainha estava na residência no Palácio de Buckingham. R'hlem poderia acabar com a guerra naquele dia.

— Vamos — chamou Blackwood, guiando-nos de volta pelo caminho. Em algum lugar na escuridão, jurei que ainda podia ouvir a voz dos feiticeiros chorando por ajuda. Imaginei os homens se afogando numa escuridão eterna. Cada passo que eu dava era uma tortura necessária.

— Rápido — sussurrou Fenswick quando tropeçávamos e nos chocávamos.

Não ousei usar meu fogo, pois seria um farol para qualquer monstro que quisesse nos caçar. Minhas mãos palpitaram, porém meu impulso era de acender um sussurro ardente na minha pele. Não importava quantos exercícios de respiração eu fizesse, a raiva não desaparecia.

Enquanto andávamos, podia jurar que ouvi *alguma coisa* se movendo no caminho atrás de nós. Mas apenas linhas de névoa e o cheiro úmido de musgo me confrontaram quando olhei. Ainda assim, alguma coisa invisível se aproximava.

— Rápido. Rapidinho — disse Magnus, liderando a investida. Dee levantou Maria quando ela tropeçou, e Blackwood convocou um vendaval menor para manter a coisa afastada. Disparamos através do espinheiro, minha saia se prendendo num galho e rasgando. Se nós sobrevivêssemos, eu compraria um maldito par de calças.

Por fim, entramos numa clareira. Dois caminhos sinuosos se abriam à nossa frente, e Fenswick xingou:

— Sempre me perco aqui. Um deles leva a Londres.

A escuridão se moveu no caminho atrás de nós. Algo respirou.

Uma criatura atacou vinda do bosque. Maria girou o machado, enviando a coisa derrapando para trás. A fera tinha uma forma rudimentar de cão de caça, mas toda espetada com cogumelos e galhos. Seus pés com garras varreram a terra, e o fedor dela — ao mesmo tempo úmido e rançoso — fez meus olhos lacrimejarem. Puxando a cabeça para trás num uivo, revelou uma boca irregular com dentes de espinho.

Xingando, Magnus nos liderou num feitiço grupal que drenou a água da besta horrível. Uma poça se formou diante de nós quando a criatura se rachou como lama seca. Mas então começou a se contorcer, reformando e remodelando enquanto a água a enchia mais uma vez. Não seríamos capazes de segurá-la para sempre.

— Sigam em frente! — Fenswick saltou dos braços de Magnus, agarrando o monstro pelo focinho. Suas pequenas garras afundaram quando o cão sacudiu a cabeça, Fenswick continuou se agarrando com toda a sua força.

Blackwood me puxou em direção ao túnel da direita. *Por favor, leve-nos para casa. Que seja o correto.* Atrás de nós, os sons de perseguição e luta cessaram, e logo havia apenas nossa respiração atormentada na escuridão. Usei Mingau como uma tocha e o segurei no alto.

Uma luz fraca se formou adiante, marcando o fim do túnel. Nós paramos, botas afundando na lama.

— E se este for o caminho errado? — Magnus xingou quando um uivo ecoou atrás. Fenswick não tinha conseguido segurar a fera.

Não havia tempo de pensar duas vezes. Corri adiante.

Fomos catapultados para a luz do sol. O ar estava fresco e o céu acima, um pouco nublado e sombrio. Mas estávamos do lado de fora, de volta ao mundo natural. Eu poderia ter caído de joelhos e beijado o chão.

Estávamos numa encosta gramada, com uma floresta densa atrás. Esse foi o primeiro sinal preocupante. Gaivotas cinzentas e brancas giravam no alto, enquanto ondas próximas quebravam numa praia. O vento era salgado.

Ali não era Londres.

Um poste de sinalização na estrada à frente apontava para duas direções opostas. A primeira placa dizia DOVER, 8 QUILÔMETROS. Na segunda, apontando para o norte, lia-se LONDRES, 110 QUILÔMETROS.

— Estamos em Kent — disse Blackwood, com a voz sem vida. Magnus jogou o bastão e gritou, enquanto Dee se sentou pesadamente. Não poderíamos voltar pelo Reino das Fadas; o risco das estradas era muito grande.

Não chegaríamos em Londres a tempo.

31

Blackwood ajustou o espelho d'água, mostrando uma nova localização enquanto todos nós observávamos chocados. Nós o usamos para olhar adiante e encontrar enxames de familiares — corvos, esfolados, sombras, vermes, trolls — vagando pela área. Eles lotavam vilas abandonadas e roíam como animais em ossos limpos. Kent era uma das "zonas vermelhas" na guerra desde que R'hlem tinha tomado Canterbury três anos antes. Como uma infecção, a influência dele tinha se espalhado.

— Ir por terra não será fácil. — Blackwood soltou o espelho e a água caiu.

Se ao menos eu soubesse usar as runas mágicas de portal. Devia ter implorado a Mickelmas para me ensinar quando eu tive a chance.

— Bem, pode haver um barco. — Magnus espanou as calças. Ele tinha engolido sua raiva de antes e agora estava totalmente focado de novo.

— Tudo aqui está vazio, mas boa sorte — murmurou Blackwood.

Maria seguiu Magnus e Dee pelo caminho em direção à praia enquanto puxei punhados de grama e tentei pensar em algo útil. Eu não era nenhum mestre feiticeiro, conhecia apenas os feitiços mágicos mais rudimentares. Tudo que eu realmente tinha era minha habilidade de fogo, e isso não nos ajudaria.

— Isso é culpa minha. — Blackwood colocou a cabeça entre as mãos, seu cabelo preto emaranhado. — Não consegui perceber as mentiras de Mab. Eu perdi a guerra — gemeu.

Porém ele não tinha sido o único a decifrar o destino de R'hlem e mandar todo mundo para baixo nas malditas estradas das fadas. Nem tinha sido quem sugeriu usar as armas, que foi o que começou tudo isso em primeiro lugar. Não, essa foi a minha própria marca de orgulho egoísta. Eu *sempre* tenho de ser a pessoa com a resposta.

— Magnus encontrou um barco! — chamou Maria, subindo a colina e nos despertando de nossa autocompaixão.

Nós a seguimos até a praia, passando pelos destroços de uma cidade. As casas de pedra tinham sido arrancadas de suas fundações; carroças e vagões clareados pelo sol foram engolidos pela grama alta. A colina descia até a praia, a terra dando lugar à areia branca e à grama do mar. Nós chegamos a uma pequena enseada, e ancorado a cinco metros da costa havia um barco de pesca. Magnus acenou do convés, Dee ao seu lado.

Blackwood pegou Maria pela cintura e flutuou em direção ao barco. Eu fui atrás, cada vez mais instável quanto mais perto eu chegava da água. Alcancei o convés antes de cair. Minhas costelas espartilhadas doíam enquanto eu tentava me levantar. Maria, entretanto, parecia perfeitamente confortável enquanto ajudava a desenrolar as velas de lona. Magnus franziu a testa para ela.

— Você deveria realmente vir com a gente?

— Acho que posso cuidar de mim mesma. — Ela cuspiu no mar.

— Minha querida, você pode se cuidar melhor do que a maioria dos homens. Mas esta é uma guerra *mágica*.

Maria me lançou um olhar afiado.

— Não podemos deixá-la para trás — falei. Eu não iria revelar as habilidades de Maria.

Quando Magnus nos conduziu para fora da enseada, espiei por cima do lado do navio e notei o nome dele: *La Bella Donna*.

Tome a beladona, Lambe tinha dito. Mordi meu lábio. Malditos profetas. Tomara que ele tivesse previsto a nossa vitória também.

UMA HORA DEPOIS, MARIA E EU estávamos encostadas na amurada, ouvindo o estalo das velas e o barulho da água contra o casco. Blackwood proveu vento para que a embarcação continuasse a se mover. Dee sentou-se ao lado dele, e Magnus continuou a conduzir. Eu logo libertaria Blackwood de sua posição, mas por enquanto não havia nada a fazer a não ser sentar e me certificar de que estaria pronta.

— Quanto você acha que vai ter sumido? — perguntou Maria.

— Só Deus sabe. — Meus olhos rastrearam o litoral fraco, e imaginei aquele tom verde substituído por uma visão de meu pai sobre os degraus do Palácio de Buckingham, observando a carnificina de Londres com prazer.

Meu pai. O choque e o horror de sua descoberta tinham desaparecido e uma espécie de admiração cancerígena se infiltrara em meu coração. Que criança órfã não sonha que seu pai é um monarca perdido há muito tempo? William Howel, um procurador humilde, havia se metamorfoseado no rei dos pesadelos. Ele não se encolhia nem se curvava. Ele não repousava.

Quando o conhecesse em carne e osso, encontraria alguma reminiscência de bondade? Ou sua grandeza queimara a humanidade?

Quando o sol se aproximava do horizonte, entramos em Southend--on-Sea, a entrada para o Tâmisa e para Londres. Terra apareceu em ambos os lados, longe o suficiente para que fosse difícil ver detalhes. Pedras largas, grandes e redondas pontuavam a costa.

Blackwood se aproximou de mim. O vento me arranhou e eu tremi. Sem dizer nada, Blackwood tirou o casaco e colocou-o nos meus ombros. Quando tentei devolvê-lo, ele me deteve.

— Estou bem.

Eu me enterrei no casaco, ainda quente de seu corpo. Cheirava à terra escura do Reino das Fadas, entrelaçada com seu próprio perfume particular de sabão limpo e linho.

— Estou com medo de ver Londres — disse ele, seu olhar baixou para o mar em meio àquela confissão dita tão baixinho. — Whitechurch está morto. — Sua voz soava tão pequena pela constatação.

— Quem será o novo comandante? — Se houver um novo. Se a Ordem, e a rainha, e Londres, e uma Inglaterra livre ainda existissem amanhã.

— Em tempos como estes, o monarca nomeia um até que a Ordem possa fazer uma votação apropriada. — Uma onda se estendeu para o lado. Com um rápido e gracioso movimento de seu bastão, Blackwood a enviou de volta ao mar. Meu tremor tinha parado.

— Aqui — murmurei, escorregando para fora do casaco.

Ele aceitou, olhando para o casaco como se nunca tivesse visto um antes. Então:

— Sinto muito. — Suas palavras eram tão suaves que o vento quase as levou. — Eu nunca deveria ter dado um gelo em você.

— Você não precisa se desculpar — falei.

— Preciso, sim. Eu queria que você me desejasse. — Ele vestiu o casaco, seus movimentos lentos e mecânicos. — Mas percebi que você não precisa de mim tanto quanto preciso de você.

— Eu preciso de você — falei, e fui sincera. Mas Blackwood parecia resignado.

— Não é a mesma coisa. Você cresceu ao ar livre, com Rook. — Ele agarrou o corrimão da amurada. — Eu fui criado num lugar escuro. As duas únicas pessoas que conheciam meus segredos não gostavam de mim. — Sua voz tremeu. — Você é a primeira e única pessoa que me viu como sou e continuou se importando comigo. Como eu poderia não te amar? Como eu poderia esperar que você entendesse o que é *preciso* nesse tipo de amor?

Ele engasgou no fim. Senti que tinha destrancado uma porta escondida nos fundos de uma casa escura para encontrar a parte mais essencial dele: um menino solitário olhando pela janela à espera de visitantes que não viriam. Gentilmente, coloquei minha mão em cima da dele, sentindo a tensão em seus dedos.

O barco fez um repentino movimento se inclinando. Todos nós caímos para a frente, Blackwood quase caiu de lado. O vento ainda enchia as velas, tornando-as tensas, mas o barco tinha parado.

— O quê...? — Magnus foi para o fundo, intrigado. Em seguida: — Todo mundo, venha aqui. — Sua voz estava alarmada. Logo abaixo da superfície da água havia uma massa cintilante que se agarrava ao fundo do barco. No começo eu pensei que era uma espécie de alga, mas quando eu a toquei, ela ficou presa aos meus dedos como uma teia.

Uma teia de aranha. Eu me afastei, sufocando um grito.

— Não puxe — sibilou Blackwood, pegando minha mão.

Maria assoviou.

— Talvez seja tarde demais.

Ao longe, pela costa oriental, uma daquelas pedras grandes que eu notei mais cedo se mexeu. Ela se deslocou e começou a se encaminhar em direção ao barco. Centímetro a centímetro, metro a metro, o pedregulho subiu mais alto, revelando não ser uma rocha, mas um *abdômen*.

Seu corpo de quinze metros de comprimento brilhava na luz fraca. De cor marrom, com violentos verde e roxo decorando os lados pulsantes, o enorme abdômen pertencia a uma criatura com oito patas, grande como árvores. Três olhos redondos, cada um tão grande como a janela de uma casa, saíram para fora do mar para nos estudar. Pinças gotejantes emergiram.

Nemneris, a Aranha-de-Água empoleirou-se em sua teia, as duas patas da frente movendo-se ritmicamente para cima e para baixo, uma monstruosidade silenciosa.

Ela era bela de um jeito hediondo, um deus totêmico. Uma coisa tão massiva não deveria ser quietamente mortal, mas ela era — foi um momento nascido do pesadelo mais febril. Com aquele rastro repulsivo peculiar aos aracnídeos, ela se aproximou mais. O barco balançou com cada puxão da teia.

Ficamos congelados, até que Maria quebrou a paz hipnótica com um grito curto e penetrante. Como se um feitiço tivesse sido quebrado, nós agimos.

Este não poderia ser o fim. Nós ainda tínhamos que chegar a Londres; eu ainda precisava enfrentar R'hlem. Vagamente, lembrei-me de algo da tapeçaria profética na casa de Agrippa, algo sobre um veneno de afogamento. Afinal, a sombra havia queimado acima da cidade quando Korozoth foi destruído. Talvez *tivesse* que ser assim. Talvez a grande Aranha-da-Água fosse morrer hoje.

Ou, no mínimo, talvez nós não morrêssemos. Esperança inundou minhas veias, me estimulando.

Consideramos abandonar o barco, mas não ia funcionar. A costa ocidental estava muito distante, e seria impossível alcançar com apenas uma rajada de vento. Nós cairíamos na água e na teia dela.

Conforme Nemneris se arrastou para a frente, nós nos alinhamos a estibordo com nossos bastões e as novas armas. Maria ficou atrás de mim, apertando meu ombro. Eu nunca a vi com tanto medo antes.

— Não gosto de aranhas — murmurou ela.

Dee puxou a flauta e começou a tocar. Nemneris parou e se levantou. Seu grito era mais horripilante que seu silêncio, o som estridente de inseto. Teia foi disparada de sua boca com presas, mirada diretamente para nosso barco. Lancei minhas chamas alto no ar, e os garotos guiaram o fogo para arrebentar as correias. Ela caiu inutilmente no mar.

— Continue tocando — Blackwood gritou para Dee.

O apito de osso. Eu fui atrás dele... e descobri que não estava no meu pescoço. *Claro, as fadas o arrebataram no subsolo.* Como uma tola, eu o tinha deixado para trás.

A Aranha mergulhou para fora de sua teia e na água profunda. Cada um de nós pegou um canto do barco para observar. Dee parou de tocar para recuperar o fôlego. Eu vigiei a popa, ouvindo apenas a batida das ondas.

— Ela está...? — Maria deteve-se no meio da pergunta.

A Aranha explodiu do mar, me derrubando de volta no convés. Suas oito patas agarraram-se aos lados do navio quando ela se elevou acima de nós. Maria cortou um membro com seu machado, gritando contra a assassina maldita o tempo todo. Dee tocou a flauta de novo, mas se desequilibrou e bateu contra a borda do barco. Ele derrubou a flauta das mãos e ela caiu na água.

Eu quase me joguei ao mar fazendo um feitiço com Mingau para trazer a maldita flauta de volta, mas ela não retornou. Meus braços doíam pela manobra infrutífera. Magnus e Blackwood tentaram esfaquear Nemneris à medida que suas presas ansiosas rasgaram as velas, transformando-as em farrapos inúteis. O mastro lascou e caiu. Lancei outra torrente de chamas para a criatura, gritando em frustração. Ela sibilou quando meu fogo lambeu seu rosto, mas não nos libertou. Não havia sido o suficiente.

— Venha, então! — rugiu Magnus, usando a espada para cortar o monstro. Ele se projetou para a frente, para pegá-la sob o queixo. Sangue preto o cobriu quando os gritos estridentes de Nemneris assolaram meus ouvidos. Ela levantou-se sobre as pernas novamente e vomitou um jato de espuma branca.

Dee empurrou Magnus para longe e caiu sob o líquido. Ele berrou, tentando furiosamente limpá-lo. Houve um assobio soando como ácido, e então a fumaça da carne queimada.

Corri para ajudar Dee enquanto a Aranha liberava o navio e escorregava pelas ondas.

— Maria! — gritou Magnus, arrancando o casaco para limpar o veneno espumante que ainda cobria Dee. O garoto estava deitado de uma forma que não era natural. *Por favor, não.*

Eu os alcancei quando o fundo do barco se rompeu. Abaixo de nós, três olhos pretos ocos olhavam para cima enquanto as tábuas se rasgavam como papel fino. Eu tropecei pelo corrimão da amurada, me arremessando e torcendo antes de mergulhar nas ondas frias.

Ela deveria morrer! Maldição, a profecia dizia: "Vós devereis conhecê-la quando o Veneno se afogar nas Águas profundas..."

Espere. *Veneno se afogar nas Águas profundas.*

Nosso navio se chamava *Bella Donna*. Beladona era um tipo de veneno.

Nemneris não estava fadada a se afogar. Deus, talvez nosso navio estivesse fadado a afundar.

Puxei minha cabeça apenas o suficiente para quebrar a superfície da água e respirar. Não havia mais gritos. O navio havia desaparecido completamente. Pedaços de detritos e lonas flutuavam ao meu redor, enlaçados em suas correias. O silêncio era mais terrível do que a luta.

A teia dela. Meus braços e minhas costas estavam praticamente soldados na teia. Apesar de me debater, eu não consegui me libertar. Mingau ainda estava na minha mão, pelo menos. Mas eu era uma mosca esperando a morte certa. Eu soltei um grito frustrado.

Magnus e Blackwood também gritaram, mas eu não podia vê-los. Graças a Deus, eles estavam vivos.

— Quem mais está aí? — berrei.

— Droga, estamos presos! — gritou Magnus. A teia se debateu conosco em nossas tentativas de nos libertarmos.

— Dee está ao meu lado. — Blackwood parecia entorpecido. — Ele não está se mexendo.

— Maria? — Esperei pela resposta dela. Não veio nenhuma. *Não.* Eu a chamei de novo, lágrimas nos meus olhos enquanto eu puxei minha cabeça para longe dos fios da teia. Provavelmente foi preciso metade do meu cabelo para fazer isso, mas eu fui capaz de esticar o pescoço e procurar mais. Os pedaços quebrados do navio, os meninos, o sol baixando na costa. Eu podia ver tudo, exceto Maria.

Mais uma vez a teia foi puxada. Minha respiração se alojou na minha garganta quando Nemneris saiu do mar para se levantar sobre nós, içando alto seu corpo gotejante e nos encarando com aqueles olhos bulbosos.

Ela estava curtindo essa matança.

Blackwood ordenou que tentássemos congelar a teia, depois que colocássemos fogo nela. Mas se não pudéssemos nos mover, não poderíamos fazer nenhum feitiço de feiticeiro. Quando tentei queimar, a água extinguiu minha chama. Engolida pelo mar, eu era pior que inútil.

Os gritos e as agitações dos meninos cessaram quando percebemos a verdade. Eu estava diante do monstro, desamparada; o único triunfo amargo era o fato de que R'hlem me perderia nas mandíbulas de um dos seus próprios animais. *Deixe que isso o assombre.*

Sua majestade lhes deu a comenda. Whitechurch tinha morrido por nada. Sua mensagem tinha sido em vão, e a raiva ferveu dentro de mim ao ver aquela criatura decidir qual de nós devorar primeiro, como guloseimas numa vitrine.

Sua majestade lhes deu a comenda.

— Deus salve a rainha! — gritei na cara da coisa terrível. — Deus salve a rainha!

— Deus salve a rainha! — Magnus secundou o grito, bem como Blackwood. Gritamos em uníssono, nossas vozes subindo enquanto Nemneris abria as presas.

Então o mundo explodiu.

O mar foi à loucura; enormes ondas brancas subiram no ar, como se um vulcão marítimo estivesse entrando em erupção. Nemneris gritou de surpresa quando Maria se levantou no topo daquela coluna, cabelos ruivos fluindo atrás dela como fogo. Ela estava com os braços para fora, as palmas voltadas para o céu.

Com seu cabelo chicoteando, seus dentes expostos, seus braços estendidos, ela se assemelhava a algum grande e terrível deus. Ela mediu a Aranha-da-Água de cima a baixo... e atacou.

Com um movimento do braço de Maria, o vento se transformou num vendaval frenético, nos golpeando como brinquedos. Ondas pularam e espirraram sobre mim, a água inundando meu nariz. Eu me esforcei tentando respirar. Ela apontou uma das mãos para o céu e nuvens se formavam com uma tempestade violenta. Nemneris recuou quando Maria colocou a outra mão em nossa direção.

A teia sob mim congelou até virar gelo. No gesto de Maria, o gelo quebrou, mergulhando todos nós no mar. Minha saia, anáguas e botas se encheram de água, me arrastando para o fundo. Mas uma corrente me pegou, e juntos, os meninos e eu fomos levantados numa coluna constante de água.

Quando estávamos a salvo, Maria virou-se de novo para a aranha gigantesca. Nemneris tinha superado o choque e cuspira mais da sua espuma venenosa. Maria foi mais rápida: uma barreira de água envolveu a menina e a espuma foi inofensivamente absorvida. Nemneris deu um chiado nervoso e fino.

Maria juntou as mãos acima da cabeça e depois as lançou para baixo. Raios saíram do céu, atingindo a Ancestral. Ela caiu para trás, oito pernas batendo quando mais três raios dispararam através dela. O cheiro de algo podre e queimado pairou sobre mim, e eu engasguei.

Com Nemneris caída, Maria esticou uma mão de volta para o céu com o punho cerrado.

— *Agora!* — gritou ela. Jurei que ouvi duas vozes vindo de sua boca, a própria voz dela e uma mais doce, profunda e feminina. As ondas incharam e cobriram a figura atordoada de Nemneris, revirando-a. Maria bateu as mãos, e as teias de ambos os lados da costa rasgaram-se, entrelaçando-se com Nemneris. As ondas rolaram novamente, enredando a Aranha em sua própria teia. O monstro gritou, mas não se libertou. Seu volume desapareceu sob as ondas.

Estava morta? Se para descobrir eu precisasse ficar ali, preferia não saber.

A coluna de água de Maria começou a nos baixar de volta ao mar. Mesmo com seu nível de poder, ela não podia continuar assim para sempre.

— Invoquem o vento — chamou Magnus. Ele pegou Dee, cujo rosto e corpo estavam marcados.

Blackwood e eu formamos uma corrente de ar, enquanto Maria criou uma plataforma de gelo sob nossos pés e nós forjamos uma onda em direção à costa.

Sua força finalmente cedeu a cerca de quinze metros da terra, e nós mergulhamos de volta na água. Eu tossi enquanto remava para a frente. Bem quando pensei que estava prestes a afundar, meus pés rasparam a costa rochosa. Me arrastei para fora, pingando e esfarrapada. Minhas saias encharcadas pesaram ainda mais, e minhas pernas eram de borracha. Minha cabeça doeu de onde tirei meu cabelo. Quando toquei meu couro cabeludo, encontrei sangue nos meus dedos.

Magnus já tinha chegado na praia e deitado Dee no chão. Eu gemi de horror quando vi o dano: sua perna direita abaixo do joelho estava estilhaçada, osso saindo de sua canela. O braço esquerdo abaixo do cotovelo se *fora,* algumas tiras de carne rasgada era tudo o que restava. Linhas de cicatrizes cruzavam seu rosto. Um olho havia sido fechado para sempre. Sua carne estava branca de choque.

— Mexam-se! — Maria me empurrou e começou a trabalhar. — Façam um torniquete. *Agora!*

Rasguei um pedaço da minha saia, as mãos tremendo. Nós amarramos o sangramento em seu braço, e ela girou a perna dele para que sua dor não fosse tão intensa. Maria colocou a cabeça de Dee no colo. Ele ainda não tinha acordado.

— Perdeu muito sangue — murmurou ela, estremecendo. — Essa perna pode ter que sair.

Minha nossa. Blackwood e Magnus espreitavam em círculo, parecendo dolorosamente desamparados. Quando Maria falou para eu colocar fogo na minha mão e cauterizar o ferimento de Dee, eu fiz, mesmo quase vomitando enquanto ele gritava.

Ainda assim, depois de verificar novamente o pulso e a respiração dele, Maria assentiu.

— Ele ainda pode morrer do choque. Mas ele pode sobreviver. *Pode.*

A emergência imediata começou a se dissipar. Agora tínhamos tempo para considerar nossa luta com Nemneris.

— Como diabos você fez isso? — gritou Magnus, agachando ao lado de Maria. Ela ficou muda. Enquanto Blackwood também a questionava, segurei a mão de Dee. E então, lentamente, eu me lembrei daquelas palavras profetizadas para as quais eu tinha me ligado mais cedo:

Vós devereis conhecê-la quando o Veneno se afogar nas Águas profundas.

E as palavras de Lambe: Tome a beladona e, por fim, você saberá a verdade.

Todo o meu corpo ficou frio.

Maria era filha de Agrippa, uma menina de pais feiticeiros que viu a mãe queimar: *Uma menina de origem feiticeira se levanta das cinzas de uma vida.*

Como eu tinha levado tanto tempo para me dar conta? Parei o interrogatório, fazendo um barulho que era algo entre um soluço e uma risada. Quando tive a atenção de todos, eu disse:

— Ela é a escolhida.

Os três me olharam como se eu tivesse perdido a cabeça.

— Sou o quê? — perguntou Maria.

Praticamente me arrastei para alcançá-la. Ela parecia assustada quando eu continuei:

— Você foi prevista pelos Oradores. Você deve nos salvar. — Eu deveria beijar a mão dela? Jogar-me aos seus pés? Como se abraça um salvador?

Maria empalideceu.

— Mas ela não é uma feiticeira! — Blackwood finalmente conseguiu falar. Eu não conseguia tirar o olhar de Maria enquanto respondia.

— Ela é filha do mestre Agrippa. Isso faz dela mais feiticeira do que eu jamais poderei ser. — Os garotos ficaram de queixos caídos. Recordando a imagem da tapeçaria com a mão branca e o selo de Agrippa queimado em sua palma, sorri com a percepção. — A profecia deve ter significado que o escolhido viria da linhagem de Agrippa, não que ele encontrasse a garota. — Tão simples. Eu estive tão perto, pensando que era Gwendolyn.

Meu transe se dissolveu quando Maria se afastou de mim.

— Não. — Apesar de sua exaustão, ela parecia furiosa. — Eu não quero isso.

— Howel, você pode estar certa. — Blackwood ignorou as palavras de Maria, perdido nos próprios pensamentos. — Nunca vi tamanho poder.

— Não quero ser *nada* de vocês! — Sua raiva alimentou o vento, que ficou agudo. — Por que eu deveria me arriscar a salvar assassinos?

— Você já arriscou tanto — falei, atordoada.

— Para você, e para Rook, e para os meus amigos, eu arriscaria tudo. Mas pela *Ordem*? — Ela cuspiu no chão. Blackwood levantou-se com raiva. Acenei para que se sentasse de novo e me aproximei de Maria com cuidado.

— Por favor. — Maria me observou, seus olhos castanhos desconfiados. — Esqueça a Ordem. E quanto à Inglaterra?

— A Inglaterra não fez nada por mim. — Ela fechou os punhos. Sob nós, a terra mudou em resposta a sua emoção.

Caí de joelhos, para a perplexidade de Maria.

— O que você está fazendo?

Tomando sua mão mais uma vez, inclinei minha cabeça. Quando eu era criança, Rook e eu brincávamos de algo assim, representando uma cena dos contos arturianos. Um cavaleiro se ajoelhava aos pés do rei, prometendo sua lealdade e serviço. Desespero ressoou pelo meu corpo e pelo dela. Eu podia sentir isso.

— Estou a seu serviço, agora e sempre. Lutarei por você e morrerei por você se necessário. Deste dia em diante, juro que ninguém vai machucá-la.

Maria me observou com uma expressão atordoada. Eu não tinha direito de pedir isso, mas gostaria, porque ela era mais forte do que eu. No momento em que nos conhecemos, ela era a mais forte, a melhor pessoa, gentil e mais sábia, e a Inglaterra precisava dela. E embora eu não fosse muita coisa, eu era uma serva da Inglaterra, agora e sempre.

— Como você acha que a Ordem vai se sentir quando uma *bruxa* for a vitoriosa deles? — Isso a fez pausar. Eu a pressionei uma última vez. — Mostre aos feiticeiros o horror total do que eles fizeram.

Maria virou-se e foi embora até a praia, cabelos chicoteando enquanto ela olhava para onde o mar e o céu se encontravam no horizonte. Atrás de mim, os meninos ficaram parados e vigilantes.

Maria se virou para nos encarar.

— Alguém precisa deter aquele bastardo do R'hlem. — Ela deu um sorriso apertado. — Pode ser uma ajuda, ao menos.

Eu queria chorar quando alívio e exaustão me dominaram. Maria me ajudou enquanto Blackwood nos apressava.

— Muito bem. Se você é realmente a profetizada, chegou na hora perfeita. — Ele olhou para o norte. — Temos que ir a Londres.

— E quanto a Dee? — Magnus estava fazendo o seu melhor para confortar o garoto enquanto ele gemia de dor. Deus, ele estaria acordado em breve, e então sua agonia iria realmente começar. — Não podemos deixá-lo.

— Não vamos conseguir ajudá-lo. — Blackwood estremeceu, mas continuou. — Precisamos chegar à cidade...

— E então o quê? Avisar as pessoas? — gritou Magnus, seus olhos vermelhos e selvagens. — O local já deve estar sitiado há horas!

— Vamos até lá lutar — respondeu Blackwood, cada palavra precisa e limpa. — É nosso dever.

— E deixar um colega feiticeiro morrer? — brigou Magnus.

Blackwood olhou fixo.

— Não me force a dizer essas coisas. O corpo dele está quebrado. — Aqui, ele se aquietou, no caso de Dee ouvir. — Ele não consegue mais lidar com o bastão. Que bem vai fazer...

— O bem de salvar um amigo? — trovejou Magnus, movendo-se em direção a Blackwood até que estivessem praticamente olho no olho. Dee se mexeu, gemendo de dor. Blackwood cedeu um pouco.

— Howel, fique com Magnus e garanta que Dee fique confortável até... — Blackwood não terminou. — Vou com Maria...

— Não. Posso curá-lo. — Maria voltou ao lado de Dee, ajudando Magnus a ajeitar o corpo dele. — Nós podemos dar um jeito.

— Se você é a escolhida, não podemos esperar! — vociferou Blackwood, jogando o bastão no chão, frustrado. Mas Maria estava certa: sem ela, Dee morreria. A capital poderia entrar em colapso, sim, mas Dee morreria *com certeza*. E se Maria era nossa escolhida, ir despreparada e com pressa para o tipo mais brutal de perigo poderia ser tolice.

— Nosso plano é o seguinte — interrompi a todos. — Maria, você e Magnus vão ficar até Dee estar estável, depois virão conosco. Blackwood, estamos partindo. — Eu me preparei para fugir, mas Blackwood agarrou meu braço.

— Você não tem autoridade! — gritou.

— Nem você. — Evocando o vento, ergui-me instável sobre uma almofada de ar. Magnus interrompeu.

— Fiquem — disse ele. Ao contrário de Blackwood, ele não disse uma ordem. — Se R'hlem capturar vocês, Deus sabe o que vai fazer.

Imaginei que *eu* sabia. Um calafrio percorreu minha espinha, mas eu estava decidida.

Maria entendeu, pois disse:

— Deixe-a ir. Nos encontraremos de novo em Londres. — Então voltou sua atenção para Dee. Magnus e Blackwood começaram a discutir; para nos poupar tempo, me ergui no ar.

Voei por quase um quilômetro antes de precisar descansar e fui para o chão. Ajoelhando-me, esperei Blackwood pousar ao meu lado.

— Encontramos nossa escolhida, e de alguma forma *você* é quem vai enfrentar R'hlem. — Ele suspirou. — Por quê?

— Eu conto se sobrevivermos. — Antes que ele pudesse fazer mais perguntas, aproveitei o vento mais uma vez. Ele alcançou e não falou novamente até que chegamos aos arredores de Londres.

Pousamos perto do rio, enquanto em frente a nós nuvens de poeira e fumaça mancharam o céu. Os sinos tocavam aleatoriamente, como os gritos dos loucos. Mesmo a partir dessa distância, eu podia ver o brilho da luz laranja enquanto os edifícios queimavam.

Londres estava em chamas. Os Ancestrais tinham chegado à cidade.

32

Cinzas cobriam as ruas como uma neve sinistra enquanto caminhávamos através do que uma vez tinha sido Whitechapel. Blackwood e eu seguimos os gritos pedindo por ajuda e, ao longe, os berros bestiais. Figuras dispararam para fora das nuvens de entulho, correndo para o rio. Os homens, as mulheres e as crianças que corriam sequer nos viram de relance enquanto nós calmamente nos dirigíamos mais profundamente para dentro da cidade. Logo que possível, subimos a rua Fish até o Monumento, uma coluna em memória do Grande Incêndio de Londres. Bem alto acima de nós, a forma gorda e escura de On-Tez, a Lady Abutre pousada em cima do pilar, de asas abertas e grasnando.

Conveniente.

Só Deus sabe há quanto tempo os Ancestrais estavam lá. Blackwood tinha se mantido perto de mim desde que pousamos, seu braço diante de mim como um escudo. Eu teria falado para ele se afastar, mas quando nos viramos na rua Monumento, nós tropeçamos num aglomerado de corpos. Devia haver uns trinta, todos juntos, ricos e pobres. Aqueles malditos Familiares estavam prostrados sobre os mortos e se empanturravam, rasgando carne em tiras de couro.

Da aparência escamada de sua pele e das mãos com garras que cortavam os cadáveres para chegar aos órgãos mais tenros, eu podia sentir que os Familiares eram de Zem. Um deles olhou para cima, seus olhos de serpente frenéticos com sede de sangue. Ele enxugou a boca sangrenta na manga, uma ação humana arrepiante.

Quando a criatura atacou, invoquei o máximo de água possível do solo abaixo e criei uma longa e afiada lâmina de gelo. Juntos, Blackwood e eu a atiramos através da cabeça do lagarto. A coisa deu dois passos e caiu, o gelo se dissolvendo rapidamente enquanto o sangue ardente da besta o derretia.

Blackwood rasgou pedras da rua e formou uma gaiola em torno dos outros dois lagartos. Podíamos ouvi-los lá dentro batendo e gritando; eles começaram a soprar fogo, transformando as pedras em pó.

R'hlem estava ali. Eu podia sentir em meus ossos. Tinha de encontrá-lo, onde quer que estivesse, mas toda vez que me movia a um metro de distância de Blackwood, ele me olhava. De jeito nenhum ele iria me deixar ir sozinha.

Meu momento de fugir veio quando o estouro de uma multidão surgiu da neblina de poeira e sangue. Quarenta ou cinquenta pessoas cruzavam a rua em nossa direção — eles viram a nossa magia e clamavam por ajuda. Uma mulher com um vestido rasgado e uma testa ensanguentada tropeçou soluçando em Blackwood. À medida que a multidão o engoliu, eu escapuli para as ruas escuras. Blackwood gritou meu nome, mas não conseguiria me seguir imediatamente sem machucar alguém.

Era cruel deixá-lo para trás daquele jeito, mas seria mais cruel ainda levá-lo comigo. Minhas mãos seguraram Mingau de um lado do quadril, o cabo da adaga no outro. Como eu queria ainda ter o apito de osso.

Tossindo, rapidamente segui pelas ruas, parando quando ouvi um homem gritar. Vagamente, eu vi um verme Familiar atacando alguém no chão enquanto o homem clamava por ajuda.

— Vá embora! — Eu lancei força de resguardo, derrubando a criatura de costas. Seu ventre verde brilhante reluziu e suas pernas se contorceram enquanto tentava se endireitar. Agarrando o punhal do meu cinto, mergulhei a lâmina no peito do monstro. Sangue preto cobriu minha mão, quente e grosso como alcatrão. A fera enrolou as pernas em si mesma e morreu. Enxugando minha mão na minha saia, fui ajudar o cavalheiro no chão. — Está tudo bem agora, senhor.

— Tarde, como sempre — disse Mickelmas, pegando a minha mão e ficando de pé. Ele alisou seu cabelo incrivelmente bagunçado. — Chegou no momento impecável para salvar minha vida, no entanto. Seu exército parece ter fugido de mim. — Ele olhou em volta, como se pudessem estar escondidos num beco.

— O quê, todos os nove? — Meu espanto deu lugar à raiva. Mesmo com a Inglaterra caindo sobre nossos ouvidos, a visão dele me fez querer gritar.

— São dez, agora. Pelo menos, dez se Shanley conseguiu. Perdi ele de vista quando Molochoron atacou. — Ele deu de ombros, puxando seu casaco. — Pobre coitado.

— Se eu sei alguma coisa sobre magos, aposto que o exército fugiu.

— Bem, eu não acho que seu querido pai esteja correndo, queridinha. Certamente você gostaria *dele* como um modelo de conduta? — Mickelmas andou ao meu lado, chutando pedaços de detritos e um balde amassado.

— Vá para o inferno. — Andei mais rápido.

— Argumento muito decisivo — gritou ele enquanto eu ia adiante. — Por falar em seu querido papai, gostaria de encontrá-lo?

Diminuí o ritmo.

— Você sabe onde ele está?

— No Palácio de Buckingham, não me admiraria. Felizmente, sua majestade tem muitos quartos para destruir. Ele estará tão ocupado que ela pode até escapar.

Eu sabia que a rainha tinha um plano de ação em caso de ataque, tão secreto que apenas seus conselheiros mais próximos sabiam onde ela estaria. Mas R'hlem não pararia de caçá-la, e sua paciência era grande... ele a encontraria eventualmente.

— Então preciso ir ao palácio. — Alinhando meus ombros, prossegui.

— Você *pode* andar. Ou... — Mickelmas se esquivou na minha frente, estendendo os braços. Por mais que eu o odiasse, seria uma idiota se ignorasse a oferta. De má vontade, deixei que ele me envolvesse em seu casaco. Um instante depois, nos levantamos diante do palácio.

Os portões de ferro foram puxados para baixo, as barras torcidas e descartadas como pedaços de palha. Corpos de guardas de casaco vermelho foram deixados para apodrecer ao ar livre. Alguns dos rostos pareciam carne crua; R'hlem os tinha esfolado ali mesmo. Moscas pretas pontilhavam os cadáveres. Estremecendo, eu corri em direção à entrada.

— Venha, então — chamei, mas Mickelmas ficou. — A rainha precisa de nós.

— Eu receio que vou precisar ir embora. — Mickelmas nem sequer tentava fingir estar envergonhado. — Eu, hã, não acho que ele vai ficar muito feliz em me ver.

Eu não tinha energia para discutir.

— Adeus, então — falei. O que mais eu poderia esperar?

Ele desapareceu e eu corri para a entrada. As portas tinham sido quebradas, me permitindo fácil acesso.

Pelos deuses, dava para *senti-lo* ali. A tensão no meu estômago não diminuiria, como um fio apertado amarrado à minha barriga, me puxando pelos corredores agora desertos e saindo para o pátio.

Claro que R'hlem iria até a catedral obsidiana. Eu deveria ter me dado conta.

Seu poder se instalou em minha pele como uma poeira fina, havia algo estranho e também intensamente familiar naquilo. E ter aquelas duas sensações era igualmente horripilante.

Bum. Bum. Bum. Segui o som, a crescente sensação de sua magia como um gosto ruim na minha boca, e entrei na catedral.

R'hlem estava de pé no topo do púlpito, estudando seu reflexo nas paredes. Ele usava roupas novamente, um impressionante terno verde vivo e marrom. Fogo explodiu de suas mãos e inundou a sala. Fragmentos de vidro vulcânico preto choveram no chão. O vidro rangia sob as botas enquanto ele se aproximava do poço elemental. Murmurando algumas palavras, criou uma bola de fogo tão poderosa que destruiu o instrumento sagrado completamente. Parecia que ele proferia um tipo mais profundo de palavrões. R'hlem chutou estilhaços do vidro arruinado.

Sua risada cresceu, e meu estômago se revirou ao ouvir isso. Gritei:

— Desculpe interromper...

R'hlem se virou, uma mão levantada e pronta para atacar. Quando ele me reconheceu, baixou o braço.

— Henrietta? — Seus olhos se arregalaram em choque. — O que diabos está fazendo aqui? Por que não está com Mab? — Era uma maneira tão ordinária de responder, como se ele estivesse me repreendendo.

Aqui no mundo fora do plano astral, ele não era exatamente como pensei que seria. Ele era alto, sim, mas não gigante. A crueldade de seu rosto não era um carmesim brilhante, mas um vermelho menos brilhante, como carne crua deixada por um tempo em cima de uma mesa. Quando ele falou, os tendões de seu pescoço se esticaram, a visão era mais grotesca do que eu tinha pensado. Uma mosca circulava acima da sua cabeça, zunindo enquanto pousou num dos lados de sua face. Ele a afastou com um movimento com a mão sem pensar no assunto, como se fosse algo que acontecesse sempre.

— Renda-se agora — ordenei, minha voz ecoando. Palavras tolas, é claro, mas eu precisava distraí-lo.

— Como é que é? — Ele riu, como se eu tivesse dito algo avançado para a minha idade.

— Renda-se, ou vou precisar usar a força.

— E quem, se me permite a pergunta, vai me obrigar? — Um sorriso repuxou em seus lábios sem carne. Tomando Mingau na mão, me estabilizei.

— Eu — falei e ataquei.

33

DERRUBEI-O COM O VENTO. Bom, mas sabia que ele não se deixaria ser pego de surpresa assim novamente. Girei Mingau acima da minha cabeça, na tentativa de transformar a corrente de vento num ciclone, mas meu braço entrou em erupção de tanta dor, como se o sangue dentro do meu corpo estivesse se rebelando. Gritando, derrubei meu bastão. Um instante depois, a agonia desapareceu, deixando-me segurando meu braço enquanto R'hlem se aproximava.

— Não era assim que eu esperava que fosse nosso primeiro encontro, meu amor. — Ele soava amargo.

Quando eu o cobri em chamas, o fogo lavou seu corpo de forma inofensiva. Inferno! Suas habilidades eram como as minhas; claro que o fogo não o machucaria. Com um aceno de cabeça, os músculos das minhas costas e braços se apertaram, prendendo-me no lugar mais uma vez. Eu tombei, então senti meu corpo misericordiosamente relaxar enquanto ele me soltava. R'hlem apenas esperou que eu pegasse Mingau e me levantasse. Ele está me dando uma *vantagem.*

Ele ergueu a mão.

— Não quero lutar com você. Por que acha que esperei todos esses meses para atacar Londres com força total? Eu tinha que ter certeza de que você estaria fora de perigo. Por favor, não me faça machucá-la agora, depois de tudo.

Ataque de um jeito que ele não esteja esperando. Peguei um dos feitiços de Mickelmas em minha mente, desejando que os cacos de vidro de obsidiana formassem uma mão e o imobilizassem. Mas eu julguei mal o quão diferente isso funcionaria com vidro em vez de terra. Os cacos se despedaçaram em pedaços menores, sim, mas não fizeram mais nada.

— Isso não foi pura feitiçaria, foi? — R'hlem chegou ainda mais perto. — Mickelmas a treinou na nossa magia. — Os olhos dele se cerraram. — Eu deveria agradecer a ele por dar-lhe *alguma* instrução adequada.

O ataque só me faria parecer mais tola. R'hlem se aproximou e suspirou em frustração quando eu recuei.

— Minha querida, tudo o que eu quero é conversar — disse ele. Em resposta, entrei em chamas. Não faria nada, mas enviou a mensagem de que eu não queria que ele me tocasse. Em vez de ficar irritado, ele se agachou na ponta dos pés e olhou para mim, como se estivesse me avaliando.

— Você tem um controle melhor do que eu tinha na sua idade. — Ele soava como um pai amoroso que viu seu filho dar o primeiro passo. — Se sua mãe pudesse ver isso.

Ouvi-lo falar da minha mãe me deixou cega de fúria.

— Ela se mataria se visse o que você se tornou.

Ele caminhou ao meu redor. Pela primeira vez, algo que eu fiz o tinha machucado.

— É um golpe cruel do destino que você não se pareça nem um pouco com ela. — Seu olhar suavizou. — Mas vejo de relance o jeito provocador dela em você. — Ele atirou seu casaco no chão. O sangue manchou as mangas soltas da camisa como um desenho berrante. — Quero ver o que mais você pode fazer. — Ele estendeu as mãos, acenando. — Ataque.

Ele estava *brincando* comigo.

Com um balanço do meu braço, eu enviei os fragmentos irregulares de vidro voando. Ele derreteu-os com o fogo e balançou a cabeça, desapontado.

— Suas habilidades mágicas não são muito fortes. Você é prejudicada por essa *coisa*. — Ele indicou Mingau com os olhos. Segurei o bastão contra o meu peito. — Você não tem nada a temer. Sei que sua vida depende disso — zombou. — Mas vou queimá-los todos por acorrentarem você assim.

Conjurando uma velha magia de Mickelmas, torci Mingau no meu coração e criei três ilusões perfeitas de mim mesma para cercar o meu pai. Esperando distraí-lo o suficiente para acertar um golpe, ataquei... e derrapei até parar conforme *dezenas* de homens ensanguentados e esfolados me cercaram, cada um com aquele sorriso arrogante. Tropeçando na minha saia estragada, eu me foquei no verdadeiro. Ele olhou para baixo — ele era bem alto — mas permitiu-me desviar subindo as escadas. Subi para o segundo andar e parei, meu peito arfando.

— Muito bem-feito — disse ele. — Mas não há truque que você possa realizar e que eu não consiga superar. Quando estiver comigo, ensinarei técnicas melhores.

Eu não iria a lugar nenhum com ele. Com um grito, cortei Mingau pelo ar, jogando pulso após pulso de força de resguardo. Ele desviou os golpes com facilidade, mas foi distraído o suficiente para eu descer e golpeá-lo com minha adaga. Ele grunhiu, estendendo a mão. Meu corpo parou uma vez mais, e eu tombei. Minha cabeça bateu no chão, o mundo ao meu redor ondulando. Enquanto eu estava deitada, tonta, R'hlem apertou a mão dele num punho.

Todos os músculos do meu braço saltaram em agonia. Eu uivei, o som preso no meu queixo cerrado. Ele chutou minha adaga para longe.

— Esta é uma arma de Strangewayes, não é? Infelizmente, você descobrirá que elas têm pouco efeito sobre mim. Eu *re*nasci no mundo dos Ancestrais, meu anjo, não nasci. Sou uma mera imitação dos meus belos monstros. — Ele zombou novamente. — Assim como você é uma aproximação pálida de um feiticeiro. — Ele sacudiu a mão; eu tinha certeza de que meus músculos se destruiriam. *Qualquer coisa. Faça o que ele quiser, desde que ele faça parar!* Gemi profundamente na minha garganta. Ele relaxou meu corpo, mas apenas levemente. — Eu queria que você se juntasse a mim de bom grado. — Ele parecia tão arrependido. — Mas se precisar feri-la para salvá-la, farei isso.

A força invisível que me prendia não podia ser movida. R'hlem levantou suas mãos e gritou em alguma linguagem desconhecida e gutural. Mas reconheci uma palavra: *Korozoth.*

Uma sombra cresceu aos pés de R'hlem. Lentamente, um corpo se levantou daquela piscina disforme, a escuridão fluindo como a cortina de seus ombros.

Eu reconheci o lampejo de cabelo amarelo pálido, o perfil gentil que tinha endurecido e ficado bestial. Presas se projetavam sobre o lábio inferior. Dedos estavam inclinados com garras alongadas. Rook se ajoelhou diante dos pés de R'hlem e fez uma reverência com a cabeça.

— Que servo obediente. — R'hlem fez um cafuné em Rook.

Toda a gentileza e força no rosto de Rook tinham sido apagadas, seu corpo ficou vazio para permitir que um monstro rastejasse para dentro. R'hlem afrouxou o aperto na minha boca de forma que eu pudesse falar.

— Como pôde? — gritei. A dor apertou meus pulsos à medida que R'hlem virou Rook para me encarar. O manto da sombra sussurrou sobre seu corpo, abrindo-se ao redor de seu peito. Uma fatia de pele branca e as cicatrizes inflamadas que a decoravam estavam em exibição.

— Você pode tê-lo, meu amor. Eu não me importaria.

R'hlem deixou de me segurar, depois mandou seu "servo" para me ajudar a me levantar. Rook colocou um braço na minha cintura para me firmar, mas não havia familiaridade em seu toque. Para ele, eu era uma estranha.

— Quero que sejamos todos uma família. — R'hlem abrandou.

Coloquei fogo nos braços de Rook. Ele voou para trás, mostrando suas presas. R'hlem me deixou de joelhos mais uma vez num lampejo de dor.

— Que seja. Vou ter que levar você como uma prisioneira de guerra comum. — Sua voz era triste quando Rook avançou para me recolher. Era assim que iria acabar. Fui uma tola em pensar que poderia derrotá-lo.

— William! — A voz ecoou no espaço. R'hlem saltou, chocado ao ouvir seu antigo nome.

Mickelmas entrou no recinto, chutando pedaços de vidro. Ele parou a seis metros de nós, mãos atrás das costas.

Tentei gritar "*Saia daqui, fuja!*", mas minha mandíbula doeu. Me esforcei tanto para abrir minha maldita boca que quase desmaiei.

— *Você?* — R'hlem soou estupefato. Os músculos do meu corpo se soltaram.

— Ela é sangue do seu sangue. — O suor brilhava no rosto de Mickelmas. Ele estava fazendo o seu melhor para mascarar seu terror.

— *Você* vai dar sermão em *mim*? — O sussurro de reverência de R'hlem começou a se transformar num poderoso rugido. — Você me mandou para o *inferno*. — Ele explodiu em chamas, fogo azul brilhante se agitou no ar, refletiu sobre os milhares de pedaços de obsidiana, parecia que *todos nós* estávamos no inferno. Mickelmas vacilou.

Com um grito furioso, R'hlem disparou uma bola de fogo contra o mago, que se esquivou. Com um aceno de mão e algumas palavras gritadas, Mickelmas fez todos os cacos de vidro preto subirem no ar.

Eles formaram passarinhos com asas afiadas e bicos como adagas que circularam e bicaram R'hlem. Enquanto o Homem Esfolado lutava, Mickelmas sumiu e reapareceu do meu lado.

Mas então, com um grito de dor, todo o seu corpo ficou rígido. R'hlem também tinha tomado controle dele. No mesmo instante, os pássaros caíram no chão e R'hlem avançou e arrancou o casaco multicolorido dos ombros de Mickelmas. Enquanto observávamos com horror, R'hlem colocou fogo na roupa e a jogou no chão. Queimou rapidamente, reduzido a uma pilha de cinzas.

— Vamos ver como você vai dar os seus pulinhos agora. — R'hlem pegou Mickelmas pelo pescoço.

Para o meu horror, Mickelmas começou a chorar.

— Puna a mim, mas deixe a garota ir. Ela é inocente.

— Claro que é. Com o tempo, quando ela estiver ao meu lado e vir toda a Inglaterra espalhada aos seus pés, ela apreciará tudo o que fiz. — R'hlem emitiu um ruído desagradável. Ele derrubou o mago mais velho no chão e se inclinou sobre ele, sangue pingando de seu rosto e na bochecha de Mickelmas. — Você sabe o que eles fizeram comigo.

— Posso ver — ofegou Mickelmas.

— Não minhas belezinhas, não. Os *feiticeiros*. Você viu o que eles fizeram com meu irmão. Com Helen. Você manteve minha garota longe de mim. — A voz dele tremeu com o sentimento terrível. — O último pedaço humano de mim; o fragmento final de sua mãe. Você a transformou num *deles*! — Ele rugiu a última palavra do rosto de Mickelmas. — Depois de tudo o que eles fizeram para a nossa raça, você se curva como o servo que é. — Não restava nada do maldito rei calmo em R'hlem. Mais de uma década de desgraça e culpa jorrou dele. — *Eu o odeio.*

Eu disse as mesmas palavras da mesma maneira para o mesmo mago. Mickelmas estava chorando agora, lágrimas escorrendo em sua barba grisalha.

Meu corpo berrou enquanto eu me sentei, a dor finalmente diminuindo. R'hlem estava tão obcecado com Mickelmas que tirou sua atenção de mim. Eu sabia agora, além de qualquer dúvida, que não poderia ganhar contra ele. Eu não era forte o suficiente.

Não tinha como.

— Eu esfolei Charles Blackwood do alto de seu couro cabeludo até a sola de seus pés. — R'hlem arreganhou os dentes na frente do rosto de Mickelmas. — O que posso fazer por *você*?

R'hlem fechou a mão em punho, e Mickelmas uivou quando a carne de sua mão esquerda começou a se contorcer. Com uma lentidão excruciante, a pele se despedaçou com um rasgo terrível. Sangue escorreu pelo braço dele. Mickelmas lamentou e bateu o outro punho no chão, mas ele não podia fazer nada. R'hlem o estava esfolando vivo bem diante dos meus olhos.

— Não, por favor! — chorei, rastejando para a frente. — Por favor, pai!

R'hlem parou. Lentamente, ele baixou o braço. Mickelmas soluçou, segurando a mão rasgada no peito. Maravilhado, R'hlem falou:

— Repita.

Tremendo, desembainhei Mingau e o joguei de lado. Meu punhal já estava a seus pés. Então, quebrada, eu caí e chorei:

— Pai, por favor. Não posso suportar mais.

Meus gritos reverberaram no espaço ao nosso redor enquanto eu enterrava o rosto em minhas mãos. Meu pesar — por Dee, Whitechurch, Londres, Rook — me inundou numa corrida dolorosa. Chorei até não poder respirar, até meu estômago doer.

Eu não podia lutar com ele. Contra tal poder, a vitória era impossível.

Houve a trituração de vidro sob uma bota, e a sensação de que alguém estava diante de mim. R'hlem se ajoelhou, e com um som suave e gentil puxou minhas mãos do meu rosto. Esse toque metálico de magia sobre ele diminuiu enquanto ele me ajudava a ficar de pé.

— Calma, agora. — Ele arrancou um lenço surpreendentemente não ensanguentado do bolso do peito e enxugou meus olhos.

— Por favor, apenas deixe-o ir — choraminguei, meus dentes batendo descontroladamente. Ele me pressionou contra o peito. A sensação úmida e fria de seda sangrenta encontrou meu rosto, mas eu não recuei. Ele passou uma mão enluvada no meu cabelo.

Apesar de tudo, eu me deixei ser abraçada contra ele. R'hlem descansou seu queixo no topo da minha cabeça, e depois sussurrou:

— Helena. Querida, estou com ela.

Eu tremi com essas palavras. E mesmo com todo o horror, por aquele momento, eu me deixei me sentir segura. Eu o abracei de volta. Com meus olhos fechados, eu podia nos imaginar como deveríamos ter sido: numa casa em Devon, sob sua proteção, crescendo, ele me segurando quando eu chorasse. Pais devem manter os pesadelos dos filhos longe. Deixei que ele me envolvesse em seu abraço, escutei-o sussurrar o nome de minha mãe e chorei. Ele me acalmou, me aquietou, acariciou meu cabelo.

— Calma, agora. Sinto muito, querida — murmurou, me afastando e tocando minha bochecha. Seu único olho brilhou com lágrimas não derramadas. Aqui estava a centelha da bondade pela qual eu havia rezado. O amor revelou o homem por trás da fachada do monstro. Eu tremi ao ver aquilo. — Pode me perdoar?

— Se você puder me perdoar.

Eu peguei o pequeno punhal — o menor, o mais insignificante que eu tinha tirado da casa de Ralph Strangewayes —, saquei-o da bainha do meu punho.

Meu pai não poderia ser derrotado pela força das armas. Sua bondade, seu amor, era minha única arma contra ele.

Mergulhei a lâmina fundo em seu coração.

34

R'HLEM FOI PARA O CHÃO E EU FUI JUNTO. Agarrei sua nuca, sentindo cada pulso e contração muscular. Ele olhou para mim, chocado, como se tentasse entender. O sangue jorrou na frente do meu vestido enquanto eu me atrapalhava com o cabo da lâmina. Arrancando, me preparei para direcionar mais uma vez em seu corpo... mas a traição queimando em seus olhos me paralisou.

Apunhalei meu pai no coração. A lâmina escorregou da minha mão, meus dedos entorpecidos demais para segurar corretamente. Não importa o quanto eu via a fera na minha frente, eu também via o homem.

R'hlem rugiu, o som sacudindo a catedral até sua fundação.

Sombra me dominou, mergulhando-me num tom sombrio entre um batimento cardíaco e o próximo. Rook jogou-me no chão e se apoiou sobre mim, seus joelhos pressionando o lado do meu corpo. Uma mão com garras na minha garganta, seus lábios puxados para trás para revelar presas malignas. Pulando para a frente, ele afundou aqueles dentes afiados no meu ombro.

Dor triturou músculos e ossos. A escuridão se derramou em mim como o oceano espremido dentro de um dedal.

Minha visão falhou, meus gritos se tornaram estranhamente finos. Um vazio pareceu se romper no ar acima de mim. Se eu encarasse aquele vazio, esqueceria meu nome, meu passado, meus amigos, tudo...

Não. Eu lutei contra a escuridão e me acendi em chamas. Rook foi engolido também, e se afastou de mim.

Todo o meu corpo estava quente e molhado de sangue; meu ombro jorrava. A *dor.* Mil agulhas quentes espetaram minha carne; um rio contínuo de ácido fluiu pelas minhas veias.

Rook jogou os braços sobre o rosto e uivou para o meu fogo. Agora eu conseguia distinguir fios de torção preta na chama azul. Por quê?

Por que isso deveria ser assim? Com um último esforço, eu queimei o máximo que pude.

Guinchando, Rook voou até R'hlem e me levou de volta para a luz do sol. Eu deitei lá, e cada respiração era como fogo em meus pulmões.

Mickelmas, sua mão ainda sangrando profusamente, circulava R'hlem. Meu pai se esforçou para subir, escorregando em seu próprio sangue. *Eu tinha feito aquilo com ele.*

Com sangue pingando de seus dedos, ele puxou ar.

— Venha! Korozoth!

Rook engoliu seu mestre num turbilhão de asas e mantos sombrios e os dissolveu como fumaça ao vento. Mickelmas e eu estávamos sozinhos.

O mago lutava para respirar.

— Eu trouxe essa desgraça para todos nós. — Soou como uma revelação. — E meu casaco. Meu lindo casaco. — Ele olhou com tristeza para a pilha de cinzas.

Quando tentei me sentar, a dor cravou suas garras mais fundo em mim. Minha visão se fragmentou — de algum lugar, como se de longe, eu ouvi meus gritos. Mickelmas estava ao meu lado, falando no meu ouvido. Como se por um milagre, a dor diminuiu. Ainda doía muito, mas menos.

— Vai impedir que você sangre até a morte — ele sussurrou enquanto me erguia para que eu ficasse de pé. Eu era um fantasma, com certeza, flutuando pelo chão e saindo para o pátio. Logo nós caímos um contra o outro do lado de fora das portas do palácio, avaliando os danos das ruas da cidade. A fumaça ainda envolvia a paisagem.

— E agora? — Eu resmunguei. Minhas pernas cederam, e Mickelmas gentilmente se sentou comigo. Eu pressionei meu rosto em sua manga de veludo.

— Vamos ver se os Ancestrais seguem seu mestre. Talvez eles permaneçam e mantenham a cidade para quando, se, ele retornar.

Se eu tivesse silenciado a mente de R'hlem para sempre... Eu não sabia como me sentir a respeito daquilo. Não tinha parado para explorar sua fraqueza. O homem em meu pai deu à luz o monstro em mim.

Mickelmas sibilou de dor, segurando sua mão:

— Chegou a hora de fazer reparações.

— O que quer dizer? — A agonia pulsante estava diminuindo a cada momento; seu feitiço havia feito o trabalho. Cuidadosamente, eu limpei um pouco do sangue seco em seu rosto.

— Eu me escondi por anos quando deveria ter caçado a resposta para o nosso problema. Agora seria a hora de começar. — Ele apertou meu ombro bom. — Vou dar a você a Armada da Rosa Ardente. Meus pequenos magos precisam de alguém em quem possam buscar força. — Ele tocou minha cabeça na maneira de uma bênção. — Deus me livre, se R'hlem sobreviver... — Nenhum de nós queria se debruçar sobre essa possibilidade. Mickelmas fungou. — Sei que você não pode perdoar o que fiz — falou baixinho.

Perdoe-me. Eu não cometeria o mesmo erro que cometi com Agrippa. Embora eu não pudesse abraçar o mago, dei um tapinha em sua mão.

— Assim que terminarmos esta guerra, vou ter anos à frente para importuná-lo — sussurrei.

— Você sempre foi uma criatura espertinha. — Mickelmas franziu o cenho. — Nossa, este ferimento. Fique aqui... não, não se levante!

Mas o mundo ficou nebuloso mais uma vez. A rainha. Eu deveria encontrá-la onde quer que ela estivesse e ter certeza de que estava segura. Mas minha visão se dividiu quando me arrastei, por causa dos protestos de Mickelmas.

Eu não me lembrei de ter caído.

— ACORDE. — UM PANO ÚMIDO aliviava minha testa e as mãos levantaram minha cabeça. — Beba.

Eu tossi com o líquido quente correndo pela minha garganta, que tinha gosto de manteiga, manjericão e folhas molhadas. Meus olhos se abriram. Luz me apunhalou pelo cérebro, mas a imagem borrada da pessoa acima de mim entrou em foco.

Maria. O cabelo dela estava trançado nas costas, e as olheiras indicavam que ela passara a noite em claro. Sentando-se, o mundo se espalhou por um momento, mas com mais alguns goles de sua bebida eu pude ver claramente. Meu ombro, agora coberto de gaze, latejava como um lembrete impaciente.

Estávamos num dos quartos do palácio, embora os móveis finos tivessem sido removidos e os elegantes tapetes enrolados. Vários paletes e catres tinham sido dispostos sobre o local. Pinturas haviam sido removidas, deixando quadrados óbvios na parede onde elas tinham estado. Através da janela, vi um vislumbre de dois homens em patrulha, bastões em punhos.

A Ordem não tinha sido demolida por completo, portanto.

— Por quanto tempo eu dormi? — Minha voz soou como se pertencesse a uma velha cansada.

— Dois dias, senhorita. — Lilly se sentou ao meu lado, enxaguando um pano num pouco de água fria. Seu cabelo louro-avermelhado estava completamente desfeito, e seu rosto estava manchado, mas suas mãos estavam firmes como sempre quando ela colocou o pano na parte de trás do meu pescoço.

Me virei para Maria e perguntei:

— Dee?

— Ele sobreviveu, mas eu estou fazendo-o dormir. — Ela baixou os olhos. — Ele vai precisar se ajustar.

Lilly fez um barulho quando torceu o pano.

— E os outros? — Meu coração bateu mais rápido. — A rainha?

Maria contou nos dedos.

— Sua majestade está a salvo. — Ela indicou os feiticeiros na janela com a cabeça. — Os monstros estão se movendo, mas devagar. A Ordem teve que montar escudos por todo o palácio até decidir o que fazer.

— E quanto aos cidadãos? Quantos ainda restam? — perguntei. Com isso, Maria e Lilly se entreolharam rapidamente.

— Não se preocupe agora — disse Maria, colocando a xícara dela nos meus lábios. — Isto vai aplacar um pouco sua dor, embora tenhamos que pensar em algo mais permanente.

— Permanente? — Não entendi. Se aquela ferida não iria me matar...

— Rook mordeu você. — Maria não estava perguntando. — Agora ele é um Ancestral, algo do tipo. — Seu olhar encontrou o meu, gentil mas honesto. Sempre honesto. — Você está Impura.

Meus pensamentos ficaram quietos. Gentilmente, eu toquei a bandagem, dor murmurando por sob minha pele. Eu sabia o que aquilo significava. Desdém e olhares de repulsa ao passar, o mundo tratando você como se fosse invisível, ou o próprio diabo. Absorvido pela dor até você ser um mero recipiente para o monstro que marcou sua pele. Rook — a coisa que tinha sido Rook — era meu mestre agora.

— A rainha sabe? — consegui dizer por fim.

— Sim. Ela sabe, assim como...

A porta se escancarou, e Magnus explodiu para dentro da sala. Nossa, era mesmo ele. Era uma visão, coberto de terra, seu cabelo ruivo coberto de cinzas. Seu casaco tinha se perdido, sua camisa estava rasgada, mas ele parecia exultante quando caiu ao meu lado. Um corte longo e feio serpenteava na testa, e seu rosto estava inchado e amarelado com hematomas mais antigos, mas ele estava vivo. Embora a fuligem tivesse chovido sobre mim, eu não me importava. Apertei seu braço, notei como a sujeira em seu rosto estava alinhada pelas lágrimas.

— Sua maldita gênia. Como diabos conseguiu? — Seu olhar focou meu ombro. — Ainda dói? Muito?

— Qual pergunta você quer que seja respondida primeiro? — Sorri para ele.

— Então, ei, este aqui sabe. — Maria deu um tapa em Magnus, forçando-o para fora. — Lorde Blackwood também.

— Ele está vivo? Graças a Deus.

— Mais que isso — disse Lilly, mas foi interrompida. As portas se abriram novamente, e dois feiticeiros vestidos com fardas vermelhas de soldado entraram.

— Ela está acordada — um deles disse, olhando para mim. Não consegui ler a expressão dele. — O comandante deseja vê-la.

— Ela precisa descansar — Maria argumentou, mas eles não escutaram. *Comandante?* Então sua majestade tinha apontado um. Provavelmente um mestre, ou talvez um capitão de esquadrão.

O comandante entrou e parou diante de mim.

Era Blackwood.

35

ELE ESTAVA ILESO E SURPREENDENTEMENTE LIMPO. De alguma forma, em toda essa loucura, ele encontrou uma camisa branca imaculada e uma jaqueta sem lama. Seu cabelo preto brilhava no quadrado afiado de luz do sol que entrava pela janela. O contraste entre Magnus e ele era incrível. No meio de uma cidade devastada, Blackwood parecia melhor, mais saudável do que nunca.

E ele era o comandante de toda a magia da Inglaterra? Um garoto de 17 anos que ainda não tivera chance de sequer fazer o teste para o cargo de feiticeiro mestre?

— Como? — Minha garganta estava seca e Lilly me deu mais água.

— Podemos ter privacidade, por favor? — Ele já soava no controle. Os outros o obedeceram imediatamente, até mesmo Magnus, apesar de sair resmungando. No fim das contas, ele não poderia desobedecer seu comandante. Momentos depois, estávamos sozinhos, observando um ao outro, como se calculássemos como nos mover. Seu olhar fixou no meu ombro enfaixado.

— Estou Impura — falei.

— Sim. — Foi uma respiração tão suave que quase perdi. Seus lábios formaram uma linha fina e tensa. — O que aconteceu?

— Enfiei uma faca no coração de R'hlem. — Parecia tão simples que comecei a rir incontrolavelmente. O riso se transformou em soluço, que por sua vez beirava as lágrimas. Engoli mais água enquanto Blackwood processava o que eu disse.

— *Como?*

Eu não tinha força para a história inteira.

— Encontrei uma oportunidade. Ele invocou Rook, e Rook me mordeu. — Mencionar o seu nome fazia a dor no meu ombro latejar. — Depois desmaiei. O que aconteceu com *você* quando...?

— Quando você me abandonou? — Ele não parecia zangado, no entanto. Era mais como se estivesse tentando me decifrar. — Caí num esquadrão próximo de St. Paul. Foi terrível. Nossas perdas foram... extensas.

Aqui, ele examinou os vazios, os espaços em branco nas paredes onde arte tinha sido pendurada anteriormente.

— Cada homem naqueles túneis das Fadas foi perdido — contou ele. — Metade dos feiticeiros restantes de Londres também se foi.

A maioria dos homens que eu via diariamente... partiram em poucas horas. Meu estômago ficou gelado.

— Quantos de nós restamos?

Blackwood titubeou.

— Homens capazes? Não mais que quinhentos.

Tinha sido um golpe além de qualquer coisa que eu poderia imaginar.

— Só restaram quinhentos homens vivos em Londres? — sussurrei.

— Você não entendeu. — Ele olhou para o teto, como se lesse suas linhas. — Os Ancestrais e os Familiares tiraram total proveito das estradas das Fadas, atingindo todas as cidades e vilas com uma forte presença de feiticeiros. Há quinhentos feiticeiros comendados em toda a Inglaterra.

Extermínio. R'hlem não teve piedade.

— Mulheres e crianças? — perguntei baixinho. Minha força cedeu, e deslizei de volta para deitar no chão. Blackwood me deu a mão.

— Ainda não temos certeza — disse ele gentilmente. — Venha. Devo abordar nossa Ordem. — *Nossa* Ordem era uma coisa estranha de se dizer. — Você consegue andar?

Com ajuda, fiquei de pé e ele chamou Maria e Lilly. Fui escoltada entre elas para o pátio, mas tiveram que deixar que os feiticeiros me apoiassem na entrada da catedral de obsidiana, já que apenas os comendados poderiam entrar naquele espaço sagrado.

Esperem até eles descobrirem o que Maria é, pensei de forma sombria, enquanto eu entrava.

Os números mal preenchiam as duas primeiras linhas. Alguns homens, os mais jovens, olhavam fixamente à frente ou se balançavam para a frente e para trás. Outros estavam trabalhando duro varrendo a obsidiana quebrada com pequenas rajadas de vento. Eu não vi nenhum sangue deixado no lugar; eles devem ter lavado. Olhando ao redor, notei algo perturbador: a maioria das pessoas era muito jovem ou velha. R'hlem tinha engolido a maioria dos nossos melhores guerreiros de uma só vez. Eu vi alguns em seus vinte anos, como Valens, que era um dos que fazia a limpeza. Mas a maioria ou tinha dezesseis ou sessenta.

Simplesmente estar de volta fez a dor no meu ombro florescer e eu fraquejei. Os homens que me seguravam tentaram me puxar.

— Howel! — Magnus chegou num instante, atravessando os homens para me amparar. Wolff e Lambe também vieram me cumprimentar.

Eles estão *vivos*. Minha ferida gritou, como se estivesse furiosa por eu tê-la ignorado por um momento. Wolff me levou para um assento, me acomodando entre os garotos.

Lambe sussurrou:

— Você pegou a beladona. Você viu. — Ele sorriu.

— Sim. Eu vi.

Wolff deu um tapinha no meu ombro. De alguma forma, todos estávamos juntos novamente. Dane-se tudo o que tinha acontecido, eu tive mais sorte do que a maioria.

O ambiente se aquietou quando Blackwood subiu no púlpito. Não havia trono para ele se sentar. Seus restos estavam empilhados num canto, uma lembrança quebrada de tudo que havíamos perdido. A tensão aumentou quando Blackwood tomou seu lugar agora de direito. Feiticeiros esperavam para atacar o garoto comandante. Por que diabos a rainha atribuiu um papel crucial a alguém tão jovem?

Mas então, como eu havia notado um momento antes, nós não tínhamos muitas opções.

— Eu sei que sofremos bastante. — A voz de Blackwood se sobressaiu. — Sei que muitos não aprovam a escolha de comandante de sua majestade. — Silêncio foi a resposta para essa declaração. Pelo menos uma pessoa teve a decência de tossir. — Deixem-me explicar, então. Muitos do governo de sua majestade foram massacrados na emboscada. O que sobrou do Exército e da Marinha está espalhado pelo país. O primeiro-ministro está vivo, mas gravemente ferido. Todas as nossas antigas salvaguardas foram arrancadas. — Ele examinou a sala, observando claramente a reação de todos às suas palavras. — A rainha requer um conselho de feiticeiros, e fiz uma oferta à sua majestade de que garantiria a segurança, apenas se eu detivesse a posição de comandante. — Eu podia sentir ele encaixando todos nas colunas de aliado ou inimigo. — Minha propriedade em Sorrow-Fell é o lugar mais seguro que nos resta, além do Priorado de Dombrey, e Dombrey não tem o espaço nem os recursos para abrigar o restante dos feiticeiros.

Começaram os murmúrios. Um homem do fundo gritou:

— O que está sugerindo, senhor? — Seu tom era duro. *Inimigo. Blackwood não vacilou.*

— Nós vamos ao norte, para Sorrow-Fell, e ficaremos atrás das proteções feéricas.

Houve uma discussão instantânea e explosiva sobre as fadas. Eu tentei entender como ele pretendia que isso funcionasse. Blackwood levantou a mão até que a ordem foi gradualmente restaurada.

— Sorrow-Fell foi um presente de um dos nobres da rainha Titania, da corte da luz. Os exércitos de Mab não podem cruzar esses limites tanto quanto os de Titania podem. É fisicamente impossível sem um convite meu. Assim, a propriedade se torna o único lugar em nosso reino no qual estamos completamente seguros dos Ancestrais *e* das fadas.

Ele tinha razão. Ouvi pessoas concordando de forma relutante.

— E quanto aos sobreviventes em Londres? — perguntou Magnus, levantando-se.

— Sim. — Blackwood soou pesaroso. — Nós podemos levar apenas aqueles que são mais essenciais. Portanto, todos os sobreviventes que não são feiticeiros devem ser deixados para trás.

Com isso, houve gritos a plenos pulmões, e se eu não estivesse tão fraca, teria me juntado aos que gritaram. Encostada contra Wolff, recordei-me de uma noite na casa de Agrippa quando Blackwood e eu debatemos calorosamente sobre proteger os fortes ao invés dos fracos. Eu podia ouvir de novo, como se fosse agora. Ele dissera uma vez que nenhuma vida inocente vale mais do que outra, e agora isso? Abandonar as pessoas que juramos proteger?

Sua majestade lhes deu a comenda.

— É a única maneira de garantir a sobrevivência. — Blackwood esperou até que todo mundo estivesse calmo o bastante para que continuasse, embora ainda houvesse um zumbido zangado no fundo. Ele estava sem expressão, como se ele tivesse antecipado nossa reação. Percebi que ele estava totalmente em seu elemento. — Os inocentes que morrerem nos próximos meses serão um fardo difícil de suportar, mas as gerações que virão depois existirão por causa do que faremos hoje. *Há* esperança. Nós temos as armas. Sabemos que R'hlem está gravemente ferido. — Os olhos dele encontram os meus. — Se confiarmos apenas uns nos outros, a vitória pode ser daqui a algumas semanas.

Alguns não estavam preparados para seguir em frente, no entanto. Valens ficou de pé, furioso de raiva.

— Isso vai contra tudo dos nossos votos de comenda! — gritou ele, e eu concordava. Um silêncio se fez quando ele chutou de lado uma pilha de obsidiana quebrada. — Não podemos deixar essas pessoas para o abate!

— Nós nos escondemos atrás do resguardo por anos. — A voz de Blackwood estava gelada. — Estou pedindo meses.

— Monstruosidade — xingou Valens. Blackwood fechou os olhos, e um vento frio me arrepiou até os ossos. Os homens gritaram de surpresa. Blackwood olhou para cada um de nós, por sua vez, o poder vindo dele para nós, assim como aconteceu com Whitechurch.

Porém Whitechurch nunca tinha usado seus poderes para nos silenciar. Quando Blackwood parou de usar sua força como aviso, ninguém mais falou.

— Unidos, sobreviveremos. Divididos — disse ele, dando uma olhada rápida para Valens — não vamos durar até o inverno. Vamos ficar a salvo, mas não satisfeitos. Palehook fez atos monstruosos para nos manter protegidos da realidade, mas não aceitarei nada disso. — Seus olhos brilharam quando ele se aproximou. — Trabalharemos incansavelmente até que os Ancestrais tenham sido destruídos. Quem nesta sala não perdeu um amigo neste ataque? Um irmão? Deus me livre, um filho? — Alguns dos homens mais velhos colocaram as mãos sobre os corações. Blackwood os tinha agora, bem na palma da mão. — Eu perdi um pai para esses monstros há muito tempo. Serei *amaldiçoado* se perder outro membro da minha família. — Ele bateu no seu peito. — E a Ordem é minha família, agora e sempre.

Ele estava *mentindo*. Ele não tivera luto por seu pai; e não tinha grande amor pela Ordem. Mas agora o garoto que odiava artifícios acima de tudo estava trilhando este caminho, porque eles estavam se virando para *ele*. Seguindo-o. Acreditando nele. Xingando, Valens voltou ao seu assento. Ele sabia que tinha perdido.

— Confiem em mim esta única vez. Vamos trabalhar juntos para acabar com a guerra. Então, quando a paz for restaurada, vou sair do posto de comandante. — Ele fez uma reverência com a cabeça. — Vocês têm a minha palavra.

Ele queimava em sinceridade e a multidão entrou em cena. Em questão de minutos, ele ganhou a todos, desesperados como estavam para alguém assumir o comando. Os meninos e eu, no entanto, ficamos em silêncio.

— Como eu disse, nós forneceremos uma frente unida, e devo ter os melhores conselheiros possíveis ao meu lado. O que me leva a outro anúncio mais alegre. — Ele esticou uma mão para mim. — Henrietta Howel vai se tornar minha esposa.

Magnus soltou uma risada de surpresa. O resto da sala zumbiu mais uma vez, não zangados nem confusos. Eu apenas olhei para Blackwood. Na verdade, sorri. *Muito bem pensado.*

O comandante tinha a função de ditar o casamento do conde de Sorrow-Fell. Blackwood tinha manobrado as coisas de forma brilhante. De algum jeito, comecei a rir um pouco.

— O que é tão engraçado? — Magnus soava incrédulo.

Como eu poderia explicar que, tanto Eliza quanto seu irmão, os Blackwood eram especialistas em lançar compromissos surpresa?

Logo depois dessas revelações, a reunião acabou. Havia muito a fazer, carregar vagões e carruagens com provisões, atribuindo um guarda para a unidade protetora da rainha, enfaixando os doentes para que eles pudessem viajar, e simplesmente planejar uma saída limpa para fora da cidade. Londres ia ser deixada sob escombros e ruínas com a esperança de que um dia voltaríamos para reconstruí-la.

Eu fui capaz de subir as escadas até os aposentos do comandante — de Blackwood — por conta própria. Magnus se ofereceu para me acompanhar, mas eu declinei. Isso era entre Blackwood e eu.

R'hlem não tinha tocado neste lugar. Até mesmo o buldogue de porcelana permaneceu em sua mesa habitual, esperando por um tapinha na cabeça que nunca mais aconteceria. Mas o lampião *optiaethis* brilhava em seu próprio canto. Ela tinha sobrevivido à emboscada, portanto. Eu odiava a visão daquilo. Blackwood parecia ter antecipado a minha chegada, porque ele estava sentado numa cadeira e fazia um trabalho ruim em parecer casual. Quando me viu, havia uma mistura de triunfo e preocupação em seu rosto. Tentei me sentar com dignidade, mas a dor se contorceu como uma faca. Ele correu para ajudar, mas eu o detive.

— Eu consigo — afirmei. Ele se sentou diante de mim. Para alguém tão ousado que podia anunciar um noivado público, ele desviou os olhos.

— Aquilo foi um choque — falei categoricamente.

— Não sei o que me deu.

— Mentiroso. — Eu não disse isso de forma dura. — Você queria me colocar numa posição em que eu não pudesse recusar; pelo menos, não na sala. — Eu me recostei no assento, o que normalmente nenhuma dama faria. Mas a dor ficou mais fácil de lidar.

— Você me conhece bem — sussurrou ele, parecendo satisfeito. Seus olhos percorreram minha forma novamente, o desejo evidente em seu olhar aquecendo meu rosto. Ele não podia me desejar agora que... bem, *agora.*

— Eu me tornei Impura — Não havia sentido em tentar melhorar a realidade. — Você não pode misturar a linhagem Blackwood com a minha degeneração...

— Não diga isso! — Ele se levantou, suas feições lívidas. — Não me importo com o que você se tornou. Eu quero *você.*

Toda a minha frieza descongelou, e me vi perto das lágrimas.

— Tudo o que aconteceu é minha culpa — confessei baixinho.

— Como é *possível*? Você provavelmente é a razão pela qual alguns de nós sobrevivemos. Se não tivesse dado o golpe em R'hlem... Como diabos conseguiu?

Era uma ordem do meu comandante. Mesmo agora, meu ímpeto dizia: *Minta! Minta para salvar sua vida!* Mas eu estava muito cansada e ferida.

— R'hlem é meu pai — contei. É estranho que algumas pequenas palavras possam mudar completamente a vida de alguém.

Os músculos do rosto dele ficaram frouxos.

— O quê?

— Ele foi empurrado para o mundo dos Ancestrais anos atrás, durante uma experiência fracassada que realizou com Mickelmas. — Fiz uma pausa. — E com o *seu* pai.

Blackwood caiu em seu assento.

Eu lhe contei o que Mickelmas havia revelado sobre as runas, e como eu tinha convencido R'hlem a chegar perto o bastante para atacar. Cada palavra parecia esvaziá-lo ainda mais. Quando eu descrevi a lesão que Rook causou em mim, ele colocou a cabeça entre as mãos.

Contei o que o pai *dele* havia feito: cortou a corda que mandou meu pai para sua danação. Quando terminei, Blackwood estava paralisado.

— Você deve me odiar. — Finalmente, ele levantou os olhos, que estavam vermelhos. Ele oscilou à beira da emoção. — Claro que você nunca poderia me amar sabendo *disso.* — Cada palavra estava encharcada de ódio a si mesmo. Ele bateu na lateral da cadeira, a violência me assustou, depois levantou e se afastou. — Meu pai envenenou todo o resto da minha vida. Por que não faria o mesmo com você?

— Quando eu rejeitei você, não tinha nada a ver com o seu pai. Eu amava Rook.

Amava. Porque Rook tinha partido agora. As feridas no meu ombro latejavam, reiterando meu fracasso.

— Amava? — Blackwood experimentou a palavra. Esperança estava em sua voz e em seus olhos. — Então não ama mais. — Sem dúvida. Foi uma ordem velada. Rangendo meus dentes, eu me levantei. Eu não ia aceitar ordens do que eu poderia e não poderia sentir, nem mesmo agora.

Agonia se aprofundou mais, chutando meus joelhos debaixo de mim. Blackwood me amparou e me embalou enquanto eu me estabeleci no ritmo constante de seu coração. A seda de seu colete estava fria, seus pequenos botões de marfim mordendo minha bochecha. Ele murmurou desculpas.

— Pelo menos nós somos honestos um com o outro novamente — falei baixinho.

— Sim. Seus segredos são meus. — Esse curto ímpeto de prazer impregnou sua voz. Seu aperto se tornou possessivo. Ali estava aquela pequena parte de seu pai, a parte que procurava dominar. Mas Blackwood *não* era seu pai.

— Suponho que caiba a você decidir, como comandante, sobre o meu destino. — Se ele quisesse me jogar numa carroça de prisão e me arrastar para o norte, eu não lutaria.

— Vamos manter em segredo, é claro, mas, se R'hlem sobreviver, podemos usar você como vantagem.

Eu tinha apunhalado meu pai no coração. Se nos encontrássemos de novo, duvidava que ele fosse minimamente cordial.

— Você está levando isso muito bem — falei com cuidado.

— Não posso julgar você pelo seu pai, dado o que sabe sobre o meu. — Blackwood circulou seu braço ao redor da minha cintura, ajudando-me a me sentar. Meu ombro latejava, mas a dor diminuiu quando seus dedos delgados seguraram a parte de trás do meu pescoço. — De uma forma perversa, faz com que eu me sinta mais próximo de você. — Ele trouxe seus lábios perto dos meus. — Sei que não tenho seu coração como Rook tinha, e não sou encantador como alguns. — O nome não dito de Magnus ficou no ar. — Mas posso prometer meu amor, Henrietta. — Sua voz acariciava meu nome. — Quero que você governe ao meu lado.

Governar a Ordem? Eu não achava que servia para *governar* ninguém.

— Não tenho certeza de que seja a melhor ideia — respondi com cuidado. O desejo que vislumbrei em seus olhos me dominou.

— Você pode ser a segunda pessoa mais poderosa da feitiçaria inglesa e não acha que seja uma boa ideia? — Ele parecia confuso.

Esse era o problema, a feitiçaria em si. Nós éramos agora uma espécie em extinção, prestes a nos isolarmos ainda mais do mundo. Talvez fosse sensato, mas não parecia certo. Além do mais, Mickelmas tinha me deixado com a Armada da Rosa Ardente — bem, com a promessa de protegê-la, pelo menos. Então...

— Posso levar magos para Sorrow-Fell? — Era melhor simplesmente dizer logo de uma vez. Ele piscou. — Mickelmas partiu e me deixou seu exército. — A expressão desnorteada de Blackwood se aprofundou em preocupação. Sentindo sua desaprovação, eu adicionei: — Meu pai pode tentar cortejar o apoio dos magos do mesmo jeito que fez com as fadas.

Blackwood não era tolo.

— Se os encontrarmos — murmurou —, você pode levá-los. — Ele traçou minha bochecha com a ponta de um dedo. — Que seja um presente de casamento. — Num pequeno momento, Blackwood manobrou-me perfeitamente. Ele talvez nem soubesse que o tinha feito, mas era seu jeito, tão certo quanto a natureza de uma aranha é tecer uma teia. Passando as costas da mão pela minha bochecha, sussurrou: — Apesar de tudo, de suas mentiras, de suas feridas, não consigo deixar de amar você. Estou impotente contra isso. Seja minha esposa.

— Se eu dissesse não, você me forçaria? — Como comandante, ele poderia. E havia um brilho nos seus olhos, algo que ganhou vida com a palavra *forçaria*.

— Não — respondeu por fim —, mas nenhuma posição será mais segura para você do que ao meu lado. — Então veio a coisa mais inesperada de todas para ele: a ameaça de lágrimas. — Minhas responsabilidades me assustam. *Eu* me assusto — falou baixinho. — Ajude-me. Salve-me.

Salvá-lo, de fato, como ele tinha oferecido de me salvar. Era mais do que isso, na verdade. Havia a questão de nossos pais, daquele estranho truque do destino que nos unira. Nossos bastões tinham insígnias de hera combinadas, e eu podia imaginar aquelas gavinhas nos unindo confortavelmente. O destino estava em seu toque enquanto ele segurava uma mão fria sob meu queixo. Algo escuro que dormia dentro de mim se mexeu, abriu um olho. Era como se uma parte secreta da minha alma tivesse sido projetada para a dele.

Ainda assim, ele também me assustava com o modo como ele *queria*.

Mas talvez este fosse o lugar onde meu caminho sempre foi destinado a chegar. Talvez o monstro que eu escondi dentro de mim só pudesse ser governado por ele, e vice-versa. E eu tinha meus magos, onde quer que estivessem, junto com as pessoas não mágicas excluídas da proteção dos feiticeiros. Eles precisariam de alguém para falar por eles. Então, respirando, assenti.

— Sim? — Blackwood soou surpreso.

— Sim, eu me caso com você — respondi. Ele me beijou.

Seus lábios eram suaves, mas essa era a única coisa gentil sobre seu abraço. Não houve provocação aquecida como tinha havido com Magnus, nenhum sentimento de retorno ao lar como com Rook. Sua mão se agarrou ao meu cabelo, ele reivindicou minha boca de novo e de novo até que estivesse satisfeito. Quando gemi em choque, ele passou a mão trêmula pelo meu corpo. A *coisa* adormecida dentro de mim despertou e se desfraldou, respondendo ao seu chamado. Apesar da minha dor, também flagrei meus lábios se abrindo com uma inesperada onda de prazer. Só quando eu estava retribuindo seu beijo ele me deixou ir, para me fazer desejar mais.

Ele me fez ficar em pé, seus olhos brilhando em triunfo. Enfim ele tinha conseguido o que queria.

Era ao mesmo tempo emocionante e assustador de ver.

— Seremos felizes juntos — sussurrou ele, pegando de leve meu queixo e tocando meus lábios até que me afastei.

— Acima de tudo — falei —, seremos fortes.

36

Deixamos Londres na manhã seguinte, nossas carroças e carruagens batendo nas ruas cheias de entulho. O exército de feiticeiros assumiu a forma áspera de uma flecha, com Blackwood e seus mestres mais confiáveis na frente, e os homens ilesos se espalhando atrás deles. Isso permitia que sua majestade, os vagões de provisão, e os feridos fossem protegidos por todos os lados. Enquanto passávamos para fora da cidade, uma sensação de melancolia permeava o ar.

Pela primeira vez desde Norman Conquest, não haveria feiticeiros em Londres.

Eu deveria ter cavalgado com Blackwood, mas em vez disso estava trancada dentro de sua carruagem, estremecendo a cada movimento brusco. Maria estava tentando me manter dormindo o máximo possível para aliviar minha dor, mas nem ela conseguia deter os sonhos.

Meus pesadelos tinham dentes, e eles perseguiam meus calcanhares. No sono, eu vislumbrei olhos amarelos e garras curvas, ouvi sussurros numa linguagem que não deveria existir. Quando voltava de algum descanso febril, tremendo e suando, Maria me alimentava com um caldo ou alguma outra poção. Quando eu não conseguia mais beber, ela se sentava comigo.

Tinha sido desse jeito com Rook? A sensação de que, dia após dia, o escuro tomava conta dele, implacável como as ondas na praia?

No primeiro dia, nós cobrimos um bom terreno. Quando finalmente descansamos à noite, eu puxei a cortina da carruagem para ver o acampamento. Um perímetro de feiticeiros nos circulava, mãos nos bastões, prontos para a batalha. Eles ficaram assim durante toda a noite, apenas se movendo para a troca da guarda. Blackwood já estava conduzindo as coisas na Ordem como se fossem suas tropas.

No dia seguinte, eu acordei me sentindo um pouco melhor, o que significava que eu não estava com uma dor lancinante. Embora Maria parecesse insegura, quando paramos para descansar, deixei os limites da carruagem e caminhei na luz do sol. A luz sempre tinha sido tão dolorosamente *brilhante*? Protegendo meus olhos com a mão, vi o aglomerado de carroças usadas para transportar os feridos e procurei por Dee.

Ele estava deitado em almofadas de pelúcia de tão boa qualidade que deviam ter sido roubadas do palácio. Éramos como bandidos, saqueando as melhores partes de Londres e fugindo com elas. Ele se mexeu quando minha sombra caiu sobre ele, e abriu seu único olho bom. De forma fraca, ele sorriu.

— É bom ver você, Howel — resmungou ele.

Ele tentou empurrar-se para se sentar corretamente, mas foi difícil com apenas um braço bom. O cotoco abaixo de seu cotovelo esquerdo tinha sido habilmente envolto em bandagens brancas, enquanto sua perna direita estava com talas — Maria a havia salvado, afinal. Isso era algo, pelo menos. Uma máscara de pano cobria o lado direito do rosto dele, como cobertura para o olho cego. O inchaço diminuiu, mas cicatrizes ainda se cruzavam sobre suas bochechas e mandíbula.

Servi um copo de água para ele. Dee bebeu enquanto ajeitei cobertores em torno dele.

— Obrigado. — Quando ele sorriu, ainda era o mesmo jovem corado que eu conheci na casa de Agrippa.

Nossa, eu não queria chorar na frente dele. Encontrei um livro ao seu lado, *Ivanhoé,* e comecei a ler em voz alta. Por alguns minutos, pude esquecer da dor no meu corpo e na minha mente. O livro e as palavras me acalmaram de uma maneira que nenhum remédio poderia. Quando terminei, Dee fechou o olho.

Pensei que ele tivesse adormecido, mas quando estava preparada para escapar ele murmurou:

— Quer saber algo engraçado? — As bochechas de Dee se tingiram de rosa. — Meu pai vai ficar bem desapontado.

— Ah, é? — Foi tudo o que eu consegui pensar em dizer. Por que ele ficaria *desapontado* ao ver o filho mutilado?

— Eu só o encontrei três vezes, sabe. É porque minha mãe era... Quer dizer, ela *não era...* — Dee arrancou os cobertores. — Ela era a governanta das crianças dele. Meu verdadeiro sobrenome é Robbins.

Oh. Dee era um filho ilegítimo. Em qualquer parte de nossa sociedade, isso teria sido desaprovado, mas os feiticeiros eram ainda piores.

Eles tinham uma lei estrita de crianças naturais se tornarem membros da Ordem. Era uma lei estúpida, claro, mas que eles defendiam. Como ele sequer tinha sido autorizado a treinar?

— Meu pai expulsou minha mãe quando descobriu que ela estava grávida, mas a minha avó nos deixou viver na sua propriedade. Ninguém achava que eu receberia um bastão, até meu meio-irmão, Lawrence, morrer em combate. Meu pai fez com que a Ordem me tornasse legítimo. Algo difícil, já que é preciso um consentimento escrito do próprio comandante, mas meu pai estava desesperado por um herdeiro. — Dee fungou. — Não gostei de abandonar meu sobrenome. Robbins soa muito melhor que Dee, eu acho.

Ele folheou as páginas de *Ivanhoé.*

— A parte engraçada é que, depois de todos os problemas que teve, ele vai ficar bem desapontado pelo que sou... pela forma como estou.

— Valente? — sugeri. A idiotice de algumas pessoas nunca deixava de me surpreender.

— Ah, bem. Quem precisa dele com os amigos que tenho? — disse ele suavemente. Recostando-se nas almofadas, ele me lançou um olhar fixo. — Quando cheguei a Londres pela primeira vez, todo mundo me dizia coisas horríveis sobre minha mãe. Até que Magnus começou a brigar com quem ousasse falar qualquer coisa. Depois de alguns narizes quebrados, eles ficaram quietos. Ele é um bom amigo.

Antes que pudesse responder, Lilly subiu na carroça com uma bandeja de comida equilibrada nas mãos. Dee virou o rosto. Eu tinha a sensação de que ela ouvira um pouco, pois sorriu calorosamente ao depositar a bandeja no colo dele.

— Hora do seu remédio, senhor. — Ela ofereceu a sopa de ervilha de Maria. Dee ainda não a olhava.

— Sinto muito que você tenha que fazer isso — murmurou ele. — Deve ser duro de ver.

Lilly enrubesceu.

— Tenho orgulho de fazer isso, senhor. — Ela lhe entregou uma garfada de batata fumegante. — Gosto de cuidar de homens valentes.

Quando disse *valentes,* pensei que Dee fosse desmaiar. Ele parecia fascinado quando Lilly pegou *Ivanhoé.*

— Alguém parou no meio. Você gostaria que eu continuasse?

— Você leria para mim? — O sorriso de Dee se alargou quando deslizei para fora da carroça para lhes dar alguma privacidade.

Ao atravessar a clareira, estudei a companhia ao meu redor. O perímetro dos feiticeiros permanecia no lugar, na antecipação rígida de um ataque.

A dor flamejou novamente pelo meu corpo. Como se por um passe de mágica, Maria apareceu ao meu lado, resmungando enquanto apoiava meu peso.

— Não posso acreditar que tenho que correr atrás de você pelo acampamento. Você é pior que um cachorrinho fujão.

— Eu queria poder pegar um turno. — Juntar-me à guarda significaria que *eu* estava no controle do meu corpo traiçoeiro.

— Você poderá um dia, mas não em breve, e não como costumava. — Um caroço se formou na minha garganta; sim, nada poderia ser como antes.

Voltamos para a carruagem. Eu não queria subir naquela pequena caixa quente, mas não tinha muita escolha. Quando pus meu pé no degrau, Maria disse:

— Embora eu não saiba como eles vão administrar a guarda com o esquadrão saindo. O lorde está louco da vida.

— Que esquadrão? — interrompi.

— Valens está pegando um punhado de homens e partindo para ajudar o exército de sua majestade no norte. Disse a Blackwood que ele não queria ficar atrás de paredes de vidro por mais tempo. — Ela colocou um cacho atrás da orelha. — Magnus vai junto.

Chocada, escorreguei do degrau.

— Onde ele está?

Maria tentou me deter, mas eu corri, ignorando o aumento da dor. Como era inevitável, ao norte do perímetro, um grupo de homens estava selando cavalos e amarrando sacos de provisões. Magnus estava dentre eles, limpando os cascos de sua égua castanha. Os homens haviam desenterrado casacos vermelhos para o exército; o de Magnus estava pendurado solto, tendo sido projetado para um homem maior.

Era um maldito suicídio. Com o coração na boca, parei na frente deles.

— Howel. — Magnus parecia surpreso em me ver. — Veio se despedir? — Ele baixou o casco da égua e acariciou seu pescoço; o ouvido dela bateu em apreciação.

— Aonde você está indo?

— Northumberland. Dizem que há mais familiares se despejando contra o oitavo batalhão. — Ele tentou fazer parecer fácil, mas eu sabia quais horrores os esperavam. — Blackwood, quero dizer, *o comandante*, estava irritado com a ideia, mas acho que quando ele descobriu que eu me ofereci, concordou em nos deixar ir. Não acredito que ele esteja muito interessado em me aceitar na família. — Piada. Tudo era uma piada para ele.

— Vocês serão mortos!

Por fim, a fachada alegre caiu. Ele parecia cansado até os ossos; não havia mais vida em seus olhos cinzentos.

— Eu não pretendo ser necessário. Você é a rosa ardente, Maria é a escolhida, Blackwood é o comandante, mas e eu? — Ele balançou a cabeça, seu cabelo ruivo brilhando no sol. — Um soldado, nada mais. Uma engrenagem dispensável na grande máquina de guerra. — Sua voz vacilou. — A única pessoa que precisava de mim morreu sob meus olhos e eu nada pude fazer. — Ele prendeu uma alça na sela da égua e fechou os olhos com força. — Foi covarde da minha parte culpar você por Rook.

— Não, você tinha razão. — Minha voz tremeu. *Faça-o ficar.* Ele era uma presença que eu tinha como certa, e foi só agora, quando ele estava indo para o esquecimento, que percebi o quanto precisava dele. Ele era um ponto de luz num mundo cada vez mais escuro. Essa pessoa não deveria... não poderia se afastar. — Magnus, precisamos de você. — Fiz uma pausa. — Eu preciso de você.

— Não. Você precisa de Blackwood. — Ele parecia resignado. — Não tem motivo para eu ficar quando você já tem a ele.

Foi tudo o que ele disse, mas seus olhos e voz expressaram mais. *Você me proibiu de falar de meus sentimentos de novo,* ele dissera, *e eu concordei.*

Meu rosto ficou quente.

— Eliza precisa de você, pelo amor de Deus.

— Se eu morrer, ela vai ficar de luto por um ano. Eu a salvei de Foxglove. Pelo menos pude ser útil uma vez. — Ele pegou seu bastão e o apresentou a mim com uma reverência: uma reverência de feiticeiro. — Não sobrou mais nada para mim neste mundo, Howel. Deixe-me encontrar algum significado no próximo, pelo menos. — Embainhando seu bastão, ele montou sua égua e tomou as rédeas. — Adeus.

— Não permitirei que faça isso — insisti, posicionando-me diante da égua. Os ombros de Magnus caíram.

— Você tem que me deixar partir.

Antes que eu pudesse responder, Valens assobiou, convocando seu esquadrão. Magnus cavalgou para junto de seus companheiros. Juntos, os dez galoparam à frente, atravessando o perímetro e indo para o norte. Eu observei até que uma nuvem de poeira e a batida fraca de cascos foram tudo o que restou deles.

Magnus tinha partido.

Aceitei a dor aguda no meu ombro enquanto percorria o caminho de volta. Blackwood estava me esperando na carruagem, segurando a porta aberta.

— Então eles partiram? — quis saber ele com algum grau de satisfação.

— Você devia tê-los forçado a ficar — balbuciei.

— Eles? — perguntou incisivamente. — Ou um deles em particular?

Meu silêncio o amoleceu. Segurando meu rosto nas mãos, ele me beijou.

— Venha para dentro. O sol está muito quente.

Ele me ajudou a entrar na sombria carruagem.

37

OS DIAS SE MISTURARAM UNS AOS OUTROS enquanto os pesadelos me incomodavam. Ao acordar, eu sempre encontrava Blackwood e Maria na carruagem, me monitorando. Aparentemente, fiquei sonâmbula e quase saí do acampamento certa noite. Era exatamente como Rook se comportara nos primeiros dias de sua doença. Minha cabeça doía o tempo todo agora, mesmo ao dormir.

Será que eu ficaria como Rook? Um recipiente para o ódio e o poder de Korozoth? Maria e Blackwood talvez devessem me matar. Mas eu sabia que eles não o fariam, e eu não tinha força para dar cabo de minha vida por conta própria.

Tínhamos ido para Yorkshire; podia notar sem nem precisar levantar a cortina. O ar tinha um gosto diferente ali, como pedra e terra congelada. O norte era mais duro, e mais difícil. Até a luz tinha uma aparência cinza-ardósia. Logo nós acordaríamos com gelo na vidraça e neve na brisa. Eu fiquei feliz em deixar este lugar uma vez, quando meus maiores problemas eram Colegrind e um pequeno café da manhã. Como eu pude ser tão estúpida?

— Devemos chegar em casa logo — disse Blackwood quando acordei no terceiro dia. Eu me sentei, empurrando meu cobertor e chiando um pouco quando Maria desabotoou o topo do meu vestido. Blackwood se virou para nos dar privacidade enquanto meu ombro era exposto, ao tirar a gaze. Eu estremeci, depois olhei para minhas marcas.

Elas eram pretas como a noite, as perfurações perfeitas, redondas, e surpreendentemente frescas. Maria esfregou uma pomada, que doeu tanto que xinguei e acidentalmente chutei a canela de Blackwood.

— Elas sempre ficarão assim tão pretas? — perguntei com os dentes cerrados.

— Sim. Parece que sim. — E por que não ficariam? As cicatrizes de Rook sempre ficavam inflamadas. Mexendo no meu ombro, estudei

Maria enquanto ela colocava as garrafas de volta dentro de um baú de madeira equilibrado em seu joelho.

— Quando lhes contaremos que encontramos nossa verdadeira escolhida? — perguntei. Blackwood e Maria olharam para cima, surpresos.

— Você acha que é sábio? — Blackwood ergueu uma sobrancelha.

Esse era o seu caminho: fazer uma pergunta, então deixar quem respondesse cair numa armadilha de sua própria criação.

— *Não é* sábio? — perguntei de volta.

Maria interrompeu nossa discussão.

— Não quero que ninguém mais saiba. Ainda não. — Ela suspendeu a cortina até a metade e viu a paisagem do interior. — Gosto de ser invisível para eles por enquanto. — Ela ainda não confiava em feiticeiros.

— Certo. — Blackwood respirou mais facilmente. — Vamos esperar pela melhor oportunidade.

Fiquei em silêncio até a carruagem parar para as pessoas descansarem, e Maria saiu para cuidar dos outros pacientes.

— Você está tentando manter seu poder — falei a ele.

Blackwood revirou os olhos.

— Ela queria manter segredo.

— Ah, não brinque comigo. Se todos puderem pelo menos fingir que eu sou o melhor que temos, seu apoio é mais forte.

— Não, estou fazendo isto para proteger a mulher que amo. — Ele endireitou a mandíbula; aparentemente minha acusação tinha incomodado. — Precisamos manter sua posição segura. Você está Impura e, se a verdade a respeito de R'hlem algum dia for revelada, nem mesmo eu serei capaz de protegê-la. — A luz da janela jogou metade do rosto dele na sombra profunda. Ele saiu da carruagem sem falar mais nada.

Inquieta, me acomodei e afundei no sono.

A escuridão dos meus sonhos se desvaneceu em cinza. Ao meu redor havia um mundo de nada. Maldição, eu estava no plano astral de novo. Aquilo só podia significar que...

R'hlem apareceu, uma mão sobre seu peito. Ele mal estava de pé. O lado esquerdo do corpo dele estava enfaixado, sangue escorrendo pela gaze. Bem, pelo menos nós dois estávamos feridos.

— Você partiu meu coração — disse ele.

Ele estava vivo. Apesar do terror de saber disso, não pude deixar de me sentir um pouco aliviada.

— Você não me deu escolha — resmunguei.

— Você teve escolha. E escolheu seus feiticeiros. — Ele grunhiu de dor; o plano astral ao nosso redor estremeceu. Isso tinha que estar tomando muito de sua energia. — Você se juntou aos homens que condenaram sua própria mãe.

— O que diabos minha mãe tem a ver com isso?

— Você prefere assassinos a mim.

— Você também é um assassino — falei. Meu tom era gélido.

— Você escolheu os homens que me transformaram nisto — rosnou, indicando sua própria face esfolada.

— Escolhi a Inglaterra, *e faria de novo.*

— É mesmo? — Ele zombou de minhas palavras. Mais uma vez, nossos arredores foram levemente distorcidos. — Então os feiticeiros não são mais suficientes para mim. A Inglaterra *vai pagar o preço. — Sua expressão se encheu de puro ódio. — O Imperador Bondoso virá. Todos vocês testemunharão seu sorriso.*

Voltei de uma vez para a consciência com um grito, meu ombro queimando. Blackwood havia voltado para a carruagem e me colocou contra ele enquanto eu dormia. No mesmo instante, ele trouxe um frasco de água para os meus lábios.

— Você está bem? — perguntou. Eu terminei de beber e limpei minha boca com as costas da minha luva. Como uma dama.

— R'hlem — sussurrei. — Ainda está vivo.

Blackwood respirou estremecendo.

— Pelo menos agora nós sabemos. — Por um tempo, ficamos sentados em silêncio. Me enterrei nele, perdida em seu cheiro de pinho e neve. Ele tinha estado lá fora, ao ar livre. Eu o invejei.

Então, como se estivesse tomando uma decisão, sussurrou:

— Aqui. — Tomando minha mão esquerda, ele gentilmente desabotoou minha luva no pulso e a deslizou, um movimento ousado. — Arrisquei uma viagem de volta para casa por isso. É tradição que a futura Condessa de Sorrow-Fell o use.

Ele sacou um anel do bolso e o deslizou para o meu dedo. Era grande para mim, mas esperava que acabasse servindo. Uma faixa de prata simples que abrigava uma minúscula pérola. Me maravilhei com sua beleza pequena e perfeita.

— Obrigada — murmurei.

Ele beijou meu pulso nu, que se elevou ao toque de seus lábios. Sozinho na carruagem, sua estrita fachada de comandante derreteu um pouco.

— Não me tema — falou baixinho. Maldição. Ele podia me sentir tremendo sob o seu toque, mas eu não podia evitar. A luz esculpiu seu rosto da maneira certa para fazê-lo parecer exatamente como seu pai.

— Não temo. — Eu estava sendo sincera. Pelo menos a maior parte de mim estava.

A carruagem parou tão de repente que quase caí no colo de Blackwood. Ele bateu a cabeça no teto.

— O que está acontecendo? — Mas então ele fechou os olhos em alívio, como se pudesse sentir a resposta. — Passamos a barreira.

Eu também podia sentir uma leve sensação de formigamento na minha pele. Não a mesma pressão na minha cabeça que o resguardo provinha, mas algo mais calmante e natural.

— Venha — disse ele, saindo da carruagem. — Quero lhe mostrar. — Ele me ajudou a descer e andou com o braço dado comigo.

A névoa era pesada sobre nós, mas se dissipou quando chegamos ao topo da colina. Adiante, a mansão mais espetacular brilhava no sol da manhã.

Era como algo esculpido fora do tempo. Uma cúpula de mármore decorava a frente da casa de vários andares, lembrando os templos da Grécia antiga. Centenas de janelas brilhavam como pedras preciosas, quando o sol as atingia. Conforme o comprimento da casa continuava, ela ia do clássico para o medieval. Tinha as linhas de um castelo, mas as torres eram serpenteadas, as janelas posicionadas em ângulos caóticos. Deu a impressão de que a gravidade não se aplicava, como se alguém pudesse descer uma escada e de algum modo acabar dançando no teto. Na verdade, era uma propriedade perfeita da Terra das Fadas.

Perto dali, uma lagoa brilhava, e um gramado de esmeralda atingiu todo o caminho num limite escuro de árvores. A floresta sombria cercava a propriedade, remota além de qualquer coisa. Magia perfumava o ar.

Pensei novamente na tapeçaria da profecia, como a mão branca da garota se estendia de um bosque retorcido e escuro.

Tudo aquilo iria acontecer, não?

Blackwood sussurrou na minha orelha:

— Eu esperava trazê-la aqui sozinho, depois que nos casássemos. — Seus lábios roçaram minha têmpora. — Mas isso pode esperar.

Maria trotou para nos alcançar, seu manto de pavão preso sobre os ombros. Era resplandecente em contraste com o cabelo dela.

— É bom estar em casa? — perguntou a Blackwood. Seu rosto tinha a melhor cor que eu já tinha visto. Algo sobre a natureza e o norte parecia concordar com ela.

— Muito bom — respondeu ele.

Maria pegou minha mão.

— Venha. Você precisa se exercitar. — Ela me levou embora enquanto as outras carruagens e carroças subiam a colina, e Blackwood se virou para lidar com elas.

— Veja. — Maria nos fez parar embaixo da sombra de um carvalho. — Você já pensou em ver um lugar assim?

Eu estava vendo algum medo nos olhos dela?

— Nunca. — Cutuquei ela. — Você está pronta para o seu grande destino?

— Se você ficar comigo. — Ela parecia sem fôlego. — Não vejo como vou fazer isso sozinha.

— Então permaneceremos juntas, sempre. — Até onde eu podia ver, ela era agora meu grande dever na vida.

— Sim. Somos iguais. — Ela deu um passo para a luz do sol, o que incendiou seu cabelo vermelho. Eu me afastei, encostando-me na árvore. Maria foi mais longe na luz. Saudável e sem medo, ela era a salvadora ideal. Enquanto eu, bem, encontrei conforto nas sombras. Acendendo minha mão, observei o fogo tocar meus dedos. O preto ainda se enfiava na minha chama azul. O que isso poderia significar?

Deixei para lá. Me concentrei em Maria.

Abaixo de nós, Sorrow-Fell esperava, uma visão bonita o suficiente para aliviar minha dor. Olhando para a casa, notei os crescimentos exuberantes de hera que decoravam as paredes e entrelaçavam as brilhantes colunas brancas, e toquei o desenho esculpido em Mingau. Era para estarmos ali, o bastão e eu. Mesmo sem a profecia, tinha o toque do destino. Aqui, o reino estava na balança. Aqui, todos os nossos destinos seriam decididos.

Agradecimentos

SE O LIVRO UM É O NAMORO, o livro dois é o casamento. No primeiro livro, tudo está aberto e maravilhoso, cheio de possibilidades. O segundo livro requer trabalho e planejamento, tanto quanto o amor. Felizmente, havia muitas pessoas ótimas envolvidas nesse casamento em particular. Parece mesmo uma coisa estranha de escrever, mas é verdade.

O primeiro agradecimento tem que ser para Chelsea Eberly, que nunca está ocupada demais para um telefonema, e nunca está menos que convencida de que vai dar certo mesmo quando eu tenho certeza de que não vai. Obrigada por ser uma conspiradora brilhante, uma ouvinte prestativa e uma defensora incansável destes livros. Todos os dias sou grata por poder trabalhar com você. Não mereço essa sorte, mas a aceito com muita alegria.

Obrigada a Brooks Sherman, que trata cada pergunta que tenho com inteligência e cuidado, mesmo quando pergunto algo verdadeiramente ridículo. Obrigada por sempre conseguir tempo, não importa o quão inconveniente eu fosse. Você é um tremendo agente, uma pessoa igualmente maravilhosa e um *brainstormer* inigualável. Obrigada por estar ao meu lado.

Obrigada à incrível equipe da Random House, que colocou tanto esforço nesta série. Agradecimentos especiais a Allison Judd, Casey Ward, Bridget Runge, Mary McCue, Hannah Black, Melissa Zar e Mallory Matney. Tenho orgulho de ser uma autora da Random House. Obrigada Ray Shappell e Christine Blackburne pela bela capa. Obrigada também à equipe da Bent Agency, especialmente Jenny Bent e Molly Ker Hawn, pelas ideias e pelo apoio.

A melhor parte da experiência de publicação foi conhecer e aprender com muitas pessoas brilhantes, talentosas e de bom coração. Obrigada a Amie Kaufman, Jay Kristoff, Kiersten White e Arwen Elys Dayton pela sabedoria e pelo humor de comer pizza fria enquanto dirigíamos para Denver. Obrigada a Stephanie Garber, uma joia de ser humano e uma autora de potência. Obrigada a Roshani Chokshi, por dar conselhos valiosos, sendo uma das pessoas mais amáveis que conheci e tendo o Instagram mais fabuloso de todos os tempos. A Alwyn Hamilton, por beber ótimos champanhes, ser uma deusa dos GIFs e por ser uma amiga. A Emily Skrutskie, por não ter enlouquecido quando meu carro quebrou três vezes. A Kelly Zekas e Allison Senecal, por falar sobre homens vitorianos gatos EM TANTA LETRA MAIÚSCULA. A Kerri Maniscalco, pela pizza e por ser adorável. A Rosalyn Eves, por ser minha colega de fantasia histórica. A Nicole Castroman, pela série *Poldark* em toda a sua glória. A Tobie Easton, Audrey Coulthurst, e Romina Russell, por serem amigas escritoras de Los Angeles e mulheres gênias. A Hannah Fergesen, por anotações, risos, e Outras Garotas. Mais do que tudo, obrigada a Traci Chee e Tara Sim por serem os outros vértices do meu triângulo. Fosse mandando mensagens como loucas, dando conselhos úteis ou surtando, ter vocês duas comigo é o maior presente de todos.

Eu tenho tanta gente na minha vida cotidiana que até as mais difíceis das tarefas acabam divertidas: Gretchen Schreiber, Brandie Coonis, Alyssa Wong, toda a família Clarion, Josh Ropiequet, Jack Sullivan, Aidan Zimmerman e Martha Fling, obrigada por acreditarem e aceitarem a minha loucura. Acima de tudo, obrigada à minha família pelos risos e por nunca desistir.

Finalmente, obrigada aos leitores, bibliotecários e livreiros que encontraram estes livros, os amaram e recomendaram. Um escritor realmente não é nada sem um leitor, e sou muito grata e feliz por vocês terem me acompanhado nesta jornada.

Este livro foi composto na tipografia Minion
Pro, em corpo 11,5/15, e impresso em
papel off-white no Sistema Cameron da
Divisão Gráfica da Distribuidora Record.